Eugénie Grandet

BALZAC

Eugénie Grandet

●

CHRONOLOGIE
PRÉSENTATION
NOTES
DOSSIER
BIBLIOGRAPHIE MISE À JOUR (2016)

par Éléonore Reverzy

GF Flammarion

© Flammarion, Paris, 2000.
Édition mise à jour en 2016.
ISBN : 978-2-0813-9064-5

SOMMAIRE

Eugénie Grandet

CHRONOLOGIE	REPÈRES HISTORIQUES ET CULTURELS	VIE ET ŒUVRES DE BALZAC
1799	18 brumaire : coup d'État de Bonaparte.	(20 mai) Naissance d'Honoré de Balzac à Tours.
1800	Mme de Staël, *De la littérature.*	Naissance de Laure, sœur d'Honoré.
1801	Chateaubriand, *Atala.*	Naissance en Ukraine d'Éveline Rzewuska (Ève Hanska).
1802	Chateaubriand, *René, Génie du christianisme.* Mme de Staël, *Delphine.*	Naissance de Laurence, seconde sœur d'Honoré.
1804	Code civil. Senancour, *Oberman.*	
1804-1807		Balzac passe ces trois années à la pension Le Guay à Tours.
1804-1814	L'Empire.	
1805	Trafalgar. Austerlitz.	
1806	Iéna. Lavater, *L'Art de connaître les hommes par la physiognomonie.*	

1807	Friedland. Mme de Staël, *Corinne ou l'Italie*. David, *Le Sacre*.	
1807-1813		Études chez les oratoriens de Vendôme. Naissance d'Henry, frère d'Honoré (enfant adultérin).
1809	Wagram. Insurrection espagnole. Chateaubriand, *Les Martyrs*.	
1810	Mme de Staël, *De l'Allemagne*.	
1812	Campagne de Russie.	
1814	Campagne de France.	Installation de la famille à Paris. Élève de la pension Lepître.
1814-1830	La Restauration. Walter Scott, *Waverley*. Ingres, *La Grande Odalisque*.	
1815	Les Cent-Jours. Waterloo.	
1816	B. Constant, *Adolphe*. Rossini, *Le Barbier de Séville*.	Inscription à la faculté de droit.

CHRONOLOGIE

	REPÈRES HISTORIQUES ET CULTURELS	VIE ET ŒUVRES DE BALZAC
1817	Stendhal, *Histoire de la peinture en Italie*.	
1817-1819		Clerc d'avoué et de notaire, bachelier en droit.
1819	M. Desbordes-Valmore, *Poésies*. Géricault, *Le Radeau de la Méduse*.	Installation rue Lesdiguières. Commence une tragédie, *Cromwell*.
1820	Assassinat du duc de Berry. Lamartine, *Méditations poétiques*. Walter Scott, *Ivanhoé*.	Commence *Sténie* et *Falthurne*.
1821	(5 mai) Mort de Napoléon. Nodier, *Smarra*. J. de Maistre, *Les Soirées de Saint-Pétersbourg*. Cuvier fonde la paléontologie. Hoffmann, *La Princesse Brambilla*.	
1822	Lois sur la liberté individuelle et sur la presse. Hugo, *Odes*.	Début de sa liaison avec Laure de Berny, « la *Dilecta* ». Premières œuvres en collaboration avec Auguste Lepoittevin.
1823	Guerre en Espagne.	*La Dernière Fée* sous le pseudonyme d'Horace de Saint-Aubin.

1823-1824	Saint-Simon, Le Catéchisme des industriels. Scott, Quentin Durward. Delacroix, Les Massacres de Scio.	Annette et le criminel.
1824	(16 septembre) Mort de Louis XVIII.	
1824-1830	Règne de Charles X. Vigny, Éloa.	
1825	Stendhal, Racine et Shakespeare.	Première Physiologie du mariage. Le Code des gens honnêtes. Wann-Chlore. Se lance dans l'édition (Œuvres complètes de Molière et de La Fontaine). Début de sa liaison avec la duchesse d'Abrantès.
1826	Vigny, Cinq-Mars. Cooper, Le Dernier des Mohicans.	Imprimeur. Sérieuses difficultés financières.
1827	Stendhal, Armance. Hugo, Cromwell.	Se lance dans la fonderie.
1828	Campagne de Grèce. Hugo, Odes et ballades.	
1829	Fourier, Le Nouveau Monde industriel et sociétaire. Hugo, Les Orientales. Goethe, Les Années de voyage de Wilhelm Meister.	Balzac a soixante mille francs de dettes. Le Dernier Chouan ou la Bretagne en 1800. (Les Chouans) sous le nom d'Honoré de Balzac. Physiologie du mariage, publié sans nom d'auteur.

CHRONOLOGIE

	REPÈRES HISTORIQUES ET CULTURELS	VIE ET ŒUVRES DE BALZAC
1830	(27, 28 et 29 juillet) Les Trois Glorieuses.	Vie mondaine.
1830-1848	Hugo, *Hernani*. Stendhal, *Le Rouge et le Noir*. Monarchie de Juillet. Règne de Louis-Philippe.	Premières *Scènes de la vie privée* (*La Maison du chat-qui-pelote, La Vendetta, Gobseck, Le Bal de Sceaux, Une double famille, La Paix du ménage*).
1831	Révolte des canuts à Lyon. Hugo, *Notre-Dame de Paris*. Delacroix, *La Liberté guidant le peuple*.	Balzac devient légitimiste. Rencontre avec la marquise de Castries. *La Peau de chagrin, Sarrasine, Le Chef-d'œuvre inconnu* (première version).
1832	George Sand, *Indiana*.	Première lettre d'une admiratrice qui signe « L'Étrangère » (Mme Hanska). Auprès de Mme de Castries à Aix-les-Bains et Genève ; elle l'éconduit. Rédaction de *Louis Lambert*, publié en janvier 1833.
1833	Loi Guizot sur l'enseignement primaire. Musset, *Les Caprices de Marianne*. Chopin, *Nocturnes*.	Rencontre Mme Hanska en septembre, séjourne auprès d'elle à Genève de décembre 1833 à février 1834. *Le Médecin de campagne, Eugénie Grandet*.

1834	Émeutes à Paris et à Lyon et sanglante répression. Musset, *Lorenzaccio*. Sainte-Beuve, *Volupté*.	*La Duchesse de Langeais*, *La Recherche de l'absolu*, *Le Contrat de mariage*. Invente le procédé des personnages récurrents. Naissance de sa fille présumée, Marie du Fresnay (morte en 1930).
1835	(28 juillet) Attentat manqué de Fieschi contre Louis-Philippe. Lois répressives contre la presse. Gautier, *Mademoiselle de Maupin*. Musset, *La Confession d'un enfant du siècle*.	*Le Père Goriot*, *La Fille aux yeux d'or*, *Séraphîta*. Fin de sa liaison avec Mme de Berny qui meurt peu après. Rejoint Mme Hanska à Vienne, il ne la reverra pas pendant huit ans.
1836	Émile de Girardin, directeur de *La Presse*, invente le roman-feuilleton.	*Facino Cane*, *L'Interdiction*, *Le Lys dans la vallée*.
1837	Mérimée, *La Vénus d'Ille*. George Sand, *Mauprat*.	Voyage en Italie. *La Vieille Fille*, *Illusions perdues* (début), *César Birotteau*.
1838	Daguerre et le daguerréotype. Hugo, *Ruy Blas*. Dickens, *Oliver Twist*.	Séjour à Nohant chez George Sand. Voyage en Sardaigne (en vue d'étudier l'exploitation de mines argentifères). *La Maison Nucingen*, début de *Splendeurs et misères des courtisanes*.

	REPÈRES HISTORIQUES ET CULTURELS	VIE ET ŒUVRES DE BALZAC
1839	Stendhal, *La Chartreuse de Parme*.	*Le Cabinet des antiques*, *Une fille d'Ève*, *Le Curé de village* (début), *Béatrix*, *Les Secrets de la princesse de Cadignan*.
1840-1848	Gouvernement Guizot qui inaugure le régime des notables. George Sand, *Le Compagnon du tour de France*. Hugo, *Les Rayons et les ombres*. Mérimée, *Colomba*. Listz, premières *Rhapsodies hongroises*.	Sa pièce *Vautrin* est interdite après sa première représentation. Balzac s'installe rue Basse (actuel musée Balzac) avec sa gouvernante et maîtresse « Mme de Brugnol ». *Pierrette*. Article sur *La Chartreuse de Parme*.
1841	Guizot : « Enrichissez-vous ».	Une *ténébreuse affaire* en feuilleton, début de *La Rabouilleuse*, *Ursule Mirouët*, *Mémoires de deux jeunes mariées*. Contrat avec un consortium de libraires pour la publication de ses *Œuvres complètes* sous le titre *La Comédie humaine*.
1842	George Sand, *Consuelo*. Eugène Sue, *Les Mystères de Paris*.	Avant-propos de *La Comédie humaine*. *Un début dans la vie*, *La Rabouilleuse* (suite). Mort de Wenceslas Hanski, Balzac a désormais une seule idée : épouser Mme Hanska.

C H R O N O L O G I E

1843	Hugo, *Les Burgraves*.	*La Muse du département*, *Splendeurs et misères des courtisanes* (suite), *Illusions perdues* (suite). Retrouve Mme Hanska à Saint-Pétersbourg. Balzac est atteint d'une sorte de méningite chronique.
1844	Dumas, *Les Trois Mousquetaires*. Caricatures de Daumier.	*Modeste Mignon* en feuilleton, début des *Paysans*, fin de *Béatrix*.
1845	Mérimée, *Carmen*. Wagner, *Tannhäuser*.	*Petites Misères de la vie conjugale*. Production littéraire moins intense. Voyage en Europe avec Mme Hanska et sa fille.
1846-1847	Crise économique et financière.	Troisième partie de *Splendeurs et misères...*, *La Cousine Bette*. Nouveau voyage en Europe avec Mme Hanska. Elle perd l'enfant qu'elle portait, au grand désespoir de Balzac.
1846-1853	George Sand, *Romans champêtres*. Berlioz, *La Damnation de Faust*.	
1847-1853	Michelet, *Histoire de la Révolution française*.	*Le Cousin Pons*, fin de *Splendeurs et misères...* Séjour de Mme Hanska à Paris. S'installe rue Fortunée. En septembre, départ pour l'Ukraine.

	REPÈRES HISTORIQUES ET CULTURELS	VIE ET ŒUVRES DE BALZAC
1848	(22, 23 et 24 février) Révolution de février. Abdication de Louis-Philippe. En juin, répression du mouvement populaire. (10 décembre) Élection de Louis-Napoléon Bonaparte à la Présidence de la République.	Retour à Paris. Cherche à rétablir sa situation financière pour épouser Mme Hanska, mais la révolution de février ruine ses projets. Malade. Achève *Le Faiseur* (pièce). Part pour l'Ukraine à la fin de l'année.
1848-1851	IIᵉ République. Mort de Chateaubriand. Parution posthume des *Mémoires d'outre-tombe*.	
1849	Courbet, *Un enterrement à Ornans*.	En Ukraine durant toute l'année. De plus en plus malade.
1850	Loi Falloux sur l'enseignement.	(14 mars) Balzac épouse Mme Hanska et rentre à Paris le 20 mai. Il meurt le 18 août.

CHRONOLOGIE

> « Je chante les amours et les advantures de
> plusieurs bourgeois de Paris, de l'un et l'autre
> sexe » (Furetière, _Le Roman bourgeois_, 1666).
> « Les philosophes qui rencontrent des
> Nanon, des madame Grandet, des Eugénie ne
> sont-ils pas en droit de trouver que l'ironie est
> le fond du caractère de la Providence ? »
> (Balzac, _Eugénie Grandet_).

DU « CLAIR-OBSCUR »

Flaubert devait en 1861 définir la couleur de
Madame Bovary en l'opposant à celle du roman
« pourpre » qu'il était en train d'écrire : à _Car-
thage_, qui s'intitulerait bientôt _Salammbô_, répondait ainsi la teinte grise, indéfinissable, « cette couleur de moisissure d'existence des cloportes [1] », qui
caractérisait son roman précédent. Dans la Préface
de la première édition d'_Eugénie Grandet_, Balzac
soulignait la difficulté qu'il éprouvait à rendre « les
détails et les demi-teintes » et à « restituer à ces
tableaux leurs ombres grises et leur clair-obscur ».
Le « roman de l'attente, de la durée vide, de l'existence au ralenti » qu'est _Eugénie Grandet_, selon les
termes de Philippe Dufour [2], cette « Scène de la vie
de province », ce « roman de mœurs », roman de la
jeune fille, puis de la Pénélope vierge muée finalement en vieille fille, est en effet, avant la peinture
des « Mœurs de province » que fera Flaubert, un de
ces grands romans gris, une de ces œuvres ternes
dont la critique s'est vite emparée pour y voir des

---

1. Ce sont les frères Goncourt qui rapportent le propos dans leur _Journal_
à la date du 17 mars 1861.
2. Ph. Dufour, _Le Réalisme_, PUF, « Premier cycle », 1998, p. 314.

modèles réalistes, faute sans doute d'avoir cherché à en percevoir le sombre éclat. Les chiures de mouches qui rendent indiscernable le baromètre qui orne la salle de la « maison à Grandet », l'escalier vermoulu, le taudis où dort la grande Nanon, les amours d'Eugénie et Charles sur le banc moussu d'un jardinet où le soleil ne pénètre jamais sont certainement pour beaucoup dans cette réception d'*Eugénie Grandet*. Les détails, si présents dans le roman balzacien [1] et si fondamentaux dans sa poétique, justifieraient en somme la lecture réaliste du roman, écrit à l'automne 1833, soit parallèlement à des œuvres flamboyantes comme *La Duchesse de Langeais*, achevé en janvier 1834, peu après la rencontre avec Ève Hanska, ou *La Fille aux yeux d'or* – autre roman où le « pourpre » se combine à l'or. Tant on ne saurait oublier que chez Balzac toute chose est double : « *res duplex* », comme l'affirme l'épître dédicatoire de *La Cousine Bette* dix ans plus tard.

Qu'*Eugénie Grandet* paraisse à première vue relever du versant réaliste de l'œuvre balzacienne semble d'abord indéniable : la laideur du détail, les connotations sordides que ce texte véhicule – ainsi des morceaux de sucre calibrés par Grandet et comptés chaque matin pour la journée –, tout comme l'évocation, satirique, de la vie petitement provinciale de Saumur, avec ses calculs mesquins, ses stupides rumeurs, ses enjeux grotesques, le choix même d'une figure centrale et dominante d'avare, personnage comique par excellence, le cadre petit bourgeois en un mot accréditent sans doute l'idée que le roman entend délaisser les prestiges du romanesque pour se confiner dans le domaine étroit d'un quotidien brutal et vraisem-

---

1. Jules Janin, dans un article paru dans le *Journal des débats* du 12 janvier 1835, souligne la prolifération, presque obsessionnelle, des détails : dans *Eugénie Grandet*, le romancier « ne vous fait grâce de rien, ni d'un carreau fêlé, ni d'une vitre raccommodée avec du papier, ni d'une mouche qui salit le baromètre ».

blable. Si l'on admet en effet que le romanesque ou, pour reprendre le mot anglais qui le désigne sans ambiguïté, le *romance*, se plaît à la représentation de héros, demi-dieux généralement figurés sous l'apparence d'aristocrates, en quête de quelque Graal qu'il leur faudra conquérir malgré d'ignobles félons, et pour la main d'une belle [1], il est clair qu'*Eugénie Grandet* se voue plutôt à la dégradation de toutes les valeurs de la fable et regarde ouvertement vers l'univers, trivial, de la chronique (le *novel* anglais) : c'est une « histoire vulgaire », un « récit pur et simple de ce qui se voit tous les jours en province » qu'entend faire Balzac, comme il l'écrit dans la Préface de 1833. Roman satirique, roman comique, parce que « roman bourgeois », telle est sans doute la première piste à suivre pour aborder ce modèle du roman réaliste balzacien qu'est censé constituer *Eugénie Grandet*. À ceci près cependant que son titre renvoie à une héroïne et que le romancier n'a pas choisi d'intituler son roman, *Le Père Grandet*, comme il devait le faire quelques mois plus tard avec Goriot.

UN PROJET, UN TITRE

On connaît mal la genèse d'*Eugénie Grandet*, qui reste mystérieuse pour bien des raisons : ses sources, jadis explorées par la critique avec plus ou moins de bonheur, les modèles de ses personnages, dont aujourd'hui nul ne se soucie, son énigmatique dédicataire, autant d'obscurités que nous ne chercherons pas à élucider, tant il est vrai que la recherche des clefs témoigne d'une lecture étroitement réaliste et par trop naïve d'un texte littéraire – comme si l'existence à Saumur d'un riche avare que Balzac aurait connu éclairait la genèse du per-

---

1. Pour cette définition du *romance*, nous renvoyons à la réflexion de Northrop Frye dans ses deux ouvrages : *Anatomie de la critique* (Gallimard, « Bibliothèque des idées », 1967, p. 227-228) et *L'Écriture profane. Essai sur les structures du romanesque* (Circé, 1998).

sonnage romanesque qu'est Félix Grandet.
L'enquête menée par Pierre-Georges Castex dresse
d'ailleurs un état définitif de cette question des
sources [1], soulignant à quel point les techniques
balzaciennes du déplacement et de la transposition écartent précisément toute tentative d'iden-
tification : c'est une réalité tourangelle beaucoup
plus que saumuroise que Balzac a décrite dans
cette étude de mœurs. Quand le romancier écrit
ainsi à sa sœur [2] et à Zulma Carraud qui jugent la
fortune de Grandet colossale et invraisemblable, il
leur répond que tel « épicier en boutique », tel
« colporteur » de Tours possèdent qui « huit
millions », qui « vingt [3] », énonçant ainsi la vanité
de toute stricte reconnaissance d'un modèle
unique. Le « Tout est vrai », qui servira d'épigraphe au *Père Goriot* – « *All is true* » –, ne saurait
renvoyer à une vérité d'état civil, clairement identi-
fiable.

Saumur, que Balzac connaît mal [4], fonctionne en
effet comme la synecdoque de la province – et en
cela tout aussi bien Tours dans *Le Curé de Tours* en
1832 ou Issoudun pour *La Rabouilleuse* en 1843,
ou encore Sancerre pour Dinah de La Baudraye,
héroïne de *La Muse du département*, car il n'y a
pas une province pour Balzac mais plusieurs selon

---

1. Voir, outre son édition d'*Eugénie Grandet* (Garnier, 1965), ses articles
parus dans la *Revue d'histoire littéraire de la France* en mars 1964 :
« Aux sources d'*Eugénie Grandet*. Légende et réalité » (p. 73-94), et
dans la revue *Europe* : « L'ascension de M. Grandet » (p. 247-263).
  2. « Ah ! il y a trop de millions dans *Eugénie Grandet* ! Mais, bête,
puisque l'histoire est vraie, veux-tu que je fasse mieux que la vérité ? »
Cette lettre de Balzac à Laure Surville n'a pas été retrouvée, mais elle
répond manifestement aux réserves énoncées par sa sœur et rappelées
dans l'ouvrage que celle-ci a consacré à Balzac en 1858 (cité par
P.-G. Castex, « Aux sources d'*Eugénie Grandet* », art. cité p. 77).
  3. Lettre à Zulma Carraud, *Correspondance*, éd. R. Pierrot, Garnier,
1960-1969, t. II, p. 466.
  4. Comme le note Nicole Mozet, à la suite de Roland Chollet, Saumur est
fort peu familier à Balzac qui, semble-t-il, a visité la ville avant 1825, soit
plus de dix ans avant la rédaction du roman (*Balzac au pluriel*, PUF,
« Écrivains », 1990, p. 65-67).

l'âme qui y souffre ou s'y épanouit –, donc comme la province en raccourci, le microcosme de tout ce qui n'est pas Paris et se construit en outre en opposition avec la capitale : Saumur vu de l'intérieur, mais aussi examiné par le Parisien Charles Grandet, que sa seule manière de frapper à la porte fait reconnaître comme étranger et dont les atours vont ébahir sa cousine autant que la servante Nanon. *Eugénie Grandet*, sous-titré dans l'édition préoriginale de *L'Europe littéraire* [1] *Histoire de province*, est en effet d'emblée défini par le romancier comme la première des *Scènes de la vie de province* [2] et présenté à Mme Hanska comme supérieur au *Curé de Tours* [3].

Balzac se déclare très satisfait de la progression de son roman, dont il souligne la nouveauté : « *Eugénie Gr[andet]* ne ressemble à rien de ce que j'ai peint jusqu'ici. Trouver E[ugénie] G[randet] après Mme Jules [l'héroïne de *Ferragus*], sans vanité, cela annonce du talent [4] », note-t-il en octobre 1833. Cette « belle œuvre [5] », que son amour pour l'Étrangère lui a inspirée – lorsqu'on sait aujourd'hui que sa dédicataire est en fait Maria du Fresnay, alors maîtresse de Balzac et mère de sa

---

1. Dans *L'Europe littéraire* ne paraîtra en fait que le premier chapitre du roman, qui en comporte alors six : il s'intitule « Physionomies bourgeoises » ; le suivant, « Le Cousin de Paris », est annoncé mais n'est pas publié.
2. D'après le contrat qu'a signé Balzac avec Mme Charles Béchet le 13 octobre 1833, suite à une défaillance de l'éditeur Gosselin, ces *Scènes de la vie de province* doivent être au nombre de quatre, complétant autant de *Scènes de la vie privée* et de *Scènes de la vie parisienne*, pour constituer un ensemble de douze *Études de mœurs*. Voir la lettre à Mme Hanska des 18-20 octobre 1833 (*Lettres à Mme Hanska*, Laffont, « Bouquins », éd. R. Pierrot, 1990, t. I, p. 65).
3. « Depuis 8 jours, lui écrit-il le 19 août 1833, je travaille très activement à *L'Europe littéraire*, où j'ai pris une action. [...] à la fin du mois il y aura une *scène de la vie de province* dans le genre des *Célibataires* et intitulée *Eugénie Grandet*, qui sera mieux » (*ibid.*, p. 48). C'est donc comme une nouvelle, à la manière du *Curé de Tours*, que Balzac envisage d'abord son roman.
4. Lettre à Mme Hanska des 18-20 octobre 1833, *ibid.*, p. 65.
5. Lettre à Mme Hanska du 24 octobre 1833, *ibid.*, p. 74.

fille –, est donc un roman d'amour, d'un « amour pur, immense, fier [1] », et le lecteur de la *Correspondance* est frappé par l'insistance que met le romancier à souligner la dimension sentimentale de son œuvre. Le titre trouve en cela encore sa justification : c'est d'une *Étude de femme* qu'il s'agit, c'est donc un roman au sens traditionnel du terme (cet univers où la femme est reine et donne son sens au monde, selon l'analyse de Thibaudet) [2] que prétend livrer le romancier. Le sous-titre, choisi pour l'édition préoriginale, vient cependant (dés)orienter quelque peu cette lecture héroïque, ou du moins la compléter : cette *Histoire de province* qu'est aussi *Eugénie Grandet* ressortira en conséquence à un héroïsme de la laideur – celle de la province, de ses mœurs, de ses préoccupations mercantiles et basses – et le romancier ne manquera pas de souligner le tour de force qui consiste à « initier à un intérêt presque muet » et à « sonder une nature creuse en apparence, mais que l'examen trouve pleine et riche sous une écorce unie [3] ».

Un « roman bourgeois »

En faisant ainsi référence à Furetière et à la veine réaliste de ce roman du XVIIᵉ siècle, qui est tout à la fois satirique et parodique – l'*Histoire comique de Francion* et *Le Roman comique* l'attestent également –, c'est l'héritage que revendique implicitement une œuvre comme *Eugénie Grandet* que nous cherchons à éclairer et sa nouveauté. Le réalisme tient d'abord, d'après la tradition antique et particulièrement le *Satiricon* de Pétrone, à la dénoncia-

---

1. Voir lettre à Mme Hanska du 1ᵉʳ décembre 1833, *ibid.*, p. 103.
2. « Le roman, c'est le genre où la femme existe, où le monde tourne autour d'elle, où l'on se passionne pour elle ou contre elle », note-t-il dans ses *Réflexions sur le roman* (Gallimard, 1938, p. 246), soulignant ainsi le rôle central de la femme et de l'Éros qu'elle est chargée de représenter.
3. Préface de la première édition (voir Dossier, p. 253-254).

tion des travers et des vices : l'avarice de Grandet, les viles préoccupations des Cruchotins et des Grassinistes qui s'affrontent pour obtenir les millions de l'héritière, l'égoïsme final et les mauvais calculs de Charles, puni de renoncer à Eugénie, autant de traces d'une écriture moralisatrice et donc satirique. Il y a bien dans *Eugénie Grandet* un peu des *Caractères* de La Bruyère, les portraits de ces bourgeois provinciaux, Adolphe le fils à marier, la coquette de quarante ans qu'est Mme des Grassins, l'abbé Cruchot, constituant comme un pendant moderne à la galerie des courtisans parisiens dépeints par le moraliste. Ces grotesques, empêtrés dans la matière, deviennent de purs personnages de comédie, fonctionnant de manière caricaturale, tant les passions qui les meuvent, reflétant toutes la passion centrale de Grandet – ainsi tout à la fois concentrée en un seul personnage et atomisée dans les deux clans rivaux –, leur confèrent ce caractère mécanique propre à susciter le rire.

Que Balzac s'attaque à son tour, après Plaute et Molière, au personnage de l'avare, enracine un peu plus son roman dans le terreau comique en représentant des « hommes bas » – dont, pour citer encore Aristote, le « défaut » ou la « laideur [...] ne causent ni douleur ni destruction [1] » : Grandet, les Cruchot, les des Grassins sont bas tout à la fois moralement et socialement, spécimens d'une humanité impitoyablement traités – Grandet mis à part – par le narrateur. Ainsi, des six habitants seuls autorisés à pénétrer dans « la maison à monsieur Grandet » :

Le plus considérable des trois premiers était le neveu de monsieur Cruchot. Depuis sa nomination de président au

---

1. « La comédie est la représentation d'hommes bas ; cependant elle ne couvre pas toute bassesse ; le comique n'est qu'une partie du laid ; en effet le comique consiste en un défaut ou une laideur qui ne causent ni douleur ni destruction ; un exemple évident en est le masque comique ; il est laid et difforme sans exprimer la douleur » (Aristote, *Poétique*, Le Seuil, « Poétique », 1980, chap. v).

tribunal de première instance de Saumur, ce jeune homme avait joint au nom de Cruchot celui de Bonfons, et travaillait à faire prévaloir Bonfons sur Cruchot. Il signait déjà C. de Bonfons. Le plaideur assez mal avisé pour l'appeler monsieur Cruchot s'apercevait bientôt à l'audience de sa sottise. Le magistrat protégeait ceux qui le nommaient monsieur le président, mais il favorisait de ses plus gracieux sourires les flatteurs qui lui disaient monsieur de Bonfons. [...] Ces trois Cruchot, soutenus par bon nombre de cousins, alliés à vingt maisons de la ville, formaient un parti, comme jadis à Florence les Médicis ; et, comme les Médicis, les Cruchot avaient leurs Pazzi. Madame des Grassins, mère d'un fils de vingt-trois ans, venait très assidûment faire la partie de madame Grandet, espérant marier son cher Adolphe avec mademoiselle Eugénie. Monsieur des Grassins le banquier favorisait vigoureusement les manœuvres de sa femme par de constants services secrètement rendus au vieil avare, et arrivait toujours à temps sur le champ de bataille. Ces trois des Grassins avaient également leurs adhérents, leurs cousins, leurs alliés fidèles. [...] Ce combat secret entre les Cruchot et les des Grassins, dont le prix était la main d'Eugénie Grandet, occupait passionnément les diverses sociétés de Saumur (p. 68-69).

Cette présentation de « Physionomies bourgeoises » – pour reprendre le titre d'un des chapitres de la première édition d'*Eugénie Grandet* – témoigne bien de la force comique de l'écriture balzacienne : recours à la disconvenance héroï-comique (les Cruchot héroïsés en Médicis face aux des Grassins-Pazzi), choix d'une rhétorique hyper-bolique (la « salle » de la maison Grandet muée en « champ de bataille » où se livre « un combat secret » dont tout Saumur suit les étapes), jeu sur l'onomastique, qui se trouve caractériser de manière constante le président du tribunal de pre-mière instance – qui, à l'issue du roman, sera effec-tivement parvenu à imposer son nouveau patro-nyme. Balzac d'ailleurs ne manque pas de choisir pour ces personnages secondaires des noms imagés et vulgaires : dans Cruchot, il y a cruche (p. 86), comme le remarque l'abbé du même nom, présenté

comme « le Talleyrand de la famille » (p. 69) ;
madame des Grassins est « une de ces petites
femmes vives, dodues, blanches et roses », ce qui
explicite assez clairement l'allusion que comporte
son nom ; Bonfons désigne-t-il par antiphrase les
qualités morales (le bon fond) dont est dépourvu le
magistrat ? ou les biens-fonds qu'il n'a cessé
d'accumuler ? Eugénie, veuve de Bonfons,
enfermée dans sa mélancolique demeure, épousera
peut-être le marquis de Froidfond, dont le nom est
en accord avec son triste sort.

Le rire est ainsi également au service de la
pensée, et Balzac, fidèle à son maître Rabelais,
représente ce « scepticisme interrogateur et conquérant [1] » qu'analyse Maurice Ménard : l'usage de
l'équivoque implique le renversement, mais aussi
le dialogisme, si bien que les vulgaires Cruchotins
et Grassinistes sont après tout susceptibles d'être
comparés aux célèbres partis florentins. Le
comique balzacien met donc en question à la fois
« l'univocité du sens [et] le simplisme d'un dua-
lisme systématique [2] », et laisse ainsi jouer au lecteur un rôle actif d'herméneute – comme face aux
personnages principaux et problématiques du
roman, Grandet, sa femme et sa fille.

Roman de l'ennui, *Eugénie Grandet* est donc
aussi une œuvre drôle, une véritable comédie, et
Lamartine, à l'instar de bien des contemporains de
Balzac, n'a pas tort de voir en lui le Molière de son
siècle [3]. Le « bonhomme Grandet » – et quoi qu'en
dise le narrateur qui explique l'expression, la
« bonhomie » de l'avare ne peut que résonner
comme une antiphrase ironique – est en effet le

1. M. Ménard, *Balzac et le comique dans La Comédie humaine*, PUF,
1983, p. 67.
2. *Ibid.*, p. 68.
3. « La France a deux Molières [*sic*], le Molière en vers et le Molière en
prose. [...] Je commence par son chef-d'œuvre, *Eugénie Grandet* [...]. Je
le répète avec conviction : il a dans ses innombrables romans cent fois
dépassé l'incomparable Molière » (Lamartine, *Balzac et ses œuvres*,
Michel Lévy frères, 1866, p. 108 et 188).

maître d'un jeu dont tous sont les dupes. Dès la soirée d'anniversaire d'Eugénie, la comédie sociale du loto déguise les calculs du « vieux tonnelier » :

Les acteurs de cette scène pleine d'intérêt, quoique vulgaire en apparence, munis de cartons bariolés, chiffrés, et de jetons en verre bleu, semblaient écouter les plaisanteries du vieux notaire, qui ne tirait pas un numéro sans faire une remarque ; mais tous pensaient aux millions de monsieur Grandet. Le vieux tonnelier contemplait vaniteusement les plumes roses, la toilette fraîche de madame des Grassins, la tête martiale du banquier, celle d'Adolphe, le président, l'abbé, le notaire, et se disait intérieurement : « Ils sont là pour mes écus. Ils viennent s'ennuyer pour ma fille. Hé ! ma fille ne sera ni pour les uns ni pour les autres, et tous ces gens-là me servent de harpons pour pêcher ! » (p. 86-87).

Continuellement occupé à faire des marchés de dupes, tant avec les prétendants à la main de sa fille qu'avec les créanciers de son neveu ou lors de l'épisode de la vente des vins (p. 138-139), Grandet tire sa jouissance de la manipulation d'autrui et connaît alors une sorte d'ivresse qui fait trembler ses femme et fille : après son voyage secret à Angers aux fins d'y acheter de la rente, il se réjouit ainsi d'annoncer à Charles, « avec un orgueil bien joué » (p. 177), qu'il va « arranger les affaires de la maison Guillaume Grandet » et au vrai « emboiser » les Parisiens. Le plaisir de l'avare n'est pas uniquement fondé sur l'accumulation et la contemplation de sa fortune, mais aussi et surtout sur le jeu, la tromperie, la comédie – le bégaiement, la surdité, les réponses dilatoires constituant les éléments les plus visibles de cette stratégie comique. Les rires et les sourires de Grandet, signes d'une gaieté effrayante ou d'une supériorité railleuse, témoignent de la charge comique dont est investi le personnage qui, à la différence d'Harpagon auquel on l'a trop abusivement comparé, n'inspire pas le rire, mais rit des autres. Proche en cela du romancier qui dirige à son gré ses personnages, le vigneron maîtrise l'action – comme l'atteste, entre autres, le despotisme qu'il exerce sur les siens –, du moins jusqu'à la révolte de sa fille, et gagne ainsi dans une large partie du roman la sympathie, involontaire, du lecteur, comme le font, dans les comédies, les rusés, les forts.

Cette supériorité comique de l'avare tient également dans son jeu avec le langage, son rapport libre et ludique avec les mots. Car si son langage en affaires est extrêmement limité, il n'en est pas moins capable d'inventer des calembours, de manier l'équivoque, de faire des jeux de mots, ou de pratiquer un comique de répétition comme lors de la soirée d'ouverture (« puisque c'est la fête d'Eugénie » revient cinq fois dans sa bouche, avant d'être repris, chargé cette fois d'une ironie involontaire, par Eugénie elle-même). La déformation du refrain d'une célèbre chanson populaire, « Dans les gardes françaises, j'avais un amoureux » (p. 177), aux fins d'honorer et de narguer, par-delà le tombeau, ce beau-père dont il a hérité, témoigne de son aptitude à plaisanter pour lui-même, certain qu'il est de n'être pas compris : preuve en somme de sa supériorité railleuse sur les autres. Enfin, lorsqu'il traite son neveu de « va-nu-pieds qui a des bottes de maroquin » (p. 202) – ce qui au demeurant est un assez bon jugement sur la situation de Charles, dandy ruiné –, il manifeste un talent certain pour la cocasserie verbale.

Mais le comique, du fait même qu'il dissimule les intérêts du père Grandet, est aussi un comique triste, et le rire masque bien souvent le tragique, à moins qu'il ne le génère. Dès le porche du roman, le narrateur nous prévient que les rires et la gaieté cachent de « grands intérêts » :

Cette gaieté de famille, dans ce vieux salon gris, mal éclairé par deux chandelles ; ces rires, accompagnés par le bruit du rouet de la Grande Nanon, et qui n'étaient sincères que sur les lèvres d'Eugénie ou de sa mère ; cette *petitesse* jointe à de *si grands intérêts* ; cette jeune fille qui, semblable à ces oiseaux victimes du haut prix auquel on les met et qu'ils ignorent, se trouvait traquée, serrée par des preuves d'amitié dont elle était la dupe ; tout contribuait à rendre cette scène *tristement comique* (p. 87, nous soulignons).

La rhétorique de l'antithèse et de l'oxymore, tropes récurrents dans l'œuvre, assure cette « dynamique du contraste en action » relevée par M. Ménard [1], tout en montrant les deux faces de cette scène selon l'angle de vue adopté : comique pour Grandet qui rit sous cape, triste pour Eugénie qui ignore qu'elle est la proie poursuivie par la meute, la « victime », la « dupe ».

« TOUT PASSE EN PROVINCE »

L'inscription provinciale de l'œuvre mérite donc aussi une double lecture : espace de la vulgarité, de l'ignoble, la province, dans la géographie bipolaire qui l'oppose à Paris, sera en apparence placée tout entière sous le signe de la « négativité », indispensable matrice d'un roman qui cherche à se construire « sur les ruines du romanesque classique », comme le note Nicole Mozet [2], en tant que cadre du répétitif, de la bêtise et du mesquin, en un mot du bourgeois, tel que le XVIIe siècle ne pouvait encore le penser [3]. Ainsi les expressions dialectales, les usages, les rituels sont autant de traces de ces savoir-dire, savoir-faire et savoir-vivre provinciaux : que Nanon parle de la « *frippe* » – « locution » étrange derechef commentée par le narrateur (p. 116) –, qu'elle emploie des termes patoisants ou que Grandet prenne la farine dans « la *mette* » (p. 117), autant de marques de la singularité de ces individus et de leurs existences, autant de preuves de leur fondamentale altérité : « le langage de

---

1. M. Ménard, *Balzac et le comique dans La Comédie humaine*, *op. cit.*, p. 121.
2. Dans *Balzac au pluriel*, *op. cit.*, p. 191.
3. Le roman de Furetière dépeint des bourgeois parisiens habitant le quartier de la place Maubert. Quant à la province du *Francion* et du *Roman comique*, elle ressortit avant tout à la tradition picaresque.

l'autre est un révélateur », comparable au décor dans lequel il vit et à son apparence physique, note ainsi Philippe Dufour [1]. Que le narrateur balzacien fasse œuvre de philologue et laisse ainsi la parole au Provincial, acceptant en somme de se taire à son profit pour adopter une parole qui soit au service de l'autre, contribue à rendre exotique et, partant, intéressante cette morne étendue qui n'est pas Paris. Tend ainsi à se produire un retournement et l'anti-héroïsme de l'existence provinciale à s'inverser en héroïsme du secret, en grandeur méconnue. N'est-ce pas à Saumur finalement, comme à Limoges dans *Le Curé de village*, qu'est encore possible une « tragédie » et que subsistent des familles comparables à « l'illustre famille des Atrides [2] » ? Ainsi l'attitude d'Eugénie, défiant son père en offrant du sucre à son cousin, est-elle emblématique de ce courage muet :

– Que voulez-vous, mon neveu ? lui dit le bonhomme.
– Le sucre.
– Mettez du lait, répondit le maître de la maison, votre café s'adoucira.
Eugénie reprit la soucoupe au sucre que Grandet avait déjà serrée, et la mit sur la table en contemplant son père d'un air calme. Certes, la Parisienne qui, pour faciliter la fuite de son amant, soutient de ses faibles bras une échelle de soie ne montre pas plus de courage que n'en déployait Eugénie en remettant le sucre sur la table. L'amant récompensera sa Parisienne qui lui fera voir orgueilleusement un beau bras meurtri dont chaque veine flétrie sera baignée de larmes, de baisers, et guérie par le plaisir ; tandis que Charles ne devait jamais être dans le secret des profondes agitations qui brisaient le cœur de sa cousine, alors foudroyée par le regard du vieux tonnelier (p. 130-131).

---

1. Dans sa remarquable étude « Les avatars du langage dans *Eugénie Grandet* », *L'Année balzacienne 1995*, p. 39-61, ici p. 40.
2. « Dans trois jours l'année 1819 finissait. Dans trois jours devait commencer une terrible action, une tragédie bourgeoise sans poison, ni poignard, ni sang répandu ; mais, relativement aux acteurs, plus cruelle que tous les drames accomplis dans l'illustre famille des Atrides » (p. 194).

L'opposition entre Paris et la province, la femme adultère (Annette ?) et la vierge Eugénie, tourne à l'avantage de cette dernière, et l'exhibitionnisme de la Parisienne, qui montre « orgueilleusement un beau bras meurtri » et prend la pose d'une Juliette, est dévalué au profit de l'héroïsme silencieux d'Eugénie – qui n'est en somme possible qu'en province [1]. La « scène », puisqu'il s'agit bien d'un spectacle aperçu par la seule Nanon – qui « regardait dans la salle pour voir comment les choses se passeraient » –, n'est pas ici dans les dialogues, mais dans un jeu de regards entre le père et la fille. L'enjeu en est Charles, dépouillé par l'avare et servi par sa cousine : se prépare ici le don d'Eugénie au jeune homme, ruiné par son père et envoyé par son oncle aux Indes pour y gagner la fortune ; s'affirme aussi exemplairement la profonde théâtralité du roman balzacien, qu'il est aisé de découper en actes et en scènes, en même temps que s'impose la représentation de la Province comme espace de la surveillance et de l'examen.

À Saumur, en effet, tous s'examinent et tout se sait, dans ce que Philippe Berthier a justement nommé un « terrorisme de la transparence [2] » et, comme « une ménagère n'achète pas une perdrix sans que les voisins demandent au mari si elle était cuite à point » et qu'« il ne passe personne dans la rue qui ne soit étudié » (p. 60), s'abolit la séparation entre l'intérieur et l'extérieur : tout comme à l'ouverture de *La Maison du chat-qui-pelote*, nouvelle qui sert de porche à *La Comédie humaine*, où le peintre Sommervieux examine la façade de la vieille boutique et observe les mœurs du drapier et des siens, la maison s'offre à la fois comme un grimoire à déchiffrer, un livre d'histoire, une surface

---

1. Voir à ce propos l'ouvrage de N. Mozet, *La Ville de province dans l'œuvre de Balzac*, SEDES, 1982, p. 149-150.
2. Ph. Berthier, *La Vie quotidienne dans La Comédie humaine de Balzac*, Hachette, « Littératures », 1995, p. 37.

toute chargée des signes du passé [1], et comme le reflet de ses occupants : « pleine de mélancolie » (p. 60), cette « maison sans soleil, sans chaleur, sans cesse ombragée » est « l'image » de la vie d'Eugénie (p. 249), et le roman se clôt sur la vieille demeure, enfermant ainsi un peu plus la provinciale Eugénie dans ses murs et dans son destin.

La province est bien placée sous le signe de l'immobilité, du secret et de l'espionnage, et les « drames » qui s'y jouent, pour rester ignorés, n'en sont pas moins les détails d'un drame universel, des parcelles, infimes, qui permettent de comprendre le Tout. Car il n'y a de général que le particulier, ou plutôt c'est dans le détail que se donne à voir l'ensemble, c'est dans l'infiniment petit que gît l'infiniment grand, et c'est par l'étude du premier qu'on accède à la compréhension du second. En cela la province, avec ses petites vies étroites, ses préoccupations ineptes, peut apparaître comme la terre d'élection du détail, comme l'espace par excellence de la pulvérisation. Le fragment participe donc de l'esthétique romanesque, en même temps qu'il s'intègre dans la réflexion philosophique de l'auteur – selon laquelle, référence leibnizienne oblige, l'œuvre est le *miroir concentrique de l'univers* [2]. Il s'agissait déjà pour l'auteur des *Chouans* de « dessiner les immenses détails de la vie des siècles », et dans le projet alors en germe d'une *Histoire de France pittoresque* il définissait la « littérature moderne » comme n'ayant plus que « l'immense vérité des détails [3] ».

---

1. « Plus loin, c'est des portes garnies de clous énormes où le génie de nos ancêtres a tracé des hiéroglyphes domestiques dont le sens ne se retrouvera jamais. Tantôt un protestant y a signé sa foi, tantôt un ligueur y a maudit Henri IV. Quelque bourgeois y a gravé les insignes de sa *noblesse de cloches*, la gloire de son échevinage oublié. L'histoire de France est là tout entière » (p. 58).
2. La référence à Leibniz, fréquente sous la plume de Balzac, se rencontre, entre autres, dans l'avertissement du *Gars* (*Les Chouans*, éd. de Claudie Bernard, Le Livre de Poche, 1995, p. 459).
3. *Ibid.*, p. 464-465.

Le détail, porteur de la dimension réaliste du texte, n'intéresse que dans la mesure où il fait sens, où il *signifie*, et n'est donc pas destiné à fournir un simple *effet de réel* [1]. L'existence d'Eugénie, parce qu'elle est obscure et sans éclat, parce qu'elle n'a aucune des marques de la grandeur, sera donc paradoxalement la plus intéressante – tout comme celle du vermicellier Goriot ou du bête et bon César Birotteau. Ce retournement qu'opère le roman balzacien, qui récuse le romanesque pour le renouveler, pour inventer un romanesque du laid et du terne, un héroïsme muet, est bien le fondement d'une poétique, d'une esthétique et d'une philosophie, dont le point nodal est le type, chargé tout à la fois de synthétiser les acquis de l'analyse [2], de fonder une véritable sémiologie [3] et d'énoncer une vision du monde : non seulement la démarche la plus réaliste est simultanément la plus idéaliste, en ce qu'elle ressortit à une quête de l'Idée, mais elle est également au service d'une saisie de l'Unité, de la Totalité – conformément aux réflexions que mène alors Geoffroy Saint-Hilaire, modèle scientifique du romancier.

Ainsi Grandet, traditionnellement perçu comme une figure de l'avare, représente l'une des évolutions possibles d'un fils de 1789, qui passe successivement de la spéculation sur les vignes et le bois à la rente et à ses gains. La ponctuation historique du roman, de la Révolution à la fin de la Restauration, si frappante par contraste dans ce roman de

---

1. Selon le jugement de Nathalie Sarraute qui voit dans la « loupe » du père Grandet l'exemple même du détail inutile et gratuit (*L'Ère du soupçon*, Gallimard, « Folio Essais », p. 61).
2. Comme l'écrit Max Andréoli, « il s'agit moins d'enregistrer le vrai des détails, que de créer une vérité romanesque *en synthétisant à partir d'une grande idée* les détails *analytiques* du vrai » (*Lectures et mythes. Les Chouans et Les Paysans d'Honoré de Balzac*, Champion, 1999, p. 127).
3. Pour la sémiologie du personnage, voir la réflexion de Jean-Louis Cabanès dans *Le Corps et la maladie dans les récits réalistes (1856-1893)*, Klincksieck, 1991, p. 111-122.

l'étirement morne et de l'existence routinière qu'est *Eugénie Grandet*, atteste cette volonté du romancier de faire de Grandet le type d'un certain spéculateur à une période précise de notre histoire [1]. Qu'il lui ait été inspiré par Jean Nivelleau ou par tel épicier tourangeau n'a, au regard de cette vérité du type, strictement aucune importance. Comme l'écrira Balzac dans la Préface d'*Une ténébreuse affaire* en 1842, le type est « un personnage qui résume en lui-même les traits caractéristiques de tous ceux qui lui ressemblent plus ou moins, il est leur modèle du genre. Aussi lui trouvera-t-on des points de contact entre ce type et beaucoup de personnages du temps présent ; mais, qu'il soit un de ces personnages, ce serait alors la condamnation de l'auteur, car son acteur ne serait plus une invention ». L'« invention », seul moyen d'atteindre la vérité, c'est-à-dire de restituer une réalité chargée de sens, trouve ainsi dans le détail son plus sûr atout.

Cette écriture du fragment, si elle induit un émiettement sur le plan de la narration et si elle prend en charge le réalisme de l'œuvre, sert en fait cette « esthétique du laid » qu'analysa en 1853 Karl Rosenkranz [2] et que relit Philippe Dufour : « coupure dans la pensée esthétique [3] », cette réflexion oriente l'artiste vers la caricature – les caricatures de Daumier, les « Célébrités du Juste-Milieu », sont contemporaines de la rédaction d'*Eugénie Grandet* – et vers la représentation de la laideur bourgeoise, le Bourgeois devenant l'incarnation même du Laid.

---

1. Voir dans le Dossier, « Grandet, l'histoire et l'argent », p. 271-279.
2. Karl Rosenkranz, *Ästhetik des Hässlichen* (1853), Darmstadt, Wissenschaftliche Buchgesellschaft, 1973 (rééd.).
3. Ph. Dufour, *Le Réalisme, op. cit.*, p. 66.

UNE POÉTIQUE DE LA LAIDEUR

La laideur, consubstantielle à l'écriture réaliste, est rendue tangible à un premier niveau du texte dans les descriptions et les portraits : laideur physique des principaux personnages, laideur et crasse du milieu dans lequel ils vivent, vulgarité de leurs attitudes. Ainsi, lors de l'apparition du cousin de Paris, qui interrompt la partie de loto, les Grassinistes et les Cruchotins s'empressent de reprendre discrètement les « deux sous dans la vieille soucoupe écornée où il[s] les avai[en]t mis » (p. 95). L'abbé Cruchot, conversant avec madame des Grassins, se mouche (p. 104). Devant son épouse mourante, Grandet suppute le prix des drogues qu'il faudra dépenser (p. 218) et, craignant que sa fille ne lui demande des comptes, tente une réconciliation en ces termes :

– Allons la mère, dit-il en baisant la main de sa femme, ce n'est rien, va : nous avons fait la paix. Pas vrai, fifille ? Plus de pain sec, tu mangeras tout ce que tu voudras. Ah ! elle ouvre les yeux. Eh ! bien, la mère, mèmère, timère, allons donc ! (p. 217).

La laideur s'énonce aussi d'emblée dans les objets triviaux sur lesquels le regard du narrateur s'attarde complaisamment : curieux bric-à-brac où se donnent à voir la vétusté et l'usure et qui connote l'avarice du maître des lieux. Chez les Grandet, on répare inlassablement : lors de la soirée d'ouverture, l'anniversaire d'Eugénie, le tonnelier rafistole une marche branlante du vieil escalier ; sa femme et sa fille s'usent les yeux chaque jour à raccommoder du linge : le « système Grandet » fonctionne dans le permanent recyclage d'objets qui devraient être mis à la borne, objets censés servir (fauteuil, baromètre, marche d'escalier) et cependant tous quasiment hors d'usage :

Les sièges de forme antique étaient garnis en tapisseries représentant les fables de La Fontaine ; mais il fallait le savoir pour en reconnaître les sujets, tant les couleurs passées et les figures criblées de reprises se voyaient difficilement. Aux quatre angles de cette salle se trouvaient des encoignures, espèces de buffets terminés par de crasseuses étagères. Une vieille table à jouer en marqueterie, dont le dessus faisait échiquier, était placée dans le tableau qui séparait les deux fenêtres. Au-dessus de cette table, il y avait un baromètre ovale, à bordure noire, enjolivé par des rubans de bois doré, où les mouches avaient si silencieusement folâtré que la dorure en était un problème. Sur la paroi opposée à la cheminée, deux portraits au pastel étaient censés représenter l'aïeul de madame Grandet, le vieux monsieur de La Bertellière, en lieutenant des gardes françaises, et défunt madame Gentillet en bergère (p. 73-74).

La maison Grandet ne respecte l'objet qu'en tant qu'il obéit, plus ou moins fidèlement, à sa destination, mais est dénuée de toute préoccupation esthétique – témoins ici les portraits de famille, qui représentent les membres de la belle-famille dont Grandet a eu le bonheur d'hériter et qui semblent préparer l'avénement du kitsch tel qu'on le trouvera dans l'univers flaubertien chez Emma ou Frédéric. D'ailleurs l'indifférence des habitants à l'égard de vénérables antiquités, comme ce « vieux meuble en chêne, l'un des plus beaux ouvrages de l'époque nommée la *Renaissance*, et sur lequel se voyait encore, à demi effacée, la fameuse Salamandre royale » (p. 171), atteste assez ce dédain pour tout ce qui ne sert à rien. En ne considérant l'objet que de manière utilitaire, les Grandet manifestent leur ignorance du Beau – d'où l'ébahissement d'Eugénie devant la toilette en vermeil offerte par Adolphe, objet superlativement kitsch, et son extase devant la parure de son cousin.

Le même décor sera perçu un peu plus loin, cette fois par Charles, arrivant de Paris :

Le Parisien prenait-il son lorgnon pour examiner les singuliers accessoires de la salle, les solives du plancher, le ton des boiseries ou les points que les mouches y avaient imprimés et dont le nombre aurait suffi pour ponctuer l'*Encyclopédie méthodique* et *Le Moniteur*, aussitôt les joueurs de loto levaient le nez et le considéraient avec autant de curiosité qu'ils en eussent manifesté pour une girafe (p. 93).

Récriture d'une fameuse scène des *Lettres persanes*, où Rica fait l'objet de l'attention de tous les Parisiens, et libre développement autour d'un « Comment peut-on être Persan ? », tant il est vrai qu'en province aussi on est toujours le Persan de quelqu'un – Balzac parle, lui, de « girafe » ou de « colimaçon [tombé] dans une ruche » (p. 89)…

Car la laideur de la maison à Grandet est rendue plus palpable encore par un réseau d'antithèses, celles d'une part qui opposent le dénuement de la famille et la fortune réelle du bonhomme, le mobilier et l'or-matière, objet culte de l'avare, celles d'autre part qui s'établissent entre l'indifférence de l'oncle et le comportement ostentatoire du neveu. Si chez le père Grandet tout est caché – emblématique en cela le fameux cabinet où le narrateur ne fera même jamais pénétrer le lecteur –, avec Charles au contraire tout est montré, depuis les toilettes, les accessoires qui les accompagnent, jusqu'à Charles lui-même qui prend la pose, tour à tour usant avec impertinence de son lorgnon, ou « se mettant la main dans son gilet […] pour imiter la pose donnée à lord Byron par Chantrey » (p. 99). Ayant en effet décidé de « désespérer l'arrondissement par son luxe, d'y faire époque » (p. 91), demandant à sa tante s'il y a un théâtre à Saumur (p. 127) et affirmant à sa cousine qu'elle aurait grand succès à l'Opéra si elle y paraissait « en grande loge et en grande toilette » (p. 128), le Parisien vit bien sous le régime de l'ostentation [1]. Constamment placé sous le signe de l'hyperbole (il a emporté « le plus joli costume de chasse, le plus joli fusil, le plus joli couteau, la plus jolie gaine de Paris […] sa collection de gilets les plus

---

1. Sur la fonctionnalité de l'objet Grandet en opposition avec l'inutilité des colifichets raffinés et précieux de Charles, voir l'article de Roland Le Huenen et Paul Perron : « Le système des objets dans *Eugénie Grandet* », *Littérature*, mai 1977, p. 94-119.

ingénieux » (p. 91), il a fait « la toilette de voyage la plus coquette, la plus simplement recherchée, la plus adorable » (p. 92)), il est l'être de l'excès dans le rien, une figure de la futilité, au contraire d'un Grandet qui méprise les objets et ne se voue qu'à la matière suprême, l'or – quand Charles se voue, lui, à la manière. Comparé à « un paon [introduit] dans quelque obscure basse-cour de village » (p. 89), il ne renvoie pas à d'autres représentations qu'à celles, féminines, des *keepsakes* de Westall (p. 94), pendants ironiques des tableaux qui ornent la salle de la maison Grandet. Incarnation de la vanité, il est bien une autre figure du laid, dont on pourrait dire qu'il se dévoile *in fine* dans sa métamorphose en négrier « âpre à la curée » (p. 230), l'indispensable et antithétique complément de l'avare Grandet.

Le portrait des personnages est également le lieu par excellence où s'énonce le laid : celui du père Grandet, qui clôt l'évocation de son parcours et de sa fortune, l'afflige, entre autres, d'un « nez, gros par le bout », orné d'« une loupe veinée que le vulgaire disait, non sans raison, pleine de malice » (p. 68), loupe qui a la particularité de « se dilater » sous l'influence du plaisir ; celui de madame Grandet, « femme sèche et maigre, jaune comme un coing, gauche, lente », qui a « de gros os, un gros nez, un gros front, de gros yeux », « des dents noires et rares », un menton en galoche » (p. 79). Le président Cruchot ressemble à un « grand clou rouillé » (p. 83) ; son oncle, le notaire a « la face trouée comme une écumoire » (p. 83). Quant à Nanon, elle donne lieu à un portrait-charge qui en fait un personnage d'abord essentiellement comique : « femelle taillée en Hercule, plantée sur ses pieds comme un chêne de soixante ans sur ses racines, forte des hanches, carrée du dos, ayant des mains de charretier et une probité rigoureuse comme l'était son intacte vertu », elle est dotée d'une figure qui l'apparente à « un grenadier de la garde » (p. 75), ou, selon Charles, à un marin de la garde impériale (p. 109). Située aux frontières des sexes comme entre l'humanité et l'animalité [1], elle représente dans le récit à la fois un double du père Grandet (« elle riait quand riait Grandet, s'attristait, gelait, se chauffait, travaillait avec lui », p. 76) et un double d'Eugénie, vouée, comme elle, à la virginité [2] et au travail, réduite aussi au servage, mais finalement dotée d'un sort plus heureux que sa maîtresse, puisqu'elle prend mari et devient une bourgeoise, moins laide qu'elle ne l'a été, rajeunissant même [3] lorsque Eugénie semble, à trente-trois ans, en avoir quarante (p. 248).

Eugénie justement, héroïne problématique, voire antihéroïne, fait l'objet de regards contradictoires : sa beauté ambiguë suscite des commentaires variables, selon que c'est madame des Grassins qui la définit ou le narrateur. À la différence des précédentes héroïnes balzaciennes -- Marie de Verneuil dans *Les Chouans* par exemple ou Pauline de Villenoix dans *La Peau de chagrin*, dont la splendeur est constamment affirmée --, Eugénie est à la fois belle et laide [4] :

---

1. Son dévouement à Grandet, seul à l'avoir recueillie quand tous les Saumurois refusaient de l'engager, seul à lui faire des présents – fût-ce de ces souliers trop usés pour être portés ! –, fait d'elle tantôt « un chien fidèle » (p. 76), tantôt « un dogue chargé de la police ». On sait en outre que le chien-loup « d'une notable férocité » ne se laisse approcher que d'elle (p. 106). Elle est ailleurs comparée aux cochons les années où il y a tant de fruits que « les fermiers étaient obligés de [les leur] donner » (p. 76).

2. Elle aussi a un prétendant : « Croiriez-vous, mademoiselle, que ce vieux Cornoiller, qu'est un bon homme tout de même, tourne autour de ma jupe, rapport à mes rentes, tout comme ceux qui viennent ici flairer le magot de monsieur, en vous faisant la cour ? » (p. 193). Elles font l'une et l'autre don à la paroisse d'objets ayant appartenu à Charles : sa robe de chambre chamarrée, ses colifichets et ses huit mille francs fondus en ostensoir.

3. « Quoiqu'elle eût cinquante-neuf ans, elle ne paraissait pas en avoir plus de quarante. Ses gros traits avaient résisté aux attaques du temps. Grâce au régime de sa vie monastique, elle narguait la vieillesse par un teint coloré, une santé de fer » (p. 225). Le régime monastique n'a pas eu les mêmes effets sur Eugénie.

4. Le chapitre qu'Olivier Bonard consacre à *Eugénie Grandet* dans *La Peinture dans la création balzacienne. Invention et création picturales* (Genève, Droz, 1969, p. 138-154) analyse très finement la double ambition du romancier, qui s'inspire à la fois de la grande peinture flamande et de la caricature, et rivalise avec ces deux modèles picturaux en les combinant.

Eugénie appartenait bien à ce type d'enfants fortement constitués, comme ils le sont dans la petite bourgeoisie, et dont les beautés paraissent vulgaires ; mais, si elle ressemblait à la Vénus de Milo, ses formes étaient ennoblies par cette suavité du sentiment chrétien qui purifie la femme et lui donne une distinction inconnue aux sculpteurs anciens. Elle avait une tête énorme, le front masculin mais délicat du Jupiter de Phidias, et des yeux gris auxquels sa chaste vie, en s'y portant tout entière, imprimait une lumière jaillissante. Les traits de son visage rond, jadis frais et rose, avaient été grossis par une petite vérole assez clémente pour n'y point laisser de traces, mais qui avait détruit le velouté de la peau, néanmoins si douce et si fine encore que le pur baiser de sa mère y traçait passagèrement une marque rouge. Son nez était un peu trop fort, mais il s'harmonisait avec une bouche d'un rouge de minium, dont les lèvres à mille raies étaient pleines d'amour et de bonté. Le col avait une rondeur parfaite. Le corsage bombé, soigneusement voilé, attirait le regard et faisait rêver ; il manquait sans doute un peu de la grâce due à la toilette ; mais, pour les connaisseurs, la non-flexibilité de cette haute taille devait être un charme. Eugénie, grande et forte, n'avait donc rien du joli qui plaît aux masses ; mais elle était belle de cette beauté si facile à reconnaître, et dont s'éprennent seulement les artistes (p. 113).

Le subtil maniement de l'opposition et de la nuance dans ce portrait (la récurrence du connecteur *mais*, l'emploi de *néanmoins*, le recours aux modalisateurs) place Eugénie sous le signe de l'ambiguïté, ce qu'emblématisent également son androgynie – les références à la Vénus de Milo et au Jupiter de Phidias l'attestent ici, son « front masculin mais délicat » – et sa double appartenance à un canon grec et à un modèle chrétien de beauté, la première sensuelle et vulgaire, l'autre pure et chaste [1]. De même pourrait-on interpréter son nom : à la fois bien née (Eugénie) et fille de la petite bourgeoisie (Grandet, anagramme d'*argent*), cette héroïne porte jusque dans son nom sa double nature.

---

1. Voir à ce sujet les analyses de Max Andréoli dans son article : « À propos d'une lecture d'*Eugénie Grandet* », *L'Année balzacienne 1995*, p. 9-38, en particulier p. 19.

Vue par madame des Grassins, Eugénie « est une petite sotte, sans éducation, commune, sans dot, et qui passe sa vie à raccommoder des torchons » (p. 97) ; « elle est jaune comme un coing » (p. 103), épithète et comparaison stéréotypées qui s'appliquent d'ordinaire à sa mère. Les deux partis qui s'affrontent d'ailleurs pour obtenir sa main ne font jamais mention de sa beauté, ne convoitant que la fortune que lui léguera son père : c'est uniquement en tant qu'héritière, en tant que fille de son père, qu'Eugénie existe pour les autres, jamais en elle-même et en raison de telle ou telle de ses qualités. Seul Charles semble la faire accéder au statut d'héroïne en l'arrachant à sa passivité, en tirant cette Belle au bois dormant – doublée d'une Cendrillon – de son sommeil et de sa condition d'ilote : « Il lui avait plus surgi d'idées en un quart d'heure qu'elle n'en avait eu depuis qu'elle était au monde » (p. 95) ; « idées » qui prendront la forme du sacrifice et du don et permettront à la naïve Eugénie de devenir « sublime » – adjectif qui la qualifie avec une belle constance dans la suite du récit.

L'évolution du personnage conduit pourtant aussi à s'interroger sur sa représentation dans l'œuvre, tant le double discours semble s'imposer de nouveau aux dernières pages du roman : cette femme angélique qui « marche au ciel accompagnée d'un cortège de bienfaits » (p. 249) est également la demoiselle qui sait « *affecter* […] l'impassible contenance » de son père (p. 241, nous soulignons) et prononcer le sacramentel « *nous verrons cela* » (p. 242).

SUBLIME ET DÉRISION

Il y a une scène sublime (à mon avis et je suis payé pour l'avoir) dans *E[ugénie] G[randet]* qui offre un trésor à son cousin. Le cousin a une réponse à faire, ce que je te disais à ce sujet, était la plus gracieuse [*sic*] [1].

---

1. Lettre des 12-13 novembre 1833, *Lettres à Mme Hanska*, éd. citée, p. 89.

La question du sublime se pose de manière cruciale dans *Eugénie Grandet*, car l'adjectif est employé de manière trop fréquente pour ne pas attirer l'attention du lecteur : sublime qui est un sublime de l'humble, du terne, de l'héroïsme sans éclat. Ce *sublimis humilis*, qui réunit les contraires, la grandeur et la mesquinerie, les nobles aspirations et leurs plates réalisations, diffère en cela du sublime évangélique qu'on rencontre chez Hugo et chez Sand – sublime de l'enfant, du simple d'esprit, de l'innocent [1] –, et coexiste paradoxalement avec le réalisme, avec cette écriture du détail et de la laideur qui caractérise *Eugénie Grandet* autant que *Le Père Goriot*. Le détaillisme pourtant est bien aux antipodes du sublime qui suppose à la fois la grandeur et l'uniformité, implique que le regard ne s'arrête pas aux détails et que l'accessoire ne se substitue pas à l'essentiel, suivant l'analyse de Naomi Schor [2]. Au sublime laid et énergique, sublime de la conquête et de l'hypocrisie, propre à Stendhal dans *Le Rouge et le Noir* (1830), autre grand roman de la province, Balzac oppose donc un sublime de la passivité, de l'ennui, du retrait, de la petitesse.

La récurrence du terme « sublime » n'est d'ailleurs pas sans poser problème, tant le romancier combine un emploi attendu du mot avec un emploi ironique. C'est dans la fameuse scène où le rusé bonhomme Grandet feint le désintéressement pour laver l'honneur de son frère et de son neveu que cette occurrence ironique du mot est la plus frappante : lancé par le président Cruchot comme une flatterie au

---

1. Nous renvoyons à ce sujet aux analyses fondamentales de D. Peyrache-Leborgne dans sa *Poétique du sublime. De la fin des Lumières au romantisme*, Champion, 1997, p. 88 *sq.*
2. N. Schor, *Lectures du détail*, Nathan, « Le texte à l'œuvre », 1994, p. 32-37. Elle conclut en ces termes : « Détails et sublime sont donc irréconciliables ; cette constatation […] débouche sur ce que le détail comporte peut-être de plus dangereux : sa tendance à subvertir l'ordre hiérarchique interne à l'œuvre d'art, qui veut que la périphérie soit subordonnée au centre, l'accessoire à l'essentiel, le premier plan à l'arrière-plan » (p. 37).

vigneron (p. 154), employé de nouveau par le banquier des Grassins (p. 159), Grandet s'en saisit enfin – « Aaalors lle su... su... sub... sublime est bi... bi... bien cher » – et il sera plus loin qualifié par le narrateur, dans la liquidation des affaires de son frère, de « sublime tonnelier » (p. 190), formule oxymorique d'un sûr effet comique quand on garde présente à l'esprit la scène précédente et qu'on connaît les véritables calculs de l'avare – qui veut « concasser les Parisiens au profit de Charles, et se montrer excellent frère à bon marché » (p. 146).

C'est bien la dérision qui s'impose ici : le sublime bégaie et se bégaie, devient masque comme tous les bredouillements du tonnelier en affaires, masque redoublé car au dérèglement de sa parole s'ajoute le leurre du sens. La conduite de Grandet, savamment calculée pour servir ses intérêts, est précisément tout sauf sublime, puisqu'elle n'implique aucune noblesse de sentiment ou élévation morale (Charles est ainsi à plaindre parce qu'il est ruiné, non parce qu'il a perdu son père). L'avare connaît le pouvoir des mots, comme il sait que les plus sonores, ceux qui auront le plus d'effet sur son auditoire attentif, sont aussi susceptibles d'être les plus creux, les plus vains : parce qu'il a découvert la faillite du langage au regard de l'or qu'il accumule, il sait aussi le distribuer comme on donne de la fausse monnaie et l'utiliser dans les marchés de dupes qu'il ne cesse de combiner.

On est tenté de penser, à la lecture de ces emplois ironiques, que le romancier sollicite l'intelligence critique de son lecteur, notamment lorsque voisinent, à deux pages d'intervalle, deux mentions de la sublimité, celle due au « rusé bonhomme » et celle, empruntée à Bossuet, qui renvoie à un sublime classique [1]. Mais aussi

---

1. « Son bonheur, amassé comme les clous semés sur la muraille, suivant la sublime expression de Bossuet, ne devait pas un jour lui remplir le creux de la main » (p. 192), allusion à la *Méditation sur la briéveté de la vie* que Balzac appréciait particulièrement.

lorsque coïncident deux scènes, celle où, nuitamment et immédiatement après la comédie qu'il a jouée à ses habituels convives, Grandet transporte son or pour acheter de la rente et se lancer dans la spéculation, et celle où Eugénie fait don de son « trésor » à son cousin. C'est alors qu'elle est « sublime », et le rapprochement du père et de la fille, souligné par le narrateur [1], est précisément le vecteur du sublime, dont le mot n'apparaît pas alors dans le texte : sublime *tu*, grandeur intrinsèque du don d'Eugénie et qui n'échappe pas au lecteur mais éclate plus vivement encore par contraste. La concomitance temporelle des deux actions, qui ont cependant en commun de marquer l'entrée du père et de la fille dans la sphère du Mouvement puisqu'ils abandonnent l'un et l'autre l'Immobilité qui a jusqu'alors caractérisé leur comportement – l'avare entasse sa fortune, il n'évolue pas ; Eugénie est vouée à l'enfermement dans sa sombre demeure et thésaurise ses sentiments et sa foi religieuse [2] –, illustre la volonté balzacienne d'établir des oppositions (les calculs du tonnelier contre le désintéressement de sa fille), mais aussi de maintenir une unité possible : l'action d'Eugénie, dans un tel contexte, est donc simultanément sublime et dérisoire, et la phrase, bredouillée par Grandet quelques pages plus haut, sur la cherté du sublime, résonne dès lors comme une ironie tragique, puisque la jeune fille paiera en effet bien cher sa générosité.

LE SUBLIME FÉMININ

Sont en tout cas sublimes, d'un bout à l'autre de l'œuvre, un comportement spécifiquement féminin,

---

1. « Ainsi le père et la fille avaient compté chacun leur fortune : lui, pour aller vendre son or ; Eugénie, pour jeter le sien dans un océan d'affection » (p. 172).
2. Nous renvoyons ici aux analyses décisives de M. Andréoli (« À propos d'une lecture d'*Eugénie Grandet* », art. cité, p. 12-18).

le sacrifice, et une qualité, la résignation. Des expressions telles qu'« Eugénie était sublime, elle était femme » (p. 136) indiquent assez que l'accès à la grandeur est avant tout propre à l'héroïne [1] – Antoinette de Langeais, Camille Maupin ou Esther Gobseck en fournissent d'autres exemples. Ce qui tient aussi, dans le cas d'*Eugénie Grandet*, à une foi religieuse, elle aussi spécifiquement féminine. Car cette aspiration à l'infini, s'accompagnât-elle de quelques « sophismes [2] », témoigne d'une volonté d'échapper au *hic et nunc*, domaine de l'avare dont les jouissances sont limitées à la terre [3], dont la « monomanie » ne s'entend qu'ici-bas. Dans *Eugénie Grandet* donc, les femmes sont pieuses, car elles attendent, demeurent enfermées dans leur douleur, quand les hommes, tournés vers l'action et vers l'avenir [4] – les spéculations de Grandet, le départ de Charles pour les Indes – ne voient dans la religion qu'une preuve d'infantilisme (Grandet) ou de naïveté (Charles).

Pour l'ilote qu'est madame Grandet, la foi est une échappée, l'espoir d'un « bonheur » qui ne se trouve « que dans le ciel », comme elle le confie en mourant à sa fille, et la pratique pieuse un moyen de donner sens à une existence totalement contrainte ; pour Eugénie, l'amour de Dieu et

---

1. Voir également la définition de la pitié comme « l'une des sublimes supériorités de la femme, la seule qu'elle veuille faire sentir, la seule qu'elle pardonne à l'homme de lui laisser prendre sur lui » (p. 146).
2. Ainsi lorsque Eugénie et sa mère vont tenir compagnie à Charles sous prétexte de « charité chrétienne » : « Ces deux femmes puisèrent dans la religion bon nombre de petits sophismes pour se justifier leurs déportements » (p. 147).
3. « Les avares ne croient pas à une vie à venir, le présent est tout pour eux » (p. 142).
4. « En toute situation, les femmes ont plus de causes de douleur que n'en a l'homme, et souffrent plus que lui. L'homme a sa force, et l'exercice de sa puissance : il agit, il va, il s'occupe, il pense, il embrasse l'avenir et y trouve des consolations. Ainsi faisait Charles. Mais la femme demeure, elle reste face à face avec le chagrin dont rien ne la distrait, elle descend jusqu'au fond de l'abîme qu'il a ouvert, le mesure et souvent le comble de ses vœux et de ses larmes. Ainsi faisait Eugénie » (p. 191-192).

l'amour de son cousin se confondent, et ce n'est pas un hasard si elle se rend à la messe le lendemain du départ de Charles, faisant vœu d'y aller tous les jours, et si elle en profite pour se procurer chez le libraire une mappemonde afin de le suivre dans sa route vers les Indes. On aurait tort de voir dans cette confusion, qui triomphe dans l'offrande finale de l'ostensoir à « la paroisse où elle avait tant prié pour *lui* » (p. 247), la marque de la dérision, puisque c'est au contraire la preuve de l'étroite parenté entre l'amour humain et l'amour divin : Charles ne lui apparaît-il pas, lors de la soirée inaugurale, comme « une créature descendue de quelque région séraphique » (p. 94) ? Après le départ de son cousin, elle autorise le narrateur à la comparer à la Vierge mère, car « elle avait conçu l'amour », lorsqu'elle n'était auparavant que Marie « avant la conception » (p. 192-193).

Cette figure mariale qu'est Eugénie tout au long du roman [1] justifie la référence à un sublime religieux, tout comme cette « résignation angélique » dont parle M. Andréoli assimile son parcours et son renoncement final à la Passion du Christ [2] : en se dépouillant au profit de Charles, au profit des pauvres et des églises de Saumur et en se soumettant, à demi, aux lois de la société – puisqu'elle accepte le mariage mais en refuse la finalité : la famille –, elle inscrit dans sa chair et dans sa vie le consentement aux larmes et à une retraite active – tout à la fois hors du monde, puisqu'elle vit

---

1. Son portrait fait déjà apparaître une référence à « la céleste pureté de Marie », telle que Raphaël l'a représentée (p. 114). Dans la Postface de 1833, l'auteur, filant la métaphore picturale, écrivait : « Peut-être a-t-il trop chargé d'or le contour de la tête de sa Maria ; peut-être n'a-t-il pas distribué la lumière selon les règles de l'art ; enfin, peut-être a-t-il trop rembruni les teintes déjà noires de son vieillard, image toute matérielle. Mais ne refusez pas votre indulgence au moine patient, vivant au fond de sa cellule ; humble adorateur de la *Rosa Mundi*, de Marie, belle image de tout le sexe, la femme du moine, la seconde Eva des chrétiens » (voir Dossier, p. 255).
2. « À propos d'une lecture d'*Eugénie Grandet* », art. cité, p. 35-36.

comme une « recluse », et dans le monde, puisqu'elle reçoit toujours les Grassinistes et les Cruchotins et dépense sa fortune en charités.

Cette représentation hagiographique de la destinée d'Eugénie n'est pas pour autant édifiante, tant il est vrai que Balzac parvient à maintenir la dissonance dans l'harmonie : « Elle a toutes les noblesses de la douleur, la sainteté d'une personne qui n'a pas souillé son âme au contact du monde, mais aussi la roideur de la vieille fille et les habitudes mesquines que donne l'existence étroite de la province » (p. 249). De la jeune fille du roman sentimental, esquissé dans l'épisode central (les amours avec Charles), est donc né un *nouveau* personnage : celui de la vieille fille [1], la future Rose Cormon à laquelle Balzac consacrera un roman en 1837, ou la cousine Bette dans l'œuvre éponyme. On voit naître en cela aussi un *nouveau* romanesque, celui de l'héroïne vierge, en apparence inactive, en attente ou fidèle à un amant mort – telle qu'on la retrouvera sous les traits d'Aimée de Spens dans *Le Chevalier des Touches* de Barbey d'Aurevilly en 1864.

L'ÉCRITURE DU *PATHOS*

Pénélope en espérance, qui ne retrouvera pas son Ulysse et qui aura vainement repoussé les prétendants qui la traquent et la cernent [2], Eugénie est aussi, à l'instar de sa mère, chargée de porter tout le *pathos* du roman, celui de la femme tyrannisée et de la jeunesse sacrifiée. Comme l'a très bien montré Danielle Dupuis dans son étude du pathétique balzacien [3], le romancier joue à la fois d'un pathétique de l'émotion immédiate et violente – sur lequel s'articule un sublime de la terreur, que Balzac

---

1. Cette veuve est « par raillerie » appelée « *mademoiselle* » (p. 249).
2. Pour cette représentation de l'héroïne, voir le Dossier, p. 280-290.
3. D. Dupuis, « Le pathétique balzacien et le XVIIIᵉ siècle », *L'Année balzacienne 1997*, p. 251-273.

emprunte à Burke et à Diderot – et d'un pathétique de l'émotion douce, de la nostalgie, de la vie manquée, dont les rêveries d'Eugénie, sur le petit banc de bois, ou la lettre finale à Charles constituent des moments capitaux : c'est celui-là même qui se charge d'exprimer le renoncement. Mais il succède à un *pathos* de l'excès, puisque, comme l'écrit Félix Davin à propos d'*Eugénie Grandet*[1], « là s'est accomplie la conquête de la vérité absolue dans l'art ; là est le drame appliqué aux choses les plus simples de la vie privée. C'est une succession de petites causes qui produit des effets puissants, c'est la fusion du trivial et du sublime, du pathétique et du grotesque ». Par le recours à la dramatisation, constante chez l'auteur qui emprunte à Walter Scott sa théorie d'un roman dramatique, Balzac parvient à réaliser l'alchimie du petit et du grand, et donc à tirer des effets pathétiques d'épisodes banals et ordinaires. Retrouvant ainsi les réflexions de Diderot et Beaumarchais sur le drame bourgeois – Balzac parle, lui, de « tragédie bourgeoise » dans un oxymore déjà commenté –, il impose l'idée que « l'émotion sera d'autant plus forte que le sujet sera proche de nous[2] », et, partant, que le pathétique gagnera plus sûrement le lecteur amené à s'identifier aux vulgaires personnages qui lui sont dépeints.

En témoigne exemplairement l'agonie de la mère d'Eugénie, la tremblante esclave dont l'existence semble contenue entre d'étroites pratiques pieuses, l'examen des passants et l'amour maternel, personnage qui, jusqu'alors, a été décrit, avec la régularité d'épithètes homériques, comme « jaune » et « tyrannisé » (p. 79 et *passim*). Cette fille La Berthellière, dont Grandet ne cesse d'affirmer avec une ironie involontaire la solide santé, gage d'une longévité certaine, n'est arrachée à son sort trivial que par

---

1. Dans son Introduction aux *Études de mœurs au XIXᵉ siècle* dont nous reproduisons des extraits dans le Dossier (p. 258-261).
2. Comme le note D. Dupuis, « Le pathétique balzacien et le XVIIIᵉ siècle », art. cité, p. 257.

le martyre et la mort. Alors transfigurée – comme le sera Véronique Graslin au dénouement du *Curé de village* –, elle échappe à elle-même :

Elle était toute âme. Le génie de la prière semblait puri-fier, amoindrir les traits les plus grossiers de sa figure, et la faisait resplendir. Qui n'a pas observé le phénomène de cette transfiguration sur de saints visages où les habi-tudes de l'âme finissent par triompher des traits les plus rudement contournés, en leur imprimant l'animation par-ticulière due à la noblesse et à la pureté des pensées élevées ! Le spectacle de cette transformation accomplie par les souffrances qui consumaient les lambeaux de l'être humain dans cette femme agissait, quoique faible-ment, sur le vieux tonnelier, dont le caractère resta de bronze (p. 209).

La mise en scène de cette longue agonie (« le spectacle »), *topos* du romanesque du siècle précé-dent [1], étonne d'autant plus qu'elle profite à un per-sonnage secondaire, et aboutit à la composition d'un véritable tableau, au sens tout à la fois théâtral et pictural du terme, moment par excellence du *pathos*. Ainsi la scène, qui n'est d'ailleurs pas sans rappeler le mélodrame et ses procédés, où le père et la fille s'affrontent sous les yeux de la mère agoni-sante, constitue bien un moment paroxystique en même temps que la réalisation, dans et par le pathé-tique, de l'alliance du trivial et du sublime [2] :

Le bonhomme voulut prendre son couteau pour faire sauter une plaque d'or, et fut obligé de poser le néces-saire sur une chaise. Eugénie s'élança pour le ressaisir ; mais le tonnelier, qui avait tout à la fois l'œil à sa fille et au coffret, la repoussa si violemment en étendant le bras qu'elle alla tomber sur le lit de sa mère.

---

1. Voir à ce propos l'ouvrage de Pierre Fauchery, *La Destinée féminine dans le roman européen. Essai de gynécomythie romanesque*, Armand Colin, 1972, chap. « Émergence du destin ».
2. A. Michel note ainsi, au sujet du *Père Goriot* : « Le sublime naît du contraste. […] [il] ne désigne une grandeur que dans le registre de la mesquinerie » (« Le pathétique balzacien dans *La Peau de chagrin*, *Histoire des Treize* et *Le Père Goriot* », *L'Année balzacienne 1985*, p. 229-245, ici p. 241).

– Monsieur, monsieur, cria la mère en se dressant sur son lit.

Grandet avait tiré son couteau et s'apprêtait à soulever l'or.

– Mon père, cria Eugénie en se jetant à genoux et marchant ainsi pour arriver plus près du bonhomme et lever les mains vers lui, mon père, au nom de tous les Saints et de la Vierge, au nom du Christ, qui est mort sur la croix ; au nom de votre salut éternel, mon père, au nom de ma vie, ne touchez pas à ceci ! […]

– Monsieur, grâce ! dit la mère.

– Mon père, cria Eugénie d'une voix si éclatante que Nanon effrayée monta. Eugénie sauta sur un couteau qui était à sa portée et s'en arma.

– Eh ! bien ? lui dit froidement Grandet en souriant à froid.

– Monsieur, monsieur, vous m'assassinez ! dit la mère.

– Mon père, si votre couteau entame seulement une parcelle de cet or, je me perce de celui-ci. Vous avez déjà rendu ma mère mortellement malade, vous tuerez encore votre fille. Allez maintenant, blessure pour blessure.

[…] Le tonnelier regarda l'or et sa fille alternativement pendant un instant. Madame Grandet s'évanouit. – Là, voyez-vous, mon cher monsieur ? Madame se meurt, cria Nanon (p. 216-217).

Gestes, mimiques, répliques, adresse aux saints et à la Vierge, tout confère à cette scène une forte dimension visuelle et théâtrale, qui fait songer à la fois à ces « tragédies domestiques » définies par Dorval dans les *Entretiens sur Le Fils naturel* [1] ou

---

1. « Faites des comédies dans le genre sérieux, faites des tragédies domestiques, et soyez sûr qu'il y a des applaudissements et une immortalité qui vous sont réservés. Surtout, négligez les coups de théâtre ; cherchez des tableaux ; rapprochez-vous de la vie réelle, et ayez d'abord un espace qui permette l'exercice de la pantomime dans toute son étendue… On dit qu'il n'y a plus de grandes passions tragiques à émouvoir ; qu'il est impossible de présenter les sentiments élevés d'une manière neuve et frappante ? Cela peut-être dans la tragédie telle que les Grecs, les Romains, les Français, les Italiens, les Anglais et tous les peuples de la terre l'ont composée. Mais la tragédie domestique aura une autre action, un autre ton, et un sublime qui lui sera propre » (Diderot, *Troisième Entretien sur Le Fils naturel*, *Œuvres esthétiques*, Classiques Garnier, 1976, p. 191).

aux réflexions de Beaumarchais [1] et aux toiles de Greuze : le statut des trois protagonistes, père, mère, fille [2], accompagnés de leur servante, spectatrice interne et représentante d'un chœur qui commente l'action principale – ce qui fait d'elle le relais du lecteur dont elle sollicite ainsi doublement l'adhésion –, l'action étroitement resserrée dans la chambre même de madame Grandet, les effets d'un pathétique violent, tout rappelle la réflexion des théoriciens du XVIIIe siècle. Quant à la phrase finale prononcée par Nanon, elle renvoie bien sûr au sublime d'admiration et à Bossuet, en quelque sorte déplacé et transposé dans ce cadre familial et bourgeois, donc devenu accessible : sublime de proximité en somme.

Ce qui certes ne va pas sans ironie : madame Grandet n'est pas Henriette d'Angleterre ! Et le romancier de maintenir ainsi, y compris dans les scènes qui se veulent les plus poignantes et les plus dramatiques, une distance, tout en adressant un clin d'œil au lecteur cultivé. On est dès lors tenté de penser que le recours au *pathos* ou les mentions du sublime – tout comme les références à telle ou telle œuvre littéraire [3] – ne sont jamais naïfs, mais sous-

---

1. Ainsi note-t-il dans son *Essai sur le genre dramatique sérieux* : « Que me font à moi, sujet paisible d'un État monarchique du XVIIIe siècle, les révolutions d'Athènes et de Rome ? quel véritable intérêt puis-je prendre à la mort d'un tyran du Péloponnèse ? au sacrifice d'une jeune princesse en Aulide ? Il n'y a en tout cela rien à voir pour moi, aucune moralité qui me convienne. Car qu'est-ce que moralité ? C'est le résultat fructueux et l'application personnelle des réflexions qu'un événement nous arrache. Qu'est-ce que l'intérêt ? C'est le sentiment involontaire par lequel nous nous adaptons à cet événement, sentiment qui nous met en la place de celui qui souffre, au milieu de sa situation » (*Œuvres*, Gallimard, « Bibliothèque de la Pléiade », 1988, p. 125-126).
2. Voir la récurrence de ces désignations dans le passage. Pour une étude de ces occurrences dans l'ensemble du texte, voir l'article de R. Le Huenen et P. Perron : « Le signifiant du personnage dans *Eugénie Grandet* » (*Littérature* n° 14, mai 1974, p. 36-48).
3. Charles est ainsi lecteur des romans édifiants d'Auguste Lafontaine et voit en Eugénie « l'idéal de la Marguerite de Goethe, moins la faute » (p. 181). On se souvient qu'il prend la pose de Byron – ce qui ne veut d'ailleurs pas dire qu'il l'a lu.

tendus et travaillés de l'intérieur par l'ironie. S'imposerait alors l'idée que la relative inflation de la référence au sublime dans le texte balzacien déguise en fait une réflexion critique sur la notion philosophique et littéraire elle-même, que Balzac se moque ainsi de l'emploi abusif qu'en font les auteurs romantiques, tout en ayant l'air cependant de donner des gages à la nouvelle école. En outre, la collusion entre l'*ethos* et le *pathos*, sur laquelle se fonde une bonne partie de la définition didero-tienne du sublime avec ses contradictions [1], est net-tement remise en cause : *Eugénie Grandet* n'a que les apparences d'un roman édifiant, d'une lecture pour jeunes filles.

L'oxymore « tristement comique » fait alors retour : les ridicules d'Eugénie ou de sa mère n'empêchent pas ces « êtres limités » de tenter d'« échapper à leurs limites » – même si cet effort est voué à l'échec, comme le relève M. Ménard [2]. C'est précisément de cet effort qu'ils tirent leur grandeur, tout en en montrant l'inutilité : mélange de sublime et de grotesque qui maintient intactes les composantes et les fait proprement *coexister* – fort différent de l'opposition entre l'être et le paraître qu'on rencontre souvent chez Hugo.

Eugénie Grandet s'impose donc à la fois comme un roman romanesque, au moins ébauché dans l'épisode fondateur de la rencontre avec Charles, autour d'une figure féminine héroïque *quand même*, et comme une œuvre satirique, comique, mais d'un comique triste, susceptible de se muer en tragique dans le retournement de la petitesse en grandeur, dans l'inversion de l'infinie bêtise pro-vinciale en héroïsme de l'infime. Il n'y a pas là trace de dérision, mais preuve de la profondeur du récit balzacien, qui sollicite constamment l'intelli-gence de son lecteur.

---

1. Nous renvoyons à ce propos à l'étude de D. Peyrache-Leborgne dans *Poétique du sublime…*, *op. cit.*, p. 43-45 et 50-52).
2. M. Ménard, *Balzac et le comique…*, *op. cit.*, p. 150.

On sait que Balzac devait se plaindre que toute son œuvre ultérieure fût jugée à l'aune du roman de 1833[1], on sait aussi que les nouveaux romanciers se sont particulièrement acharnés sur l'auteur d'*Eugénie Grandet* et du *Père Goriot*, romans prétendus réalistes et modèles abhorrés d'un récit balzacien trop étudié dans les classes, coupable en somme de son succès scolaire[2]. C'est oublier que le roman nous donne à lire une double quête de l'absolu, sous la forme matérielle, dont l'amour de Grandet pour l'or est le reflet, et sous celle, spirituelle et amoureuse, de l'innocente provinciale : deux monomanies se répondent ainsi[3], vouées l'une et l'autre à l'échec, comme toutes les recherches d'absolu. C'est dire à quel point *Eugénie Grandet* est étroitement lié à l'entreprise de *La Comédie humaine*, encore en germe, qu'il n'est qu'un détail de l'ensemble, une pièce de l'immense système que Balzac est alors en train d'imaginer, inventant les personnages récurrents dans *Le Père Goriot* et bientôt rêvant cette pyramide constituée par les *Études de mœurs*, les *Études philosophiques* et les *Études analytiques*, imparablement hiérarchisées[4].

---

1. C'est en 1838, à propos de *César Birotteau* qui vient de paraître, que Balzac écrit à Mme Hanska : « L'on m'écrit de Paris que *César Birotteau* […] obtient un succès d'enthousiasme, et que malgré le silence des journaux et les mauvaises bontés de quelques autres, on le porte aux nues, au-dessus d'*Eugénie Grandet* avec laquelle on a assassiné tant de choses en moi » (*Lettres à Mme Hanska*, éd. citée, t. I, p. 439).

2. Dès 1889, *Eugénie Grandet* figure au programme de l'agrégation de lettres et reste, après *Le Père Goriot*, le roman de Balzac le plus étudié au lycée. Voir à ce propos les remarques de Joëlle Gleize dans *Balzac. Bilan critique*, Nathan Université, « 128 », p. 48-52.

3. On lira à ce propos l'article, sous la direction de Léon-François Hoffmann, paru dans *L'Année balzacienne 1976*, « Thèmes religieux dans *Eugénie Grandet* » (p. 201-229), et le chapitre « Poétique du désir » dans *Philippe Berthier commente Eugénie Grandet* (Gallimard, « Foliothèque », 1992, p. 37-53).

4. Voir la lettre à Mme Hanska du 26 octobre 1834, qui définit les premières comme représentant « tous les effets sociaux », les secondes comme énonçant « les *causes* », les dernières étant chargées de dégager « les *principes* » : « Les *mœurs* sont le spectacle, les *causes* sont les coulisses *et les machines*. Les principes, c'est l'*auteur* » (éd. citée, p. 204).

Simple détail en apparence, le moment de la petite histoire – celle de la famille Grandet de 1789 à 1830 – en un lieu précis, Saumur, permet de comprendre le drame éternel, la *comédie humaine*, chaque personnage, chaque « scène » fonctionnant comme une partie et un reflet du tout, suivant une composition synecdochique[1] : la bataille inconnue livrée par Henriette de Mortsauf dans une vallée de l'Indre « est aussi grande que la plus illustre des batailles connues », écrit Balzac en 1842 dans l'avant-propos de *La Comédie humaine* ; on pourrait en dire autant de la morne existence d'Eugénie et des spéculations de son père. Chez Balzac, le grand est bien dans le petit et « Dieu […] dans les détails ».

Éléonore REVERZY.

---

1. Ce qui confère au roman balzacien sa dimension allégorique, puisqu'il prétend faire de l'histoire du présent et un témoignage sur les mœurs contemporaines et une représentation des drames éternels, et qu'il implique donc une lecture à double détente. Ainsi, à propos de la soirée initiale : « N'est-ce pas d'ailleurs une scène de tous les temps et de tous les lieux, mais ramenée à sa plus simple expression ? » (p. 87).

Eugénie Grandet

À Maria [1]

Que votre nom, vous dont le portrait est le plus bel ornement de cet ouvrage, soit ici comme une branche de buis bénit, prise on ne sait à quel arbre, mais certainement sanctifiée par la religion et renouvelée, toujours verte, par des mains pieuses, pour protéger la maison.

DE BALZAC.

---

1. Cette dédicace à Maria du Fresnay, maîtresse de Balzac en 1833, apparaît pour la première fois en 1839 dans l'édition Charpentier. Maria du Fresnay, fille de la romancière Adèle Daminois, lui donna une fille, Marie, née le 4 juin 1834. Voir la lettre d'Honoré à sa sœur Laure du 12 octobre 1833 : « Je suis *père* – voilà un autre secret que j'avais à te dire – et à la tête d'une gentille personne, la plus naïve créature qui soit, tombée comme une fleur du ciel, qui vient chez moi en cachette, n'exige ni correspondance, ni soins, et qui dit : – Aime-moi un an, je t'aimerai toute ma vie. » Le texte de cette dédicace reste énigmatique : faut-il comprendre que Maria a inspiré le personnage d'Eugénie Grandet ? Le « portrait » de l'héroïne ressemblerait-il à celui de la jeune femme ? Est-ce sa constance (« je t'aimerai toute ma vie ») qui est transposée dans la fidélité d'Eugénie à son cousin ? Ou son amour idolâtre et dévot pour le romancier (selon la métaphore religieuse filée ici) ? Balzac en tout cas, amant de la jalouse Mme Hanska, devait, en 1839, éliminer toute allusion trop claire.

Il se trouve [1] dans certaines villes de province des maisons dont la vue inspire une mélancolie égale à celle que provoquent les cloîtres les plus sombres, les landes les plus ternes ou les ruines les plus tristes. Peut-être y a-t-il à la fois dans ces maisons et le silence du cloître et l'aridité des landes et les ossements des ruines. La vie et le mouvement y sont si tranquilles qu'un étranger les croirait inhabitées, s'il ne rencontrait tout à coup le regard pâle et froid d'une personne immobile dont la figure à demi monastique dépasse l'appui de la croisée, au bruit d'un pas inconnu. Ces principes de mélancolie existent dans la physionomie d'un logis situé à Saumur, au bout de la rue montueuse qui mène au château, par le haut de la ville. Cette rue, maintenant peu fréquentée, chaude en été, froide en hiver, obscure en quelques endroits, est remarquable par la sonorité de son petit pavé caillouteux, toujours propre et sec, par l'étroitesse de sa voie tortueuse, par la paix de ses maisons qui appartiennent à la vieille ville, et que dominent les remparts. Des habitations trois fois séculaires y sont encore solides, quoique construites en bois, et leurs divers aspects contribuent à l'originalité qui recommande cette partie de Saumur à l'attention des antiquaires [2] et des artistes. Il est

---

1. Dans l'édition de *L'Europe littéraire*, le roman s'ouvrait sur un premier chapitre intitulé « Physionomies bourgeoises ».
2. Le terme *antiquaire* désignait au XIXᵉ siècle tous ceux qui s'intéressaient aux vestiges du passé.

difficile de passer devant ces maisons, sans admirer les énormes madriers [1] dont les bouts sont taillés en figures bizarres et qui couronnent d'un bas-relief noir le rez-de-chaussée de la plupart d'entre elles. Ici, des pièces de bois transversales sont couvertes en ardoises et dessinent des lignes bleues sur les frêles murailles d'un logis terminé par un toit en colombage que les ans ont fait plier, dont les
30 bardeaux [2] pourris ont été tordus par l'action alternative de la pluie et du soleil. Là se présentent des appuis de fenêtre usés, noircis, dont les délicates sculptures se voient à peine, et qui semblent trop légers pour le pot d'argile brune d'où s'élancent les œillets ou les rosiers d'une pauvre ouvrière. Plus loin, c'est des portes garnies de clous énormes où le génie de nos ancêtres a tracé des hiéroglyphes domestiques dont le sens ne se retrouvera jamais. Tantôt un protestant y a signé sa foi, tantôt un ligueur y a maudit Henri IV [3]. Quelque bourgeois y a gravé les insignes de sa *noblesse de*
40 *cloches* [4], la gloire de son échevinage oublié. L'Histoire de France est là tout entière. À côté de la tremblante maison à pans hourdés [5] où l'artisan a déifié son rabot, s'élève l'hôtel d'un gentilhomme où sur le plein cintre de la porte en pierre se voient encore quelques vestiges de ses armes, brisées par les diverses révolutions qui depuis 1789 ont agité le pays. Dans cette rue, les rez-de-chaussée commerçants ne sont ni des boutiques ni des magasins, les amis du Moyen Âge y retrouveraient l'ouvrouère [6] de nos pères en

---

1. Dans une charpente, poutres.
2. Les bardeaux remplaçaient les tuiles ou ardoises dans une toiture et étaient des petites planches de bois. Ce système de couverture était employé surtout aux XVe et XVIe siècles.
3. Au moment des guerres de Religion (1562-1598), Saumur avait choisi le parti protestant. C'est dans cette ville qu'Henri de Navarre abjura le catholicisme que le roi Charles IX lui avait imposé. Les ligueurs constituaient le parti catholique avec à leur tête le duc de Guise.
4. « On appelle gentilshommes de la cloche les descendants des maires et des échevins de certaines villes où ces charges anoblissent. On les appelle ainsi parce que les Assemblées où ces officiers s'élisent se font au son de la cloche » (*Dictionnaire de l'Académie* de 1798).
5. Maçonnés grossièrement entre les poteaux formant l'armature du bâtiment.
6. Graphie reproduisant l'ancienne prononciation du mot *ouvroir*, au sens d'atelier.

toute sa naïve simplicité. Ces salles basses, qui n'ont ni devanture, ni montre [1], ni vitrages, sont profondes, obscures et sans ornements extérieurs ou intérieurs. Leur porte est ouverte en deux parties pleines, grossièrement ferrées, dont la supérieure se replie intérieurement, et dont l'inférieure, armée d'une sonnette à ressort, va et vient constamment. L'air et le jour arrivent à cette espèce d'antre humide, ou par le haut de la porte, ou par l'espace qui se trouve entre la voûte, le plancher et le petit mur à hauteur d'appui dans lequel s'encastrent de solides volets, ôtés le matin, remis et maintenus le soir avec des bandes de fer boulonnées. Ce mur sert à étaler les marchandises du négociant. Là, nul charlatanisme. Suivant la nature du commerce, les échantillons consistent en deux ou trois baquets pleins de sel et de morue, en quelques paquets de toile à voile, des cordages, du laiton pendu aux solives du plancher, des cercles le long des murs, ou quelques pièces de drap sur des rayons. Entrez ? Une fille propre, pimpante de jeunesse, au blanc fichu, aux bras rouges, quitte son tricot, appelle son père ou sa mère qui vient et vous vend à vos souhaits, flegmatiquement, complaisamment, arrogamment, selon son caractère, soit pour deux sous, soit pour vingt mille francs de marchandise. Vous verrez un marchand de merrain [2] assis à sa porte et qui tourne ses pouces en causant avec un voisin, il ne possède en apparence que de mauvaises planches à bouteilles et deux ou trois paquets de lattes ; mais sur le port son chantier plein fournit tous les tonneliers de l'Anjou ; il sait, à une planche près, combien il *peut* de tonneaux si la récolte est bonne ; un coup de soleil l'enrichit, un temps de pluie le ruine : en une seule matinée, les poinçons [3] valent onze francs ou tombent à six livres. Dans ce pays, comme en Touraine, les vicissitudes de l'atmosphère dominent la vie commerciale. Vignerons, propriétaires, marchands de bois, tonneliers, aubergistes, mariniers sont tous à l'affût d'un rayon de soleil ; ils tremblent en se couchant le soir d'apprendre le lendemain matin qu'il a gelé pendant la nuit ; ils redoutent la pluie, le vent,

---

1. Vitrine.
2. Planchettes de chêne destinées à la fabrication des tonneaux.
3. Tonneaux d'une contenance de 185 litres.

la sécheresse, et veulent de l'eau, du chaud, des nuages, à leur fantaisie. Il y a un duel constant entre le ciel et les intérêts terrestres. Le baromètre attriste, déride, égaie tour à tour les physionomies. D'un bout à l'autre de cette rue,
90 l'ancienne Grand-rue de Saumur, ces mots : « Voilà un temps d'or ! » se chiffrent de porte en porte. Aussi chacun répond-il au voisin : « Il pleut des louis », en sachant ce qu'un rayon de soleil, ce qu'une pluie opportune lui en apporte. Le samedi, vers midi, dans la belle saison, vous n'obtiendriez pas pour un sou de marchandise chez ces braves industriels [1]. Chacun a sa vigne, sa closerie, et va passer deux jours à la campagne. Là, tout étant prévu, l'achat, la vente, le profit, les commerçants se trouvent avoir dix heures sur douze à employer en joyeuses parties,
100 en observations, commentaires, espionnages continuels. Une ménagère n'achète pas une perdrix sans que les voisins demandent au mari si elle était cuite à point. Une jeune fille ne met pas la tête à sa fenêtre sans y être vue par tous les groupes inoccupés. Là donc les consciences sont à jour, de même que ces maisons impénétrables, noires et silencieuses n'ont point de mystères. La vie est presque toujours en plein air : chaque ménage s'assied à sa porte, y déjeune, y dîne, s'y dispute. Il ne passe personne dans la rue qui ne soit étudié. Aussi, jadis, quand un étranger arrivait dans une
110 ville de province, était-il gaussé de porte en porte. De là les bons contes, de là le surnom de *copieux* [2] donné aux habitants d'Angers qui excellaient à ces railleries urbaines. Les anciens hôtels de la vieille ville sont situés en haut de cette rue jadis habitée par les gentilshommes du pays. La maison pleine de mélancolie où se sont accomplis les événements de cette histoire était précisément un de ces logis, restes vénérables d'un siècle où les choses et les hommes avaient ce caractère de simplicité que les mœurs françaises perdent de jour en jour. Après avoir suivi les détours de ce chemin

---

1. *Industriels* désigne les producteurs de vignes, par opposition aux commerçants dont il sera question aussitôt après.
2. Mot ancien désignant ceux qui contrefont (copient) par moquerie. L'emploi passif du verbe *se gausser* est également archaïque. Le romancier parsème son texte d'expressions anciennes ou/et dialectales, qui disent la province – tout à la fois immobile, donc archaïque, et exotique.

pittoresque dont les moindres accidents réveillent des sou- 120
venirs et dont l'effet général tend à plonger dans une sorte
de rêverie machinale, vous apercevez un renforcement
assez sombre, au centre duquel est cachée la porte de la
maison à monsieur Grandet [1]. Il est impossible de comprendre la valeur de cette expression provinciale sans
donner la biographie de monsieur Grandet.

Monsieur Grandet jouissait à Saumur d'une réputation
dont les causes et les effets ne seront pas entièrement compris par les personnes qui n'ont point, peu ou prou, vécu
en province. Monsieur Grandet, encore nommé par cer- 130
taines gens le père Grandet, mais le nombre de ces
vieillards diminuait sensiblement, était en 1789 un maître
tonnelier fort à son aise, sachant lire, écrire et compter.
Dès que la République française mit en vente, dans
l'arrondissement de Saumur, les biens du clergé [2], le tonnelier, alors âgé de quarante ans, venait d'épouser la fille
d'un riche marchand de planches. Grandet alla, muni de sa
fortune liquide et de la dot, muni de deux mille louis d'or,
au district [3], où, moyennant deux cents doubles louis
offerts par son beau-père au farouche républicain qui sur- 140
veillait la vente des domaines nationaux, il eut pour un
morceau de pain, légalement, sinon légitimement, les plus
beaux vignobles de l'arrondissement, une vieille abbaye et
quelques métairies. Les habitants de Saumur étant peu
révolutionnaires, le père Grandet passa pour un homme
hardi, un républicain, un patriote, pour un esprit qui donnait dans les nouvelles idées, tandis que le tonnelier donnait tout bonnement dans les vignes [4]. Il fut nommé
membre de l'administration du district de Saumur, et son

---

1. Expression fondamentale, qui restitue le parler provincial (Nanon
emploie systématiquement la préposition *à* pour *de*) et souligne le caractère sacré de la propriété : « la maison à monsieur Grandet » n'est pas
celle qu'il occupe mais celle qu'il possède.
2. C'est en 1791 que débuta la vente des biens du clergé, qui avaient été
mis « à la disposition de la nation » par les décrets du 2 novembre 1789
et du 14 mai 1790.
3. Subdivision du département créée en 1789 et administrée par un
conseil et un directoire de douze personnes.
4. La chute de la phrase est bien entendu comique et souligne en même
temps les calculs tout personnels du vigneron, dénué de tout idéal révo-
lutionnaire.

150 influence pacifique s'y fit sentir politiquement et commercialement. Politiquement, il protégea les ci-devant et
empêcha de tout son pouvoir la vente des biens des
émigrés ; commercialement, il fournit aux armées républicaines un ou deux milliers de pièces de vin blanc, et se fit
payer en superbes prairies dépendant d'une communauté
de femmes que l'on avait réservée pour un dernier lot.
Sous le Consulat, le bonhomme Grandet devint maire,
administra sagement, vendangea mieux encore ; sous
l'Empire, il fut monsieur Grandet. Napoléon n'aimait pas
160 les républicains : il remplaça monsieur Grandet, qui passait pour avoir porté le bonnet rouge, par un grand propriétaire, un homme à particule, un futur baron de l'Empire.
Monsieur Grandet quitta les honneurs municipaux sans
aucun regret. Il avait fait faire dans l'intérêt de la ville
d'excellents chemins qui menaient à ses propriétés. Sa
maison et ses biens, très avantageusement cadastrés,
payaient des impôts modérés. Depuis le classement de ses
différents clos, ses vignes, grâce à des soins constants,
étaient devenues la tête du pays, mot technique en usage
170 pour indiquer les vignobles qui produisent la première
qualité de vin. Il aurait pu demander la croix de la Légion
d'honneur. Cet événement eut lieu en 1806. Monsieur
Grandet avait alors cinquante-sept ans, et sa femme
environ trente-six. Une fille unique, fruit de leurs légitimes
amours, était âgée de dix ans. Monsieur Grandet, que la
Providence voulut sans doute consoler de sa disgrâce
administrative, hérita successivement pendant cette année
de madame de La Gaudinière, née de La Bertellière, mère
de madame Grandet ; puis du vieux monsieur La Bertel-
180 lière, père de la défunte ; et encore de madame Gentillet,
grand-mère du côté maternel : trois successions dont
l'importance ne fut connue de personne. L'avarice de ces
trois vieillards était si passionnée que depuis longtemps ils
entassaient leur argent pour pouvoir le contempler secrètement. Le vieux monsieur La Bertellière appelait un placement une prodigalité, trouvant de plus gros intérêts dans
l'aspect de l'or que dans les bénéfices de l'usure. La ville
de Saumur présuma donc la valeur des économies d'après
les revenus des biens au soleil. Monsieur Grandet obtint
190 alors le nouveau titre de noblesse que notre manie d'éga-

lité n'effacera jamais, il devint *le plus imposé* de l'arrondissement [1]. Il exploitait cent arpents [2] de vignes, qui, dans les années plantureuses, lui donnaient sept à huit cents poinçons de vin. Il possédait treize métairies, une vieille abbaye, où, par économie, il avait muré les croisées, les ogives, les vitraux [3], ce qui les conserva ; et cent vingt-sept arpents de prairies où croissaient et grossissaient trois mille peupliers plantés en 1793. Enfin la maison dans laquelle il demeurait était la sienne. Ainsi établissait-on sa fortune visible. Quant à ses capitaux, deux seules personnes pouvaient vaguement en présumer l'importance : l'une était monsieur Cruchot, notaire chargé des placements usuraires de monsieur Grandet ; l'autre, monsieur des Grassins, le plus riche banquier de Saumur, aux bénéfices duquel le vigneron participait à sa convenance et secrètement. Quoique le vieux Cruchot et monsieur des Grassins possédassent cette profonde discrétion qui engendre en province la confiance et la fortune, ils témoignaient publiquement à monsieur Grandet un si grand respect que les observateurs pouvaient mesurer l'étendue des capitaux de l'ancien maire d'après la portée de l'obséquieuse considération dont il était l'objet. Il n'y avait dans Saumur personne qui ne fût persuadé que monsieur Grandet n'eût un trésor particulier, une cachette pleine de louis [4], et ne se donnât nuitamment les ineffables jouissances que procure la vue d'une grande masse d'or. Les avaricieux en avaient une sorte de certitude en voyant les yeux du bonhomme, auxquels le métal jaune [5] semblait

---

1. Des listes officielles des « plus forts contribuables » de l'arrondissement étaient dressées par les services publics : c'était là un nouveau titre de noblesse. Bernard François Balzac, père de l'auteur, avait figuré sur une telle liste.
2. Un arpent équivaut environ aux deux tiers d'un hectare.
3. Allusion à l'impôt sur les portes et fenêtres, créé par le Directoire en 1799 pour frapper les signes extérieurs de richesse.
4. Première mention du fameux cabinet dont tout le monde parle sans jamais y pénétrer.
5. La couleur jaune, celle de l'or, caractérise tout le portrait du personnage qui a également les cheveux blanc et or, et s'étend à son entourage : sa femme est « jaune comme un coing » ; le même teint est prêté à sa fille par la peu charitable, il est vrai, madame des Grassins. Grandet déclarera plus tard aimer le jaune (p. 199).

avoir communiqué ses teintes. Le regard d'un homme
220 accoutumé à tirer de ses capitaux un intérêt énorme
contracte nécessairement, comme celui du voluptueux, du
joueur ou du courtisan, certaines habitudes indéfinis-
sables, des mouvements furtifs, avides, mystérieux, qui
n'échappent point à ses coreligionnaires. Ce langage
secret forme en quelque sorte la franc-maçonnerie des
passions. Monsieur Grandet inspirait donc l'estime res-
pectueuse à laquelle avait droit un homme qui ne devait
jamais rien à personne, qui, vieux tonnelier, vieux
vigneron, devinait avec la précision d'un astronome
230 quand il fallait fabriquer pour sa récolte mille poinçons ou
seulement cinq cents ; qui ne manquait pas une seule spéculation, avait toujours des tonneaux à vendre alors que le
tonneau valait plus cher que la denrée à recueillir, pouvait
mettre sa vendange dans ses celliers et attendre le
moment de livrer son poinçon à deux cents francs quand
les petits propriétaires donnaient le leur à cinq louis. Sa
fameuse récolte de 1811, sagement serrée, lentement
vendue, lui avait rapporté plus de deux cent quarante
mille livres. Financièrement parlant, monsieur Grandet
240 tenait du tigre et du boa[1] : il savait se coucher, se blottir,
envisager[2] longtemps sa proie, sauter dessus, puis il
ouvrait la gueule de sa bourse, y engloutissait une charge
d'écus, et se couchait tranquillement, comme le serpent
qui digère, impassible, froid, méthodique. Personne ne le
voyait passer sans éprouver un sentiment d'admiration
mélangé de respect et de terreur. Chacun dans Saumur
n'avait-il pas senti le déchirement poli de ses griffes
d'acier ? À celui-ci maître Cruchot avait procuré l'argent
nécessaire à l'achat d'un domaine, mais à onze pour cent ;
250 à celui-là monsieur des Grassins avait escompté des
traites, mais avec un effroyable prélèvement d'intérêts. Il
s'écoulait peu de jours sans que le nom de monsieur
Grandet fût prononcé soit au marché, soit pendant les soi-

---

1. Métaphores animales dont le rapprochement est d'un sûr effet
comique. Plus loin, le père Grandet sera vu par ses concitoyens
comme un basilic, autre reptile – fabuleux celui-ci. Ou comme un
caïman.
2. Regarder au visage, en face.

rées dans les conversations de la ville. Pour quelques personnes, la fortune du vieux vigneron était l'objet d'un orgueil patriotique. Aussi plus d'un négociant, plus d'un aubergiste disait-il aux étrangers avec un certain contentement : « Monsieur, nous avons ici deux ou trois maisons millionnaires ; mais, quant à monsieur Grandet, il ne connaît pas lui-même sa fortune ! » En 1816 les plus habiles calculateurs de Saumur estimaient les biens territoriaux du bonhomme à près de quatre millions ; mais, comme terme[1] moyen, il avait dû tirer par an, depuis 1793 jusqu'en 1817, cent mille francs de ses propriétés, il était présumable qu'il possédait en argent une somme presque égale à celle de ses biens-fonds[2]. Aussi, lorsque après une partie de boston, ou quelque entretien sur les vignes, on venait à parler de monsieur Grandet, les gens capables disaient-ils : « Le père Grandet ?… le père Grandet doit avoir cinq à six millions. – Vous êtes plus habile que je ne le suis, je n'ai jamais pu savoir le total », répondaient monsieur Cruchot ou monsieur des Grassins s'ils entendaient le propos. Quelque Parisien parlait-il des Rothschild ou de monsieur Laffite[3], les gens de Saumur demandaient s'ils étaient aussi riches que monsieur Grandet. Si le Parisien leur jetait en souriant une dédaigneuse affirmation, ils se regardaient en hochant la tête d'un air d'incrédulité. Une si grande fortune couvrait d'un manteau d'or toutes les actions de cet homme. Si d'abord quelques particularités de sa vie donnèrent prise au ridicule et à la moquerie, la moquerie et le ridicule s'étaient usés. En ses moindres actes, monsieur Grandet avait pour lui l'autorité de la chose jugée. Sa parole, son vêtement, ses gestes, le clignement de ses yeux faisaient loi dans le pays, où chacun, après l'avoir étudié comme un naturaliste étudie les effets de l'instinct chez les animaux, avait pu reconnaître la profonde et muette sagesse

260

270

280

---

1. Somme qui lui était payée tous les trois mois par ses métayers.
2. À l'époque, un riche bourgeois de province a des revenus annuels correspondant à un total de 22 900 à 45 800 euros environ. Un ouvrier gagne alors l'équivalent de 23 centimes d'euros de salaire journalier.
3. Deux noms de banquiers célèbres, qui reviennent souvent dans *La Comédie humaine*. Ils lancent l'une des importantes antithèses du roman, celle de la province et de Paris.

de ses plus légers mouvements. « L'hiver sera rude,
disait-on, le père Grandet a mis ses gants fourrés : il faut
290 vendanger. – Le père Grandet prend beaucoup de merrain,
il y aura du vin cette année. » Monsieur Grandet n'achetait jamais ni viande ni pain. Ses fermiers lui apportaient
par semaine une provision suffisante de chapons, de poulets, d'œufs, de beurre et de blé de rente [1]. Il possédait un
moulin dont le locataire devait, en sus du bail, venir chercher une certaine quantité de grains et lui en apporter le
son et la farine. La Grande Nanon, son unique servante,
quoiqu'elle ne fût plus jeune, boulangeait elle-même tous
les samedis le pain de la maison. Monsieur Grandet
300 s'était arrangé avec les maraîchers, ses locataires, pour
qu'ils le fournissent de légumes. Quant aux fruits, il en
récoltait une telle quantité qu'il en faisait vendre une
grande partie au marché. Son bois de chauffage était
coupé dans ses haies ou pris dans les vieilles truisses [2] à
moitié pourries qu'il enlevait au bord de ses champs, et
ses fermiers le lui charroyaient en ville tout débité, le ran-
geaient par complaisance dans son bûcher et recevaient
ses remerciements. Ses seules dépenses connues étaient le
pain bénit, la toilette de sa femme, celle de sa fille, et le
310 paiement de leurs chaises à l'église ; la lumière, les gages
de la Grande Nanon, l'étamage de ses casseroles ;
l'acquittement des impositions, les réparations de ses
bâtiments et les frais de ses exploitations. Il avait six cents
arpents de bois récemment achetés qu'il faisait surveiller
par le garde d'un voisin, auquel il promettait une indemnité. Depuis cette acquisition seulement, il mangeait du
gibier. Les manières de cet homme étaient fort simples. Il
parlait peu. Généralement il exprimait ses idées par de
petites phrases sentencieuses et dites d'une voix douce.
320 Depuis la Révolution, époque à laquelle il attira les
regards, le bonhomme bégayait d'une manière fatigante
aussitôt qu'il avait à discourir longuement ou à soutenir

---

1. L'expression « de rente » porte sur l'ensemble des produits énumérés
et désigne tout ce qui est dû annuellement par le fermier.
2. Une truisse, terme régional mis pour *têtard*, désigne un « arbre dont on
coupe le tronc à deux ou trois mètres au-dessus du sol pour lui faire produire des branches », selon Littré.

une discussion. Ce bredouillement, l'incohérence de ses paroles, le flux de mots où il noyait sa pensée, son manque apparent de logique attribués à un défaut d'éducation étaient affectés et seront suffisamment expliqués par quelques événements de cette histoire. D'ailleurs quatre phrases exactes autant que des formules algébriques lui servaient habituellement à embrasser, à résoudre toutes les difficultés de la vie et du commerce : « Je ne sais pas, je ne puis pas, je ne veux pas, nous verrons cela. » Il ne disait jamais ni *oui* ni *non*, et n'écrivait point. Lui parlait-on ? il écoutait froidement, se tenait le menton dans la main droite en appuyant son coude droit sur le revers de la main gauche, et se formait en toute affaire des opinions desquelles il ne revenait point. Il méditait longuement les moindres marchés. Quand, après une savante conversation, son adversaire lui avait livré le secret de ses prétentions en croyant le tenir, il lui répondait : « Je ne puis rien conclure sans avoir consulté ma femme. » Sa femme, qu'il avait réduite à un ilotisme complet, était en affaires son paravent le plus commode. Il n'allait jamais chez personne, ne voulait ni recevoir [1] ni donner à dîner ; il ne faisait jamais de bruit, et semblait économiser tout, même le mouvement. Il ne dérangeait rien chez les autres par un respect constant de la propriété. Néanmoins, malgré la douceur de sa voix, malgré sa tenue circonspecte, le langage et les habitudes du tonnelier perçaient, surtout quand il était au logis, où il se contraignait moins que partout ailleurs. Au physique, Grandet était un homme de cinq pieds [2], trapu, carré, ayant des mollets de douze pouces [3] de circonférence, des rotules noueuses et de larges épaules, son visage était rond, tanné, marqué de petite vérole ; son menton était droit, ses lèvres n'offraient aucune sinuosité, et ses dents étaient blanches ; ses yeux avaient l'expression calme et

1. Sous-entendu « à dîner », c'est-à-dire que Grandet refuse d'être invité à dîner – sans doute pour ne pas avoir à rendre les invitations. Voir plus loin le dîner qu'il offre aux Cruchot.
2. Soit un peu plus de 1,60 m. Ce Grandet est donc petit : son nom résonne dès lors comme une antiphrase, mais on peut y lire plus volontiers l'anagramme *d'argent*.
3. Un peu plus de 32 cm.

dévoratrice que le peuple accorde au basilic [1] ; son front,
plein de rides transversales, ne manquait pas de protubé-
rances significatives [2] ; ses cheveux jaunâtres et grison-
360   nants étaient blanc et or, disaient quelques jeunes gens qui
ne connaissaient pas la gravité d'une plaisanterie faite sur
monsieur Grandet. Son nez, gros par le bout, supportait
une loupe [3] veinée que le vulgaire disait, non sans raison,
pleine de malice. Cette figure annonçait une finesse dan-
gereuse, une probité sans chaleur, l'égoïsme d'un homme
habitué à concentrer ses sentiments dans la jouissance de
l'avarice et sur le seul être qui lui fût réellement de
quelque chose, sa fille Eugénie, sa seule héritière. Attitude, manières, démarche, tout en lui, d'ailleurs, attestait
370   cette croyance en soi que donne l'habitude d'avoir toujours réussi dans ses entreprises. Aussi, quoique de
mœurs faciles et molles en apparence, monsieur Grandet
avait-il un caractère de bronze. Toujours vêtu de la même
manière, qui le voyait aujourd'hui le voyait tel qu'il était
depuis 1791. Ses forts souliers se nouaient avec des cordons de cuir ; il portait en tout temps des bas de laine
drapés, une culotte courte de gros drap marron à boucles
d'argent, un gilet de velours à raies alternativement
jaunes et puce, boutonné carrément [4], un large habit
380   marron, à grands pans, une cravate noire et un chapeau de
quaker. Ses gants, aussi solides que ceux des gendarmes,
lui duraient vingt mois et, pour les conserver propres, il
les posait sur le bord de son chapeau à la même place, par
un geste méthodique. Saumur ne savait rien de plus sur ce
personnage.

　　Six habitants seulement avaient le droit de venir dans
cette maison. Le plus considérable des trois premiers était
le neveu de monsieur Cruchot. Depuis sa nomination de
président au tribunal de première instance de Saumur, ce
390   jeune homme avait joint au nom de Cruchot celui de Bon-

---

1. Le basilic, animal fabuleux, était un reptile auquel les Anciens prê-
taient le pouvoir de tuer d'un seul regard. Grandet-boa et basilic a donc
à la fois le pouvoir d'étouffer ses victimes et de les tuer en les regardant.
2. Allusion à la phrénologie de Gall qui prétend deviner le caractère d'un
homme d'après la forme de son crâne.
3. Petite tumeur, tels le kyste, le lipome.
4. En forme de carré, avec deux rangées de boutons.

fons, et travaillait à faire prévaloir Bonfons sur Cruchot. Il signait déjà C. de Bonfons. Le plaideur assez mal avisé pour l'appeler monsieur Cruchot s'apercevait bientôt à l'audience de sa sottise. Le magistrat protégeait ceux qui le nommaient monsieur le président, mais il favorisait de ses plus gracieux sourires les flatteurs qui lui disaient monsieur de Bonfons. Monsieur le président était âgé de trente-trois ans, possédait le domaine de Bonfons (*Boni Fontis*), valant sept mille livres de rente ; il attendait la succession de son oncle le notaire et celle de son oncle l'abbé Cruchot, dignitaire du chapitre de Saint-Martin-de-Tours, qui tous deux passaient pour être assez riches. Ces trois Cruchot, soutenus par bon nombre de cousins, alliés à vingt maisons de la ville, formaient un parti, comme jadis à Florence les Médicis ; et, comme les Médicis, les Cruchot avaient leurs Pazzi [1]. Madame des Grassins, mère d'un fils de vingt-trois ans, venait très assidûment faire la partie de madame Grandet, espérant marier son cher Adolphe avec mademoiselle Eugénie. Monsieur des Grassins le banquier favorisait vigoureusement les manœuvres de sa femme par de constants services secrètement rendus au vieil avare, et arrivait toujours à temps sur le champ de bataille. Ces trois des Grassins avaient également leurs adhérents, leurs cousins, leurs alliés fidèles. Du côté des Cruchot, l'abbé, le Talleyrand de la famille, bien appuyé par son frère le notaire, disputait vivement le terrain à la financière et tentait de réserver le riche héritage à son neveu le président. Ce combat secret entre les Cruchot et les des Grassins, dont le prix était la main d'Eugénie Grandet, occupait passionnément les diverses sociétés de Saumur. Mademoiselle Grandet épousera-t-elle monsieur le président ou monsieur Adolphe des Grassins ? À ce problème, les uns répondaient que monsieur Grandet ne donnerait sa fille ni à l'un ni à l'autre. L'ancien tonnelier rongé d'ambition cherchait, disaient-ils, pour gendre quelque pair de France, à qui trois cent mille livres de

---

1. Les Pazzi, famille républicaine de Florence, s'opposèrent aux Médicis et formèrent contre eux une conjuration (en 1478). Ils échouèrent et furent tous exécutés – ce qui annonce l'échec des Grassinistes face aux Cruchotins.

rente feraient accepter tous les tonneaux passés, présents
et futurs des Grandet. D'autres répliquaient que monsieur
et madame des Grassins étaient nobles, puissamment
430 riches, qu'Adolphe était un bien gentil cavalier, et qu'à
moins d'avoir un neveu du pape dans sa manche, une
alliance si convenable devait satisfaire des gens de rien, un
homme que tout Saumur avait vu la doloire [1] en main, et
qui, d'ailleurs, avait porté le bonnet rouge. Les plus sensés
faisaient observer que monsieur Cruchot de Bonfons avait
ses entrées à toute heure au logis, tandis que son rival n'y
était reçu que les dimanches. Ceux-ci soutenaient que
madame des Grassins, plus liée avec les femmes de la
maison Grandet que les Cruchot, pouvait leur inculquer
440 certaines idées qui la feraient, tôt ou tard, réussir. Ceux-là
répliquaient que l'abbé Cruchot était l'homme le plus insi-
nuant du monde, et que femme contre moine la partie se
trouvait égale. « Ils sont manche à manche », disait un bel
esprit de Saumur. Plus instruits, les anciens du pays pré-
tendaient que les Grandet étaient trop avisés pour laisser
sortir les biens de leur famille, mademoiselle Eugénie
Grandet de Saumur serait mariée au fils de monsieur
Grandet de Paris, riche marchand de vin en gros. À cela
les Cruchotins et les Grassinistes répondaient : « D'abord
450 les deux frères ne se sont pas vus deux fois depuis trente
ans. Puis, monsieur Grandet de Paris a de hautes prétentions pour son fils. Il est maire d'un arrondissement,
député, colonel de la garde nationale, juge au tribunal de
commerce ; il renie les Grandet de Saumur, et prétend
s'allier à quelque famille ducale par la grâce de
Napoléon. » Que ne disait-on pas d'une héritière dont on
parlait à vingt lieues à la ronde et jusque dans les voitures
publiques, d'Angers à Blois inclusivement ? Au commencement de 1818, les Cruchotins remportèrent un avantage
460 signalé sur les Grassinistes. La terre de Froidfond, remarquable par son parc, son admirable château, ses fermes,
rivières [2], étangs, forêts, et valant trois millions, fut mise
en vente par le jeune marquis de Froidfond obligé de réa-

---

1. Instrument de tonnelier servant à égaliser la surface du bois.
2. Il faut ici restituer le singulier, le texte de l'édition Furne étant seul à
employer le pluriel.

liser ses capitaux. Maître Cruchot, le président Cruchot, l'abbé Cruchot, aidés par leurs adhérents, surent empêcher la vente par petits lots. Le notaire conclut avec le jeune homme un marché d'or en lui persuadant qu'il y aurait des poursuites sans nombre à diriger contre les adjudicataires avant de rentrer dans le prix des lots ; il valait mieux vendre à monsieur Grandet, homme solvable, et capable d'ailleurs de payer la terre en argent comptant. Le beau marquisat de Froidfond fut alors convoyé vers l'œsophage [1] de monsieur Grandet, qui, au grand étonnement de Saumur, le paya, sous escompte [2], après les formalités. Cette affaire eut du retentissement à Nantes et à Orléans. Monsieur Grandet alla voir son château par l'occasion d'une charrette qui y retournait. Après avoir jeté sur sa propriété le coup d'œil du maître, il revint à Saumur, certain d'avoir placé ses fonds à cinq [3], et saisi de la magnifique pensée d'arrondir le marquisat de Froidfond en y réunissant tous ses biens. Puis, pour remplir de nouveau son trésor presque vide, il décida de couper à blanc ses bois, ses forêts, et d'exploiter les peupliers de ses prairies.

Il est maintenant facile de comprendre toute la valeur de ce mot : la maison à monsieur Grandet, cette maison pâle, froide, silencieuse, située en haut de la ville, et abritée par les ruines des remparts. Les deux piliers et la voûte formant la baie de la porte avaient été, comme la maison, construits en tuffeau, pierre blanche particulière au littoral de la Loire, et si molle que sa durée moyenne est à peine de deux cents ans. Les trous inégaux et nombreux que les intempéries du climat y avaient bizarrement pratiqués donnaient au cintre et aux jambages de la baie l'apparence des pierres vermiculées [4] de l'architecture française et quelque ressemblance avec le porche d'une geôle. Au-dessus du cintre régnait [5] un long bas-relief de pierre dure

---

1. Balzac file la métaphore du Grandet-boa, qui, lentement, digère sa proie.
2. Au comptant, moyennant une baisse du prix.
3. C'est-à-dire en s'assurant un bénéfice de 5 %.
4. Selon Littré, « se dit d'un travail en figure de vers qui a lieu dans les bâtiments en pierre, sur des bossages auxquels on prétend donner une apparence rustique ».
5. S'étendait.

sculptée, représentant les quatre Saisons, figures déjà rongées et toutes noires. Ce bas-relief était surmonté d'une
plinthe [1] saillante, sur laquelle s'élevaient plusieurs de ces
500 végétations dues au hasard, des pariétaires jaunes, des
liserons, des convolvulus, du plantin, et un petit cerisier
assez haut déjà. La porte, en chêne massif, brune, dessé-
chée, fendue de toutes parts, frêle en apparence, était solidement maintenue par le système de ses boulons qui figu-
raient des dessins symétriques. Une grille carrée, petite,
mais à barreaux serrés et rouges de rouille, occupait le
milieu de la porte bâtarde [2] et servait, pour ainsi dire, de
motif [3] à un marteau qui s'y rattachait par un anneau, et
frappait sur la tête grimaçante d'un maître-clou. Ce mar-
510 teau, de forme oblongue et du genre de ceux que nos
ancêtres nommaient jacquemart [4], ressemblait à un gros
point d'admiration [5] ; en l'examinant avec attention, un
antiquaire y aurait retrouvé quelques indices de la figure
essentiellement bouffonne qu'il représentait jadis, et
qu'un long usage avait effacée. Par la petite grille, destinée
à reconnaître les amis, au temps des guerres civiles, les
curieux pouvaient apercevoir, au fond d'une voûte obscure
et verdâtre, quelques marches dégradées par lesquelles on
montait dans un jardin que bornaient pittoresquement des
520 murs épais, humides, pleins de suintements et de touffes
d'arbustes malingres. Ces murs étaient ceux du rempart
sur lequel s'élevaient les jardins de quelques maisons voi-
sines. Au rez-de-chaussée de la maison, la pièce la plus
considérable était une *salle* dont l'entrée se trouvait sous
la voûte de la porte cochère. Peu de personnes connaissent
l'importance d'une salle dans les petites villes de l'Anjou,
de la Touraine et du Berry. La salle est à la fois l'antichambre, le salon, le cabinet, le boudoir, la salle à
manger ; elle est le théâtre de la vie domestique, le foyer
530 commun ; là, le coiffeur du quartier venait couper deux

---

1. Terme d'architecture désignant tout ce qui a la forme d'une petite table
carrée
2. Porte pratiquée à l'intérieur d'une porte cochère.
3. Ornement.
4. Figure en bois ou en métal munie d'un marteau, qui sonne les heures
en frappant sur une cloche.
5. Ancien nom du point d'exclamation.

fois l'an les cheveux de monsieur Grandet ; là entraient les fermiers, le curé, le sous-préfet, le garçon meunier. Cette pièce, dont les deux croisées donnaient sur la rue, était planchéiée [1] ; des panneaux gris, à moulures antiques, la boisaient de haut en bas ; son plafond se composait de poutres apparentes également peintes en gris, dont les entre-deux étaient remplis de blanc en bourre [2] qui avait jauni. Un vieux cartel de cuivre incrusté d'arabesques en écaille ornait le manteau de la cheminée en pierre blanche, mal sculpté, sur lequel était une glace verdâtre dont les côtés, coupés en biseau pour en montrer l'épaisseur, reflétaient un filet de lumière le long d'un trumeau [3] gothique [4] en acier damasquiné. Les deux girandoles de cuivre doré qui décoraient chacun des coins de la cheminée étaient à deux fins, en enlevant les roses qui leur servaient de bobèches, et dont la maîtresse-branche s'adaptait au piédestal de marbre bleuâtre agencé de vieux cuivre, ce piédestal formait un chandelier pour les petits jours [5]. Les sièges de forme antique étaient garnis en tapisseries représentant les fables de La Fontaine ; mais il fallait le savoir pour en reconnaître les sujets, tant les couleurs passées et les figures criblées de reprises se voyaient difficilement. Aux quatre angles de cette salle se trouvaient des encoignures, espèces de buffets terminés par de crasseuses étagères. Une vieille table à jouer en marqueterie, dont le dessus faisait échiquier, était placée dans le tableau [6] qui séparait les deux fenêtres. Au-dessus de cette table, il y avait un baromètre ovale, à bordure noire, enjolivé par des rubans de bois doré, où les mouches avaient si licencieusement folâtré que la dorure en était un problème. Sur la paroi opposée à la cheminée, deux portraits au pastel

540

550

560

---

1. Garnie de planches qui font office de boiseries.
2. Mortier de chaux et de sable auquel on incorporait de la bourre de poils et qui servait à combler l'espace entre deux poutres.
3. Selon Littré, « toute partie de menuiserie servant à revêtir l'espace qui se trouve entre deux croisées, qu'il y ait ou non une glace ».
4. L'adjectif désigne un style de peinture et de sculpture très en vogue au début du XIXe siècle.
5. Les petits jours désignent les jours où l'on fait moins d'apprêt, ce qui sonne comme une ironie quand on connaît l'ordinaire de la maison Grandet : les « petits jours », c'est tous les jours !
6. C'est-à-dire dans la partie du mur située entre les deux fenêtres.

étaient censés représenter l'aïeul de madame Grandet, le vieux monsieur de La Bertellière, en lieutenant des gardes françaises, et défunte madame Gentillet en bergère. Aux deux fenêtres étaient drapés des rideaux en gros de Tours [1] rouge, relevés par des cordons de soie à glands d'église. Cette luxueuse décoration, si peu en harmonie avec les habitudes de Grandet, avait été comprise dans l'achat de la maison, ainsi que le trumeau, le cartel, le meuble en tapis-

570 serie et les encoignures en bois de rose. Dans la croisée la plus rapprochée de la porte, se trouvait une chaise de paille dont les pieds étaient montés sur des patins, afin d'élever madame Grandet à une hauteur qui lui permît de voir les passants. Une travailleuse en bois de merisier déteint rem-plissait l'embrasure, et le petit fauteuil d'Eugénie Grandet était placé tout auprès. Depuis quinze ans, toutes les jour-nées de la mère et de la fille s'étaient paisiblement écou-lées à cette place, dans un travail constant, à compter du mois d'avril jusqu'au mois de novembre. Le premier de ce

580 dernier mois elles pouvaient prendre leur station d'hiver à la cheminée. Ce jour-là seulement Grandet permettait qu'on allumât du feu dans la salle, et il le faisait éteindre au trente et un mars sans avoir égard ni aux premiers froids du printemps ni à ceux de l'automne. Une chaufferette, entretenue avec la braise provenant du feu de la cuisine que la Grande Nanon leur réservait en usant d'adresse, aidait madame et mademoiselle Grandet à passer les mati-nées ou les soirées les plus fraîches des mois d'avril et d'octobre. La mère et la fille entretenaient tout le linge de

590 la maison, et employaient si consciencieusement leurs journées à ce véritable labeur d'ouvrière, que, si Eugénie voulait broder une collerette à sa mère, elle était forcée de prendre sur ses heures de sommeil en trompant son père pour avoir de la lumière. Depuis longtemps l'avare distri-buait la chandelle à sa fille et à la Grande Nanon, de même qu'il distribuait dès le matin le pain et les denrées néces-saires à la consommation journalière.

La Grande Nanon était peut-être la seule créature humaine capable d'accepter le despotisme de son maître.

600 Toute la ville l'enviait à monsieur et à madame Grandet.

---

1. Tissu de soie à gros grain.

La Grande Nanon, ainsi nommée à cause de sa taille haute de cinq pieds huit pouces [1], appartenait à Grandet depuis trente-cinq ans. Quoiqu'elle n'eût que soixante livres de gages, elle passait pour une des plus riches servantes de Saumur. Ces soixante livres, accumulées depuis trente-cinq ans, lui avaient permis de placer récemment quatre mille livres en viager chez maître Cruchot. Ce résultat des longues et persistantes économies de la Grande Nanon parut gigantesque. Chaque servante, voyant à la pauvre sexagénaire du pain pour ses vieux jours, était jalouse d'elle sans penser au dur servage par lequel il avait été acquis. À l'âge de vingt-deux ans, la pauvre fille n'avait pu se placer chez personne, tant sa figure semblait repoussante ; et certes ce sentiment était bien injuste : sa figure eût été fort admirée sur les épaules d'un grenadier de la garde ; mais en tout il faut, dit-on, l'à-propos. Forcée de quitter une ferme incendiée où elle gardait les vaches, elle vint à Saumur, où elle chercha du service, animée de ce robuste courage qui ne se refuse à rien. Le père Grandet pensait alors à se marier, et voulait déjà monter son ménage. Il avisa cette fille rebutée de porte en porte. Juge de la force corporelle en sa qualité de tonnelier, il devina le parti qu'on pouvait tirer d'une créature femelle taillée en Hercule, plantée sur ses pieds comme un chêne de soixante ans sur ses racines, forte des hanches, carrée du dos, ayant des mains de charretier et une probité vigoureuse comme l'était son intacte vertu. Ni les verrues qui ornaient ce visage martial, ni le teint de brique, ni les bras nerveux, ni les haillons de la Nanon n'épouvantèrent le tonnelier, qui se trouvait encore dans l'âge où le cœur tressaille. Il vêtit alors, chaussa, nourrit la pauvre fille, lui donna des gages, et l'employa sans trop la rudoyer. En se voyant ainsi accueillie, la Grande Nanon pleura secrètement de joie, et s'attacha sincèrement au tonnelier, qui d'ailleurs l'exploita féodalement. Nanon faisait tout : elle faisait la cuisine, elle faisait les buées [2], elle allait laver le linge à la Loire, le rapportait sur ses épaules ; elle se levait au jour, se couchait tard ; faisait à manger à tous les ven-

1. C'est-à-dire plus de 1,83 m.
2. Les lessives.

dangers pendant les récoltes, surveillait les
640 halleboteurs [1] ; défendait, comme un chien fidèle, le bien
de son maître ; enfin, pleine d'une confiance aveugle en
lui, elle obéissait sans murmure à ses fantaisies les plus
saugrenues. Lors de la fameuse année de 1811 [2], dont la
récolte coûta des peines inouïes, après vingt ans de service, Grandet résolut de donner sa vieille montre à Nanon,
seul présent qu'elle reçut jamais de lui. Quoiqu'il lui aban-
donnât ses vieux souliers (elle pouvait les mettre), il est
impossible de considérer le profit trimestriel des souliers
de Grandet comme un cadeau, tant ils étaient usés. La
650 nécessité rendit cette pauvre fille si avare que Grandet
avait fini par l'aimer comme on aime un chien, et Nanon
s'était laissé mettre au cou un collier garni de pointes dont
les piqûres ne la piquaient plus. Si Grandet coupait le pain
avec un peu trop de parcimonie, elle ne s'en plaignait pas ;
elle participait gaiement aux profits hygiéniques que pro-
curait le régime sévère de la maison, où jamais personne
n'était malade. Puis la Nanon faisait partie de la famille :
elle riait quand riait Grandet, s'attristait, gelait, se chauffait, travaillait avec lui. Combien de douces compensa-
660 tions dans cette égalité ! Jamais le maître n'avait reproché
à la servante ni l'halleberge [3] ou la pêche de vigne, ni les
prunes ou les brugnons mangés sous l'arbre. « Allons,
régale-toi, Nanon », lui disait-il dans les années où les
branches pliaient sous les fruits que les fermiers étaient
obligés de donner aux cochons. Pour une fille des champs
qui dans sa jeunesse n'avait récolté que de mauvais traite-
ments, pour une pauvresse recueillie par charité, le rire
équivoque du père Grandet était un vrai rayon de soleil.
D'ailleurs le cœur simple, la tête étroite de Nanon ne pou-
670 vaient contenir qu'un sentiment et une idée. Depuis trente-
cinq ans, elle se voyait toujours arrivant devant le chantier
du père Grandet, pieds nus, en haillons, et entendait
toujours le tonnelier lui disant : « Que voulez-vous, ma
mignonne ? » Et sa reconnaissance était toujours jeune.

---

1. Les grapilleurs, ceux qui, après la vendange, cueillent les raisins
oubliés dans les vignes.
2. Année de la comète, qui vit une très belle récolte.
3. Ou alberge, variété d'abricot sauvage.

Quelquefois Grandet, songeant que cette pauvre créature n'avait jamais entendu le moindre mot flatteur, qu'elle ignorait tous les sentiments doux que la femme inspire, et pouvait comparaître un jour devant Dieu, plus chaste que ne l'était la Vierge Marie elle-même, Grandet, saisi de pitié, disait en la regardant : « Cette pauvre Nanon ! » Son 680 exclamation était toujours suivie d'un regard indéfinissable que lui jetait la vieille servante. Ce mot, dit de temps à autre, formait depuis longtemps une chaîne d'amitié non interrompue, et à laquelle chaque exclamation ajoutait un chaînon. Cette pitié, placée au cœur de Grandet et prise tout en gré par la vieille fille, avait je ne sais quoi d'horrible. Cette atroce pitié d'avare, qui réveillait mille plaisirs au cœur du vieux tonnelier, était pour Nanon sa somme de bonheur. Qui ne dira pas aussi : « Pauvre Nanon ! » Dieu reconnaîtra ses anges aux inflexions de leur voix et à leurs 690 mystérieux regrets. Il y avait dans Saumur une grande quantité de ménages où les domestiques étaient mieux traités, mais où les maîtres n'en recevaient néanmoins aucun contentement. De là cette autre phrase : « Qu'est-ce que les Grandet font donc à leur Grande Nanon pour qu'elle leur soit si attachée ? Elle passerait dans le feu pour eux ! » Sa [1] cuisine, dont les fenêtres grillées donnaient sur la cour, était toujours propre, nette, froide, véritable cuisine d'avare où rien ne devait se perdre. Quand Nanon avait lavé sa vaisselle, serré les restes du dîner, 700 éteint son feu, elle quittait sa cuisine, séparée de la salle par un couloir, et venait filer du chanvre auprès de ses maîtres. Une seule chandelle suffisait à la famille pour la soirée. La servante couchait au fond de ce couloir, dans un bouge éclairé par un jour de souffrance [2]. Sa robuste santé lui permettait d'habiter impunément cette espèce de trou, d'où elle pouvait entendre le moindre bruit par le silence profond qui régnait nuit et jour dans la maison. Elle devait, comme un dogue chargé de la police, ne dormir que d'une oreille et se reposer en veillant. 710

---

1. Dans le manuscrit, Balzac avait plus correctement écrit *La*.
2. Ouverture donnant sur la propriété d'un voisin, qui le souffre ou l'a permis.

La description des autres portions du logis se trouvera liée aux événements de cette histoire ; mais d'ailleurs le croquis de la salle où éclatait tout le luxe du ménage peut faire soupçonner par avance la nudité des étages supérieurs.

En 1819, vers le commencement de la soirée, au milieu du mois de novembre, la Grande Nanon alluma du feu pour la première fois. L'automne avait été très beau. Ce jour était un jour de fête bien connu des Cruchotins et des
720 Grassinistes. Aussi les six antagonistes se préparaient-ils à venir armés de toutes pièces, pour se rencontrer dans la salle et s'y surpasser en preuves d'amitié. Le matin tout Saumur avait vu madame et mademoiselle Grandet, accompagnées de Nanon, se rendant à l'église paroissiale pour y entendre la messe, et chacun se souvint que ce jour était l'anniversaire de la naissance de mademoiselle Eugénie. Aussi, calculant l'heure où le dîner devait finir, maître Cruchot, l'abbé Cruchot et monsieur C. de Bonfons s'empressaient-ils d'arriver avant les des Grassins pour
730 fêter mademoiselle Grandet. Tous trois apportaient d'énormes bouquets cueillis dans leurs petites serres. La queue des fleurs que le président voulait présenter était ingénieusement enveloppée d'un ruban de satin blanc, orné de franges d'or. Le matin, monsieur Grandet, suivant sa coutume pour les jours mémorables de la naissance et de la fête d'Eugénie, était venu la surprendre au lit, et lui avait solennellement offert son présent paternel, consistant, depuis treize années, en une curieuse pièce d'or. Madame Grandet donnait ordinairement à sa fille une robe
740 d'hiver ou d'été, selon la circonstance. Ces deux robes, les pièces d'or qu'elle récoltait au premier jour de l'an et à la fête de son père, lui composaient un petit revenu de cent écus environ, que Grandet aimait à lui voir entasser. N'était-ce pas mettre son argent d'une caisse dans une autre, et, pour ainsi dire, élever à la brochette [1] l'avarice de son héritière, à laquelle il demandait parfois compte de son trésor, autrefois grossi par les La Bertellière, en lui

---

1. La *brochette* est un petit bâton qu'on utilise pour donner la becquée aux oiseaux. Élever un enfant à la brochette, c'est l'entourer de beaucoup de soins.

disant : « Ce sera ton *douzain* de mariage. » Le douzain est un antique usage encore en vigueur et saintement conservé dans quelques pays situés au centre de la France. En Berry, en Anjou, quand une jeune fille se marie, sa famille ou celle de l'époux doit lui donner une bourse où se trouvent, suivant les fortunes, douze pièces ou douze douzaines de pièces ou douze cents pièces d'argent ou d'or. La plus pauvre des bergères ne se marierait pas sans son douzain, ne fût-il composé que de gros sous. On parle encore à Issoudun de je ne sais quel douzain offert à une riche héritière et qui contenait cent quarante-quatre portugaises d'or. Le pape Clément VII, oncle de Catherine de Médicis, lui fit présent, en la mariant à Henri II, d'une douzaine de médailles d'or antiques de la plus grande valeur. Pendant le dîner, le père, tout joyeux de voir son Eugénie plus belle dans une robe neuve, s'était écrié : « Puisque c'est la fête d'Eugénie [1], faisons du feu ! ce sera de bon augure.

– Mademoiselle se mariera dans l'année, c'est sûr, dit la Grande Nanon en remportant les restes d'une oie, ce faisan des tonneliers.

– Je ne vois point de partis pour elle à Saumur ? » répondit madame Grandet en regardant son mari d'un air timide qui, vu son âge, annonçait l'entière servitude conjugale sous laquelle gémissait la pauvre femme.

Grandet contempla sa fille, et s'écria gaiement : « Elle a vingt-trois ans aujourd'hui, l'enfant, il faudra bientôt s'occuper d'elle. »

Eugénie et sa mère se jetèrent silencieusement un coup d'œil d'intelligence.

Madame Grandet était une femme sèche et maigre, jaune comme un coing, gauche, lente ; une de ces femmes qui semblent faites pour être tyrannisées. Elle avait de gros os, un gros nez, un gros front, de gros yeux, et offrait, au premier aspect, une vague ressemblance avec ces fruits cotonneux qui n'ont plus ni saveur ni suc. Ses dents étaient noires et rares, sa bouche était ridée, et son menton affec-

---

1. On compte cinq occurrences, avec quelques variantes, de cette formule dans les pages qui suivent. Il s'agit là d'un procédé comique (dit de répétition) qui participe de ce « tristement comique » dont parle le narrateur un peu plus loin.

tait la forme dite en galoche. C'était une excellente
femme, une vraie La Bertellière. L'abbé Cruchot savait
trouver quelques occasions de lui dire qu'elle n'avait pas
été trop mal, et elle le croyait. Une douceur angélique, une
résignation d'insecte tourmenté par des enfants, une piété
rare, une inaltérable égalité d'âme, un bon cœur, la fai-
790 saient universellement plaindre et respecter. Son mari ne
lui donnait jamais plus de six francs à la fois pour ses
menues dépenses. Quoique ridicule en apparence, cette
femme qui, par sa dot et ses successions, avait apporté au
père Grandet plus de trois cent mille francs, s'était toujours sentie si profondément humiliée d'une dépendance
et d'un ilotisme contre lequel la douceur de son âme lui
interdisait de se révolter, qu'elle n'avait jamais demandé
un sou, ni fait une observation sur les actes que maître
Cruchot lui présentait à signer. Cette fierté sotte et secrète,
800 cette noblesse d'âme constamment méconnue et blessée
par Grandet, dominaient la conduite de cette femme.
Madame Grandet mettait constamment une robe de
levantine[1] verdâtre, qu'elle s'était accoutumée à faire
durer près d'une année ; elle portait un grand fichu de
cotonnade blanche, un chapeau de paille cousue, et gardait
presque toujours un tablier de taffetas noir. Sortant peu du
logis, elle usait peu de souliers. Enfin elle ne voulait
jamais rien pour elle. Aussi Grandet, saisi parfois d'un
remords en se rappelant le long temps écoulé depuis le
810 jour où il avait donné six francs à sa femme, stipulait-il
toujours des épingles[2] pour elle en vendant ses récoltes de
l'année. Les quatre ou cinq louis offerts par le Hollandais
ou le Belge[3] acquéreur de la vendange Grandet formaient
le plus clair des revenus annuels de Mme Grandet. Mais,
quand elle avait reçu ses cinq louis, son mari lui disait
souvent, comme si leur bourse était commune : « As-tu
quelques sous à me prêter ? » et la pauvre femme, heureuse de pouvoir faire quelque chose pour un homme que

---

1. Étoffe de soie unie.
2. « Don fait à une femme quand on conclut quelque marché avec son
mari » (Littré).
3. Depuis la fin du Moyen Âge, la Hollande et la Belgique sont les principaux et premiers acquéreurs des vins d'Anjou et de Touraine.

son confesseur lui représentait comme son seigneur et maître, lui rendait, dans le courant de l'hiver, quelques 820 écus sur l'argent des épingles. Lorsque Grandet tirait de sa poche la pièce de cent sous allouée par mois pour les menues dépenses, le fil, les aiguilles et la toilette de sa fille, il ne manquait jamais, après avoir boutonné son gousset [1], de dire à sa femme : « Et toi, la mère, veux-tu quelque chose ?

– Mon ami, répondait madame Grandet animée par un sentiment de dignité maternelle, nous verrons cela. »

Sublimité perdue ! Grandet se croyait très généreux envers sa femme. Les philosophes qui rencontrent des 830 Nanon, des madame Grandet, des Eugénie, ne sont-ils pas en droit de trouver que l'ironie est le fond du caractère de la Providence ? Après ce dîner, où, pour la première fois, il fut question du mariage d'Eugénie, Nanon alla chercher une bouteille de cassis dans la chambre de monsieur Grandet, et manqua de tomber en descendant.

« Grande bête, lui dit son maître, est-ce que tu te laisserais choir comme une autre, toi ?

– Monsieur, c'est cette marche de votre escalier qui ne tient pas. 840

– Elle a raison, dit madame Grandet. Vous auriez dû la faire raccommoder depuis longtemps. Hier, Eugénie a failli s'y fouler le pied.

– Tiens, dit Grandet à Nanon en la voyant toute pâle, puisque c'est la naissance d'Eugénie, et que tu as manqué de tomber, prends un petit verre de cassis pour te remettre.

– Ma foi, je l'ai bien gagné, dit Nanon. À ma place, il y a bien des gens qui auraient cassé la bouteille ; mais je me serais plutôt cassé le coude pour la tenir en l'air.

– C'te pauvre Nanon ! dit Grandet en lui versant le 850 cassis.

– T'es-tu fait mal ? lui dit Eugénie en la regardant avec intérêt.

– Non, puisque je me suis retenue en me fichant sur mes reins.

– Hé ! bien, puisque c'est la naissance d'Eugénie, dit Grandet, je vais vous raccommoder votre marche. Vous ne

---

1. Petite poche pratiquée à la ceinture de la culotte.

savez pas, vous autres, mettre le pied dans le coin, à
l'endroit où elle est encore solide. »

860   Grandet prit la chandelle, laissa sa femme, sa fille et sa
servante, sans autre lumière que celle du foyer qui jetait de
vives flammes, et alla dans le fournil chercher des
planches, des clous et ses outils.

« Faut-il vous aider ? lui cria Nanon en l'entendant
frapper dans l'escalier.

– Non ! non ! ça me connaît, répondit l'ancien
tonnelier. »

Au moment où Grandet raccommodait lui-même son
escalier vermoulu, et sifflait à tue-tête en souvenir de ses
870 jeunes années, les trois Cruchot frappèrent à la porte.

« C'est-y vous, monsieur Cruchot ? demanda Nanon en
regardant par la petite grille.

– Oui », répondit le président.

Nanon ouvrit la porte, et la lueur du foyer, qui se reflétait sous la voûte, permit aux trois Cruchot d'apercevoir
l'entrée de la salle.

« Ah ! vous êtes des fêteux, leur dit Nanon en sentant
les fleurs.

– Excusez, messieurs, cria Grandet en reconnaissant la
880 voix de ses amis, je suis à vous ! Je ne suis pas fier, je rafistole moi-même une marche de mon escalier.

– Faites, faites, monsieur Grandet, *Charbonnier est
Maire chez lui* [1] », dit sentencieusement le président en
riant tout seul de son allusion que personne ne comprit.

Madame et mademoiselle Grandet se levèrent. Le président, profitant de l'obscurité, dit alors à Eugénie : « Me
permettez-vous, mademoiselle, de vous souhaiter,
aujourd'hui que vous venez de naître, une suite d'années
heureuses, et la continuation de la santé dont vous
890 jouissez ? »

Il offrit un gros bouquet de fleurs rares à Saumur ; puis,
serrant l'héritière par les coudes, il l'embrassa des deux
côtés du cou, avec une complaisance qui rendit Eugénie

---

1. Déformation d'un proverbe, que Grandet emploiera correctement plus
loin (p. 212), et qui permet au président Cruchot une allusion à
l'ancienne charge du tonnelier. Dans *Un début dans la vie*, on rencontrera
bien des calembours de ce type.

honteuse. Le président, qui ressemblait à un grand clou rouillé, croyait ainsi faire sa cour.

« Ne vous gênez pas, dit Grandet en rentrant. Comme vous y allez les jours de fête, monsieur le président !

– Mais, avec mademoiselle, répondit l'abbé Cruchot armé de son bouquet, tous les jours seraient pour mon neveu des jours de fête. »

L'abbé baisa la main d'Eugénie. Quant à maître Cruchot, il embrassa la jeune fille tout bonnement sur les deux joues, et dit : « Comme ça nous pousse, ça ! Tous les ans douze mois. »

En replaçant la lumière devant le cartel, Grandet, qui ne quittait jamais une plaisanterie et la répétait à satiété quand elle lui semblait drôle, dit : « Puisque c'est la fête d'Eugénie, allumons les flambeaux ! »

Il ôta soigneusement les branches des candélabres, mit la bobèche à chaque piédestal, prit des mains de Nanon une chandelle neuve entortillée d'un bout de papier, la ficha dans le trou, l'assura, l'alluma, et vint s'asseoir à côté de sa femme, en regardant alternativement ses amis, sa fille et les deux chandelles. L'abbé Cruchot, petit homme dodu, grassouillet, à perruque rousse et plate, à figure de vieille femme joueuse, dit en avançant ses pieds bien chaussés dans de forts souliers à agrafes d'argent : « Les des Grassins ne sont pas venus ?

– Pas encore, dit Grandet.

– Mais doivent-ils venir ? demanda le vieux notaire en faisant grimacer sa face trouée comme une écumoire.

– Je le crois, répondit madame Grandet.

– Vos vendanges sont-elles finies ? demanda le président de Bonfons à Grandet.

– Partout ! lui dit le vieux vigneron en se levant pour se promener de long en long dans la salle et se haussant le thorax par un mouvement plein d'orgueil comme son mot, partout ! » Par la porte du couloir qui allait à la cuisine, il vit alors la Grande Nanon, assise à son feu, ayant une lumière et se préparant à filer là, pour ne pas se mêler à la fête. « Nanon, dit-il, en s'avançant dans le couloir, veux-tu bien éteindre ton feu, ta lumière, et venir avec nous ? Pardieu ! la salle est assez grande pour nous tous.

– Mais, monsieur, vous aurez du beau monde.

– Ne les vaux-tu pas bien ? ils sont de la côte d'Adam tout comme toi. »

Grandet revint vers le président et lui dit : « Avez-vous vendu votre récolte ?

– Non, ma foi, je la garde. Si maintenant le vin est bon, dans deux ans il sera meilleur. Les propriétaires, vous le savez bien, se sont juré de tenir les prix convenus, et cette année les Belges ne l'emporteront pas sur nous. S'ils s'en vont, hé ! bien, ils reviendront.

– Oui, mais tenons-nous bien », dit Grandet d'un ton qui fit frémir le président.

« Serait-il en marché ? » pensa Cruchot.

En ce moment, un coup de marteau annonça la famille des Grassins, et leur arrivée interrompit une conversation commencée entre madame Grandet et l'abbé.

Madame des Grassins était une de ces petites femmes vives, dodues, blanches et roses, qui, grâce au régime claustral des provinces et aux habitudes d'une vie vertueuse, se sont conservées jeunes encore à quarante ans. Elles sont comme ces dernières roses de l'arrière-saison, dont la vue fait plaisir, mais dont les pétales ont je ne sais quelle froideur, et dont le parfum s'affaiblit. Elle se mettait assez bien, faisait venir ses modes [1] de Paris, donnait le ton à la ville de Saumur, et avait des soirées. Son mari, ancien quartier-maître [2] dans la garde impériale, grièvement blessé à Austerlitz [3] et retraité, conservait, malgré sa considération pour Grandet, l'apparente franchise des militaires.

« Bonjour, Grandet », dit-il au vigneron en lui tenant la main et affectant une sorte de supériorité sous laquelle il écrasait toujours les Cruchot. « Mademoiselle, dit-il à Eugénie après avoir salué madame Grandet, vous êtes toujours belle et sage, je ne sais en vérité ce que l'on peut vous souhaiter. » Puis il présenta une petite caisse que son domestique portait, et qui contenait une bruyère du Cap, fleur nouvellement apportée en Europe et fort rare.

---

1. C'est-à-dire les étoffes ainsi que les différentes parures et accessoires à la mode.
2. Officier chargé de la subsistance, des distributions et de la comptabilité d'un corps de troupe.
3. Célèbre victoire de Napoléon le 2 décembre 1805.

Madame des Grassins embrassa très affectueusement 970 Eugénie, lui serra la main, et lui dit : « Adolphe s'est chargé de vous présenter mon petit souvenir. »

Un grand jeune homme blond, pâle et frêle, ayant d'assez bonnes façons, timide en apparence, mais qui venait de dépenser à Paris, où il était allé faire son Droit, huit ou dix mille francs en sus de sa pension, s'avança vers Eugénie, l'embrassa sur les deux joues, et lui offrit une boîte à ouvrage dont tous les ustensiles étaient en vermeil, véritable marchandise de pacotille, malgré l'écusson sur lequel un E. G. gothique assez bien gravé pouvait faire 980 croire à une façon très soignée. En l'ouvrant, Eugénie eut une de ces joies inespérées et complètes qui font rougir, tressaillir, trembler d'aise les jeunes filles. Elle tourna les yeux sur son père, comme pour savoir s'il lui était permis d'accepter, et monsieur Grandet dit un « Prends, ma fille ! » dont l'accent eût illustré un acteur. Les trois Cruchot restèrent stupéfaits en voyant le regard joyeux et animé lancé sur Adolphe des Grassins par l'héritière à qui de semblables richesses parurent inouïes. Monsieur des Grassins offrit à Grandet une prise de tabac, en saisit 990 une, secoua les grains tombés sur le ruban de la Légion d'honneur attaché à la boutonnière de son habit bleu, puis il regarda les Cruchot d'un air qui semblait dire : « Parez-moi cette botte-là [1] ! » Madame des Grassins jeta les yeux sur les bocaux bleus où étaient les bouquets des Cruchot, en cherchant leurs cadeaux avec la bonne foi jouée d'une femme moqueuse. Dans cette conjoncture délicate, l'abbé Cruchot laissa la société s'asseoir en cercle devant le feu et alla se promener au fond de la salle avec Grandet. Quand ces deux vieillards furent dans l'embrasure de la 1000 fenêtre la plus éloignée des Grassins : « Ces gens-là, dit le prêtre à l'oreille de l'avare, jettent l'argent par les fenêtres.

— Qu'est-ce que cela fait, s'il rentre dans ma cave ? répliqua le vigneron.

— Si vous vouliez donner des ciseaux d'or à votre fille, vous en auriez bien le moyen, dit l'abbé.

— Je lui donne mieux que des ciseaux », répondit Grandet.

---

1. Terme d'escrime. Une *botte* est un coup très habile.

« Mon neveu est une cruche [1], pensa l'abbé en regardant
1010 le président dont les cheveux ébouriffés ajoutaient encore
à la mauvaise grâce de sa physionomie brune. Ne pouvait-
il inventer une petite bêtise qui eût du prix. »

« Nous allons faire votre partie, madame Grandet, dit
madame des Grassins.

– Mais nous sommes tous réunis, *nous pouvons* deux
tables…

– Puisque c'est la fête d'Eugénie, faites votre loto
général, dit le père Grandet, ces deux enfants en seront. »
L'ancien tonnelier, qui ne jouait jamais à aucun jeu,
1020 montra sa fille et Adolphe. « Allons, Nanon, mets les
tables.

– Nous allons vous aider, mademoiselle Nanon, dit
gaiement madame des Grassins toute joyeuse de la joie
qu'elle avait causée à Eugénie.

– Je n'ai jamais de ma vie été si contente, lui dit l'héritière. Je n'ai rien vu de si joli nulle part.

– C'est Adolphe qui l'a rapportée de Paris et qui l'a
choisie », lui dit madame des Grassins à l'oreille.

« Va, va ton train, damnée intrigante ! se disait le
1030 président ; si tu es jamais en procès, toi ou ton mari, votre
affaire ne sera jamais bonne. »

Le notaire, assis dans son coin, regardait l'abbé d'un air
calme en se disant : « Les des Grassins ont beau faire, ma
fortune, celle de mon frère et celle de mon neveu montent
en somme à onze cent mille francs. Les des Grassins en
ont tout au plus la moitié, et ils ont une fille : ils peuvent
offrir ce qu'ils voudront ! héritière et cadeaux, tout sera
pour nous un jour. »

À huit heures et demi du soir, deux tables étaient dres-
1040 sées. La jolie madame des Grassins avait réussi à mettre
son fils à côté d'Eugénie. Les acteurs de cette scène pleine
d'intérêt, quoique vulgaire en apparence, munis de cartons
bariolés, chiffrés, et de jetons en verre bleu, semblaient
écouter les plaisanteries du vieux notaire, qui ne tirait pas
un numéro sans faire une remarque ; mais tous pensaient

---

1. Jeu de mots sur le patronyme du président. Les noms des personnages
secondaires dans *Eugénie Grandet* ont pour la plupart une résonance
comique.

aux millions de monsieur Grandet. Le vieux tonnelier contemplait vaniteusement les plumes roses, la toilette fraîche
de madame des Grassins, la tête martiale du banquier,
celle d'Adolphe, le président, l'abbé, le notaire, et se disait
intérieurement : « Ils sont là pour mes écus. Ils viennent   1050
s'ennuyer ici pour ma fille. Hé ! ma fille ne sera ni pour les
uns ni pour les autres, et tous ces gens-là me servent de
harpons pour pêcher ! »

Cette gaieté de famille, dans ce vieux salon gris, mal
éclairé par deux chandelles ; ces rires, accompagnés par le
bruit du rouet de la Grande Nanon, et qui n'étaient sincères que sur les lèvres d'Eugénie ou de sa mère ; cette
petitesse jointe à de si grands intérêts ; cette jeune fille qui,
semblable à ces oiseaux victimes du haut prix auquel on
les met et qu'ils ignorent, se trouvait traquée, serrée par   1060
des preuves d'amitié dont elle était la dupe ; tout contribuait à rendre cette scène tristement comique [1]. N'est-ce
pas d'ailleurs une scène de tous les temps et de tous les
lieux, mais ramenée à sa plus simple expression ? La
figure de Grandet exploitant le faux attachement des deux
familles, en tirant d'énormes profits, dominait ce drame et
l'éclairait. N'était-ce pas le seul dieu moderne auquel on
ait foi, l'Argent dans toute sa puissance, exprimé par une
seule physionomie ? Les doux sentiments de la vie
n'occupaient là qu'une place secondaire, ils animaient   1070
trois cœurs purs, ceux de Nanon, d'Eugénie et de sa mère.
Encore, combien d'ignorance dans leur naïveté ! Eugénie
et sa mère ne savaient rien de la fortune de Grandet, elles
n'estimaient les choses de la vie qu'à la lueur de leurs
pâles idées, et ne prisaient ni ne méprisaient l'argent,
accoutumées qu'elles étaient à s'en passer. Leurs sentiments, froissés à leur insu, mais vivaces, le secret de leur
existence, en faisaient des exceptions curieuses dans cette
réunion de gens dont la vie était purement matérielle.
Affreuse condition de l'homme ! il n'y a pas un de ses   1080
bonheurs qui ne vienne d'une ignorance quelconque. Au
moment où madame Grandet gagnait un lot de seize sous,
le plus considérable qui eût jamais été ponté [2] dans cette

---

1. Pour un commentaire de cette expression, voir la Présentation.
2. Misé.

salle, et que la Grande Nanon riait d'aise en voyant
Madame empochant cette riche somme, un coup de marteau retentit à la porte de la maison, et y fit un si grand
tapage que les femmes sautèrent sur leurs chaises.

« Ce n'est pas un homme de Saumur qui frappe ainsi,
dit le notaire.

1090 — Peut-on cogner comme ça ? dit Nanon. Veulent-ils
casser notre porte ?

— Quel diable est-ce ? » s'écria Grandet.

Nanon prit une des deux chandelles, et alla ouvrir
accompagnée de Grandet.

« Grandet, Grandet ! » s'écria sa femme qui, poussée
par un vague sentiment de peur, s'élança vers la porte de
la salle.

Tous les joueurs se regardèrent.

« Si nous y allions, dit monsieur des Grassins. Ce coup
1100 de marteau me paraît malveillant. »

À peine fut-il permis à monsieur des Grassins d'apercevoir la figure d'un jeune homme accompagné du facteur
des Messageries, qui portait deux malles énormes et traî-
nait des sacs de nuit [1]. Grandet se retourna brusquement
vers sa femme, et lui dit : « Madame Grandet, allez à votre
loto. Laissez-moi m'entendre avec monsieur. » Puis il tira
vivement la porte de la salle, où les joueurs agités reprirent
leurs places, mais sans continuer le jeu.

« Est-ce quelqu'un de Saumur, monsieur des Grassins ?
1110 lui dit sa femme.

— Non, c'est un voyageur.

— Il ne peut venir que de Paris. En effet, dit le notaire en
tirant sa vieille montre épaisse de deux doigts et qui ressemblait à un vaisseau hollandais, il est *neuffe-s-heures*.
Peste ! la diligence du Grand Bureau n'est jamais en
retard.

— Et ce monsieur est-il jeune ? demanda l'abbé Cruchot.

— Oui, répondit monsieur des Grassins. Il apporte des
paquets qui doivent peser au moins trois cents kilos.

1120 — Nanon ne revient pas, dit Eugénie.

— Ce ne peut être qu'un de vos parents, dit le président.

---

1. Sacs de voyage.

– Faisons les mises, s'écria doucement madame Grandet. À sa voix, j'ai vu que monsieur Grandet était contrarié, peut-être ne serait-il pas content de s'apercevoir que nous parlons de ses affaires.

– Mademoiselle, dit Adolphe à sa voisine, ce sera sans doute votre cousin Grandet, un bien joli jeune homme que j'ai vu au bal de monsieur de Nucingen [1] ». Adolphe ne continua pas, sa mère lui marcha sur le pied, puis, en lui demandant à haute voix deux sous pour sa mise : « Veux-tu te taire, grand nigaud ! » lui dit-elle à l'oreille.

En ce moment, Grandet rentra sans la Grande Nanon, dont le pas et celui du facteur retentirent dans les escaliers ; il était suivi du voyageur, qui depuis quelques instants excitait tant de curiosités et préoccupait si vivement les imaginations, que son arrivée en ce logis et sa chute au milieu de ce monde peut être comparée à celle d'un colimaçon dans une ruche, ou à l'introduction d'un paon dans quelque obscure basse-cour de village.

« Asseyez-vous auprès du feu », lui dit Grandet.

Avant de s'asseoir, le jeune étranger salua très gracieusement l'assemblée. Les hommes se levèrent pour répondre par une inclination polie, et les femmes firent une révérence cérémonieuse.

« Vous avez sans doute froid, monsieur, dit madame Grandet, vous arrivez peut-être de…

– Voilà bien les femmes ! dit le vieux vigneron en quittant la lecture d'une lettre qu'il tenait à la main, laissez donc monsieur se reposer.

– Mais, mon père, monsieur a peut-être besoin de quelque chose, dit Eugénie.

– Il a une langue », répondit sévèrement le vigneron.

L'inconnu fut seul surpris de cette scène. Les autres personnes étaient faites aux façons despotiques du bonhomme. Néanmoins, quand ces deux demandes et ces deux réponses furent échangées, l'inconnu se leva, présenta le dos au feu, leva l'un de ses pieds pour chauffer la semelle de ses bottes, et dit à Eugénie : « Ma cousine, je vous remercie, j'ai dîné à Tours. Et, ajouta-t-il en regardant Grandet, je n'ai besoin de rien, je ne suis même point fatigué.

---

1. Personnage de banquier, récurrent dans *La Comédie humaine*.

– Monsieur vient de la Capitale ? » demanda madame des Grassins.

Monsieur Charles, ainsi se nommait le fils de monsieur Grandet de Paris, en s'entendant interpeller, prit un petit lorgnon [1] suspendu par une chaîne à son col, l'appliqua sur son œil droit pour examiner et ce qu'il y avait sur la table et les personnes qui y étaient assises, lorgna fort imperti-nemment madame des Grassins, et lui dit après avoir tout vu : « Oui, Madame. Vous jouez au loto, ma tante, ajouta-t-il, je vous en prie, continuez votre jeu, il est trop amusant pour le quitter… »

« J'étais sûre que c'était le cousin, pensait madame des Grassins en lui jetant de petites œillades. »

« Quarante-sept, cria le vieil abbé. Marquez donc, madame des Grassins, n'est-ce pas votre numéro ? »

Monsieur des Grassins mit un jeton sur le carton de sa femme, qui, saisie par de tristes pressentiments, observa tour à tour le cousin de Paris et Eugénie, sans songer au loto. De temps en temps, la jeune héritière lança de furtifs regards à son cousin, et la femme du banquier put facile-ment y découvrir un *crescendo* d'étonnement ou de curio-sité.

Monsieur Charles Grandet [2], beau jeune homme de vingt-deux ans, produisait en ce moment un singulier contraste avec les bons provinciaux que déjà ses manières aristocratiques révoltaient passablement, et que [3] tous étu-diaient pour se moquer de lui. Ceci veut une explication. À vingt-deux ans, les jeunes gens sont encore assez voi-sins de l'enfance pour se laisser aller à des enfantillages. Aussi, peut-être, sur cent d'entre eux, s'en rencontrerait-il bien quatre-vingt-dix-neuf qui se seraient conduits comme se conduisait Charles Grandet. Quelques jours avant cette soirée, son père lui avait dit d'aller pour quelques mois chez son frère de Saumur. Peut-être monsieur Grandet de Paris pensait-il à Eugénie. Charles, qui tombait en pro-

---

1. C'est-à-dire un monocle.
2. Ici débutait, dans la première édition, le deuxième chapitre intitulé « Le Cousin de Paris ».
3. Construction incorrecte car la dernière relative n'a pas le même anté-cédent que la précédente.

vince pour la première fois, eut la pensée d'y paraître avec
la supériorité d'un jeune homme à la mode, de désespérer
l'arrondissement par son luxe, d'y faire époque [1], et d'y
importer les inventions de la vie parisienne. Enfin, pour
tout expliquer d'un mot, il voulait passer à Saumur plus de
temps qu'à Paris à se brosser les ongles, et y affecter
l'excessive recherche de mise que parfois un jeune homme
élégant abandonne pour une négligence qui ne manque pas
de grâce. Charles emporta donc le plus joli costume de
chasse, le plus joli fusil, le plus joli couteau, la plus jolie
gaine de Paris. Il emporta sa collection de gilets les plus
ingénieux : il y en avait de gris, de blancs, de noirs, de
couleur scarabée, à reflets d'or, de pailletés, de chinés, de
doubles, à châle [2] ou droits de col, à col renversé, de bou-
tonnés jusqu'en haut, à boutons d'or. Il emporta toutes les
variétés de cols et de cravates en faveur à cette époque. Il
emporta deux habits de Buisson [3] et son linge le plus fin.
Il emporta sa jolie toilette d'or, présent de sa mère. Il
emporta ses colifichets de dandy, sans oublier une ravis-
sante petite écritoire donnée par la plus aimable des
femmes, pour lui du moins, par une grande dame qu'il
nommait Annette, et qui voyageait maritalement,
ennuyeusement, en Écosse, victime de quelques soupçons
auxquels besoin était de sacrifier momentanément son
bonheur ; puis force joli papier pour lui écrire une lettre
par quinzaine. Ce fut enfin une cargaison de futilités parisiennes aussi complète qu'il était possible de la faire, et
où, depuis la cravache qui sert à commencer un duel,
jusqu'aux beaux pistolets ciselés qui le terminent, se trouvaient tous les instruments aratoires dont se sert un jeune
homme oisif pour labourer la vie. Son père lui ayant dit de
voyager seul et modestement, il était venu dans le coupé
de la diligence retenu pour lui seul, assez content de ne pas
gâter une délicieuse voiture de voyage commandée pour
aller au-devant de son Annette, la grande dame que… etc.,

---

1. Y laisser un souvenir durable.
2. Le châle est un col à rebords largement ouvert sur la poitrine, à la différence du gilet « droit de col » mentionné aussitôt après.
3. Buisson, tailleur célèbre, était tout à la fois le tailleur, le créancier et
l'ami de Balzac, qui mentionne fréquemment son nom dans *La Comédie
humaine*.

et qu'il devait rejoindre en juin prochain aux Eaux de Baden. Charles comptait rencontrer cent personnes chez son oncle, chasser à courre dans les forêts de son oncle, y vivre enfin de la vie de château ; il ne savait pas le trouver à Saumur, où il ne s'était informé de lui que pour demander le chemin de Froidfond ; mais, en le sachant en ville, il crut l'y voir dans un grand hôtel. Afin de débuter convenablement chez son oncle, soit à Saumur, soit à Froidfond, il avait fait la toilette de voyage la plus
1240 coquette, la plus simplement recherchée, la plus adorable, pour employer le mot qui dans ce temps résumait les perfections spéciales d'une chose ou d'un homme. À Tours, un coiffeur venait de lui refriser ses beaux cheveux châtains ; il y avait changé de linge, et mis une cravate de satin noir combinée avec un col rond, de manière à encadrer agréablement sa blanche et rieuse figure. Une redingote de voyage à demi boutonnée lui pinçait la taille, et laissait voir un gilet de cachemire à châle sous lequel était un second gilet blanc. Sa montre, négligemment
1250 abandonnée au hasard dans une poche, se rattachait par une courte chaîne d'or à l'une des boutonnières. Son pantalon gris se boutonnait sur les côtés, où des dessins brodés en soie noire enjolivaient les coutures. Il maniait agréablement une canne dont la pomme d'or sculpté n'altérait point la fraîcheur de ses gants gris. Enfin, sa casquette était d'un goût excellent. Un Parisien, un Parisien de la sphère la plus élevée, pouvait seul et s'agencer ainsi sans paraître ridicule, et donner une harmonie de fatuité à toutes ces niaiseries, que soutenait d'ailleurs un
1260 air brave, l'air d'un jeune homme qui a de beaux pistolets, le coup sûr et Annette. Maintenant, si vous voulez bien comprendre la surprise respective des Saumurois et du jeune Parisien, voir parfaitement le vif éclat que l'élégance du voyageur jetait au milieu des ombres grises de la salle et des figures qui composaient le tableau de famille, essayez de vous représenter les Cruchot. Tous les trois prenaient du tabac, et ne songeaient plus depuis longtemps à éviter ni les roupies [1], ni les petites galettes

---

1. Gouttes dues à un écoulement nasal consécutif à la prise de tabac.

noires [1] qui parsemaient le jabot de leurs chemises
rousses, à cols recroquevillés et à plis jaunâtres. Leurs cra- 1270
vates molles se roulaient en corde aussitôt qu'ils se les
étaient attachées au cou. L'énorme quantité de linge qui
leur permettait de ne faire la lessive que tous les six mois [2],
et de le garder au fond de leurs armoires, laissait le temps
y imprimer ses teintes grises et vieilles. Il y avait en eux
une parfaite entente de mauvaise grâce et de sénilité. Leurs
figures, aussi flétries que l'étaient leurs habits râpés, aussi
plissées que leurs pantalons, semblaient usées, racornies,
et grimaçaient. La négligence générale des autres costumes, tous incomplets, sans fraîcheur, comme le sont les 1280
toilettes de province, où l'on arrive insensiblement à ne
plus s'habiller les uns pour les autres, et à prendre garde au
prix d'une paire de gants, s'accordait avec l'insouciance
des Cruchot. L'horreur de la mode était le seul point sur
lequel les Grassinistes et les Cruchotins s'entendissent
parfaitement. Le Parisien prenait-il son lorgnon pour examiner les singuliers accessoires de la salle, les solives du
plancher, le ton des boiseries ou les points que les
mouches y avaient imprimés et dont le nombre aurait suffi
pour ponctuer l'*Encyclopédie méthodique* et *Le Moniteur*, 1290
aussitôt les joueurs de loto levaient le nez et le considéraient avec autant de curiosité qu'ils en eussent manifesté
pour une girafe. Monsieur des Grassins et son fils, auxquels la figure d'un homme à la mode n'était pas
inconnue, s'associèrent néanmoins à l'étonnement de
leurs voisins, soit qu'ils éprouvassent l'indéfinissable
influence d'un sentiment général, soit qu'ils l'approuvas-
sent en disant à leurs compatriotes par des œillades pleines
d'ironie : « Voilà comme *ils* sont à Paris. » Tous pouvaient
d'ailleurs observer Charles à loisir, sans craindre de 1300
déplaire au maître du logis. Grandet était absorbé dans la
longue lettre qu'il tenait, et il avait pris pour la lire
l'unique flambeau de la table, sans se soucier de ses hôtes
ni de leur plaisir. Eugénie, à qui le type d'une perfection
semblable, soit dans la mise, soit dans la personne, était

---

1. Débris de tabac.
2. Ce qui suppose une grande quantité de linge, et donc un train de vie
aisé. Les Grandet, eux, font la lessive beaucoup plus fréquemment.

entièrement inconnu, crut voir en son cousin une créature descendue de quelque région séraphique. Elle respirait avec délices les parfums exhalés par cette chevelure si brillante, si gracieusement bouclée. Elle aurait voulu pouvoir toucher la peau blanche de ces jolis gants fins. Elle enviait les petites mains de Charles, son teint, la fraîcheur et la délicatesse de ses traits. Enfin, si toutefois cette image peut résumer les impressions que le jeune élégant produisit sur une ignorante fille sans cesse occupée à rapetasser des bas, à ravauder la garde-robe de son père, et dont la vie s'était écoulée sous ces crasseux lambris sans voir dans cette rue silencieuse plus d'un passant par heure, la vue de son cousin fit sourdre en son cœur les émotions de fine volupté que causent à un jeune homme les fantastiques figures de femmes dessinées par Westall [1] dans les Keepsake [2] anglais, et gravées par les Finden [3] d'un burin si habile, qu'on a peur, en soufflant sur le vélin, de faire envoler ces apparitions célestes. Charles tira de sa poche un mouchoir brodé par la grande dame qui voyageait en Écosse. En voyant ce joli ouvrage fait avec amour pendant les heures perdues pour l'amour, Eugénie regarda son cousin pour savoir s'il allait bien réellement s'en servir. Les manières de Charles, ses gestes, la façon dont il prenait son lorgnon, son impertinence affectée, son mépris pour le coffret qui venait de faire tant de plaisir à la riche héritière et qu'il trouvait évidemment ou sans valeur ou ridicule ; enfin, tout ce qui choquait les Cruchot et les des Grassins lui plaisait si fort, qu'avant de s'endormir elle dut rêver longtemps à ce phénix des cousins.

Les numéros se tiraient fort lentement, mais bientôt le loto fut arrêté. La Grande Nanon entra et dit tout haut : « Madame, va falloir me donner des draps pour faire le lit à ce monsieur. »

---

1. Richard Westall : aquarelliste anglais (1765-1836) qui eut une grande célébrité.
2. Albums composés de pièces de vers et de prose ornés d'élégantes gravures, qui connurent une vogue immense à l'époque romantique. Ils feront plus tard rêver Emma Bovary.
3. William Finden (1787-1852) : graveur anglais qui connut aussi un immense succès et eut alors recours à l'aide de son frère (d'où le pluriel).

Madame Grandet suivit Nanon. Madame des Grassins dit alors à voix basse : « Gardons nos sous et laissons le loto. » Chacun reprit ses deux sous dans la vieille soucoupe écornée où il les avait mis ; puis l'assemblée se remua en masse et fit un quart de conversion vers le feu.

« Vous avez donc fini ? dit Grandet sans quitter sa lettre.

– Oui, oui », répondit madame des Grassins en venant prendre place près de Charles.

Eugénie, mue par une de ces pensées qui naissent au cœur des jeunes filles quand un sentiment s'y loge pour la première fois, quitta la salle pour aller aider sa mère et Nanon. Si elle avait été questionnée par un confesseur habile, elle lui eût sans doute avoué qu'elle ne songeait ni à sa mère ni à Nanon, mais qu'elle était travaillée par un poignant désir d'inspecter la chambre de son cousin pour s'y occuper de son cousin, pour y placer quoi que ce fût, pour obvier à un oubli, pour y tout prévoir, afin de la rendre, autant que possible, élégante et propre. Eugénie se croyait déjà seule capable de comprendre les goûts et les idées de son cousin. En effet, elle arriva fort heureusement [1] pour prouver à sa mère et à Nanon, qui revenaient pensant avoir tout fait, que tout était à faire. Elle donna l'idée à la Grande Nanon de bassiner les draps avec la braise du feu ; elle couvrit elle-même la vieille table d'un napperon, et recommanda bien à Nanon de changer le napperon tous les matins. Elle convainquit sa mère de la nécessité d'allumer un bon feu dans la cheminée, et détermina Nanon à monter, sans en rien dire à son père, un gros tas de bois dans le corridor. Elle courut chercher dans une des encoignures de la salle un plateau de vieux laque qui venait de la succession de feu le vieux monsieur de La Bertellière, y prit également un verre de cristal à six pans, une petite cuiller dédorée, un flacon antique où étaient gravés des amours, et mit triomphalement le tout sur un coin de la cheminée. Il lui avait plus surgi d'idées en un quart d'heure qu'elle n'en avait eu depuis qu'elle était au monde.

« Maman, dit-elle, jamais mon cousin ne supportera l'odeur d'une chandelle [2]. Si nous achetions de la

---

1. Fort à propos, au bon moment.
2. La chandelle, faite avec du suif, dégage une odeur forte, à la différence de la bougie, en cire, et plus chère.

bougie ?… » Elle alla, légère comme un oiseau, tirer de sa bourse l'écu de cent sous qu'elle avait reçu pour ses dépenses du mois. « Tiens, Nanon, dit-elle, va vite.

1380   – Mais, que dira ton père ? » Cette objection terrible fut proposée par madame Grandet en voyant sa fille armée d'un sucrier de vieux Sèvres [1] rapporté du château de Froidfond par Grandet. « Et où prendras-tu donc du sucre ? es-tu folle ?

– Maman, Nanon achètera aussi bien du sucre que de la bougie.

– Mais ton père ?

– Serait-il convenable que son neveu ne pût boire un verre d'eau sucrée ? D'ailleurs, il n'y fera pas attention.

1390   – Ton père voit tout », dit madame Grandet en hochant la tête.

Nanon hésitait, elle connaissait son maître.

« Mais va donc, Nanon, puisque c'est ma fête [2] ! »

Nanon laissa échapper un gros rire en entendant la première plaisanterie que sa jeune maîtresse eût jamais faite, et lui obéit. Pendant qu'Eugénie et sa mère s'efforçaient d'embellir la chambre destinée par monsieur Grandet à son neveu, Charles se trouvait l'objet des attentions de madame des Grassins, qui lui faisait des agaceries.

1400   « Vous êtes bien courageux, monsieur, lui dit-elle, de quitter les plaisirs de la capitale pendant l'hiver pour venir habiter Saumur. Mais si nous ne vous faisons pas trop peur, vous verrez que l'on peut encore s'y amuser. »

Elle lui lança une véritable œillade de province, où, par habitude, les femmes mettent tant de réserve et de prudence dans leurs yeux qu'elles leur communiquent la friande concupiscence particulière à ceux des ecclésiastiques, pour qui tout plaisir semble ou un vol ou une faute. Charles se trouvait si dépaysé dans cette salle, si loin du 1410 vaste château et de la fastueuse existence qu'il supposait à son oncle, qu'en regardant attentivement madame

---

1. Porcelaine fabriquée par la manufacture de Sèvres et généralement très prisée.

2. Eugénie reprend à Grandet sa formule, faisant sa « première plaisanterie », preuve que l'apparition de Charles, en lui donnant des « idées », la fait également accéder au rire.

des Grassins, il aperçut enfin une image à demi effacée des figures parisiennes. Il répondit avec grâce à l'espèce d'invitation qui lui était adressée, et il engagea naturellement une conversation dans laquelle madame des Grassins baissa graduellement sa voix pour la mettre en harmonie avec la nature de ses confidences. Il existait chez elle et chez Charles un même besoin de confiance. Aussi, après quelques moments de causerie coquette et de plaisanteries sérieuses, l'adroite provinciale put-elle lui dire sans se croire entendue des autres personnes, qui parlaient de la vente des vins, dont s'occupait en ce moment tout le Saumurois : « Monsieur, si vous voulez nous faire l'honneur de venir nous voir, vous ferez très certainement autant de plaisir à mon mari qu'à moi. Notre salon est le seul dans Saumur où vous trouverez réunis le haut commerce et la noblesse : nous appartenons aux deux sociétés, qui ne veulent se rencontrer que là parce qu'on s'y amuse. Mon mari, je le dis avec orgueil, est également considéré par les uns et par les autres. Ainsi, nous tâcherons de faire diversion à l'ennui de votre séjour ici. Si vous restiez chez monsieur Grandet, que deviendriez-vous, bon Dieu ! Votre oncle est un grigou qui ne pense qu'à ses provins [1], votre tante est une dévote qui ne sait pas coudre deux idées, et votre cousine est une petite sotte, sans éducation, commune, sans dot, et qui passe sa vie à raccommoder des torchons. »

« Elle est très bien, cette femme », se dit en lui-même Charles Grandet en répondant aux minauderies de madame des Grassins.

« Il me semble, ma femme, que tu veux accaparer monsieur », dit en riant le gros et grand banquier.

À cette observation, le notaire et le président dirent des mots plus ou moins malicieux ; mais l'abbé les regarda d'un air fin et résuma leurs pensées en prenant une pincée de tabac, et offrant sa tabatière à la ronde : « Qui mieux que madame, dit-il, pourrait faire à monsieur les honneurs de Saumur ?

1420

1430

1440

---

1. Provin : « Cep de vigne ou rameau d'arbre fruitier qu'on recourbe et qu'on fixe en terre pour le séparer du pied mère dès qu'il a pris racine » (*Larousse du XIXe siècle*).

– Ha ! çà, comment l'entendez-vous, monsieur l'abbé ?
1450 demanda monsieur des Grassins.

– Je l'entends, monsieur, dans le sens le plus favorable
pour vous, pour madame, pour la ville de Saumur et pour
monsieur », ajouta le rusé vieillard en se tournant vers
Charles.

Sans paraître y prêter la moindre attention, l'abbé Cruchot avait su deviner la conversation de Charles et de
madame des Grassins.

« Monsieur, dit enfin Adolphe à Charles d'un air qu'il
aurait voulu rendre dégagé, je ne sais si vous avez
1460 conservé quelque souvenir de moi ; j'ai eu le plaisir d'être
votre vis-à-vis à un bal donné par monsieur le baron de
Nucingen, et…

– Parfaitement, monsieur, parfaitement, répondit
Charles, surpris de se voir l'objet des attentions de tout le
monde.

– Monsieur est votre fils ? » demanda-t-il à madame
des Grassins.

L'abbé regarda malicieusement la mère.

« Oui, monsieur, dit-elle.

1470 – Vous étiez donc bien jeune à Paris ? reprit Charles en
s'adressant à Adolphe.

– Que voulez-vous, monsieur, dit l'abbé, nous les
envoyons à Babylone aussitôt qu'ils sont sevrés. »

Madame des Grassins interrogea l'abbé par un regard
d'une étonnante profondeur. « Il faut venir en province, dit-il en continuant, pour trouver des femmes de
trente et quelques années aussi fraîches que l'est
madame, après avoir eu des fils bientôt licenciés en
droit. Il me semble être encore au jour où les jeunes
1480 gens et les dames montaient sur des chaises pour vous
voir danser au bal, madame, ajouta l'abbé en se tournant
vers son adversaire femelle. Pour moi, vos succès sont
d'hier… »

« Oh ! le vieux scélérat ! se dit en elle-même madame
des Grassins, me devinerait-il donc ? »

« Il paraît que j'aurai beaucoup de succès à Saumur »,
se disait Charles en déboutonnant sa redingote, se mettant
la main dans son gilet, et jetant son regard à travers les

espaces pour imiter la pose donnée à lord Byron par Chantrey [1]. 1490

L'inattention du père Grandet, ou, pour mieux dire, la préoccupation dans laquelle le plongeait la lecture de sa lettre, n'échappèrent ni au notaire ni au président, qui tâchaient d'en conjecturer le contenu par les imperceptibles mouvements de la figure du bonhomme, alors fortement éclairée par la chandelle. Le vigneron maintenait difficilement le calme habituel de sa physionomie. D'ailleurs, chacun pourra se peindre la contenance affectée par cet homme en lisant la fatale lettre que voici : 1500

« Mon frère, voici bientôt vingt-trois ans que nous ne nous sommes vus. Mon mariage a été l'objet de notre dernière entrevue, après laquelle nous nous sommes quittés joyeux l'un et l'autre. Certes je ne pouvais guère prévoir que tu serais un jour le seul soutien de la famille, à la prospérité de laquelle tu applaudissais alors. Quand tu tiendras cette lettre en tes mains, je n'existerai plus. Dans la position où j'étais, je n'ai pas voulu survivre à la honte d'une faillite. Je me suis tenu sur le bord du gouffre jusqu'au dernier moment, espérant surnager toujours. Il faut y 1510 tomber. Les banqueroutes réunies de mon agent de change et de Roguin [2], mon notaire, m'emportent mes dernières ressources et ne me laissent rien. J'ai la douleur de devoir près de quatre millions sans pouvoir offrir plus de vingt-cinq pour cent d'actif [3]. Mes vins emmagasinés éprouvent en ce moment la baisse ruineuse que causent l'abondance et la qualité de vos récoltes. Dans trois jours, Paris dira : "Monsieur Grandet était un fripon !" Je me coucherai, moi probe, dans un linceul d'infamie. Je ravis à mon fils et son nom que j'entache et la fortune de sa mère. Il ne sait rien 1520 de cela, ce malheureux enfant que j'idolâtre. Nous nous sommes dit adieu tendrement. Il ignorait, par bonheur, que les derniers flots de ma vie s'épanchaient dans cet adieu.

---

1. Francis Chantrey (1781-1841) : sculpteur anglais qui reçut de nombreuses commandes officielles et représenta le poète romantique anglais Byron.
2. Personnage de *La Comédie humaine*, introduit, comme celui de Nucingen plus haut, dans l'édition Furne.
3. Le commerçant ne possède que 25 % des sommes dues.

Ne me maudira-t-il pas un jour ? Mon frère, mon frère, la malédiction de nos enfants est épouvantable ; ils peuvent appeler de la nôtre [1], mais la leur est irrévocable. Grandet, tu es mon aîné, tu me dois ta protection : fais que Charles ne jette aucune parole amère sur ma tombe ! Mon frère, si je t'écrivais avec mon sang et mes larmes, il n'y aurait pas autant de douleurs que j'en mets dans cette lettre ; car je pleurerais, je saignerais, je serais mort, je ne souffrirais plus ; mais je souffre et vois la mort d'un œil sec. Te voilà donc le père de Charles ! il n'a point de parents du côté maternel, tu sais pourquoi. Pourquoi n'ai-je pas obéi aux préjugés sociaux ? Pourquoi ai-je cédé à l'amour ? Pourquoi ai-je épousé la fille naturelle d'un grand seigneur ? Charles n'a plus de famille. Ô mon malheureux fils ! mon fils ! Écoute, Grandet, je ne suis pas venu t'implorer pour moi ; d'ailleurs tes biens ne sont peut-être pas assez considérables pour supporter une hypothèque de trois millions ; mais pour mon fils ! Sache-le bien, mon frère, mes mains suppliantes se sont jointes en pensant à toi. Grandet, je te confie Charles en mourant. Enfin je regarde mes pistolets sans douleur en pensant que tu lui serviras de père. Il m'aimait bien, Charles ; j'étais si bon pour lui, je ne le contrariais jamais : il ne me maudira pas. D'ailleurs, tu verras ; il est doux, il tient de sa mère, il ne te donnera jamais de chagrin. Pauvre enfant ! accoutumé aux jouissances du luxe, il ne connaît aucune des privations auxquelles nous a condamnés l'un et l'autre notre première misère… Et le voilà ruiné, seul. Oui, tous ses amis le fuiront, et c'est moi qui serai la cause de ses humiliations. Ah ! je voudrais avoir le bras assez fort pour l'envoyer d'un seul coup dans les cieux près de sa mère. Folie ! je reviens à mon malheur, à celui de Charles. Je te l'ai donc envoyé pour que tu lui apprennes convenablement et ma mort et son sort à venir. Sois un père pour lui, mais un bon père. Ne l'arrache pas tout à coup à sa vie oisive, tu le tuerais. Je lui demande à genoux de renoncer aux créances qu'en qualité d'héritier de sa mère il pourrait exercer contre moi. Mais c'est une prière superflue ; il a de l'honneur, et sentira bien qu'il ne doit pas se joindre à mes

---

1. C'est-à-dire demander un second jugement.

créanciers. Fais-le renoncer à ma succession en temps
utile. Révèle-lui les dures conditions de la vie que je lui
fais ; et, s'il me conserve sa tendresse, dis-lui bien en
mon nom que tout n'est pas perdu pour lui. Oui, le travail, qui nous a sauvés tous deux, peut lui rendre la fortune que je lui emporte ; et, s'il veut écouter la voix de
son père, qui pour lui voudrait sortir un moment du
tombeau, qu'il parte, qu'il aille aux Indes ! Mon frère, 1570
Charles est un jeune homme probe et courageux : tu lui
feras une pacotille [1], il mourrait plutôt que de ne pas te
rendre les premiers fonds que tu lui prêteras ; car tu lui en
prêteras, Grandet ! sinon tu te créerais des remords. Ah !
si mon enfant ne trouvait ni secours ni tendresse en toi, je
demanderais éternellement vengeance à Dieu de ta
dureté. Si j'avais pu sauver quelques valeurs, j'avais bien
le droit de lui remettre une somme sur le bien de sa mère ;
mais les paiements de ma fin du mois avaient absorbé
toutes mes ressources. Je n'aurais pas voulu mourir dans 1580
le doute sur le sort de mon enfant ; j'aurais voulu sentir
de saintes promesses dans la chaleur de ta main, qui
m'eût réchauffé ; mais le temps me manque. Pendant que
Charles voyage, je suis obligé de dresser mon bilan. Je
tâche de prouver par la bonne foi qui préside à mes
affaires qu'il n'y a dans mes désastres ni faute ni impro-
bité. N'est-ce pas m'occuper de Charles ? Adieu, mon
frère. Que toutes les bénédictions de Dieu te soient
acquises pour la généreuse tutelle que je te confie, et que
tu acceptes, je n'en doute pas. Il y aura sans cesse une 1590
voix qui priera pour toi dans le monde où nous devons
aller tous un jour, et où je suis déjà.

« Victor-Ange-Guillaume GRANDET. »

« Vous causez donc ? » dit le père Grandet en pliant
avec exactitude la lettre dans les mêmes plis et la mettant
dans la poche de son gilet. Il regarda son neveu d'un air
humble et craintif sous lequel il cacha ses émotions et ses
calculs. « Vous êtes-vous réchauffé ?

---

1. Marchandises sans grande valeur, destinées au commerce avec les
pays lointains.

– Très bien, mon cher oncle.

1600   – Hé ! bien, où sont donc nos femmes ? » dit l'oncle oubliant déjà que son neveu couchait chez lui. En ce moment Eugénie et madame Grandet rentrèrent. « Tout est-il arrangé là-haut ? leur demanda le bonhomme en retrouvant son calme.

– Oui, mon père.

– Hé ! bien, mon neveu, si vous êtes fatigué, Nanon va vous conduire à votre chambre. Dame, ce ne sera pas un appartement de *mirliflor* [1] ! mais vous excuserez de pauvres vignerons qui n'ont jamais le sou. Les impôts
1610   nous avalent tout.

– Nous ne voulons pas être indiscrets, Grandet, dit le banquier. Vous pouvez avoir à jaser avec votre neveu, nous vous souhaitons le bonsoir. À demain. »

À ces mots, l'assemblée se leva, et chacun fit la révérence suivant son caractère. Le vieux notaire alla chercher sous la porte sa lanterne, et vint l'allumer en offrant aux des Grassins de les reconduire. Madame des Grassins n'avait pas prévu l'incident qui devait faire finir prématurément la soirée, et son domestique n'était pas arrivé.

1620   « Voulez-vous me faire l'honneur d'accepter mon bras, madame ? dit l'abbé Cruchot à madame des Grassins.

– Merci, monsieur l'abbé. J'ai mon fils, répondit-elle sèchement.

– Les dames ne sauraient se compromettre avec moi, dit l'abbé.

– Donne donc le bras à monsieur Cruchot », lui dit son mari.

L'abbé emmena la jolie dame assez lestement pour se trouver à quelques pas en avant de la caravane.

1630   « Il est très bien, ce jeune homme, madame, lui dit-il en lui serrant le bras. *Adieu, paniers, vendanges sont faites* [2] ! Il vous faut dire adieu à mademoiselle Grandet, Eugénie sera pour le Parisien. À moins que ce cousin ne soit amou-

---

1. Le mot sera fréquemment employé par Grandet pour qualifier son neveu. Il date de la fin du XVIIIᵉ siècle et désigne un jeune élégant.
2. L'abbé, qui a déjà qualifié son neveu de cruche (p. 86), donne une nouvelle preuve de son esprit : le proverbe prend en effet une résonance comique s'agissant de la fille d'un vigneron.

raché d'une Parisienne, votre fils Adolphe va rencontrer en lui le rival le plus…

– Laissez donc, monsieur l'abbé. Ce jeune homme ne tardera pas à s'apercevoir qu'Eugénie est une niaise, une fille sans fraîcheur. L'avez-vous examinée ? elle était, ce soir, jaune comme un coing.

– Vous l'avez peut-être déjà fait remarquer au cousin. 1640

– Et je ne m'en suis pas gênée…

– Mettez-vous toujours auprès d'Eugénie, madame, et vous n'aurez pas grand-chose à dire à ce jeune homme contre sa cousine, il fera de lui-même une comparaison qui…

– D'abord, il m'a promis de venir dîner après-demain chez moi.

– Ah ! si vous vouliez, madame… dit l'abbé.

– Et que voulez-vous que je veuille, monsieur l'abbé ? Entendez-vous ainsi me donner de mauvais conseils ? Je 1650 ne suis pas arrivée à l'âge de trente-neuf ans, avec une réputation sans tache, Dieu merci, pour la compromettre, même quand il s'agirait de l'empire du Grand Mogol. Nous sommes à un âge, l'un et l'autre, auquel on sait ce que parler veut dire. Pour un ecclésiastique, vous avez en vérité des idées bien incongrues. Fi ! cela est digne de *Faublas* [1].

– Vous avez donc lu *Faublas* ?

– Non, monsieur l'abbé, je voulais dire *Les Liaisons dangereuses* [2]. 1660

– Ah ! ce livre est infiniment plus moral, dit en riant l'abbé. Mais vous me faites aussi pervers que l'est un jeune homme d'aujourd'hui. Je voulais simplement vous…

– Osez me dire que vous ne songiez pas à me conseiller de vilaines choses. Cela n'est-il pas clair ? Si ce jeune homme, qui est très bien, j'en conviens, me faisait la cour, il ne penserait pas à sa cousine. À Paris, je le sais,

---

1. *Les Amours du chevalier de Faublas*, de Louvet de Couvray, connut un grand succès au XVIIIe siècle. Balzac y fait souvent référence comme à un roman libertin.
2. Le roman de Laclos, paru en 1782, est, dans *La Fille aux yeux d'or*, comparé à la *Justine* de Sade. On s'étonne ici que l'abbé Cruchot le juge moral et que madame des Grassins avoue l'avoir lu.

quelques bonnes mères se dévouent ainsi pour le bonheur
1670 et la fortune de leurs enfants [1] ; mais nous sommes en province, monsieur l'abbé.

– Oui, madame.

– Et, reprit-elle, je ne voudrais pas, ni Adolphe lui-
même ne voudrait pas de cent millions achetés à ce prix…

– Madame, je n'ai point parlé de cent millions. La tentation eût été peut-être au-dessus de nos forces à l'un et à
l'autre. Seulement, je crois qu'une honnête femme peut se
permettre, en tout bien tout honneur, de petites coquette-
ries sans conséquence, qui font partie de ses devoirs en
1680 société, et qui…

– Vous croyez ?

– Ne devons-nous pas, madame, tâcher de nous être
agréables les uns aux autres… Permettez que je me
mouche. Je vous assure, madame, reprit-il, qu'il vous lorgnait d'un air un peu plus flatteur que celui qu'il avait en
me regardant ; mais je lui pardonne d'honorer préférable-
ment à la vieillesse la beauté…

– Il est clair, disait le président de sa grosse voix, que
monsieur Grandet de Paris envoie son fils à Saumur dans
1690 des intentions extrêmement matrimoniales…

– Mais, alors, le cousin ne serait pas tombé comme une
bombe, répondait le notaire.

– Cela ne dirait rien, dit monsieur des Grassins, le bonhomme est *cachotier.*

– Des Grassins, mon ami, je l'ai invité à dîner, ce jeune
homme. Il faudra que tu ailles prier monsieur et madame
de Larsonnière, et les du Hautoy, avec la belle demoiselle
du Hautoy, bien entendu ; pourvu qu'elle se mette bien ce
jour-là ! Par jalousie, sa mère la fagote si mal ! J'espère,
1700 messieurs, que vous nous ferez l'honneur de venir, ajouta-
t-elle en arrêtant le cortège pour se retourner vers les deux
Cruchot.

– Vous voilà chez vous, madame », dit le notaire.

Après avoir salué les trois des Grassins, les trois Cruchot
s'en retournèrent chez eux, en se servant de ce génie d'analyse que possèdent les provinciaux pour étudier sous toutes

---

1. C'est ce « dévouement » que madame d'Aubrion montrera pour sa
fille à la fin du roman.

ses faces le grand événement de cette soirée, qui changeait les positions respectives des Cruchotins et des Grassinistes. L'admirable bon sens qui dirigeait les actions de ces grands calculateurs leur fit sentir aux uns et aux autres la nécessité d'une alliance momentanée contre l'ennemi commun. Ne devaient-ils pas mutuellement empêcher Eugénie d'aimer son cousin, et Charles de penser à sa cousine ? Le Parisien pourrait-il résister aux insinuations perfides, aux calomnies doucereuses, aux médisances pleines d'éloges, aux dénégations naïves qui allaient constamment tourner autour de lui pour le tromper ?

Lorsque les quatre parents se trouvèrent seuls dans la salle, monsieur Grandet dit à son neveu : « Il faut se coucher. Il est trop tard pour causer des affaires qui vous amènent ici, nous prendrons demain un moment convenable. Ici, nous déjeunons à huit heures. À midi, nous mangeons un fruit, un rien de pain sur le pouce, et nous buvons un verre de vin blanc ; puis nous dînons, comme les Parisiens, à cinq heures [1]. Voilà l'ordre. Si vous voulez voir la ville ou les environs, vous serez libre comme l'air. Vous m'excuserez si mes affaires ne me permettent pas toujours de vous accompagner. Vous les entendrez peut-être tous ici vous disant que je suis riche : monsieur Grandet par-ci, monsieur Grandet par-là ! Je les laisse dire, leurs bavardages ne nuisent point à mon crédit. Mais je n'ai pas le sou, et je travaille à mon âge comme un jeune compagnon [2], qui n'a pour tout bien qu'une mauvaise plane [3] et deux bons bras. Vous verrez peut-être bientôt par vous-même ce que coûte un écu quand il faut le suer. Allons, Nanon, les chandelles ! »

« J'espère, mon neveu, que vous trouverez tout ce dont vous aurez besoin, dit madame Grandet ; mais s'il vous manquait quelque chose, vous pourrez appeler Nanon.

– Ma chère tante, ce serait difficile, j'ai, je crois, emporté toutes mes affaires ! Permettez-moi de vous souhaiter une bonne nuit, ainsi qu'à ma jeune cousine. »

---

1. L'heure du dîner, le repas principal, fut progressivement retardée au cours de la première moitié du XIXᵉ siècle, jusqu'à 17 ou 18 heures.
2. Jeune ouvrier qui travaille en apprentissage chez un maître.
3. Outil d'acier tranchant qui sert à aplanir le bois.

Charles prit des mains de Nanon une bougie allumée, une bougie d'Anjou, bien jaune de ton, vieillie en boutique et si pareille à de la chandelle, que monsieur Grandet, incapable d'en soupçonner l'existence au logis, ne s'aperçut pas de cette magnificence.

« Je vais vous montrer le chemin », dit le bonhomme.

Au lieu de sortir par la porte de la salle qui donnait sous 1750 la voûte, Grandet fit la cérémonie de passer par le couloir qui séparait la salle de la cuisine. Une porte battante garnie d'un grand carreau de verre ovale fermait ce couloir du côté de l'escalier afin de tempérer le froid qui s'y engouffrait. Mais en hiver la bise n'en sifflait pas moins par là très rudement, et, malgré les bourrelets mis aux portes de la salle, à peine la chaleur s'y maintenait-elle à un degré convenable. Nanon alla verrouiller la grande porte, ferma la salle, et détacha dans l'écurie un chien-loup dont la voix était cassée comme s'il avait une laryngite. Cet animal 1760 d'une notable férocité ne connaissait que Nanon. Ces deux créatures champêtres s'entendaient.

Quand Charles vit les murs jaunâtres et enfumés de la cage où l'escalier à rampe vermoulue tremblait sous le pas pesant de son oncle, son dégrisement alla *rinforzando* [1]. Il se croyait dans un juchoir à poules. Sa tante et sa cousine, vers lesquelles il se retourna pour interroger leurs figures, étaient si bien façonnées à cet escalier, que, ne devinant pas la cause de son étonnement, elles le prirent pour une expression amicale, et y répondirent par un sourire 1770 agréable qui le désespéra. « Que diable mon père m'envoie-t-il faire ici ? » se disait-il. Arrivé sur le premier palier, il aperçut trois portes peintes en rouge étrusque et sans chambranles, des portes perdues dans la muraille poudreuse et garnies de bandes en fer boulonnées, apparentes, terminées en façon de flammes comme l'était à chaque bout la longue entrée de la serrure. Celle de ces portes qui se trouvait en haut de l'escalier et qui donnait entrée dans la pièce située au-dessus de la cuisine était évidemment murée. On n'y pénétrait en effet que par la 1780 chambre de Grandet, à qui cette pièce servait de cabinet. L'unique croisée d'où elle tirait son jour était défendue sur

---

1. En se renforçant, en augmentant.

la cour par d'énormes barreaux en fer grillagés. Personne, pas même madame Grandet, n'avait la permission d'y venir, le bonhomme voulait y rester seul comme un alchimiste à son fourneau [1]. Là, sans doute, quelque cachette avait été très habilement pratiquée, là s'emmagasinaient les titres de propriété, là pendaient les balances à peser les louis, là se faisaient nuitamment et en secret les quittances, les reçus, les calculs ; de manière que les gens d'affaires, voyant toujours Grandet prêt à tout, pouvaient imaginer 1790 qu'il avait à ses ordres une fée ou un démon. Là, sans doute, quand Nanon ronflait à ébranler les planchers, quand le chien-loup veillait et bâillait dans la cour, quand madame et mademoiselle Grandet étaient bien endormies, venait le vieux tonnelier choyer, caresser, couver, cuver, cercler son or [2]. Les murs étaient épais, les contrevents [3] discrets. Lui seul avait la clef de ce laboratoire, où, dit-on, il consultait des plans sur lesquels ses arbres à fruits étaient désignés et où il chiffrait ses produits à un provin, à une bourrée [4] près. L'entrée de la chambre d'Eugénie fai- 1800 sait face à cette porte murée. Puis, au bout du palier, était l'appartement des deux époux qui occupaient tout le devant de la maison. Madame Grandet avait une chambre contiguë à celle d'Eugénie, chez qui l'on entrait par une porte vitrée. La chambre du maître était séparée de celle de sa femme par une cloison, et du mystérieux cabinet par un gros mur. Le père Grandet avait logé son neveu au second étage, dans la haute mansarde située au-dessus de sa chambre, de manière à pouvoir l'entendre, s'il lui prenait fantaisie d'aller et de venir. Quand Eugénie et sa mère 1810 arrivèrent au milieu du palier, elles se donnèrent le baiser du soir ; puis, après avoir dit à Charles quelques mots

---

1. Ce qui le rapproche de tous ces chercheurs d'absolu, et particulièrement de Balthazar Claës dans *La Recherche de l'absolu*, qui cherche à fabriquer un diamant.
2. Énumération comique par le jeu des allitérations et des assonances comme par le glissement sémantique de verbes à valeur affective à des verbes qui renvoient à son activité de vigneron (« cercler »). « Cuver » se charge également d'un sens comique car il signifie « mettre le vin en cuve » et désigne l'ivresse que le vin procure, dans le contexte enfin, celle que l'or donne à l'avare.
3. Grands volets extérieurs.
4. Fagot formé de menus branchages.

d'adieu, froids sur les lèvres, mais certes chaleureux au cœur de la fille, elles rentrèrent dans leurs chambres.

« Vous voilà chez vous, mon neveu, dit le père Grandet à Charles en lui ouvrant sa porte. Si vous aviez besoin de sortir, vous appelleriez Nanon. Sans elle, votre serviteur ! le chien vous mangerait sans vous dire un seul mot. Dormez bien. Bonsoir. Ha ! ha ! ces dames vous ont fait
1820 du feu », reprit-il. En ce moment la Grande Nanon apparut, armée d'une bassinoire. « En voilà bien d'une autre ! dit monsieur Grandet. Prenez-vous mon neveu pour une femme en couches ? Veux-tu bien remporter ta braise, Nanon.

– Mais, monsieur, les draps sont humides, et ce monsieur est vraiment mignon comme une femme.

– Allons, va, puisque tu l'as dans la tête, dit Grandet en la poussant par les épaules, mais prends garde de mettre le feu ». Puis l'avare descendit en grommelant de vagues
1830 paroles.

Charles demeura pantois au milieu de ses malles. Après avoir jeté les yeux sur les murs d'une chambre en mansarde tendue de ce papier jaune à bouquets de fleurs qui tapisse les guinguettes, sur une cheminée en pierre de liais [1] cannelée dont le seul aspect donnait froid, sur des chaises de bois jaune garnies en canne vernissée et qui semblaient avoir plus de quatre angles, sur une table de nuit ouverte dans laquelle aurait pu tenir un petit sergent de voltigeurs [2], sur le maigre tapis de lisière [3] placé au bas
1840 d'un lit à ciel dont les pentes en drap tremblaient comme si elles allaient tomber, achevées par les vers, il regarda sérieusement la Grande Nanon et lui dit : « Ah çà ! ma chère enfant, suis-je bien chez monsieur Grandet, l'ancien maire de Saumur, frère de monsieur Grandet de Paris ?

– Oui, monsieur, chez un ben aimable, un ben doux, un ben parfait monsieur. Faut-il que je vous aide à défaire vos malles ?

---

1. Variété de calcaire.
2. Le corps des voltigeurs fut créé par Napoléon en 1804 pour encourager les hommes de petite taille (qui ne devaient pas dépasser 1,59 m).
3. Tapis bon marché composé de chutes de tissu (lisières).

– Ma foi, je le veux bien, mon vieux troupier ! N'avez-vous pas servi dans les marins de la garde impériale ?

– Oh ! oh ! oh ! oh ! dit Nanon, quoi que c'est que ça, 1850
les marins de la garde ? C'est-y salé ? Ça va-t-il sur l'eau ?

– Tenez, cherchez ma robe de chambre qui est dans cette valise. En voici la clef. »

Nanon fut tout émerveillée de voir une robe de chambre en soie verte à fleurs d'or et à dessins antiques.

« Vous allez mettre ça pour vous coucher, dit-elle.

– Oui.

– Sainte Vierge ! le beau devant d'autel que ça ferait pour la paroisse. Mais mon cher mignon monsieur, donnez donc ça à l'église, vous sauverez votre âme, tandis que ça 1860
vous la fera perdre. Oh ! que vous êtes donc gentil comme ça. Je vais appeler mademoiselle pour qu'elle vous regarde.

– Allons, Nanon, puisque Nanon y a, voulez-vous vous taire ! Laissez-moi coucher, j'arrangerai mes affaires demain ; et si ma robe vous plaît tant, vous sauverez votre âme. Je suis trop bon chrétien pour vous la refuser en m'en allant, et vous pourrez en faire ce que vous voudrez. »

Nanon resta plantée sur ses pieds, contemplant Charles, sans pouvoir ajouter foi à ses paroles.

« Me donner ce bel atour ! dit-elle en s'en allant. Il rêve 1870
déjà ce monsieur. Bonsoir.

– Bonsoir, Nanon.

– Qu'est-ce que je suis venu faire ici ? se dit Charles en s'endormant. Mon père n'est pas un niais, mon voyage doit avoir un but. Psch ! à demain les affaires sérieuses, disait je ne sais quelle ganache grecque [1]. »

« Sainte Vierge ! qu'il est gentil, mon cousin », se dit Eugénie en interrompant ses prières, qui ce soir-là ne furent pas finies.

Madame Grandet n'eut aucune pensée en se couchant. 1880
Elle entendait, par la porte de communication qui se trouvait au milieu de la cloison, l'avare se promenant de long en long dans sa chambre. Semblable à toutes les femmes

---

1. La « ganache » est le tyran de Thèbes Archias qui, recevant une lettre au milieu d'un festin, la jeta sans l'ouvrir en disant : « À demain les affaires sérieuses. » Il fut assassiné avant la fin du festin sans savoir que la lettre lui révélait le complot.

timides, elle avait étudié le caractère de son seigneur. De même que la mouette prévoit l'orage, elle avait, à d'imperceptibles signes, pressenti la tempête intérieure qui agitait Grandet, et, pour employer l'expression dont elle se servait, elle faisait alors la morte. Grandet regardait la porte intérieurement doublée en tôle qu'il avait fait mettre à son cabinet, et se disait : « Quelle idée bizarre a eue mon frère de me léguer son enfant ? Jolie succession ! Je n'ai pas vingt écus à donner. Mais qu'est-ce que vingt écus pour ce mirliflor qui lorgnait mon baromètre comme s'il avait voulu en faire du feu ? »

En songeant aux conséquences de ce testament de douleur, Grandet était peut-être plus agité que ne l'était son frère au moment où il le traça.

« J'aurais cette robe d'or ?... » disait Nanon qui s'endormit habillée de son devant d'autel, rêvant de fleurs, de tabis [1], de damas [2], pour la première fois de sa vie, comme Eugénie rêva d'amour.

Dans la pure et monotone vie des jeunes filles [3], il vient une heure délicieuse où le soleil leur épanche ses rayons dans l'âme, où la fleur leur exprime des pensées, où les palpitations du cœur communiquent au cerveau leur chaude fécondance [4], et fondent les idées en un vague désir ; jour d'innocente mélancolie et de suaves joyeusetés ! Quand les enfants commencent à voir, ils sourient ; quand une fille entrevoit le sentiment de la nature, elle sourit comme elle souriait enfant. Si la lumière est le premier amour de la vie, l'amour n'est-il pas la lumière du cœur ? Le moment de voir clair aux choses d'ici-bas était arrivé pour Eugénie. Matinale comme toutes les filles de province, elle se leva de bonne heure, fit sa prière, et commença l'œuvre de sa toilette, occupation qui désormais allait avoir un sens. Elle lissa d'abord ses cheveux châtains, tordit leurs grosses nattes au-dessus de sa tête avec le plus grand soin, en évitant que les cheveux

---

1. Étoffe de soie luxueuse.
2. Étoffe de soie à fleurs ou à dessins en relief (originaire de Damas).
3. Ici commençait le troisième chapitre de l'édition originale, « Amours de province ».
4. « Puissance de féconder », selon Littré.

ne s'échappassent de leurs tresses, et introduisit dans sa
coiffure une symétrie qui rehaussa la timide candeur de 1920
son visage, en accordant la simplicité des accessoires à la
naïveté des lignes. En se lavant plusieurs fois les mains
dans de l'eau pure qui lui durcissait et rougissait la peau,
elle regarda ses beaux bras ronds, et se demanda ce que
faisait son cousin pour avoir les mains si mollement
blanches, les ongles si bien façonnés. Elle mit des bas
neufs et ses plus jolis souliers. Elle se laça droit, sans
passer d'œillets. Enfin souhaitant, pour la première fois de
sa vie, de paraître à son avantage, elle connut le bonheur
d'avoir une robe fraîche, bien faite, et qui la rendait 1930
attrayante. Quand sa toilette fut achevée, elle entendit
sonner l'horloge de la paroisse, et s'étonna de ne compter
que sept heures. Le désir d'avoir tout le temps nécessaire
pour se bien habiller l'avait fait lever trop tôt. Ignorant
l'art de remanier dix fois une boucle de cheveux et d'en
étudier l'effet, Eugénie se croisa bonnement les bras,
s'assit à sa fenêtre, contempla la cour, le jardin étroit et les
hautes terrasses qui le dominaient ; vue mélancolique,
bornée, mais qui n'était pas dépourvue des mystérieuses
beautés particulières aux endroits solitaires ou à la nature 1940
inculte. Auprès de la cuisine se trouvait un puits entouré
d'une margelle, et à poulie maintenue dans une branche de
fer courbée, qu'embrassait une vigne aux pampres flétris,
rougis, brouis [1] par la saison. De là, le tortueux sarment
gagnait le mur, s'y attachait, courait le long de la maison
et finissait sur un bûcher où le bois était rangé avec autant
d'exactitude que peuvent l'être les livres d'un bibliophile.
Le pavé de la cour offrait ces teintes noirâtres produites
avec le temps par les mousses, par les herbes, par le défaut
de mouvement. Les murs épais présentaient leur chemise 1950
verte, ondée de longues traces brunes. Enfin les huit
marches qui régnaient au fond de la cour et menaient à la
porte du jardin, étaient disjointes et ensevelies sous de
hautes plantes comme le tombeau d'un chevalier enterré
par sa veuve [2] au temps des croisades. Au-dessus d'une

---

1. Du verbe « brouir ». Se dit des plantes que le gel a brûlées, désséchées.
2. N'est-ce pas là une préfiguration du sort d'Eugénie, abandonnée par
celui qu'elle voyait comme un « chevalier » ?

assise de pierres toutes rongées s'élevait une grille de bois
pourri, à moitié tombée de vétusté, mais à laquelle se
mariaient à leur gré des plantes grimpantes. De chaque
côté de la porte à claire-voie s'avançaient les rameaux
1960 tortus [1] de deux pommiers rabougris. Trois allées paral-
lèles, sablées et séparées par des carrés dont les terres
étaient maintenues au moyen d'une bordure en buis [2],
composaient ce jardin que terminait, au bas de la terrasse,
un couvert de tilleuls. À un bout, des framboisiers ; à
l'autre, un immense noyer qui inclinait ses branches
jusque sur le cabinet du tonnelier. Un jour pur et le beau
soleil des automnes naturels aux rives de la Loire commençaient à dissiper le glacis imprimé par la nuit aux pittoresques objets, aux murs, aux plantes qui meublaient ce
1970 jardin et la cour. Eugénie trouva des charmes tout nouveaux dans l'aspect de ces choses, auparavant si ordinaires
pour elle. Mille pensées confuses naissaient dans son âme,
et y croissaient à mesure que croissaient au-dehors les
rayons du soleil. Elle eut enfin ce mouvement de plaisir
vague, inexplicable, qui enveloppe l'être moral, comme un
nuage envelopperait l'être physique. Ses réflexions
s'accordaient avec les détails de ce singulier paysage, et
les harmonies de son cœur firent alliance avec les harmonies de la nature. Quand le soleil atteignit un pan de mur,
1980 d'où tombaient des cheveux de Vénus [3] aux feuilles
épaisses à couleurs changeantes comme la gorge des
pigeons, de célestes rayons d'espérance illuminèrent
l'avenir pour Eugénie, qui désormais se plut à regarder ce
pan de mur, ses fleurs pâles, ses clochettes bleues et ses
herbes fanées, auxquelles se mêla un souvenir gracieux
comme ceux de l'enfance. Le bruit que chaque feuille produisait dans cette cour sonore, en se détachant de son
rameau, donnait une réponse aux secrètes interrogations
de la jeune fille, qui serait restée là, pendant toute la
1990 journée, sans s'apercevoir de la fuite des heures. Puis vin-

1. Tordus.
2. Nicole Mozet, dans l'édition de la Pléiade, signale que la bordure de
buis est toujours chez Balzac « un signe de la mesquinerie provinciale »,
(Gallimard, « Bibliothèque de la Pléiade », t. III, 1976, n. 4, p. 1677).
3. Sorte de fougère, au nom fort évocateur dans le contexte d'un éveil à
l'amour.

rent de tumultueux mouvements d'âme. Elle se leva fréquemment, se mit devant son miroir, et s'y regarda comme un auteur de bonne foi contemple son œuvre pour se critiquer, et se dire des injures à lui-même.

« Je ne suis pas assez belle pour lui. » Telle était la pensée d'Eugénie, pensée humble et fertile en souffrances. La pauvre fille ne se rendait pas justice ; mais la modestie, ou mieux la crainte, est une des premières vertus de l'amour. Eugénie appartenait bien à ce type d'enfants fortement constitués, comme ils le sont dans la petite bourgeoisie, et dont les beautés paraissent vulgaires ; mais, si elle ressemblait à Vénus de Milo [1], ses formes étaient ennoblies par cette suavité du sentiment chrétien qui purifie la femme et lui donne une distinction inconnue aux sculpteurs anciens. Elle avait une tête énorme, le front masculin mais délicat du Jupiter de Phidias [2], et des yeux gris auxquels sa chaste vie, en s'y portant tout entière, imprimait une lumière jaillissante. Les traits de son visage rond, jadis frais et rose, avaient été grossis par une petite vérole [3] assez clémente pour n'y point laisser de traces, mais qui avait détruit le velouté de la peau, néanmoins si douce et si fine encore que le pur baiser de sa mère y traçait passagèrement une marque rouge. Son nez était un peu trop fort, mais il s'harmonisait avec une bouche d'un rouge de minium, dont les lèvres à mille raies étaient pleines d'amour et de bonté. Le col avait une rondeur parfaite. Le corsage bombé, soigneusement voilé, attirait le regard et faisait rêver ; il manquait sans doute un peu de la grâce due à la toilette ; mais, pour les connaisseurs, la non-flexibilité de cette haute taille devait être un charme. Eugénie, grande et forte, n'avait donc rien du joli qui plaît aux masses ; mais elle était belle de cette beauté si facile à reconnaître [4], et dont s'éprennent seulement les artistes. Le peintre qui cherche ici-bas un type à la céleste pureté de

---

1. La statue avait été découverte en 1820 et était aussitôt entrée au Louvre.
2. Cette statue colossale, due au sculpteur Phidias au Ve siècle avant J.-C., a été détruite et il n'en existe aucune copie.
3. Trait commun à la Véronique Graslin du *Curé de village*.
4. Toutes les éditions antérieures à celle de Furne indiquent ici « méconnaître », ce qui est certainement la bonne leçon.

Marie, qui demande à toute la nature féminine ces yeux modestement fiers devinés par Raphaël [1], ces lignes vierges souvent dues aux hasards de la conception, mais qu'une vie chrétienne et pudique peut seule conserver ou faire acquérir ; ce peintre, amoureux d'un si rare modèle,
2030 eût trouvé tout à coup dans le visage d'Eugénie la noblesse innée qui s'ignore ; il eût vu sous un front calme un monde d'amour ; et, dans la coupe des yeux, dans l'habitude [2] des paupières, le je ne sais quoi divin. Ses traits, les contours de sa tête que l'expression du plaisir n'avait jamais ni altérés ni fatigués, ressemblaient aux lignes d'horizon si doucement tranchées dans le lointain des lacs tranquilles. Cette physionomie calme, colorée, bordée de lueur comme une jolie fleur éclose, reposait l'âme, communiquait le charme de la conscience qui s'y reflétait, et com-
2040 mandait le regard. Eugénie était encore sur la rive de la vie où fleurissent les illusions enfantines, où se cueillent les marguerites avec des délices plus tard inconnues. Aussi se dit-elle en se mirant, sans savoir encore ce qu'était l'amour : « Je suis trop laide, il ne fera pas attention à moi. »

Puis elle ouvrit la porte de sa chambre qui donnait sur l'escalier, et tendit le cou pour écouter les bruits de la maison. « Il ne se lève pas », pensa-t-elle en entendant la tousserie matinale de Nanon, et la bonne fille allant,
2050 venant, balayant la salle, allumant son feu, enchaînant le chien et parlant à ses bêtes dans l'écurie. Aussitôt Eugénie descendit et courut à Nanon qui trayait la vache.

« Nanon, ma bonne Nanon, fais donc de la crème pour le café de mon cousin.

— Mais, mademoiselle, il aurait fallu s'y prendre hier, dit Nanon qui partit d'un gros éclat de rire. Je ne peux pas faire de la crème. Votre cousin est mignon, mignon, mais vraiment mignon. Vous ne l'avez pas vu dans sa chambrelouque [3] de soie et d'or. Je l'ai vu, moi. Il porte du
2060 linge fin comme celui du surplis à monsieur le curé.

---

1. Raphaël est, aux yeux de Balzac, l'une des plus grandes références picturales.
2. Aspect, en parlant du corps ou d'une de ses parties.
3. Le manuscrit porte ici « robe de chambre ».

– Nanon, fais-nous donc de la galette.

– Et qui me donnera du bois pour le four, et de la farine, et du beurre ? dit Nanon, laquelle en sa qualité de premier ministre de Grandet prenait parfois une importance énorme aux yeux d'Eugénie et de sa mère. Faut-il pas le voler, cet homme, pour fêter votre cousin ? Demandez-lui du beurre, de la farine, du bois, il est votre père, il peut vous en donner. Tenez, le voilà qui descend pour voir aux provisions… »

Eugénie se sauva dans le jardin, tout épouvantée en entendant trembler l'escalier sous le pas de son père. Elle éprouvait déjà les effets de cette profonde pudeur et de cette conscience particulière de notre bonheur qui nous fait croire, non sans raison peut-être, que nos pensées sont gravées sur notre front et sautent aux yeux d'autrui. En s'apercevant enfin du froid dénuement de la maison paternelle, la pauvre fille concevait une sorte de dépit de ne pouvoir la mettre en harmonie avec l'élégance de son cousin. Elle éprouva un besoin passionné de faire quelque chose pour lui : quoi ? elle n'en savait rien. Naïve et vraie, elle se laissait aller à sa nature angélique sans se défier ni de ses impressions, ni de ses sentiments. Le seul aspect de son cousin avait éveillé chez elle les penchants naturels de la femme, et ils durent se déployer d'autant plus vivement, qu'ayant atteint sa vingt-troisième année, elle se trouvait dans la plénitude de son intelligence et de ses désirs. Pour la première fois, elle eut dans le cœur de la terreur à l'aspect de son père, vit en lui le maître de son sort, et se crut coupable d'une faute en lui taisant quelques pensées. Elle se mit à marcher à pas précipités en s'étonnant de respirer un air plus pur, de sentir les rayons du soleil plus vivifiants, et d'y puiser une chaleur morale, une vie nouvelle. Pendant qu'elle cherchait un artifice pour obtenir la galette, il s'élevait entre la Grande Nanon et Grandet une de ces querelles aussi rares entre eux que le sont les hirondelles en hiver. Muni de ses clefs, le bonhomme était venu pour mesurer les vivres nécessaires à la consommation de la journée.

« Reste-t-il du pain d'hier ? dit-il à Nanon.

– Pas une miette, monsieur. »

Grandet prit un gros pain rond, bien enfariné, moulé dans un de ces paniers plats qui servent à boulanger en Anjou, et il allait le couper, quand Nanon lui dit : « Nous sommes cinq aujourd'hui, monsieur.

– C'est vrai, répondit Grandet, mais ton pain pèse six livres, il en restera. D'ailleurs, ces jeunes gens de Paris, tu verras que ça ne mange point de pain.

– Ça mangera donc de la *frippe* », dit Nanon.

En Anjou, la frippe, mot du lexique populaire, exprime l'accompagnement du pain, depuis le beurre étendu sur la tartine, frippe vulgaire, jusqu'aux confitures d'halleberge, la plus distinguée des frippes ; et tous ceux qui, dans leur enfance, ont léché la frippe et laissé le pain, comprendront la portée de cette locution.

« Non, répondit Grandet, ça ne mange ni frippe, ni pain. Ils sont quasiment comme des filles à marier. »

Enfin, après avoir parcimonieusement ordonné le menu quotidien, le bonhomme allait se diriger vers son fruitier, en fermant néanmoins les armoires de sa *dépense*[1], lorsque Nanon l'arrêta pour lui dire : « Monsieur, donnez-moi donc alors de la farine et du beurre, je ferai une galette aux enfants.

– Ne vas-tu pas mettre la maison au pillage à cause de mon neveu ?

– Je ne pensais pas plus à votre neveu qu'à votre chien, pas plus que vous n'y pensez vous-même. Ne voilà-t-il pas que vous ne m'avez *aveint*[2] que six morceaux de sucre, m'en faut huit.

– Ha ! çà, Nanon, je ne t'ai jamais vue comme ça. Qu'est-ce qui te passe donc par la tête ? Es-tu la maîtresse ici ? Tu n'auras que six morceaux de sucre.

– Eh ! bien, votre neveu, avec quoi donc qu'il sucrera son café ?

– Avec deux morceaux, je m'en passerai, moi.

– Vous vous passerez de sucre, à votre âge ! J'aimerais mieux vous en acheter de ma poche.

---

1. Lieu où l'on range les provisions et où l'on paie les fournisseurs.
2. De l'ancien verbe *aveindre*, qui signifie « aller prendre un objet pour l'apporter à la personne qui le demande » (Littré). Balzac avait d'abord écrit *donné*.

– Mêle-toi de ce qui te regarde. »

Malgré la baisse du prix, le sucre était toujours, aux yeux du tonnelier, la plus précieuse des denrées coloniales, il valait toujours six francs la livre, pour lui. L'obligation de le ménager, prise sous l'Empire [1], était devenue la plus indélébile de ses habitudes. Toutes les femmes, même la plus niaise, savent ruser pour arriver à leurs fins, Nanon abandonna la question du sucre pour obtenir la galette.

« Mademoiselle, cria-t-elle par la croisée, est-ce pas que vous voulez de la galette ?

– Non, non, répondit Eugénie.

– Allons, Nanon, dit Grandet en entendant la voix de sa fille, tiens. » Il ouvrit la *mette* [2] où était la farine, lui en donna une mesure, et ajouta quelques onces de beurre au morceau qu'il avait déjà coupé.

« Il faudra du bois pour chauffer le four, dit l'implacable Nanon.

– Eh ! bien, tu en prendras à ta suffisance, répondit-il mélancoliquement, mais alors tu nous feras une tarte aux fruits, et tu nous cuiras au four tout le dîner ; par ainsi, tu n'allumeras pas deux feux.

– Quien ! s'écria Nanon, vous n'avez pas besoin de me le dire. » Grandet jeta sur son fidèle ministre un coup d'œil presque paternel. « Mademoiselle, cria la cuisinière, nous aurons une galette. » Le père Grandet revint chargé de ses fruits, et en rangea une première assiettée sur la table de la cuisine. « Voyez donc, monsieur, lui dit Nanon, les jolies bottes qu'a votre neveu. Quel cuir, et qui sent bon. Avec quoi que ça se nettoie donc ? Faut-il y mettre de votre cirage à l'œuf [3] ?

– Nanon, je crois que l'œuf gâterait ce cuir-là. D'ailleurs, dis-lui que tu ne connais point la manière de cirer le maroquin, oui, c'est du maroquin, il achètera lui-même à Saumur et t'apportera de quoi illustrer [4] ses bottes.

---

1. Sous l'Empire, le blocus continental avait fait du sucre une denrée fort chère.
2. Grand coffre en bois où l'on rangeait le pain.
3. Le cirage à l'œuf était une technique de cirage très sommaire et qui ne donnait aucun brillant au cuir.
4. C'est-à-dire lustrer, faire briller.

J'ai entendu dire qu'on fourre du sucre dans leur cirage pour le rendre brillant.

– C'est donc bon à manger, dit la servante en portant les bottes à son nez. Tiens, tiens, elles sentent l'eau de Cologne de madame. Ah ! c'est-il drôle.

– Drôle ! dit le maître, tu trouves drôle de mettre à des bottes plus d'argent que n'en vaut celui qui les porte.

– Monsieur, dit-elle au second voyage de son maître qui avait fermé le fruitier, est-ce que vous ne mettrez pas une ou deux fois le pot-au-feu par semaine à cause de votre… ?

– Oui.

– Faudra que j'aille à la boucherie.

– Pas du tout ; tu nous feras du bouillon de volaille, les fermiers ne t'en laisseront pas chômer [1]. Mais je vais dire à Cornoiller de me tuer des corbeaux. Ce gibier-là donne le meilleur bouillon de la terre [2].

– C'est-y vrai, monsieur, que ça mange les morts ?

– Tu es bête, Nanon ! ils mangent, comme tout le monde, ce qu'ils trouvent. Est-ce que nous ne vivons pas de morts ? Qu'est-ce donc que les successions ? » Le père Grandet, n'ayant plus d'ordre à donner, tira sa montre ; et, voyant qu'il pouvait encore disposer d'une demi-heure avant le déjeuner, il prit son chapeau, vint embrasser sa fille, et lui dit : « Veux-tu te promener au bord de la Loire sur mes prairies ? j'ai quelque chose à y faire. »

Eugénie alla mettre son chapeau de paille cousue doublé de taffetas rose ; puis, le père et la fille descendirent la rue tortueuse jusqu'à la place.

« Où dévalez-vous donc si matin ? dit le notaire Cruchot qui rencontra Grandet.

– Voir quelque chose », répondit le bonhomme sans être la dupe de la promenade matinale de son ami.

Quand le père Grandet allait voir quelque chose, le notaire savait par expérience qu'il y avait toujours quelque chose à gagner avec lui. Donc il l'accompagna.

---

1. Manquer.
2. Le bouillon de corbeaux existe, mais sa mention ici suffit à exprimer l'avarice de Grandet, tout en le chargeant de traits sinistres.

« Venez, Cruchot ? dit Grandet au notaire. Vous êtes de mes amis, je vais vous démontrer comme quoi c'est une bêtise de planter des peupliers dans de bonnes terres... 2210

– Vous comptez donc pour rien les soixante mille francs que vous avez palpés pour ceux qui étaient dans vos prairies de la Loire, dit maître Cruchot en ouvrant des yeux hébétés. Avez-vous eu du bonheur ?... Couper vos arbres au moment où l'on manquait de bois blanc à Nantes, et les vendre trente francs ! »

Eugénie écoutait sans savoir qu'elle touchait au moment le plus solennel de sa vie, et que le notaire allait faire prononcer sur elle un arrêt paternel et souverain. Grandet était arrivé aux magnifiques prairies qu'il possé- 2220 dait au bord de la Loire, et où trente ouvriers s'occupaient à déblayer, combler, niveler les emplacements autrefois pris par les peupliers.

« Maître Cruchot, voyez ce qu'un peuplier prend de terrain, dit-il au notaire. Jean, cria-t-il à un ouvrier, me... me... mesure avec ta toise dans tou... tou... tous les sens [1] ?

– Quatre fois huit pieds, répondit l'ouvrier après avoir fini.

– Trente-deux pieds de perte, dit Grandet à Cruchot. 2230 J'avais sur cette ligne trois cents peupliers, pas vrai ? Or... trois ce... ce... ce... cents fois trente-d... eux pie... pieds me man... man... mangeaient cinq... inq cents de foin ; ajoutez deux fois autant sur les côtés, quinze cents ; les rangées du milieu autant. Alors, mé... mé... mettons mille bottes [2] de foin.

– Eh ! bien, dit Cruchot pour aider son ami, mille bottes de ce foin-là valent environ six cents francs.

– Di... di... dites dou... ou... ouze cents à cause des trois à quatre cents francs de regain [3]. Eh ! bien, ca... ca... 2240 ca... calculez ce que que que dou... ouze cents francs par an pen... pen... pendant quarante ans do... donnent a...

---

1. Première manifestation du bredouillement affecté de Grandet, signe qu'il est en affaires.
2. Les éditions antérieures indiquent *trois mille*, ce qui est exact.
3. Herbe qui repousse dans le pré après la fauchaison.

a… avec les in… in… intérêts com… com… composés que que que vouous saaavez.

– Va pour soixante mille francs, dit le notaire.

– Je le veux bien ! ça ne ne ne fera que que que soixante mille francs. Eh ! bien, reprit le vigneron sans bégayer, deux mille peupliers de quarante ans ne me donneraient pas cinquante mille francs. Il y a perte. J'ai trouvé ça, moi, dit Grandet en se dressant sur ses ergots. Jean, reprit-il, tu combleras les trous, excepté du côté de la Loire, où tu planteras les peupliers que j'ai achetés. En les mettant dans la rivière, ils se nourriront aux frais du gouvernement [1], ajouta-t-il en se tournant vers Cruchot et imprimant à la loupe de son nez un léger mouvement qui valait le plus ironique des sourires.

– Cela est clair : les peupliers ne doivent se planter que sur les terres maigres, dit Cruchot stupéfait par les calculs de Grandet.

– *O-u-i, monsieur* », répondit ironiquement le tonnelier.

Eugénie, qui regardait le sublime paysage de la Loire sans écouter les calculs de son père, prêta bientôt l'oreille aux discours de Cruchot en l'entendant dire à son client : « Hé ! bien, vous avez fait venir un gendre de Paris, il n'est question que de votre neveu dans tout Saumur. Je vais bientôt avoir un contrat à dresser, père Grandet.

– Vous… ou… vous êtes so… so… orti de bo… bonne heure pooour me dire ça, reprit Grandet en accompagnant cette réflexion d'un mouvement de sa loupe. Hé ! bien, mon vieux camaaaarade, je serai franc, et je vous dirai ce que voous voooulez sa… savoir. J'aimerais mieux, voyez-vooous, je… jeter ma fi… fi… fille dans la Loire que de la dooonner à son couououusin : vous pou… pou… ouvez aaannoncer ça. Mais non, laissez jaaser le mon… onde. »

Cette réponse causa des éblouissements à Eugénie. Les lointaines espérances qui pour elle commençaient à poindre dans son cœur fleurirent soudain, se réalisèrent [2] et formèrent un faisceau de fleurs qu'elle vit coupées et

___

1. Car les berges du fleuve sont domaine public.
2. C'est-à-dire devinrent comme réelles, donnèrent l'impression de la réalité.

gisant à terre. Depuis la veille, elle s'attachait à Charles 2280
par tous les liens de bonheur qui unissent les âmes ; désormais la souffrance allait donc les corroborer [1]. N'est-il pas
dans la noble destinée de la femme d'être plus touchée des
pompes de la misère que des splendeurs de la fortune ?
Comment le sentiment paternel avait-il pu s'éteindre au
fond du cœur de son père ? de quel crime Charles était-il
donc coupable ? Questions mystérieuses ! Déjà son amour
naissant, mystère si profond, s'enveloppait de mystères.
Elle revint tremblant sur ses jambes, et en arrivant à la
vieille rue sombre, si joyeuse pour elle, elle la trouva d'un 2290
aspect triste, elle y respira la mélancolie que les temps et
les choses y avaient imprimée. Aucun des enseignements
de l'amour ne lui manquait. À quelques pas du logis, elle
devança son père et l'attendit à la porte après y avoir
frappé. Mais Grandet, qui voyait dans la main du notaire
un journal encore sous bande, lui avait dit : « Où en sont
les fonds [2] ?

– Vous ne voulez pas m'écouter, Grandet, lui répondit
Cruchot. Achetez-en vite, il y a encore vingt pour cent à
gagner en deux ans, outre les intérêts à un excellent taux, 2300
cinq mille livres de rente pour quatre-vingt mille francs.
Les fonds sont à quatre-vingts francs cinquante centimes.

– Nous verrons cela, répondit Grandet en se frottant le
menton.

– Mon Dieu ! dit le notaire.

– Eh ! bien, quoi ? » s'écria Grandet au moment où
Cruchot lui mettait le journal sous les yeux en lui disant :
« Lisez cet article. »

Monsieur Grandet, l'un des négociants les plus estimés
de Paris, s'est brûlé la cervelle hier, après avoir fait son 2310
apparition accoutumée à la Bourse. Il avait envoyé au
président de la Chambre des Députés sa démission, et
s'était également démis de ses fonctions de juge au tri-
bunal de commerce. La faillite de messieurs Roguin et
Souchet, son agent de change et son notaire, l'ont [3] ruiné.
La considération dont jouissait monsieur Grandet et son

---

1. Au sens propre de « donner de la force ».
2. Les fonds publics.
3. *Sic* (faute d'accord).

*crédit étaient néanmoins tels qu'il eût sans doute trouvé
des secours sur la place de Paris. Il est à regretter que cet
homme honorable ait cédé à un premier moment de déses-*
2320 *poir, etc.*

« Je le savais. », dit le vieux vigneron au notaire.

Ce mot glaça maître Cruchot, qui, malgré son impassi-
bilité de notaire, se sentit froid dans le dos en pensant que
le Grandet de Paris avait peut-être imploré vainement les
millions du Grandet de Saumur.

« Et son fils, si joyeux hier…

– Il ne sait rien encore, répondit Grandet avec le même
calme.

– Adieu, monsieur Grandet », dit Cruchot, qui comprit
2330 tout et alla rassurer le président de Bonfons.

En entrant, Grandet trouva le déjeuner prêt. Madame
Grandet, au cou de laquelle Eugénie sauta pour
l'embrasser avec cette vive effusion de cœur que nous
cause un chagrin secret, était déjà sur son siège à patins, et
se tricotait des manches pour l'hiver.

« Vous pouvez manger, dit Nanon qui descendit les
escaliers quatre à quatre, l'enfant dort comme un chérubin.
Qu'il est gentil les yeux fermés ! Je suis entrée, je l'ai
appelé. Ah bien oui ! personne.

2340 – Laisse-le dormir, dit Grandet, il s'éveillera toujours
assez tôt aujourd'hui pour apprendre de mauvaises nouvelles.

– Qu'y a-t-il donc ? » demanda Eugénie en mettant
dans son café les deux petits morceaux de sucre pesant on
ne sait combien de grammes que le bonhomme s'amusait
à couper lui-même [1] à ses heures perdues. Madame
Grandet, qui n'avait pas osé faire cette question, regarda
son mari.

« Son père s'est brûlé la cervelle.

2350 – Mon oncle ?… dit Eugénie.

– Le pauvre jeune homme ! s'écria madame Grandet.

– Oui, pauvre, reprit Grandet, il ne possède pas un sou.

– Hé ! ben, il dort comme s'il était le roi de la terre », dit
Nanon d'un accent doux.

---

1. Le sucre s'achetait en pains qu'on découpait soi-même en morceaux.

Eugénie cessa de manger. Son cœur se serra, comme il se serre quand, pour la première fois, la compassion, excitée par le malheur de celui qu'elle aime, s'épanche dans le corps entier d'une femme. La pauvre fille pleura.

« Tu ne connaissais pas ton oncle, pourquoi pleures-tu ? lui dit son père en lui lançant un de ses regards de tigre affamé qu'il jetait sans doute à ses tas d'or. 2360

– Mais, monsieur, dit la servante, qui ne se sentirait pas de pitié pour ce pauvre jeune homme qui dort comme un sabot [1] sans savoir son sort ?

– Je ne te parle pas, Nanon ! tiens ta langue. »

Eugénie apprit en ce moment que la femme qui aime doit toujours dissimuler ses sentiments. Elle ne répondit pas.

« Jusqu'à mon retour vous ne lui parlerez de rien, j'espère, m'ame Grandet, dit le vieillard en continuant. Je 2370 suis obligé d'aller faire aligner le fossé de mes prés sur la route. Je serai revenu à midi pour le second déjeuner, et je causerai avec mon neveu de ses affaires. Quant à toi, mademoiselle Eugénie, si c'est pour ce mirliflor que tu pleures, assez comme cela, mon enfant. Il partira, dare dare, pour les grandes Indes [2]. Tu ne le verras plus... »

Le père prit ses gants au bord de son chapeau, les mit avec son calme habituel, les assujettit en s'emmortaisant [3] les doigts les uns dans les autres, et sortit.

« Ah ! maman, j'étouffe, s'écria Eugénie quand elle fut 2380 seule avec sa mère. Je n'ai jamais souffert ainsi. » Madame Grandet, voyant sa fille pâlir, ouvrit la croisée et lui fit respirer le grand air. « Je suis mieux », dit Eugénie après un moment.

Cette émotion nerveuse chez une nature jusqu'alors en apparence calme et froide réagit sur madame Grandet, qui regarda sa fille avec cette intuition sympathique dont sont douées les mères pour l'objet de leur tendresse, et devina tout. Mais à la vérité, la vie des célèbres sœurs

---

1. Le sabot était une toupie dont on disait qu'elle dormait quand elle tournait si vite qu'elle paraissait immobile.
2. Birmanie, Thaïlande, Indochine.
3. Emmortaiser : insérer dans une mortaise le bout d'une pièce de bois taillée à cet effet. Balzac l'emploie de manière métaphorique.

2390 hongroises [1], attachées l'une à l'autre par une erreur de la nature, n'avait pas été plus intime que ne l'était celle d'Eugénie et de sa mère, toujours ensemble dans cette embrasure de croisée, ensemble à l'église, et dormant ensemble dans le même air.

« Ma pauvre enfant ! » dit madame Grandet en prenant la tête d'Eugénie pour l'appuyer contre son sein.

À ces mots, la jeune fille releva la tête, interrogea sa mère par un regard, en scruta les secrètes pensées, et lui dit : « Pourquoi l'envoyer aux Indes ? S'il est malheureux, 2400 ne doit-il pas rester ici, n'est-il pas notre plus proche parent ?

– Oui, mon enfant, ce serait bien naturel ; mais ton père a ses raisons, nous devons les respecter. »

La mère et la fille s'assirent en silence, l'une sur sa chaise à patins, l'autre sur son petit fauteuil ; et, toutes deux, elles reprirent leur ouvrage. Oppressée de reconnaissance pour l'admirable entente de cœur que lui avait témoignée sa mère, Eugénie lui baisa la main en disant : « Combien tu es bonne, ma chère maman ! » Ces paroles 2410 firent rayonner le vieux visage maternel, flétri par de longues douleurs. « Le trouves-tu bien ? » demanda Eugénie.

Madame Grandet ne répondit que par un sourire ; puis, après un moment de silence, elle dit à voix basse : « L'aimerais-tu donc déjà ? ce serait mal.

– Mal, reprit Eugénie, pourquoi ? Il te plaît, il plaît à Nanon, pourquoi ne me plairait-il pas ? Tiens, maman, mettons la table pour son déjeuner. » Elle jeta son ouvrage, la mère en fit autant en lui disant : « Tu es 2420 folle ! » Mais elle se plut à justifier la folie de sa fille en la partageant. Eugénie appela Nanon.

« Quoi que vous voulez encore, mademoiselle ?

– Nanon, tu auras bien de la crème pour midi.

– Ah ! pour midi, oui, répondit la vieille servante.

– Hé ! bien, donne-lui du café bien fort, j'ai entendu dire à monsieur des Grassins que le café se faisait bien fort à Paris. Mets-en beaucoup.

---

1. Il s'agit d'Hélène et de Judith, nées en 1701 à Tzoni et mortes en 1723.

– Et où voulez-vous que j'en prenne ?

– Achètes-en.

– Et si monsieur me rencontre ?   2430

– Il est à ses prés.

– Je cours. Mais monsieur Fessard m'a déjà demandé si les trois Mages étaient chez nous, en me donnant de la bougie. Toute la ville va savoir nos déportements.

– Si ton père s'aperçoit de quelque chose, dit madame Grandet, il est capable de nous battre.

– Eh ! bien, il nous battra, nous recevrons ses coups à genoux. »

Madame Grandet leva les yeux au ciel, pour toute réponse, Nanon mit sa coiffe et sortit. Eugénie donna du 2440 linge, elle alla chercher quelques-unes des grappes de raisin qu'elle s'était amusée à étendre sur des cordes dans le grenier ; elle marcha légèrement le long du corridor pour ne point éveiller son cousin, et ne put s'empêcher d'écouter à sa porte la respiration qui s'échappait en temps égaux de ses lèvres. « Le malheur veille pendant qu'il dort », se dit-elle. Elle prit les plus vertes feuilles de la vigne, arrangea son raisin aussi coquettement que l'aurait pu dresser un vieux chef d'office, et l'apporta triomphalement sur la table. Elle fit main basse, dans la cuisine, sur 2450 les poires comptées par son père, et les disposa en pyramide parmi des feuilles. Elle allait, venait, trottait, sautait. Elle aurait bien voulu mettre à sac toute la maison de son père ; mais il avait les clefs de tout. Nanon revint avec deux œufs frais. En voyant les œufs, Eugénie eut l'envie de lui sauter au cou.

« Le fermier de la Lande en avait dans son panier, je les lui ai demandés, et il me les a donnés pour m'être agréable, le mignon. »

Après deux heures de soins, pendant lesquelles Eugénie 2460 quitta vingt fois son ouvrage pour aller voir bouillir le café, pour aller écouter le bruit que faisait son cousin en se levant, elle réussit à préparer un déjeuner très simple, peu coûteux, mais qui dérogeait terriblement aux habitudes invétérées de la maison. Le déjeuner de midi s'y faisait debout. Chacun prenait un peu de pain, un fruit ou du beurre, et un verre de vin. En voyant la table placée auprès du feu, l'un des fauteuils mis devant le couvert de son

cousin, en voyant les deux assiettées de fruits, le coquetier,
2470 la bouteille de vin blanc, le pain, et le sucre amoncelé dans
une soucoupe, Eugénie trembla de tous ses membres en
songeant seulement alors aux regards que lui lancerait son
père, s'il venait à entrer en ce moment. Aussi regardait-
elle souvent la pendule, afin de calculer si son cousin pourrait déjeuner avant le retour du bonhomme.

« Sois tranquille, Eugénie, si ton père vient, je prendrai
tout sur moi », dit madame Grandet.

Eugénie ne put retenir une larme.

« Oh ! ma bonne mère, s'écria-t-elle, je ne t'ai pas assez
2480 aimée ! »

Charles, après avoir fait mille tours dans sa chambre en
chanteronnant, descendit enfin. Heureusement, il n'était
encore que onze heures. Le Parisien ! il avait mis autant de
coquetterie à sa toilette que s'il se fût trouvé au château de
la noble dame qui voyageait en Écosse. Il entra de cet air
affable et riant qui sied si bien à la jeunesse, et qui causa
une joie triste à Eugénie. Il avait pris en plaisanterie le
désastre de ses châteaux en Anjou, et aborda sa tante fort
gaiement.

2490 « Avez-vous bien passé la nuit, ma chère tante ? et vous,
ma cousine ?

– Bien, monsieur, mais vous ? dit madame Grandet.

– Moi, parfaitement.

– Vous devez avoir faim, mon cousin, dit Eugénie ;
mettez-vous à table.

– Mais je ne déjeune jamais avant midi, le moment où
je me lève. Cependant, j'ai si mal vécu en route, que je me
laisserai faire. D'ailleurs… » Il tira la plus délicieuse
montre plate que Bréguet [1] ait faite. « Tiens, mais il est
2500 onze heures, j'ai été matinal.

– Matinal ?… dit madame Grandet.

– Oui, mais je voulais ranger mes affaires. Eh ! bien, je
mangerais volontiers quelque chose, un rien, une volaille,
un perdreau.

– Sainte Vierge ! cria Nanon en entendant ces paroles.

– Un perdreau, se disait Eugénie, qui aurait voulu payer
un perdreau de tout son pécule.

---

1. Abraham Louis Bréguet (1747-1823), célèbre horloger.

– Venez vous asseoir », lui dit sa tante.

Le dandy se laissa aller sur le fauteuil comme une jolie femme qui se pose sur un divan. Eugénie et sa mère prirent des chaises et se mirent près de lui devant le feu.

« Vous vivez toujours ici ? leur dit Charles en trouvant la salle encore plus laide au jour qu'elle ne l'était aux lumières.

– Toujours, répondit Eugénie en le regardant, excepté pendant les vendanges. Nous allons alors aider Nanon, et logeons tous à l'abbaye de Noyers.

– Vous ne vous promenez jamais ?

– Quelquefois le dimanche après vêpres, quand il fait beau, dit madame Grandet, nous allons sur le pont, ou voir les foins quand on les fauche.

– Avez-vous un théâtre ?

– Aller au spectacle, s'écria madame Grandet, voir des comédiens ! Mais, monsieur, ne savez-vous pas que c'est un péché mortel ?

– Tenez, mon cher monsieur, dit Nanon en apportant les œufs, nous vous donnerons les poulets à la coque.

– Oh ! des œufs frais, dit Charles, qui, semblable aux gens habitués au luxe, ne pensait déjà plus à son perdreau. Mais c'est délicieux, si vous aviez du beurre ? Hein, ma chère enfant.

– Ah ! du beurre ! Vous n'aurez donc pas de galette, dit la servante.

– Mais, donne du beurre, Nanon » s'écria Eugénie.

La jeune fille examinait son cousin coupant ses mouillettes et y prenait plaisir, autant que la plus sensible grisette de Paris en prend à voir jouer un mélodrame où triomphe l'innocence. Il est vrai que Charles, élevé par une mère gracieuse, perfectionné par une femme à la mode, avait des mouvements coquets, élégants, menus, comme le sont ceux d'une petite-maîtresse [1]. La compatissance [2] et la tendresse d'une jeune fille possèdent une influence vraiment magnétique. Aussi Charles, en se

––––––––––

1. Jeune femme à la mode, maniérée et prétentieuse. La féminisation de Charles est constante dans toute cette présentation du « phénix des cousins ».
2. Néologisme mis pour compassion.

voyant l'objet des attentions de sa cousine et de sa tante, ne put-il se soustraire à l'influence des sentiments qui se dirigeaient vers lui en l'inondant pour ainsi dire. Il jeta sur Eugénie un de ces regards brillants de bonté, de caresses, un regard qui semblait sourire. Il s'aperçut, en contemplant Eugénie, de l'exquise harmonie des traits de ce pur visage, de son innocente attitude, de la clarté magique de ses yeux, où scintillaient de jeunes pensées d'amour, et où le désir ignorait la volupté.

« Ma foi, ma chère cousine, si vous étiez en grande loge et en grande toilette à l'Opéra, je vous garantis que ma tante aurait bien raison, vous y feriez faire bien des péchés d'envie aux hommes et de jalousie aux femmes. »

Ce compliment étreignit le cœur d'Eugénie, et le fit palpiter de joie, quoiqu'elle n'y comprît rien.

« Oh ! mon cousin, vous voulez vous moquer d'une pauvre petite provinciale.

– Si vous me connaissiez, ma cousine, vous sauriez que j'abhorre la raillerie, elle flétrit le cœur, froisse tous les sentiments… » Et il goba fort agréablement sa mouillette beurrée. « Non, je n'ai probablement pas assez d'esprit pour me moquer des autres, et ce défaut me fait beaucoup de tort. À Paris, on trouve moyen de vous assassiner un homme en disant : "Il a bon cœur." Cette phrase veut dire : "Le pauvre garçon est bête comme un rhinocéros." Mais comme je suis riche et connu pour abattre une poupée [1] du premier coup à trente pas avec toute espèce de pistolet et en plein champ, la raillerie me respecte.

– Ce que vous dites, mon neveu, annonce un bon cœur.

– Vous avez une bien jolie bague, dit Eugénie, est-ce mal de vous demander à la voir ? »

Charles tendit la main en défaisant son anneau ; et Eugénie rougit en effleurant du bout de ses doigts les ongles roses de son cousin.

« Voyez, ma mère, le beau travail.

– Oh ! il y a gros d'or, dit Nanon en apportant le café.

– Qu'est-ce que c'est que cela ? » demanda Charles en riant.

_____
1. Figure servant de cible pour les exercices de tir.

Et il montra un pot oblong, en terre brune, verni, faïencé à l'intérieur, bordé d'une frange de cendre, et au fond duquel tombait le café en revenant à la surface du liquide bouillonnant.

« C'est du café boullu, dit Nanon.

– Ah ! ma chère tante, je laisserai du moins quelque trace bienfaisante de mon passage ici. Vous êtes bien arriérés ! Je vous apprendrai à faire du bon café dans une cafetière à la Chaptal [1]. »

Il tenta d'expliquer le système de la cafetière à la Chaptal.

« Ah ! bien, s'il y a tant d'affaires que ça, dit Nanon, il faudrait bien y passer sa vie. Jamais je ne ferai de café comme ça. Ah ! bien, oui. Et qui est-ce qui ferait de l'herbe pour notre vache pendant que je ferais le café ?

– C'est moi qui le ferai, dit Eugénie.

– Enfant », dit madame Grandet en regardant sa fille.

À ce mot, qui rappelait le chagrin près de fondre sur ce malheureux jeune homme, les trois femmes se turent et le contemplèrent d'un air de commisération qui le frappa.

« Qu'avez-vous donc, ma cousine ?

– Chut ! dit madame Grandet à Eugénie, qui allait parler. Tu sais, ma fille, que ton père s'est chargé de parler à monsieur...

– Dites Charles, dit le jeune Grandet.

– Ah ! vous vous nommez Charles ? C'est un beau nom », s'écria Eugénie.

Les malheurs pressentis arrivent presque toujours. Là, Nanon, madame Grandet et Eugénie, qui ne pensaient pas sans frisson au retour du vieux tonnelier, entendirent un coup de marteau dont le retentissement leur était bien connu.

« Voilà papa », dit Eugénie.

Elle ôta la soucoupe au sucre, en en laissant quelques morceaux sur la nappe. Nanon emporta l'assiette aux œufs. Madame Grandet se dressa comme une biche

---

1. Chaptal (1756-1832), chimiste célèbre, ne semble pas avoir inventé de cafetière... Balzac lui prête pourtant la même invention dans *Ursule Mirouët*, où le docteur Minoret utilise aussi une cafetière de ce type.

effrayée. Ce fut une peur panique de laquelle Charles s'étonna, sans pouvoir se l'expliquer.

2620 « Eh ! bien, qu'avez-vous donc ? leur demanda-t-il.

– Mais voilà mon père, dit Eugénie.

– Eh ! bien ?… »

Monsieur Grandet entra, jeta son regard clair sur la table, sur Charles, il vit tout.

« Ah ! ah ! vous avez fait fête à votre neveu, c'est bien, très bien, c'est fort bien ! dit-il sans bégayer. Quand le chat court sur les toits, les souris dansent sur les planchers. »

« Fête ?… » se dit Charles, incapable de soupçonner le régime et les mœurs de cette maison.

2630 « Donne-moi mon verre, Nanon ? » dit le bonhomme.

Eugénie apporta le verre. Grandet tira de son gousset un couteau de corne à grosse lame, coupa une tartine, prit un peu de beurre, l'étendit soigneusement et se mit à manger debout. En ce moment, Charles sucrait son café. Le père Grandet aperçut les morceaux de sucre, examina sa femme qui pâlit, et fit trois pas ; il se pencha vers l'oreille de la pauvre vieille, et lui dit : « Où donc avez-vous pris tout ce sucre ?

– Nanon est allée en chercher chez Fessard, il n'y en 2640 avait pas. »

Il est impossible de se figurer l'intérêt profond que cette scène muette offrait à ces trois femmes : Nanon avait quitté sa cuisine et regardait dans la salle pour voir comment les choses s'y passeraient. Charles, ayant goûté son café, le trouva trop amer, et chercha le sucre que Grandet avait déjà serré.

« Que voulez-vous, mon neveu ? lui dit le bonhomme.

– Le sucre.

– Mettez du lait, répondit le maître de la maison, votre 2650 café s'adoucira. »

Eugénie reprit la soucoupe au sucre que Grandet avait déjà serrée, et la mit sur la table en contemplant son père d'un air calme. Certes, la Parisienne qui, pour faciliter la fuite de son amant, soutient de ses faibles bras une échelle de soie ne montre pas plus de courage que n'en déployait Eugénie en remettant le sucre sur la table. L'amant récompensera sa Parisienne qui lui fera voir orgueilleusement un beau bras meurtri dont chaque veine flétrie sera baignée de

larmes, de baisers, et guérie par le plaisir ; tandis que
Charles ne devait jamais être dans le secret des profondes 2660
agitations qui brisaient le cœur de sa cousine, alors foudroyée par le regard du vieux tonnelier.

« Tu ne manges pas, ma femme ? »

La pauvre ilote s'avança, coupa piteusement un morceau de pain, et prit une poire. Eugénie offrit audacieuse-
ment à son père du raisin, en lui disant : « Goûte donc à
ma conserve, papa ! Mon cousin, vous en mangerez, n'est-
ce pas ? Je suis allée chercher ces jolies grappes-là pour
vous.

– Oh ! si on ne les arrête, elles mettront Saumur au 2670
pillage pour vous, mon neveu. Quand vous aurez fini, nous
irons ensemble dans le jardin, j'ai à vous dire des choses
qui ne sont pas sucrées. »

Eugénie et sa mère lancèrent un regard sur Charles, à
l'expression duquel le jeune homme ne put se tromper.

« Qu'est-ce que ces mots signifient, mon oncle ? Depuis
la mort de ma pauvre mère… (à ces deux mots, sa voix
mollit) il n'y a pas de malheur possible pour moi…

– Mon neveu, qui peut connaître les afflictions par lesquelles Dieu veut nous éprouver ? lui dit sa tante. 2680

– Ta ! ta ! ta ! ta ! dit Grandet, voilà les bêtises qui commencent. Je vois avec peine, mon neveu, vos jolies mains
blanches. » Il lui montra les espèces d'épaules de mouton
que la nature lui avait mises au bout des bras. « Voilà des
mains faites pour ramasser des écus ! Vous avez été élevé
à mettre vos pieds dans la peau avec laquelle se fabriquent
les portefeuilles où nous serrons les billets de commerce.
Mauvais ! mauvais !

– Que voulez-vous dire, mon oncle, je veux être pendu
si je comprends un seul mot. 2690

– Venez », dit Grandet.

L'avare fit claquer la lame de son couteau, but le reste
de son vin blanc et ouvrit la porte.

« Mon cousin, ayez du courage ! »

L'accent de la jeune fille avait glacé Charles, qui suivit
son terrible parent en proie à de mortelles inquiétudes.
Eugénie, sa mère et Nanon vinrent dans la cuisine, exci-
tées par une invincible curiosité à épier les deux acteurs de
la scène qui allait se passer dans le petit jardin humide, où

2700 l'oncle marcha d'abord silencieusement avec le neveu. Grandet n'était pas embarrassé pour apprendre à Charles la mort de son père, mais il éprouvait une sorte de compassion en le sachant sans un sou, et il cherchait des formules pour adoucir l'expression de cette cruelle vérité. « Vous avez perdu votre père ! » ce n'était rien à dire. Les pères meurent avant les enfants. Mais : « Vous êtes sans aucune espèce de fortune ! » tous les malheurs de la terre étaient réunis dans ces paroles. Et le bonhomme de faire, pour la troisième fois, le tour de l'allée du milieu, dont le sable 2710 craquait sous ses pieds. Dans les grandes circonstances de la vie, notre âme s'attache fortement aux lieux où les plaisirs et les chagrins fondent sur nous. Aussi Charles examinait-il avec une attention particulière les buis de ce petit jardin, les feuilles pâles qui tombaient, les dégradations des murs, les bizarreries des arbres fruitiers, détails pittoresques qui devaient rester gravés dans son souvenir, éternellement mêlés à cette heure suprême, par une mnémotechnie particulière aux passions.

« Il fait bien chaud, bien beau, dit Grandet en aspirant 2720 une forte partie d'air.

— Oui, mon oncle, mais pourquoi…

— Eh ! bien, mon garçon, reprit l'oncle, j'ai de mauvaises nouvelles à t'apprendre. Ton père est bien mal…

— Pourquoi suis-je ici ? dit Charles. Nanon ! cria-t-il, des chevaux de poste. Je trouverai bien une voiture dans le pays, ajouta-t-il en se tournant vers son oncle qui demeurait immobile.

— Les chevaux et la voiture sont inutiles, répondit Grandet en regardant Charles qui resta muet et dont les 2730 yeux devinrent fixes. Oui, mon pauvre garçon, tu devines. Il est mort. Mais ce n'est rien, il y a quelque chose de plus grave, il s'est brûlé la cervelle…

— Mon père ?

— Oui. Mais ce n'est rien. Les journaux glosent de cela comme s'ils en avaient le droit. Tiens, lis. »

Grandet, qui avait emprunté le journal de Cruchot, mit le fatal article sous les yeux de Charles. En ce moment le pauvre jeune homme, encore enfant, encore dans l'âge où les sentiments se produisent avec naïveté, fondit en 2740 larmes.

« Allons, bien, se dit Grandet. Ses yeux m'effrayaient. Il pleure, le voilà sauvé. Ce n'est encore rien, mon pauvre neveu, reprit Grandet à haute voix, sans savoir si Charles l'écoutait, ce n'est rien, tu te consoleras ; mais…

– Jamais ! jamais ! mon père ! mon père !

– Il t'a ruiné, tu es sans argent.

– Qu'est-ce que cela me fait ! Où est mon père, mon père ? »

Les pleurs et les sanglots retentissaient entre ces murailles d'une horrible façon, et se répercutaient dans les échos. Les trois femmes, saisies de pitié, pleuraient : les larmes sont aussi contagieuses que peut l'être le rire. Charles, sans écouter son oncle, se sauva dans la cour, trouva l'escalier, monta dans sa chambre, et se jeta en travers du lit en se mettant la face dans les draps pour pleurer à son aise loin de ses parents.

« Il faut laisser passer la première averse, dit Grandet en rentrant dans la salle, où Eugénie et sa mère avaient brusquement repris leurs places, et travaillaient d'une main tremblante après s'être essuyé les yeux. Mais ce jeune homme n'est bon à rien, il s'occupe plus des morts que de l'argent. »

Eugénie frissonna en entendant son père s'exprimant ainsi sur la plus sainte des douleurs. Dès ce moment, elle commença à juger son père. Quoique assourdis, les sanglots de Charles retentissaient dans cette sonore maison ; et sa plainte profonde, qui semblait sortir de dessous terre, ne cessa que vers le soir, après s'être graduellement affaiblie.

« Pauvre jeune homme ! » dit madame Grandet.

Fatale exclamation ! Le père Grandet regarda sa femme, Eugénie et le sucrier ; ils se souvint du déjeuner extraordinaire apprêté pour le parent malheureux, et se posa au milieu de la salle.

« Ah ! çà, j'espère, dit-il avec son calme habituel, que vous n'allez pas continuer vos prodigalités, madame Grandet. Je ne vous donne pas MON argent pour embucquer [1] de sucre ce jeune drôle.

---

1. « Mettre de la mangeaille dans la bouche des animaux, pour les engraisser plus vite », selon Littré, qui donne « emboquer ».

– Ma mère n'y est pour rien, dit Eugénie. C'est moi qui…

2780 – Est-ce parce que tu es majeure, reprit Grandet en interrompant sa fille, que tu voudrais me contrarier ? Songe, Eugénie…

– Mon père, le fils de votre frère ne devrait pas manquer chez vous de…

– Ta, ta, ta, ta, dit le tonnelier sur quatre tons chromatiques [1], le fils de mon frère par-ci, mon neveu par-là. Charles ne nous est de rien, il n'a ni sou ni maille ; son père a fait faillite ; et, quand ce mirliflor aura pleuré son soûl, il décampera d'ici ; je ne veux pas qu'il révolutionne

2790 ma maison.

– Qu'est-ce que c'est, mon père, que de faire faillite ? demanda Eugénie.

– Faire faillite, reprit le père, c'est commettre l'action la plus déshonorante entre toutes celles qui peuvent déshonorer l'homme.

– Ce doit être un bien grand péché, dit madame Grandet, et notre frère serait damné.

– Allons, voilà tes litanies, dit-il à sa femme en haussant les épaules. Faire faillite, Eugénie, reprit-il, est un vol que

2800 la loi prend malheureusement sous sa protection. Des gens ont donné leurs denrées à Guillaume Grandet sur sa réputation d'honneur et de probité, puis il a tout pris, et ne leur laisse que les yeux pour pleurer. Le voleur de grand chemin est préférable au banqueroutier : celui-là vous attaque, vous pouvez vous défendre, il risque sa tête ; mais l'autre… Enfin Charles est déshonoré. »

Ces mots retentirent dans le cœur de la pauvre fille et y pesèrent de tout leur poids. Probe autant qu'une fleur née au fond d'une forêt est délicate, elle ne connaissait ni les

2810 maximes du monde, ni ses raisonnements captieux, ni ses sophismes : elle accepta donc l'atroce explication que son père lui donnait à dessein de la faillite, sans lui faire connaître la distinction qui existe entre une faillite involontaire et une faillite calculée.

« Eh ! bien, mon père, vous n'avez donc pu empêcher ce malheur ?

---

1. C'est-à-dire en montant ou en descendant d'un demi-ton à chaque syllabe.

– Mon frère ne m'a pas consulté ; d'ailleurs, il doit quatre millions.

– Qu'est-ce que c'est donc qu'un million, mon père ? demanda-t-elle avec la naïveté d'un enfant qui croit pouvoir trouver promptement ce qu'il désire.

– Deux millions ? dit Grandet, mais c'est deux millions de pièces de vingt sous, et il faut cinq pièces de vingt sous pour faire cinq francs.

– Mon Dieu ! mon Dieu ! s'écria Eugénie, comment mon oncle avait-il eu à lui quatre millions [1] ? Y a-t-il quelque autre personne en France qui puisse avoir autant de millions ? (Le père Grandet se caressait le menton, souriait, et sa loupe semblait se dilater.) Mais que va devenir mon cousin Charles ?

– Il va partir pour les Grandes-Indes, où, selon le vœu de son père, il tâchera de faire fortune.

– Mais a-t-il de l'argent pour aller là ?

– Je lui paierai son voyage… jusqu'à… oui, jusqu'à Nantes. »

Eugénie sauta d'un bond au cou de son père.

« Ah ! mon père, vous êtes bon, vous ! »

Elle l'embrassait de manière à rendre presque honteux Grandet, que sa conscience harcelait un peu.

« Faut-il beaucoup de temps pour amasser un million ? lui demanda-t-elle.

– Dame ! dit le tonnelier, tu sais ce que c'est qu'un napoléon. Eh ! bien, il en faut cinquante mille pour faire un million.

– Maman, nous dirons des neuvaines [2] pour lui.

– J'y pensais, répondit la mère.

– C'est cela : toujours dépenser de l'argent, s'écria le père. Ah ! çà, croyez-vous donc qu'il y ait des mille et des cents ici ? »

---

1. Beaucoup de confusions dans les chiffres ici, du fait des corrections successives du texte : c'est bien quatre millions que doit Guillaume Grandet ; le tonnelier fait donc erreur en parlant de « deux millions ». Quant à Eugénie, elle s'interroge sur la valeur monétaire d'un million, qui lui semble abstraite.
2. Prières faites pendant neuf jours dans l'espoir d'obtenir quelque faveur.

2850   En ce moment une plainte sourde, plus lugubre que
toutes les autres, retentit dans les greniers et glaça de terreur Eugénie et sa mère.

« Nanon, va voir là-haut s'il ne se tue pas, dit Grandet.
Ha ! çà, reprit-il en se tournant vers sa femme et sa fille,
que son mot avait rendues pâles, pas de bêtises, vous deux.
Je vous laisse. Je vais tourner autour de nos Hollandais,
qui s'en vont aujourd'hui. Puis j'irai voir Cruchot, et
causer avec lui de tout ça. »

Il partit. Quand Grandet eut tiré la porte, Eugénie et sa
2860 mère respirèrent à leur aise. Avant cette matinée, jamais la
fille n'avait senti de contrainte en présence de son père ;
mais, depuis quelques heures, elle changeait à tous
moments et de sentiments et d'idées.

« Maman, pour combien de louis vend-on une pièce de
vin ?

– Ton père vend les siennes entre cent et cent cinquante
francs, quelquefois deux cents, à ce que j'ai entendu dire.

– Quand il récolte quatorze cents [1] pièces de vin…

– Ma foi, mon enfant, je ne sais pas ce que cela fait ; ton
2870 père ne me dit jamais ses affaires.

– Mais alors papa doit être riche.

– Peut-être. Mais monsieur Cruchot m'a dit qu'il avait
acheté Froidfond il y a deux ans. Ça l'aura gêné. »

Eugénie, ne comprenant plus rien à la fortune de son
père, en resta là de ses calculs.

« Il ne m'a tant seulement point vue, le mignon ! dit
Nanon en revenant. Il est étendu comme un veau sur son
lit, et pleure comme une Madeleine, que c'est une vraie
bénédiction ! Quel chagrin a donc ce pauvre gentil jeune
2880 homme ?

– Allons donc le consoler bien vite, maman ; et, si l'on
frappe, nous descendrons. »

Madame Grandet fut sans défense contre les harmonies
de la voix de sa fille. Eugénie était sublime, elle était
femme. Toutes deux, le cœur palpitant, montèrent à la
chambre de Charles. La porte était ouverte. Le jeune

---

1. Nouvelle erreur due aux corrections successives. Plus haut, Grandet
récoltait « sept à huit cents poinçons » ; plus tard, il sera question de
mille.

homme ne voyait ni n'entendait rien. Plongé dans les larmes, il poussait des plaintes inarticulées.

« Comme il aime son père ! » dit Eugénie à voix basse.

Il était impossible de méconnaître dans l'accent de ces paroles les espérances d'un cœur à son insu passionné. Aussi madame Grandet jeta-t-elle à sa fille un regard empreint de maternité, puis tout bas à l'oreille : « Prends garde, tu l'aimerais, dit-elle.

– L'aimer ! reprit Eugénie. Ah ! si tu savais ce que mon père a dit ! »

Charles se retourna, aperçut sa tante et sa cousine.

« J'ai perdu mon père, mon pauvre père ! S'il m'avait confié le secret de son malheur, nous aurions travaillé tous deux à le réparer. Mon Dieu ! mon bon père ! je comptais si bien le revoir que je l'ai, je crois, froidement embrassé. »

Les sanglots lui coupèrent la parole.

« Nous prierons bien pour lui, dit madame Grandet. Résignez-vous à la volonté de Dieu.

– Mon cousin, dit Eugénie, prenez courage ! Votre perte est irréparable : ainsi songez maintenant à sauver votre honneur… »

Avec cet instinct, cette finesse de la femme qui a de l'esprit en toute chose, même quand elle console, Eugénie voulait tromper la douleur de son cousin en l'occupant de lui-même.

« Mon honneur ?… » cria le jeune homme en chassant ses cheveux par un mouvement brusque, et il s'assit sur son lit en se croisant les bras. « Ah ! c'est vrai. Mon père, disait mon oncle, a fait faillite. » Il poussa un cri déchirant et se cacha le visage dans ses mains. « Laissez-moi, ma cousine, laissez-moi ! Mon Dieu ! mon Dieu ! pardonnez à mon père, il a dû bien souffrir. »

Il y avait quelque chose d'horriblement attachant à voir l'expression de cette douleur jeune, vraie, sans calcul, sans arrière-pensée. C'était une pudique douleur que les cœurs simples d'Eugénie et de sa mère comprirent quand Charles fit un geste pour leur demander de l'abandonner à lui-même. Elles descendirent, reprirent en silence leurs places près de la croisée, et travaillèrent pendant une heure environ sans se dire un mot. Eugénie avait aperçu, par le

regard furtif qu'elle jeta sur le ménage [1] du jeune homme,
ce regard des jeunes filles qui voient tout en un clin d'œil,
2930 les jolies bagatelles de sa toilette, ses ciseaux, ses rasoirs
enrichis d'or. Cette échappée d'un luxe vu à travers la douleur lui rendit Charles encore plus intéressant, par
contraste peut-être. Jamais un événement si grave, jamais
un spectacle si dramatique n'avait frappé l'imagination de
ces deux créatures incessamment plongées dans le calme
et la solitude.

« Maman, dit Eugénie, nous porterons le deuil de mon
oncle.

– Ton père décidera de cela », répondit madame
2940 Grandet.

Elles restèrent de nouveau silencieuses. Eugénie tirait
ses points avec une régularité de mouvements qui eût
dévoilé à un observateur les fécondes pensées de sa méditation. Le premier désir de cette adorable fille était de partager le deuil de son cousin. Vers quatre heures, un coup de
marteau brusque retentit au cœur de madame Grandet.

« Qu'a donc ton père ? » dit-elle à sa fille.

Le vigneron entra joyeux. Après avoir ôté ses gants, il se
frotta les mains à s'en emporter la peau, si l'épiderme n'en
2950 eût pas été tanné comme du cuir de Russie, sauf l'odeur
des mélèzes et de l'encens. Il se promenait, il regardait le
temps. Enfin son secret lui échappa.

« Ma femme, dit-il sans bégayer, je les ai tous attrapés.
Notre vin est vendu ! Les Hollandais et les Belges par-
taient ce matin, je me suis promené sur la place, devant
leur auberge, en ayant l'air de bêtiser. Chose, que tu
connais, est venu à moi. Les propriétaires de tous les bons
vignobles gardent leur récolte et veulent attendre, je ne les
en ai pas empêchés. Notre Belge était désespéré. J'ai vu
2960 cela. Affaire faite, il prend notre récolte à deux cents
francs la pièce, moitié comptant. Je suis payé en or. Les
billets sont faits, voilà six louis pour toi. Dans trois mois,
les vins baisseront. »

Ces derniers mots furent prononcés d'un ton calme,
mais si profondément ironique, que les gens de Saumur,
groupés en ce moment sur la place, et ameutés par la nou-

---

1. Affaires personnelles.

velle de la vente que venait de faire Grandet, en auraient frémi s'ils les eussent entendus. Une peur panique eût fait tomber les vins de cinquante pour cent.

« Vous avez mille pièces cette année, mon père ? dit 2970 Eugénie.

– Oui, *fifille.*

Ce mot était l'expression superlative de la joie du vieux tonnelier.

– Cela fait deux cent mille pièces de vingt sous.

– Oui, mademoiselle Grandet.

– Eh bien, mon père, vous pouvez facilement secourir Charles. »

L'étonnement, la colère, la stupéfaction de Balthazar en apercevant le *Mane-Tekel-Pharès* [1] ne sauraient se com- 2980 parer au froid courroux de Grandet qui, ne pensant plus à son neveu, le retrouvait logé au cœur et dans les calculs de sa fille.

« Ah ! çà, depuis que ce mirliflor a mis le pied dans *ma* maison, tout y va de travers. Vous vous donnez des airs d'acheter des dragées, de faire des noces et des festins. Je ne veux pas de ces choses-là. Je sais, à mon âge, comment je dois me conduire, peut-être ! D'ailleurs je n'ai de leçons à prendre ni de ma fille ni de personne. Je ferai pour mon neveu ce qu'il sera convenable de faire, vous n'avez pas à 2990 y fourrer le nez. Quant à toi, Eugénie, ajouta-t-il en se tournant vers elle, ne m'en parle plus, sinon je t'envoie à l'abbaye de Noyers avec Nanon voir si j'y suis ; et pas plus tard que demain, si tu bronches. Où est-il donc, ce garçon, est-il descendu ?

– Non, mon ami, répondit madame Grandet.

– Eh ! bien, que fait-il donc ?

– Il pleure son père », répondit Eugénie.

Grandet regarda sa fille sans trouver un mot à dire. Il était un peu père, lui. Après avoir fait un ou deux tours 3000 dans la salle, il monta promptement à son cabinet pour y

---

1. « Compté, pesé, divisé ». Ces mots, inscrits sur le mur de la salle où festoyait Balthazar, dernier roi de Babylone, après qu'il eut profané les vases sacrés de Jérusalem durant cette orgie, lui annonçaient que les jours de son règne étaient comptés, que Dieu les avait pesés et que son royaume serait divisé. Et dans la même nuit, la ville fut prise, le roi mis à mort et le royaume partagé entre les Perses et les Mèdes (Daniel, 5).

méditer un placement dans les fonds publics. Ses deux mille arpents de forêts coupés à blanc lui avaient donné six cent mille francs ; en joignant à cette somme l'argent de ses peupliers, ses revenus de l'année dernière et de l'année courante, outre les deux cent mille francs du marché qu'il venait de conclure, il pouvait faire une masse de neuf cent mille francs. Les vingt pour cent à gagner en peu de temps sur les rentes, qui étaient à soixante-dix francs [1], le ten-taient. Il chiffra sa spéculation sur le journal où la mort de son frère était annoncée, en entendant, sans les écouter, les gémissements de son neveu. Nanon vint cogner au mur pour inviter son maître à descendre, le dîner était servi. Sous la voûte et à la dernière marche de l'escalier, Grandet disait en lui-même : « Puisque je toucherai mes intérêts à huit, je ferai cette affaire. En deux ans, j'aurai quinze cent mille francs que je retirerai de Paris en bon or. »

« Eh ! bien, où donc est mon neveu ?

– Il dit qu'il ne veut pas manger, répondit Nanon. Ça n'est pas sain.

– Autant d'économisé, lui répliqua son maître.

– Dame, *voui*, dit-elle.

– Bah ! il ne pleurera pas toujours. La faim chasse le loup hors du bois. »

Le dîner fut étrangement silencieux.

« Mon bon ami, dit madame Grandet lorsque la nappe fut ôtée, il faut que nous prenions le deuil.

– En vérité, madame Grandet, vous ne savez quoi vous inventer pour dépenser de l'argent. Le deuil est dans le cœur et non dans les habits.

– Mais le deuil d'un frère est indispensable, et l'Église nous ordonne de…

– Achetez votre deuil sur vos six louis. Vous me don-nerez un crêpe, cela me suffira. »

Eugénie leva les yeux au ciel sans mot dire. Pour la pre-mière fois dans sa vie, ses généreux penchants endormis, comprimés, mais subitement éveillés, étaient à tout

---

1. La valeur du titre est dans *Eugénie Grandet* tantôt à 70, tantôt à 80, voire à 99, au gré des corrections du romancier qui s'avisa sans doute qu'en 1819 le cours de la rente était environ de 70 et non de 80 comme il l'avait d'abord écrit.

moment froissés. Cette soirée fut semblable en apparence
à mille soirées de leur existence monotone, mais ce fut
certes la plus horrible. Eugénie travailla sans lever la tête, 3040
et ne se servit point du nécessaire que Charles avait
dédaigné la veille. Madame Grandet tricota ses manches.
Grandet tourna ses pouces pendant quatre heures, abîmé
dans des calculs dont les résultats devaient, le lendemain,
étonner Saumur. Personne ne vint ce jour-là visiter la
famille. En ce moment, la ville entière retentissait du tour
de force de Grandet, de la faillite de son frère et de
l'arrivée de son neveu. Pour obéir au besoin de bavarder
sur leurs intérêts communs, tous les propriétaires de
vignobles des hautes et moyennes sociétés de Saumur 3050
étaient chez monsieur des Grassins, où se fulminèrent de
terribles imprécations contre l'ancien maire. Nanon filait,
et le bruit de son rouet fut la seule voix qui se fît entendre
sous les planchers grisâtres de la salle.

« Nous n'usons point nos langues, dit-elle en montrant
ses dents blanches et grosses comme des amandes pelées.

– Ne faut rien user », répondit Grandet en se réveillant
de ses méditations. Il se voyait en perspective huit millions
dans trois ans, il voguait sur cette longue nappe d'or.
« Couchons-nous. J'irai dire bonsoir à mon neveu pour 3060
tout le monde, et voir s'il veut prendre quelque chose. »

Madame Grandet resta sur le palier du premier étage
pour entendre la conversation qui allait avoir lieu entre
Charles et le bonhomme. Eugénie, plus hardie que sa
mère, monta deux marches.

« Hé ! bien, mon neveu, vous avez du chagrin. Oui,
pleurez, c'est naturel. Un père est un père. Mais faut
prendre notre mal en patience. Je m'occupe de vous pendant que vous pleurez. Je suis un bon parent, voyez-vous.
Allons, du courage. Voulez-vous boire un petit verre de 3070
vin ? Le vin ne coûte rien à Saumur, on y offre du vin
comme dans les Indes une tasse de thé [1]. Mais, dit Grandet
en continuant, vous êtes sans lumière. Mauvais, mauvais !
faut voir clair à ce que l'on fait. » Grandet marcha vers la
cheminée. « Tiens ! s'écria-t-il, voilà de la bougie. Où

---

1. Cette phrase est à mettre au compte du narrateur, non du personnage.
Dans le manuscrit, elle était séparée de la précédente par un alinéa.

diable a-t-on pêché de la bougie ? Les garces [1] démoli-
raient le plancher de ma maison pour cuire des œufs à ce
garçon-là. »

En entendant ces mots, la mère et la fille rentrèrent dans
3080 leurs chambres et se fourrèrent dans leurs lits avec la célé-
rité de souris effrayées qui rentrent dans leurs trous.

« Madame Grandet, vous avez donc un trésor ? dit
l'homme en entrant dans la chambre de sa femme.

– Mon ami, je fais mes prières, attendez, répondit d'une
voix altérée la pauvre mère.

– Que le diable emporte ton bon Dieu ! » répliqua
Grandet en grommelant.

Les avares ne croient pas à une vie à venir, le présent est
tout pour eux [2]. Cette réflexion jette une horrible clarté sur
3090 l'époque actuelle, où, plus qu'en aucun autre temps,
l'argent domine les lois, la politique et les mœurs. Institu-
tions, livres, hommes et doctrines, tout conspire à miner la
croyance d'une vie future sur laquelle l'édifice social est
appuyé depuis dix-huit cents ans. Maintenant le cercueil
est une transition peu redoutée. L'avenir, qui nous attendait par-delà le requiem, a été transposé dans le présent.
Arriver *per fas et nefas* [3] au paradis terrestre du luxe et des
jouissances vaniteuses, pétrifier son cœur et se macérer le
corps en vue de possessions passagères, comme on souf-
3100 frait jadis le martyre de la vie en vue de biens éternels, est
la pensée générale ! pensée d'ailleurs écrite partout,
jusque dans les lois, qui demandent au législateur [4] : « Que
paies-tu ? » au lieu de lui dire : « Que penses-tu ? » Quand
cette doctrine aura passé de la bourgeoisie au peuple, que
deviendra le pays ?

« Madame Grandet, as-tu fini ? dit le vieux tonnelier.

– Mon ami, je prie pour toi.

– Très bien ! bonsoir. Demain matin, nous causerons. »

———
1. Régionalisme : les femmes.
2. Notation qui est contredite par les dernières paroles de Grandet : « Tu
me rendras compte de ça là-bas, dit-il en prouvant par cette dernière
parole que le christianisme doit être la religion des avares » (p. 224).
3. Par tous les moyens, légitimes ou non.
4. Lapsus. Les éditions antérieures à celle de Furne portent : « à un
homme ».

La pauvre femme s'endormit comme l'écolier qui, n'ayant pas appris ses leçons, craint de trouver à son réveil le visage irrité du maître. Au moment où, par frayeur, elle se roulait dans ses draps pour ne rien entendre, Eugénie se coula près d'elle, en chemise, pieds nus, et vint la baiser au front.

« Oh ! bonne mère, dit-elle, demain je lui dirai que c'est moi.

– Non, il t'enverrait à Noyers. Laisse-moi faire, il ne me mangera pas.

– Entends-tu, maman ?

– Quoi ?

– Hé ! bien, *il* pleure toujours.

– Va donc te coucher, ma fille. Tu gagneras froid aux pieds. Le carreau est humide. »

Ainsi se passa la journée solennelle qui devait peser sur toute la vie de la riche et pauvre héritière dont le sommeil ne fut plus aussi complet ni aussi pur qu'il l'avait été jusqu'alors. Assez souvent certaines actions de la vie humaine paraissent, littérairement parlant, invraisemblables, quoique vraies. Mais ne serait-ce pas qu'on omet presque toujours de répandre sur nos déterminations spontanées une sorte de lumière psychologique, en n'expliquant pas les raisons mystérieusement conçues qui les ont nécessitées ? Peut-être la profonde passion d'Eugénie devrait-elle être analysée dans ses fibrilles les plus délicates ; car elle devint, diraient quelques railleurs, une maladie, et influença toute son existence. Beaucoup de gens aiment mieux nier les dénouements, que de mesurer la force des liens, des nœuds, des attaches qui soudent secrètement un fait à un autre dans l'ordre moral. Ici donc le passé d'Eugénie servira, pour les observateurs de la nature humaine, de garantie à la naïveté de son irréflexion et à la soudaineté des effusions de son âme. Plus sa vie avait été tranquille, plus vivement la pitié féminine, le plus ingénieux des sentiments, se déploya dans son âme. Aussi, troublée par les événements de la journée, s'éveilla-t-elle, à plusieurs reprises, pour écouter son cousin, croyant en avoir entendu les soupirs qui depuis la veille lui retentissaient au cœur : tantôt elle le voyait expirant de chagrin, tantôt elle le rêvait mourant de faim. Vers le matin, elle

3150 entendit certainement une terrible exclamation. Aussitôt
elle se vêtit, et accourut au petit jour, d'un pied léger,
auprès de son cousin qui avait laissé sa porte ouverte. La
bougie avait brûlé dans la bobèche du flambeau. Charles,
vaincu par la nature, dormait habillé, assis dans un fauteuil
la tête renversée sur le lit ; il rêvait comme rêvent les gens
qui ont l'estomac vide. Eugénie put pleurer à son aise ;
elle put admirer ce jeune et beau visage, marbré par la
douleur, ces yeux gonflés par les larmes, et qui tout
endormis semblaient encore verser des pleurs. Charles
3160 devina sympathiquement la présence d'Eugénie, il ouvrit
les yeux, et la vit attendrie.

« Pardon, ma cousine, dit-il, ne sachant évidemment ni
l'heure qu'il était, ni le lieu où il se trouvait.

– Il y a des cœurs qui vous entendent ici, mon cousin, et
nous avons cru que vous aviez besoin de quelque chose.
Vous devriez vous coucher, vous vous fatiguez en restant
ainsi.

– Cela est vrai.

– Hé ! bien, adieu. »

3170 Elle se sauva, honteuse et heureuse d'être venue.
L'innocence ose seule de telles hardiesses. Instruite, la
Vertu calcule aussi bien que le Vice. Eugénie qui, près de
son cousin, n'avait pas tremblé, put à peine se tenir sur ses
jambes quand elle fut dans sa chambre. Son ignorante vie
avait cessé tout à coup, elle raisonna, se fit mille
reproches. « Quelle idée va-t-il prendre de moi ? Il croira
que je l'aime. » C'était précisément ce qu'elle désirait le
plus de lui voir croire. L'amour franc a sa prescience et sait
que l'amour excite l'amour. Quel événement pour cette
3180 jeune fille solitaire, d'être ainsi entrée furtivement chez un
jeune homme ! N'y a-t-il pas des pensées, des actions qui,
en amour, équivalent, pour certaines âmes, à de saintes
fiançailles ! Une heure après, elle entra chez sa mère, et
l'habilla suivant son habitude. Puis elles vinrent s'asseoir
à leurs places devant la fenêtre, et attendirent Grandet avec
cette anxiété qui glace le cœur ou l'échauffe, le serre ou le
dilate suivant les caractères, alors que l'on redoute une
scène, une punition ; sentiment d'ailleurs si naturel, que
les animaux domestiques l'éprouvent au point de crier
3190 pour le faible mal d'une correction, eux qui se taisent

quand ils se blessent par inadvertance. Le bonhomme descendit, mais il parla d'un air distrait à sa femme, embrassa Eugénie, et se mit à table sans paraître penser à ses menaces de la veille.

« Que devient mon neveu ? l'enfant n'est pas gênant.

– Monsieur, il dort, répondit Nanon.

– Tant mieux, il n'a pas besoin de bougie », dit Grandet d'un ton goguenard.

Cette clémence insolite, cette amère gaieté frappèrent madame Grandet, qui regarda son mari fort attentivement. 3200 Le bonhomme… Ici peut-être est-il convenable de faire observer qu'en Touraine, en Anjou, en Poitou, dans la Bretagne, le mot bonhomme, déjà souvent employé pour désigner Grandet, est décerné aux hommes les plus cruels comme aux plus bonasses, aussitôt qu'ils sont arrivés à un certain âge. Ce titre ne préjuge rien sur la mansuétude individuelle. Le bonhomme, donc, prit son chapeau, ses gants, et dit : « Je vais muser sur la place pour rencontrer nos Cruchot. »

« Eugénie, ton père a décidément quelque chose. » 3210

En effet, peu dormeur, Grandet employait la moitié de ses nuits aux calculs préliminaires qui donnaient à ses vues, à ses observations, à ses plans, leur étonnante justesse et leur assuraient cette constante réussite de laquelle s'émerveillaient les Saumurois. Tout pouvoir humain est un composé de patience et de temps. Les gens puissants veulent et veillent. La vie de l'avare est un constant exercice de la puissance humaine mise au service de la personnalité. Il ne s'appuie que sur deux sentiments : l'amour-propre et l'intérêt ; mais l'intérêt étant en quelque sorte 3220 l'amour-propre solide et bien entendu, l'attestation continue d'une supériorité réelle, l'amour-propre et l'intérêt sont deux parties d'un même tout, l'égoïsme. De là vient peut-être la prodigieuse curiosité qu'excitent les avares habilement mis en scène. Chacun tient par un fil à ces personnages qui s'attaquent à tous les sentiments humains, en les résumant tous. Où est l'homme sans désir, et quel désir social se résoudra sans argent ? Grandet avait bien réellement quelque chose, suivant l'expression de sa femme. Il se rencontrait en lui, comme chez tous les 3230 avares, un persistant besoin de jouer une partie avec les autres hommes, de leur gagner légalement leurs écus. Imposer autrui, n'est-ce pas faire acte de pouvoir, se donner perpétuellement le droit de mépriser ceux qui, trop faibles, se laissent ici-bas dévorer ? Oh ! qui a bien compris l'agneau paisiblement couché aux pieds de Dieu, le plus touchant emblème de toutes les victimes terrestres, celui de leur avenir, enfin la Souffrance et la Faiblesse glorifiées ? Cet agneau, l'avare le laisse s'engraisser, il le 3240 parque, le tue, le cuit, le mange et le méprise. La pâture des avares se compose d'argent et de dédain. Pendant la nuit, les idées du bonhomme avaient pris un autre cours : de là, sa clémence. Il avait ourdi une trame pour se moquer des Parisiens, pour les tordre, les rouler, les pétrir, les faire aller, venir, suer, espérer, pâlir ; pour s'amuser d'eux, lui, ancien tonnelier, au fond de sa salle grise, en montant l'escalier vermoulu de sa maison de Saumur. Son neveu l'avait occupé. Il voulait sauver l'honneur de son frère mort, sans qu'il en coûtât un sou ni à son neveu ni à lui. 3250 Ses fonds allaient être placés pour trois ans, il n'avait plus qu'à gérer ses biens ; il fallait donc un aliment à son activité malicieuse, et il l'avait trouvé dans la faillite de son frère. Ne se sentant rien entre les pattes à pressurer, il voulait concasser les Parisiens au profit de Charles, et se montrer excellent frère à bon marché. L'honneur de la famille entrait pour si peu de chose dans son projet, que sa bonne volonté doit être comparée au besoin qu'éprouvent les joueurs de voir bien jouer une partie dans laquelle ils n'ont pas d'enjeu. Et les Cruchot lui étaient nécessaires, et il ne 3260 voulait pas les aller chercher, et il avait décidé de les faire arriver chez lui, et d'y commencer ce soir même la comédie dont le plan venait d'être conçu, afin d'être le lendemain, sans qu'il lui en coûtât un denier, l'objet de l'admiration de sa ville [1]. En l'absence de son père, Eugénie eut le bonheur de pouvoir s'occuper ouvertement de son bien-aimé cousin, d'épancher sur lui sans crainte les trésors de sa pitié, l'une des sublimes supériorités de la femme, la seule qu'elle veuille faire sentir, la seule qu'elle pardonne à l'homme de lui laisser prendre sur lui. Trois ou

---

1. Fin du troisième chapitre. Le suivant, « Serments d'amour », débutait aussitôt.

quatre fois, Eugénie alla écouter la respiration de son 3270
cousin ; savoir s'il dormait, s'il se réveillait ; puis, quand
il se leva, la crème, le café, les œufs, les fruits, les
assiettes, le verre, tout ce qui faisait partie du déjeuner, fut
pour elle l'objet de quelque soin. Elle grimpa lestement
dans le vieil escalier pour écouter le bruit que faisait son
cousin. S'habillait-il ? pleurait-il encore ? Elle vint
jusqu'à la porte.

« Mon cousin ?

— Ma cousine.

— Voulez-vous déjeuner dans la salle ou dans votre 3280
chambre ?

— Où vous voudrez.

— Comment vous trouvez-vous ?

— Ma chère cousine, j'ai honte d'avoir faim. »

Cette conversation à travers la porte était pour Eugénie
tout un épisode de roman.

« Eh ! bien, nous vous apporterons à déjeuner dans
votre chambre, afin de ne pas contrarier mon père. » Elle
descendit dans la cuisine avec la légèreté d'un oiseau.
« Nanon, va donc faire sa chambre. » 3290

Cet escalier si souvent monté, descendu, où retentissait
le moindre bruit, semblait à Eugénie avoir perdu son
caractère de vétusté ; elle le voyait lumineux, il parlait, il
était jeune comme elle, jeune comme son amour auquel il
servait. Enfin sa mère, sa bonne et indulgente mère, voulut
bien se prêter aux fantaisies de son amour, et lorsque la
chambre de Charles fut faite, elles allèrent toutes deux
tenir compagnie au malheureux : la charité chrétienne
n'ordonnait-elle pas de le consoler ? Ces deux femmes
puisèrent dans la religion bon nombre de petits sophismes 3300
pour se justifier leurs déportements. Charles Grandet se vit
donc l'objet des soins les plus affectueux et les plus tendres. Son cœur endolori sentit vivement la douceur de
cette amitié veloutée, de cette exquise sympathie, que ces
deux âmes toujours contraintes surent déployer en se trouvant libres un moment dans la région des souffrances, leur
sphère naturelle. Autorisée par la parenté, Eugénie se mit
à ranger le linge, les objets de toilette que son cousin avait
apportés, et put s'émerveiller à son aise de chaque
luxueuse babiole, des colifichets d'argent, d'or travaillé 3310

qui lui tombaient sous la main, et qu'elle tenait longtemps sous prétexte de les examiner. Charles ne vit pas sans un attendrissement profond l'intérêt généreux que lui portaient sa tante et sa cousine, il connaissait assez la société de Paris pour savoir que dans sa position il n'y eût trouvé que des cœurs indifférents ou froids, Eugénie lui apparut dans toute la splendeur de sa beauté spéciale, et il admira dès lors l'innocence de ces mœurs dont il se moquait la veille. Aussi, quand Eugénie prit des mains de Nanon le 3320 bol de faïence plein de café à la crème pour le servir à son cousin avec toute l'ingénuité du sentiment, en lui jetant un bon regard, les yeux du Parisien se mouillèrent-ils de larmes, il lui prit la main et la baisa.

« Hé ! bien, qu'avez-vous encore ? demanda-t-elle.

– Oh ! ce sont des larmes de reconnaissance », répondit-il.

Eugénie se tourna brusquement vers la cheminée pour prendre les flambeaux.

« Nanon, tenez, emportez », dit-elle.

3330   Quand elle regarda son cousin, elle était bien rouge encore, mais au moins ses regards purent mentir et ne pas peindre la joie excessive qui lui inondait le cœur ; mais leurs yeux exprimèrent un même sentiment, comme leurs âmes se fondirent dans une même pensée : l'avenir était à eux. Cette douce émotion fut d'autant plus délicieuse pour Charles au milieu de son immense chagrin, qu'elle était moins attendue. Un coup de marteau rappela les deux femmes à leurs places. Par bonheur, elles purent redescendre assez rapidement l'escalier pour se trouver à 3340   l'ouvrage quand Grandet entra ; s'il les eût rencontrées sous la voûte, il n'en aurait pas fallu davantage pour exciter ses soupçons. Après le déjeuner, que le bonhomme fit sur le pouce, le garde, auquel l'indemnité promise n'avait pas encore été donnée, arriva de Froidfond, d'où il apportait un lièvre, des perdreaux tués dans le parc, des anguilles et deux brochets dus par les meuniers.

« Eh ! eh ! ce pauvre Cornoiller, il vient comme marée en carême [1]. Est-ce bon à manger, ça ?

---

1. Le poisson est seul permis aux chrétiens durant le carême, période de pénitence qui précède Pâques. Cornoiller vient donc à propos.

– Oui, mon cher généreux monsieur, c'est tué depuis deux jours. 3350

– Allons, Nanon, haut le pied [1], dit le bonhomme. Prends-moi cela, ce sera pour le dîner ; je régale deux Cruchot. »

Nanon ouvrit des yeux bêtes et regarda tout le monde.

« Eh ! bien, dit-elle, où que je trouverai du lard et des épices ?

– Ma femme, dit Grandet, donne six francs à Nanon, et fais-moi souvenir d'aller à la cave chercher du bon vin.

– Eh ! bien donc, monsieur Grandet, reprit le garde qui avait préparé sa harangue afin de faire décider la question 3360 de ses appointements, monsieur Grandet…

– Ta, ta, ta, ta, dit Grandet, je sais ce que tu veux dire, tu es un bon diable, nous verrons cela demain, je suis trop pressé aujourd'hui. – Ma femme, donne-lui cent sous », dit-il à madame Grandet.

Il décampa. La pauvre femme fut trop heureuse d'acheter la paix pour onze francs. Elle savait que Grandet se taisait pendant quinze jours, après avoir ainsi repris, pièce à pièce, l'argent qu'il avait donné.

« Tiens, Cornoiller, dit-elle en lui glissant dix francs 3370 dans la main, quelque jour nous reconnaîtrons tes services. »

Cornoiller n'eut rien à dire. Il partit.

« Madame, dit Nanon, qui avait mis sa coiffe noire et pris son panier, je n'ai besoin que de trois francs, gardez le reste. Allez, ça ira tout de même.

– Fais un bon dîner, Nanon, mon cousin descendra, dit Eugénie.

– Décidément il se passe ici quelque chose d'extraordinaire, dit madame Grandet. Voici la troisième fois que, 3380 depuis notre mariage, ton père donne à dîner. »

Vers quatre heures, au moment où Eugénie et sa mère avaient fini de mettre un couvert pour six personnes, et où le maître du logis avait monté quelques bouteilles de ces vins exquis que conservent les provinciaux avec amour, Charles vint dans la salle. Le jeune homme était pâle. Ses

---

1. L'expression n'est pas attestée mais habituelle à Grandet qui dit plus loin : « Haut la patte », c'est-à-dire « Au travail ».

gestes, sa contenance, ses regards et le son de sa voix
eurent une tristesse pleine de grâce. Il ne jouait pas la douleur, il souffrait véritablement, et le voile étendu sur ses
3390 traits par la peine lui donnait cet air intéressant qui plaît
tant aux femmes. Eugénie l'en aima bien davantage. Peut-
être aussi le malheur l'avait-il rapproché d'elle. Charles
n'était plus ce riche et beau jeune homme placé dans une
sphère inabordable pour elle ; mais un parent plongé dans
une effroyable misère. La misère enfante l'égalité. La
femme a cela de commun avec l'ange que les êtres souf-
frants lui appartiennent. Charles et Eugénie s'entendirent
et se parlèrent des yeux seulement ; car le pauvre dandy
déchu, l'orphelin se mit dans un coin, s'y tint muet, calme
3400 et fier ; mais, de moment en moment, le regard doux et
caressant de sa cousine venait luire sur lui, le contraignait
à quitter ses tristes pensées, à s'élancer avec elle dans les
champs de l'Espérance et de l'Avenir où elle aimait à
s'engager avec lui. En ce moment, la ville de Saumur était
plus émue du dîner offert par Grandet aux Cruchot qu'elle
ne l'avait été la veille par la vente de sa récolte qui consti-
tuait un crime de haute trahison envers le vignoble. Si le
politique vigneron eût donné son dîner dans la même
pensée qui coûta la queue au chien d'Alcibiade [1], il aurait
3410 été peut-être un grand homme ; mais, trop supérieur à une
ville de laquelle il se jouait sans cesse, il ne faisait aucun
cas de Saumur. Les des Grassins apprirent bientôt la mort
violente et la faillite probable du père de Charles, ils réso-
lurent d'aller dès le soir même chez leur client, afin de
prendre part à son malheur et lui donner des signes
d'amitié, tout en s'informant des motifs qui pouvaient
l'avoir déterminé à inviter, en semblable occurrence, les
Cruchot à dîner. À cinq heures précises, le président C. de
Bonfons et son oncle le notaire arrivèrent endimanchés
3420 jusqu'aux dents. Les convives se mirent à table et commencèrent par manger notablement bien. Grandet était

---

1. Alcibiade coupa la queue de son chien, un animal superbe, pour qu'on
en parlât encore par étonnement, après en avoir parlé par admiration. Ce
n'est pas pour étonner que Grandet donne à dîner aux Cruchot, mais par
intérêt, pour les faire entrer dans son jeu (voir la grande scène de comédie
qui suit).

grave, Charles silencieux, Eugénie muette, madame Grandet ne parla pas plus que de coutume, en sorte que ce dîner fut un véritable repas de condoléance. Quand on se leva de table, Charles dit à sa tante et à son oncle : « Permettez-moi de me retirer. Je suis obligé de m'occuper d'une longue et triste correspondance.

– Faites, mon neveu. »

Lorsque, après son départ, le bonhomme put présumer que Charles ne pouvait rien entendre, et devait être plongé dans ses écritures, il regarda sournoisement sa femme. 3430

« Madame Grandet, ce que nous avons à dire serait du latin pour vous ; il est sept heures et demie, vous devriez aller vous serrer dans votre portefeuille [1]. Bonne nuit, ma fille. »

Il embrassa Eugénie, et les deux femmes sortirent. Là commença la scène où le père Grandet, plus qu'en aucun autre moment de sa vie, employa l'adresse qu'il avait acquise dans le commerce des hommes, et qui lui valait souvent, de la part de ceux dont il mordait un peu trop 3440 rudement la peau, le surnom de *vieux chien* [2]. Si le maire de Saumur eût porté son ambition plus haut, si d'heureuses circonstances, en le faisant arriver vers les sphères supérieures de la société, l'eussent envoyé dans les congrès où se traitaient les affaires des nations, et qu'il s'y fût servi du génie dont l'avait doté son intérêt personnel, nul doute qu'il n'y eût été glorieusement utile à la France. Néanmoins, peut-être aussi serait-il également probable que, sorti de Saumur, le bonhomme n'aurait fait qu'une pauvre figure. Peut-être en est-il des esprits comme de cer- 3450 tains animaux, qui n'engendrent plus transplantés hors des climats où ils naissent.

« Mon… on… on… on… sieur le pré… pré… pré… président, vouooouous di… di… di… disiiieeez que la faaaiiillite… »

Le bredouillement affecté depuis si longtemps par le bonhomme et qui passait pour naturel, aussi bien que la surdité dont il se plaignait par les temps de pluie, devint, en cette conjoncture, si fatigant pour les deux Cruchot,

---

1. Terme populaire qui désigne le lit.
2. Charles, à la fin du roman, ne le jugera pas autrement (voir p. 231).

3460 qu'en écoutant le vigneron ils grimaçaient à leur insu, en
faisant des efforts comme s'ils voulaient achever les mots
dans lesquels il s'empêtrait à plaisir. Ici, peut-être,
devient-il nécessaire de donner l'histoire du bégaiement et
de la surdité de Grandet. Personne, dans l'Anjou, n'entendait mieux et ne pouvait prononcer plus nettement le français angevin que le rusé vigneron. Jadis, malgré toute sa
finesse, il avait été dupé par un Israélite qui, dans la discussion, appliquait sa main à son oreille en guise de
cornet, sous prétexte de mieux entendre, et baragouinait si
3470 bien en cherchant ses mots, que Grandet, victime de son
humanité, se crut obligé de suggérer à ce malin Juif les
mots et les idées que paraissait chercher le Juif, d'achever
lui-même les raisonnements dudit Juif, de parler comme
devait parler le damné Juif, d'être enfin le Juif et non
Grandet. Le tonnelier sortit de ce combat bizarre, ayant
conclu le seul marché dont il ait eu à se plaindre pendant
le cours de sa vie commerciale. Mais s'il y perdit pécu-
niairement parlant, il y gagna moralement une bonne
leçon, et, plus tard, il en recueillit les fruits. Aussi le bon-
3480 homme finit-il par bénir le Juif qui lui avait appris l'art
d'impatienter son adversaire commercial, et en l'occupant
à exprimer sa pensée, de lui faire constamment perdre de
vue la sienne. Or, aucune affaire n'exigea, plus que celle
dont il s'agissait, l'emploi de la surdité, du bredouillement, et des ambages [1] incompréhensibles dans lesquels
Grandet enveloppait ses idées. D'abord, il ne voulait pas
endosser la responsabilité de ses idées ; puis, il voulait
rester maître de sa parole, et laisser en doute ses véritables
intentions.

3490 « Monsieur de Bon… Bon… Bonfons… » Pour la
seconde fois, depuis trois ans, Grandet nommait Cruchot
neveu monsieur de Bonfons. Le président put se croire
choisi   pour   gendre   par   l'artificieux   bonhomme.
« Vooooouous di… di… di… disiez donc que les faiiiillites
peu… peu… peu… peuvent, dan… dans ce… ertains cas,
être empê… pê… pê… chées pa… par…

---

1. Circonlocutions. Parler sans ambages, c'est parler sans détour.

– Par les tribunaux de commerce eux-mêmes. Cela se voit tous les jours, dit monsieur C. de Bonfons, enfourchant l'idée du père Grandet ou croyant la deviner et voulant affectueusement la lui expliquer. Écoutez ? 3500

– J'écoucoute, répondit humblement le bonhomme en prenant la malicieuse contenance d'un enfant qui rit intérieurement de son professeur tout en paraissant lui prêter la plus grande attention.

– Quand un homme considérable et considéré, comme l'était, par exemple, défunt monsieur votre frère à Paris…

– Mon… on frère, oui.

– Est menacé d'une déconfiture.

– Çaaa s'aappelle dé… dé… déconfiture ?

– Oui. Que sa faillite devient imminente, le tribunal de 3510 commerce, dont il est justiciable [1] (suivez bien), a la faculté, par un jugement, de nommer, à sa maison de commerce, des liquidateurs [2]. Liquider n'est pas faire faillite, comprenez-vous ? En faisant faillite, un homme est déshonoré ; mais en liquidant, il reste honnête homme.

– C'est bien di… di… di… différent, si çaâââ ne coû… ou… ou… ou… oûte pas… pas… pas plus cher, dit Grandet.

– Mais une liquidation peut encore se faire, même sans le secours du tribunal de commerce. Car, dit le président 3520 en humant sa prise de tabac, comment se déclare une faillite ?

– Oui, je n'y ai jamais pen… pen… pen… pensé, répondit Grandet.

– Premièrement, reprit le magistrat, par le dépôt du bilan au greffe du tribunal, que fait le négociant lui-même ou son fondé de pouvoir, dûment enregistré. Deuxièmement, à la requête des créanciers. Or, si le négociant ne dépose pas de bilan, si aucun créancier ne requiert du tribunal un jugement qui déclare le susdit négociant en 3530 faillite, qu'arriverait-il ?

– Oui… i… i…, voy… voy… ons.

---

1. Dont il dépend sur le plan juridique.
2. Ceux qui sont chargés de la liquidation, c'est-à-dire de calculer le montant des sommes à régler dans la faillite de Guillaume Grandet.

– Alors la famille du décédé, ses représentants, son hoirie [1] ; ou le négociant, s'il n'est pas mort ; ou ses amis, s'il est caché, liquident. Peut-être voulez-vous liquider les affaires de votre frère ? demanda le président.

– Ah ! Grandet, s'écria le notaire, ce serait bien. Il y a de l'honneur au fond de nos provinces. Si vous sauviez votre nom, car c'est votre nom, vous seriez un homme…

3540   – Sublime, dit le président en interrompant son oncle.

– Ceertainement, répliqua le vieux vigneron, mon, mon fffr, frè, frère se no, no, no, no noommait Grandet tou… out comme moi. Cé, cé, c'es, c'est sûr et certain. Je, je, je ne, ne dis pas, pas non. Et, et, et, cette li, li, li, liquidation pou, pou, pourrait dans tooous llles cas, être sooous tous llles ra, ra, rapports très avanvantatageuse aux in, in, in, intérêts de mon ne, ne, neveu, que j'ai, j'ai, j'aime. Mais faut voir. Je ne co, co, co, connais pas *llles malins* de Paris. Je… suis à Sau, au, aumur, moi, voyez-vous ! Mes

3550   prooovins ! mes fooossés, et en, enfin, j'ai mes aaaffaires. Je n'ai jamais fait de bi, bi, billets [2]. Qu'est-ce qu'un billet ? J'en, j'en, j'en ai beau, beaucoup reçu, je n'en ai jamais si, si, signé. Ça, aaa se ssse touche, ça s'essscooompte. Voilllà tooout ce qu, qu, que je sais. J'ai en, en, en, entendu di, di, dire qu'onooon pou, ou, ouvait rache-checheter les bi, bi, bi…

– Oui, dit le président. L'on peut acquérir les billets sur la place, moyennant tant pour cent. Comprenez-vous ? »

Grandet se fit un cornet de sa main, l'appliqua sur son

3560   oreille, et le président lui répéta sa phrase.

« Mais, répondit le vigneron, il y a ddddonc à boire et à manger dan, dans tout cela. Je, je, je ne sais rien, à mon âââge, de toooutes ce, ce, ces choooses-là. Je doi, dois re, ester i, i, ici pour ve, ve, veiller au grain. Le grain s'aama, masse, et c'e, c'e, c'est aaavec le grain qu'on pai, paie. Aaavant tout, faut ve, ve, veiller aux, aux ré, ré, récoltes. J'ai des aaaffaires ma, ma, majeures à Froidfond et des inté, té, téressantes. Je ne puis pas a, a, abandonner ma, ma, ma maison poooour des *em, em, embrrrrououillllami*

---

1. Les hoirs sont les héritiers.
2. Billets à ordre, par lesquels une personne s'engage à payer une certaine somme à une autre personne dans tel ou tel délai.

gentes [1] de, de, de tooous les di, diaâblles, où je ne 3570
coompre, prends rien. Voous dites que, que je devrais,
pour li, li, li, liquider, pour arrêter la déclaration de
faillite, être à Paris. On ne peut pas se trooou, ouver à la
fois en, en, en deux endroits, à moins d'être pe, pe, pe,
petit oiseau… Et…

– Et je vous entends, s'écria le notaire. Eh ! bien, mon
vieil ami, vous avez des amis, de vieux amis, capables de
dévouement pour vous. »

« Allons donc, pensait en lui-même le vigneron,
décidez-vous donc ! »   3580

– Et si quelqu'un partait pour Paris, y cherchait le plus
fort créancier de votre frère Guillaume, lui disait…

– Mi, min, minute, ici, reprit le bonhomme, lui disait.
Quoi ? Quelque, que cho, chooo, chose co, co, comme
ça : "Monsieur Grandet de Saumur pa, pa, par ci, monsieur Grandet, det, det de Saumur par là. Il aime son
frère, il aime son ne, ne, neveu. Grandet est un bon pa,
pa, parent, et il a de très bonnes intentions. Il a bien
vendu sa ré, ré, récolte. Ne déclarez pas la fa, fa, fâ, fâ,
faillite, aaassemblez-vous, no, no, nommez des li, li,   3590
liquidateurs. Aaalors Grandet ve, éé, erra. Voous au, au,
aurez ez bien davantage en liquidant qu'en lai, lai, laissant les gens de justice y mettre le né, né, nez…" Hein !
pas vrai ?

– Juste ! dit le président.

– Parce que, voyez-vous, monsieur de Bon, Bon, Bon,
fons, faut voir avant de se dé, décider. Qui ne, ne, ne peut,
ne, ne peut. En toute af, af, affaire ooonénéreuse, poour ne
pas se ru, ru, rui, ruiner, il faut connaître les ressources et
les charges. Hein ! pas vrai ?   3600

– Certainement, dit le président. Je suis d'avis, moi,
qu'en quelques mois de temps, l'on pourra racheter les
créances pour une somme de, et payer intégralement par
arrangement. Ha ! ha ! l'on mène les chiens bien loin en
leur montrant un morceau de lard. Quand il n'y a pas eu de
déclaration de faillite et que vous tenez les titres de
créances, vous devenez blanc comme neige.

---

1. Latin de cuisine. « Des affaires à embrouiller les gens ».

– Comme né, né, neige, répéta Grandet en refaisant un cornet de sa main. Je ne comprends pas la né, né, neige.

3610 – Mais, cria le président, écoutez-moi donc, alors.

– J'é, j'é, j'écoute.

– Un effet est une marchandise qui peut avoir sa hausse et sa baisse. Ceci est une déduction du principe de Jérémie Bentham [1] sur l'usure. Ce publiciste a prouvé que le préjugé qui frappait de réprobation les usuriers était une sottise.

– Ouais ! fit le bonhomme.

– Attendu qu'en principe, selon Bentham, l'argent est une marchandise, et que ce qui représente l'argent devient
3620 également marchandise, reprit le président ; attendu qu'il est notoire que, soumise aux variations habituelles qui régissent les choses commerciales, la marchandise-billet, portant telle ou telle signature, comme tel ou tel article, abonde ou manque sur la place, qu'elle est chère ou tombe à rien, le tribunal ordonne… (tiens ! que je suis bête, pardon), je suis d'avis que vous pourrez racheter votre frère pour vingt-cinq du cent.

– Vooous le no, no, no, nommez Jé, Jé, Jé, Jérémie Ben…

3630 – Bentham, un Anglais.

– Ce Jérémie-là nous fera éviter bien des lamentations dans les affaires [2], dit le notaire en riant.

– Ces Anglais ont qué, qué, quelque fois du bon, on sens, dit Grandet. Ainsi, se, se, se, selon Ben, Ben, Ben, Bentham, si les effets de mon frère… va, va, va, va, valent… ne valent pas. Si. Je, je, je dis bien, n'est-ce pas ? Cela me paraît clair… Les créanciers seraient… Non, ne seraient pas. Je m'een entends.

– Laissez-moi vous expliquer tout ceci, dit le président.
3640 En Droit, si vous possédez les titres de toutes les créances dues par la maison Grandet, votre frère ou ses hoirs ne doivent rien à personne. Bien.

– Bien, répéta le bonhomme.

---

1. Jérémie Bentham (1748-1832) publia en 1787 une *Défense de l'usure* dans laquelle il préconisait l'abolition des lois fixant le taux de l'intérêt.
2. Plaisanterie : il y a, dans la Bible, un livre intitulé « Les lamentations de Jérémie » (d'où le mot de jérémiades).

– En équité [1], si les effets [2] de votre frère se négocient [3] (négocient, entendez-vous bien ce terme ?) sur la place à tant pour cent de perte ; si l'un de vos amis a passé par là, s'il les a rachetés, les créanciers n'ayant été contraints par aucune violence à les donner, la succession de feu Grandet de Paris se trouve loyalement quitte.

– C'est vrai, les a, a, a, affaires sont les affaires, dit le tonnelier. Cela pooooosé… Mais, néanmoins, vous compre, ne, ne, ne, nez, que c'est di, di, di, difficile. Je, je, je n'ai pas d'aaargent, ni, ni, ni le temps, ni le temps, ni… 3650

– Oui, vous ne pouvez pas vous déranger. Hé ! bien, je vous offre d'aller à Paris (vous me tiendriez compte du voyage, c'est une misère). J'y vois les créanciers, je leur parle, j'atermoie, et tout s'arrange avec un supplément de paiement que vous ajoutez aux valeurs de la liquidation, afin de rentrer dans les titres de créances. 3660

– Mais nooouou verrons cela, je ne, ne, ne peux pas, je, je, je ne veux pas m'en, en, en engager sans, sans que… Qui, qui, qui, ne, ne peut, ne peut. Voooous comprenez ?

– Cela est juste.

– J'ai la tête ca, ca, cassée de ce que, que vooous, vous m'a, a, a, avez dé, dé, décliqué [4] là. Voilà la, la, la première fois de ma vie que je, je suis fooorcé de son, songer à de…

– Oui, vous n'êtes pas jurisconsulte.

– Je, je suis un pau, pau, pauvre vigneron, et ne sais rien de ce que vou, vou, vous venez de dire ; il fau, fau, faut que j'é, j'é, j'étudie çççà. 3670

– Hé ! bien, reprit le président en se posant comme pour résumer la discussion.

– Mon neveu ?… fit le notaire d'un ton de reproche en l'interrompant.

– Hé ! bien, mon oncle, répondit le président.

---

1. Par opposition au « Droit » dont il est question dans la phrase précédente du président, l'équité désigne la justice naturelle.
2. Traites.
3. Se négocier, dans le langage commercial, signifie : être transmis à un tiers.
4. Décliquer : assener comme par l'effet d'un déclic, comme en enlevant le déclic d'un mécanisme.

– Laisse donc monsieur Grandet t'expliquer ses intentions. Il s'agit en ce moment d'un mandat important. Notre cher ami doit le définir congrûm… [1]. »

3680 Un coup de marteau qui annonça l'arrivée de la famille des Grassins, leur entrée et leurs salutations empêchèrent Cruchot d'achever sa phrase. Le notaire fut content de cette interruption ; déjà Grandet le regardait de travers, et sa loupe indiquait un orage intérieur. Mais d'abord le prudent notaire ne trouvait pas convenable à un président de tribunal de première instance d'aller à Paris pour y faire capituler des créanciers et y prêter les mains à un tripotage qui froissait les lois de la stricte probité ; puis, n'ayant pas encore entendu le père Grandet exprimant la moindre vel-

3690 léité de payer quoi que ce fût, il tremblait instinctivement de voir son neveu engagé dans cette affaire. Il profita donc du moment où les des Grassins entraient pour prendre le président par le bras et l'attirer dans l'embrasure de la fenêtre.

« Tu t'es bien suffisamment montré, mon neveu ; mais assez de dévouement comme ça. L'envie d'avoir la fille t'aveugle. Diable ! il n'y faut pas aller comme une corneille qui abat des noix. Laisse-moi maintenant conduire la barque, aide seulement à la manœuvre. Est-ce bien ton

3700 rôle de compromettre ta dignité de magistrat dans une pareille… »

Il n'acheva pas ; il entendait monsieur des Grassins disant au vieux tonnelier en lui tendant la main : « Grandet, nous avons appris l'affreux malheur arrivé dans votre famille, le désastre de la maison Guillaume Grandet et la mort de votre frère ; nous venons vous exprimer toute la part que nous prenons à ce triste événement.

– Il n'y a d'autre malheur, dit le notaire en interrompant le banquier, que la mort de monsieur Grandet junior.

3710 Encore ne se serait-il pas tué s'il avait eu l'idée d'appeler son frère à son secours. Notre vieil ami, qui a de l'honneur jusqu'au bout des ongles, compte liquider les dettes de la maison Grandet de Paris. Mon neveu le président, pour lui éviter les tracas d'une affaire toute judiciaire, lui offre de

---

1. Congrûment : selon les règles.

partir sur-le-champ pour Paris, afin de transiger avec les créanciers et les satisfaire convenablement. »

Ces paroles, confirmées par l'attitude du vigneron, qui se caressait le menton, surprirent étrangement les trois des Grassins, qui pendant le chemin avaient médit tout à loisir de l'avarice de Grandet en l'accusant presque d'un fratricide.   3720

« Ah ! je le savais bien, s'écria le banquier en regardant sa femme. Que te disais-je en route, madame des Grassins ? Grandet a de l'honneur jusqu'au bout des cheveux, et ne souffrira pas que son nom reçoive la plus légère atteinte ! L'argent sans l'honneur est une maladie [1]. Il y a de l'honneur dans nos provinces ! Cela est bien, très bien, Grandet. Je suis un vieux militaire, je ne sais pas déguiser ma pensée ; je la dis rudement : cela est, mille tonnerres ! sublime.   3730

– Aaalors llle su… su… sub… sublime est bi… bi… bien cher, répondit le bonhomme pendant que le banquier lui secouait chaleureusement la main.

– Mais ceci, mon brave Grandet, n'en déplaise à monsieur le président, reprit des Grassins, est une affaire purement commerciale, et veut un négociant consommé. Ne faut-il pas se connaître aux comptes de retour [2], débours [3], calculs d'intérêts ? Je dois aller à Paris pour mes affaires, et je pourrais alors me charger de…

– Nous verrions donc à tâ… tâ… tâcher de nous aaaar- 3740 ranger tou… tous deux dans les po… po… po… possibilités relatives et sans m'en… m'en… m'engager à quelque chose que je… je… je… ne vooou… oudrais pas faire, dit Grandet en bégayant. Parce que, voyez-vous, monsieur le président me demandait naturellement les frais du voyage. »

Le bonhomme ne bredouilla plus ces derniers mots.

« Eh ! dit Mme des Grassins, mais c'est un plaisir que d'être à Paris. Je paierais volontiers pour y aller, moi. »

---

1. Le banquier retourne un vers de Racine : « Mais sans argent, l'honneur n'est qu'une maladie » (*Les Plaideurs*, acte I, sc. I, v. 11).
2. Sommes réclamées par suite du non-paiement d'un effet.
3. Somme déboursée, frais.

3750 Et elle fit un signe à son mari comme pour l'encourager à souffler cette commission à leurs adversaires coûte que coûte ; puis elle regarda fort ironiquement les deux Cruchot, qui prirent une mine piteuse. Grandet saisit alors le banquier par un des boutons de son habit et l'attira dans un coin.

« J'aurais bien plus de confiance en vous que dans le président, lui dit-il. Puis il y a des anguilles sous roche, ajouta-t-il en remuant sa loupe. Je veux me mettre dans la rente ; j'ai quelques milliers de francs de rente à faire
3760 acheter, et je ne veux placer qu'à quatre-vingts francs. Cette mécanique baisse, dit-on, à la fin des mois. Vous vous connaissez à ça, pas vrai ?

– Pardieu ! Eh ! bien, j'aurais donc quelque mille livres de rente à lever [1] pour vous ?

– Pas grand-chose pour commencer. *Motus !* Je veux jouer ce jeu-là sans qu'on n'en sache rien. Vous me concluriez un marché pour la fin du mois ; mais n'en dites rien aux Cruchot, ça les taquinerait [2]. Puisque vous allez à Paris, nous y verrons en même temps, pour mon pauvre
3770 neveu, de quelle couleur sont les atouts.

– Voilà qui est entendu. Je partirai demain en poste, dit à haute voix des Grassins, et je viendrai prendre vos dernières instructions à… à quelle heure ?

– À cinq heures, avant le dîner », dit le vigneron en se frottant les mains.

Les deux partis restèrent encore quelques instants en présence. Des Grassins dit après une pause en frappant sur l'épaule de Grandet : « Il fait bon avoir de bons parents comme ça…
3780 – Oui, oui, sans que ça paraisse, répondit Grandet, je suis un bon pa… parent. J'aimais mon frère, et je le prouverai bien si si ça ne ne coûte pas…

– Nous allons vous quitter, Grandet, lui dit le banquier en l'interrompant heureusement avant qu'il achevât sa phrase. Si j'avance mon départ, il faut mettre en ordre quelques affaires.

---

1. Recueillir.
2. Contrarierait.

– Bien, bien. Moi-même, raa… apport à ce que vouvous savez, je je vais me rereretirer dans ma cham… ambre des dédélibérations, comme dit le le président Cruchot. »

« Peste ! je ne suis plus monsieur de Bonfons », pensa tristement le magistrat, dont la figure prit l'expression de celle d'un juge ennuyé par une plaidoirie.

Les chefs des deux familles rivales s'en allèrent ensemble. Ni les uns ni les autres ne songeaient plus à la trahison dont s'était rendu coupable Grandet le matin envers le pays vignoble, et se sondèrent mutuellement, mais en vain, pour connaître ce qu'ils pensaient sur les intentions réelles du bonhomme en cette nouvelle affaire [1].

« Venez-vous chez madame d'Orsonval avec nous ? dit des Grassins au notaire.

– Nous irons plus tard, répondit le président. Si mon oncle le permet, j'ai promis à mademoiselle de Gribeaucourt de lui dire un petit bonsoir, et nous nous y rendrons d'abord.

– Au revoir donc, messieurs », dit madame des Grassins. Et, quand les des Grassins furent à quelques pas des deux Cruchot, Adolphe dit à son père : « Ils fument [2] joliment, hein ?

– Tais-toi donc, mon fils, lui répliqua sa mère, ils peuvent encore nous entendre. D'ailleurs, ce que tu dis n'est pas de bon goût et sent l'École de Droit. »

« Eh ! bien, mon oncle, s'écria le magistrat quand il vit les des Grassins éloignés, j'ai commencé par être le président de Bonfons, et j'ai fini par être tout simplement un Cruchot.

– J'ai bien vu que ça te contrariait ; mais le vent était aux des Grassins. Es-tu bête, avec tout ton esprit ?… Laisse-les s'embarquer sur un *nous verrons* du père Grandet, et tiens-toi tranquille, mon petit : Eugénie n'en sera pas moins ta femme. »

En quelques instants la nouvelle de la magnanime résolution de Grandet se répandit dans trois maisons à la fois, et il ne fut plus question dans toute la ville que de ce dévouement fraternel. Chacun pardonnait à Grandet sa

---

1. Phrase rendue maladroite par des additions successives.
2. Enragent, fulminent.

vente faite au mépris de la foi jurée entre les propriétaires, en admirant son honneur, en vantant une générosité dont on ne le croyait pas capable. Il est dans le caractère français de s'enthousiasmer, de se colérer, de se passionner pour le météore du moment, pour les bâtons flottants [1] de l'actualité. Les êtres collectifs, les peuples, seraient-ils donc sans mémoire ?

Quand le père Grandet eut fermé sa porte, il appela Nanon.

« Ne lâche pas le chien et ne dors pas, nous avons à travailler ensemble. À onze heures, Cornoiller doit se trouver à ma porte avec le berlingot [2] de Froidfond. Écoute-le venir afin de l'empêcher de cogner, et dis-lui d'entrer tout bellement [3]. Les lois de police défendent le tapage nocturne. D'ailleurs le quartier n'a pas besoin de savoir que je vais me mettre en route. »

Ayant dit, Grandet remonta dans son laboratoire, où Nanon l'entendit remuant, fouillant, allant, venant, mais avec précaution. Il ne voulait évidemment réveiller ni sa femme, ni sa fille, et surtout ne point exciter l'attention de son neveu, qu'il avait commencé par maudire en apercevant de la lumière dans sa chambre. Au milieu de la nuit, Eugénie, préoccupée de son cousin, crut avoir entendu la plainte d'un mourant, et pour elle ce mourant était Charles : elle l'avait quitté si pâle, si désespéré ! peut-être s'était-il tué. Soudain elle s'enveloppa d'une coiffe, espèce de pelisse à capuchon, et voulut sortir. D'abord une vive lumière qui passait par les fentes de sa porte lui donna peur du feu ; puis elle se rassura bientôt en entendant les pas pesants de Nanon et sa voix mêlée au hennissement de plusieurs chevaux.

« Mon père enlèverait-il mon cousin ? » se dit-elle en entrouvrant sa porte avec assez de précaution pour l'empêcher de crier, mais de manière à voir ce qui se passait dans le corridor.

---

1. Illusions ou choses insignifiantes (voir La Fontaine, *Fables*, IV, 10 : « Le Chameau et les bâtons flottants »).
2. Demi-berline n'ayant que la banquette du fond.
3. Doucement.

Tout à coup son œil rencontra celui de son père, dont le regard, quelque vague et insouciant [1] qu'il fût, la glaça de terreur. Le bonhomme et Nanon étaient accouplés par un gros gourdin dont chaque bout reposait sur leur épaule droite et soutenait un câble auquel était attaché un barillet semblable à ceux que le père Grandet s'amusait à faire dans son fournil à ses moments perdus.

« Sainte Vierge ! monsieur, ça pèse-t-il ! dit à voix basse la Nanon.

– Quel malheur que ce ne soit que des gros sous ! répondit le bonhomme. Prends garde de heurter le chandelier. »

Cette scène était éclairée par une seule chandelle placée entre deux barreaux de la rampe.

« Cornoiller, dit Grandet à son garde *in partibus* [2], as-tu pris tes pistolets ?

– Non, monsieur. Pardé ! quoi qu'il y a donc à craindre pour vos gros sous ?…

– Oh ! rien, dit le père Grandet.

– D'ailleurs nous irons vite, reprit le garde, vos fermiers ont choisi pour vous leurs meilleurs chevaux.

– Bien, bien. Tu ne leur as pas dit où j'allais ?

– Je ne le savais point.

– Bien. La voiture est solide ?

– Ça, notre maître ? ah ! ben, ça porterait trois mille. Qu'est-ce que ça pèse donc vos méchants barils ?

– Tiens, dit Nanon ! je le savons bien ! Y a ben près de dix-huit cents [3].

– Veux-tu te taire, Nanon ! Tu diras à ma femme que je suis allé à la campagne. Je serai revenu pour dîner. Va bon train, Cornoiller, faut être à Angers avant neuf heures [4]. »

La voiture partit. Nanon verrouilla la grande porte, lâcha le chien, se coucha l'épaule meurtrie, et personne dans le quartier ne soupçonna ni le départ de Grandet ni

---

1. C'est-à-dire que Grandet, absorbé et se croyant seul, n'inspecte pas du regard les objets qui l'entourent.
2. C'est-à-dire qu'il a le titre de garde sans en toucher les bénéfices (comme les évêques *in partibus* dont la charge est purement honorifique).
3. Soit près de neuf cents kilos.
4. Avant l'ouverture des banques.

l'objet de son voyage. La discrétion du bonhomme était complète. Personne ne voyait jamais un sou dans cette maison pleine d'or. Après avoir appris dans la matinée par les causeries du port que l'or avait doublé de prix par suite de nombreux armements [1] entrepris à Nantes, et que des spéculateurs étaient arrivés à Angers pour en acheter, le vieux vigneron, par un simple emprunt de chevaux fait à ses fermiers, se mit en mesure d'aller y vendre le sien et d'en rapporter en valeurs du receveur général sur le trésor la somme nécessaire à l'achat de ses rentes après l'avoir grossie de l'agio [2].

« Mon père s'en va », dit Eugénie, qui du haut de l'escalier avait tout entendu. Le silence était rétabli dans la maison, et le lointain roulement de la voiture, qui cessa par degrés, ne retentissait déjà plus dans Saumur endormi. En ce moment, Eugénie entendit en son cœur, avant de l'écouter par l'oreille, une plainte qui perça les cloisons, et qui venait de la chambre de son cousin. Une bande lumineuse, fine autant que le tranchant d'un sabre, passait par la fente de la porte et coupait horizontalement les balustres du vieil escalier. « Il souffre », dit-elle en grimpant deux marches. Un second gémissement la fit arriver sur le palier de la chambre. La porte était entrouverte, elle la poussa. Charles dormait la tête penchée en dehors du vieux fauteuil, sa main avait laissé tomber la plume et touchait presque à terre. La respiration saccadée que nécessitait la posture du jeune homme effraya soudain Eugénie, qui entra promptement. « Il doit être bien fatigué », se dit-elle en regardant une dizaine de lettres cachetées, elle en lut les adresses : À MM. Farry, Breilman et Cie, carrossiers. – À M. Buisson, tailleur, etc. « Il a sans doute arrangé toutes ses affaires pour pouvoir bientôt quitter la France », pensa-t-elle. Ses yeux tombèrent sur deux lettres ouvertes. Ces mots qui en commençaient une : « Ma chère Annette… » lui causèrent un éblouissement. Son cœur palpita, ses pieds se clouèrent sur le carreau. Sa chère Annette, il aime, il est aimé ! Plus d'espoir ! Que lui dit-

---

1. Armer un navire, c'est le pourvoir de tous les moyens nécessaires à la navigation.
2. Bénéfice réalisé sur la vente.

il ? Ces idées lui traversèrent la tête et le cœur. Elle lisait ces mots partout, même sur les carreaux, en traits de flammes. « Déjà renoncer à lui ! Non, je ne lirai pas cette lettre. Je dois m'en aller. Si je la lisais, cependant ? » Elle regarda Charles, lui prit doucement la tête, la posa sur le dos du fauteuil, et il se laissa faire comme un enfant qui, même en dormant, connaît encore sa mère et reçoit, sans s'éveiller, ses soins et ses baisers. Comme une mère, Eugénie releva la main pendante, et, comme une mère, elle baisa doucement les cheveux. « Chère Annette ! » Un démon lui criait ces deux mots aux oreilles. « Je sais que je fais peut-être mal, mais je lirai la lettre », dit-elle. Eugénie détourna la tête, car sa noble probité gronda. Pour la première fois de sa vie, le bien et le mal étaient en présence dans son cœur. Jusque-là elle n'avait eu à rougir d'aucune action. La passion, la curiosité l'emportèrent. À chaque phrase, son cœur se gonfla davantage et l'ardeur piquante qui anima sa vie pendant cette lecture lui rendit encore plus friands [1] les plaisirs du premier amour.

« Ma chère Annette, rien ne devait nous séparer, si ce n'est le malheur qui m'accable et qu'aucune prudence humaine n'aurait su prévoir. Mon père s'est tué, sa fortune et la mienne sont entièrement perdues. Je suis orphelin à un âge où, par la nature de mon éducation, je puis passer pour un enfant ; et je dois néanmoins me relever homme de l'abîme où je suis tombé. Je viens d'employer une partie de cette nuit à faire mes calculs. Si je veux quitter la France en honnête homme, et ce n'est pas un doute, je n'ai pas cent francs à moi pour aller tenter le sort aux Indes ou en Amérique. Oui, ma pauvre Anna, j'irai chercher la fortune sous les climats les plus meurtriers. Sous de tels cieux, elle est sûre et prompte, m'a-t-on dit. Quant à rester à Paris, je ne saurais. Ni mon âme ni mon visage ne sont faits à supporter les affronts, la froideur, le dédain qui attendent l'homme ruiné, le fils du failli ! Bon Dieu ! devoir deux millions [2] ?... J'y serais tué en duel dans la première semaine. Aussi n'y retournerai-je point. Ton amour, le plus tendre et le plus dévoué qui jamais ait

_____

1. Délectables, délicieux.
2. En réalité quatre millions.

ennobli le cœur d'un homme, ne saurait m'y attirer.
3970 Hélas ! ma bien-aimée, je n'ai point assez d'argent pour
aller là où tu es, donner, recevoir un dernier baiser, un
baiser où je puiserais la force nécessaire à mon
entreprise. »

« Pauvre Charles, j'ai bien fait de lire ! J'ai de l'or, je le
lui donnerai », dit Eugénie.

Elle reprit sa lecture après avoir essuyé ses pleurs.

« Je n'avais point encore songé aux malheurs de la
misère. Si j'ai les cent louis indispensables au passage, je
n'aurai pas un sou pour me faire une pacotille. Mais non,
3980 je n'aurai ni cent louis ni un louis, je ne connaîtrai ce qui
me restera d'argent qu'après le règlement de mes dettes à
Paris. Si je n'ai rien, j'irai tranquillement à Nantes, je m'y
embarquerai simple matelot, et je commencerai là-bas
comme ont commencé les hommes d'énergie qui, jeunes,
n'avaient pas un sou, et sont revenus, riches, des Indes.
Depuis ce matin, j'ai froidement envisagé mon avenir. Il
est plus horrible pour moi que pour tout autre, moi, choyé
par une mère qui m'adorait, chéri par le meilleur des
pères, et qui, à mon début dans le monde, ai rencontré
3990 l'amour d'une Anna ! Je n'ai connu que les fleurs de la
vie : ce bonheur ne pouvait pas durer. J'ai néanmoins, ma
chère Annette, plus de courage qu'il n'était permis à un
insouciant jeune homme d'en avoir, surtout à un jeune
homme habitué aux cajoleries de la plus délicieuse femme
de Paris, bercé dans les joies de la famille, à qui tout souriait au logis, et dont les désirs étaient des lois pour un
père… Oh ! mon père, Annette, il est mort… Eh ! bien,
j'ai réfléchi à ma position, j'ai réfléchi à la tienne aussi.
J'ai bien vieilli en vingt-quatre heures. Chère Anna, si,
4000 pour me garder près de toi, dans Paris, tu sacrifiais toutes
les jouissances de ton luxe, ta toilette, ta loge à l'Opéra,
nous n'arriverions pas encore au chiffre des dépenses
nécessaires à ma vie dissipée ; puis je ne saurais accepter
tant de sacrifices. Nous nous quittons donc aujourd'hui
pour toujours. »

« Il la quitte, Sainte Vierge ! Oh ! bonheur ! »

Eugénie sauta de joie. Charles fit un mouvement, elle en
eut froid de terreur ; mais, heureusement pour elle, il ne
s'éveilla pas. Elle reprit :

« Quand reviendrai-je ? je ne sais. Le climat des Indes 4010
vieillit promptement un Européen, et surtout un Européen
qui travaille. Mettons-nous à dix ans d'ici. Dans dix ans, ta
fille aura dix-huit ans, elle sera ta compagne, ton espion.
Pour toi, le monde sera bien cruel, ta fille le sera peut-être
davantage. Nous avons vu des exemples de ces jugements
mondains et de ces ingratitudes de jeunes filles ; sachons
en profiter. Garde au fond de ton âme comme je le garderai
moi-même le souvenir de ces quatre années de bonheur, et
sois fidèle, si tu peux, à ton pauvre ami. Je ne saurais toutefois l'exiger, parce que, vois-tu, ma chère Annette, je 4020
dois me conformer à ma position, voir bourgeoisement la
vie, et la chiffrer au plus vrai. Donc je dois penser au
mariage, qui devient une nécessité de ma nouvelle
existence ; et je t'avouerai que j'ai trouvé ici, à Saumur,
chez mon oncle, une cousine dont les manières, la figure,
l'esprit et le cœur te plairaient, et qui, en outre, me paraît
avoir… »

« Il devait être bien fatigué, pour avoir cessé de lui
écrire », se dit Eugénie en voyant la lettre arrêtée au milieu
de cette phrase. 4030

Elle le justifiait ! N'était-il pas impossible alors que
cette innocente fille s'aperçût de la froideur empreinte
dans cette lettre ? Aux jeunes filles religieusement élevées,
ignorantes et pures, tout est amour dès qu'elles mettent le
pied dans les régions enchantées de l'amour. Elles y mar-
chent entourées de la céleste lumière que leur âme pro-
jette, et qui rejaillit en rayons sur leur amant ; elles le colo-
rent des feux de leur propre sentiment et lui prêtent leurs
belles pensées. Les erreurs de la femme viennent presque
toujours de sa croyance au bien, ou dans sa confiance dans 4040
le vrai. Pour Eugénie, ces mots : « Ma chère Annette, ma
bien-aimée », lui résonnaient au cœur comme le plus joli
langage de l'amour, et lui caressaient l'âme comme, dans
son enfance, les notes divines du *Venite adoremus* [1],
redites par l'orgue, lui caressèrent l'oreille. D'ailleurs, les
larmes qui baignaient encore les yeux de Charles lui accu-

---

1. *Venite adoremus Dominum* : « Venez, adorons le Seigneur »
(psaume XCIV). C'est une des premières marques de la confusion
qu'opérera l'héroïne entre l'amour de Dieu et l'amour pour son cousin.

saient toutes les noblesses de cœur par lesquelles une
jeune fille doit être séduite. Pouvait-elle savoir que si
Charles aimait tant son père et le pleurait si véritablement,
4050 cette tendresse venait moins de la bonté de son cœur que
des bontés paternelles ? Monsieur et madame Guillaume
Grandet, en satisfaisant toujours les fantaisies de leur fils,
en lui donnant tous les plaisirs de la fortune, l'avaient
empêché de faire les horribles calculs dont sont plus ou
moins coupables, à Paris, la plupart des enfants quand, en
présence des jouissances parisiennes, ils forment des
désirs et conçoivent des plans qu'ils voient avec chagrin
incessamment ajournés et retardés par la vie de leurs
parents. La prodigalité du père alla donc jusqu'à semer
4060 dans le cœur de son fils un amour filial vrai, sans arrière-
pensée. Néanmoins, Charles était un enfant de Paris,
habitué par les mœurs de Paris, par Annette elle-même, à
tout calculer, déjà vieillard sous le masque du jeune
homme. Il avait reçu l'épouvantable éducation de ce
monde où, dans une soirée, il se commet en pensées, en
paroles, plus de crimes que la Justice n'en punit aux cours
d'assises, où les bons mots assassinent les plus grandes
idées, où l'on ne passe pour fort qu'autant que l'on voit
juste ; et là, voir juste, c'est ne croire à rien, ni aux senti-
4070 ments, ni aux hommes, ni même aux événements : on y
fait de faux événements. Là, pour voir juste, il faut peser,
chaque matin, la bourse d'un ami, savoir se mettre politiquement au-dessus de tout ce qui arrive ; provisoirement,
ne rien admirer, ni les œuvres d'art, ni les nobles actions,
et donner pour mobile à toute chose l'intérêt personnel.
Après mille folies, la grande dame, la belle Annette, for-
çait Charles à penser gravement ; elle lui parlait de sa position future, en lui passant dans les cheveux une main
parfumée ; en lui refaisant une boucle, elle lui faisait cal-
4080 culer la vie : elle le féminisait et le matérialisait. Double
corruption, mais corruption élégante et fine, de bon goût.

« Vous êtes niais, Charles, lui disait-elle. J'aurai bien de
la peine à vous apprendre le monde. Vous avez été très mal
pour monsieur des Lupeaulx [1]. Je sais bien que c'est un
homme peu honorable ; mais attendez qu'il soit sans pou-

---

1. Personnage de *La Comédie humaine*.

voir, alors vous le mépriserez à votre aise. Savez-vous ce
que madame Campan [1] nous disait ? "Mes enfants, tant
qu'un homme est au Ministère, adorez-le ; tombe-t-il,
aidez à le traîner à la voirie. Puissant, il est une espèce de
dieu ; détruit, il est au-dessous de Marat dans son égout [2], 4090
parce qu'il vit et que Marat était mort. La vie est une suite
de combinaisons, et il faut les étudier, les suivre, pour
arriver à se maintenir toujours en bonne position". »

Charles était un homme trop à la mode, il avait été trop
constamment heureux par ses parents, trop adulé par le
monde pour avoir de grands sentiments. Le grain d'or que
sa mère lui avait jeté au cœur s'était étendu [3] dans la filière
parisienne, il l'avait employé en superficie et devait l'user
par le frottement. Mais Charles n'avait encore que vingt et
un ans. À cet âge, la fraîcheur de la vie semble inséparable 4100
de la candeur de l'âme. La voix, le regard, la figure paraissent en harmonie avec les sentiments. Aussi le juge le plus
dur, l'avoué le plus incrédule, l'usurier le moins facile
hésitent-ils toujours à croire à la vieillesse du cœur, à la
corruption des calculs, quand les yeux nagent encore dans
un fluide pur, et qu'il n'y a point de rides sur le front.
Charles n'avait jamais eu l'occasion d'appliquer les
maximes de la morale parisienne, et jusqu'à ce jour il était
beau d'inexpérience. Mais, à son insu, l'égoïsme lui avait
été inoculé. Les germes de l'économie politique à l'usage 4110
du Parisien, latents en son cœur, ne devaient pas tarder à y
fleurir, aussitôt que de spectateur oisif il deviendrait acteur
dans le drame de la vie réelle. Presque toutes les jeunes
filles s'abandonnent aux douces promesses de ces dehors ;
mais Eugénie eût-elle été prudente et observatrice autant
que le sont certaines filles en province, aurait-elle pu se
défier de son cousin, quand, chez lui, les manières, les

---

1. Mme Campan (1752-1822) s'était vu confier la charge de la maison
d'éducation pour jeunes filles d'Écouen. À la Restauration, on lui
reprocha d'avoir été protégée par le gouvernement impérial et on ferma
la pension.
2. Transportés au Panthéon en grande pompe un an après sa mort (le
21 septembre 1794), les restes de Marat furent ensuite (en 1795) enterrés
au cimetière Sainte-Geneviève et son buste, promené dans Paris sous les
outrages, jeté dans un égout.
3. Étendu, aminci comme un fil d'acier dans une filière.

paroles et les actions s'accordaient encore avec les inspirations du cœur ? Un hasard, fatal pour elle, lui fit essuyer
4120 les dernières effusions de sensibilité vraie qui fût en ce jeune cœur, et entendre, pour ainsi dire, les derniers soupirs de la conscience. Elle laissa donc cette lettre pour elle pleine d'amour, et se mit complaisamment à contempler son cousin endormi : les fraîches illusions de la vie jouaient encore pour elle sur ce visage, elle se jura d'abord à elle-même de l'aimer toujours. Puis elle jeta les yeux sur l'autre lettre sans attacher beaucoup d'importance à cette indiscrétion ; et, si elle commença de la lire, ce fut pour acquérir de nouvelles preuves des nobles qualités que,
4130 semblable à toutes les femmes, elle prêtait à celui qu'elle choisissait.

« Mon cher Alphonse, au moment où tu liras cette lettre je n'aurai plus d'amis ; mais je t'avoue qu'en doutant de ces gens du monde habitués à prodiguer ce mot, je n'ai pas douté de ton amitié. Je te charge donc d'arranger mes affaires, et compte sur toi, pour tirer un bon parti de tout ce que je possède. Tu dois maintenant connaître ma position. Je n'ai plus rien, et veux partir pour les Indes. Je viens d'écrire à toutes les personnes auxquelles je crois
4140 devoir quelque argent, et tu en trouveras ci-joint la liste aussi exacte qu'il m'est possible de la donner de mémoire. Ma bibliothèque, mes meubles, mes voitures, mes chevaux, etc., suffiront, je crois, à payer mes dettes. Je ne veux me réserver que les babioles sans valeur qui seront susceptibles de me faire un commencement de pacotille. Mon cher Alphonse, je t'enverrai d'ici, pour cette vente, une procuration régulière, en cas de contestations. Tu m'adresseras toutes mes armes. Puis tu garderas pour toi Briton. Personne ne voudrait donner le prix de cette admirable bête, j'aime mieux te l'offrir, comme la bague
4150 d'usage que lègue un mourant à son exécuteur testamentaire. On m'a fait une très *comfortable* [1] voiture de voyage chez les Farry, Breilman et Cie, mais ils ne l'ont pas livrée, obtiens d'eux qu'ils la gardent sans me demander d'indemnité ; s'ils se refusaient à cet arrangement, évite

---

1. L'adjectif, récemment importé d'Angleterre, est toujours ainsi orthographié et souligné dans *La Comédie humaine*.

tout ce qui pourrait entacher ma loyauté, dans les circonstances où je me trouve. Je dois six louis à l'insulaire [1], perdus au jeu, ne manque pas de les lui… »

« Cher cousin », dit Eugénie en laissant la lettre, et se sauvant à petits pas chez elle avec une des bougies allumées. Là ce ne fut pas sans une vive émotion de plaisir qu'elle ouvrit le tiroir d'un vieux meuble en chêne, l'un des plus beaux ouvrages de l'époque nommée la *Renaissance* [2], et sur lequel se voyait encore, à demi effacée, la fameuse Salamandre royale [3]. Elle y prit une grosse bourse en velours rouge à glands d'or, et bordée de cannetille [4] usée, provenant de la succession de sa grand-mère. Puis elle pesa fort orgueilleusement cette bourse, et se plut à vérifier le compte oublié de son petit pécule. Elle sépara d'abord vingt portugaises encore neuves, frappées sous le règne de Jean V, en 1725, valant réellement au change cinq lisbonines ou chacune cent soixante-huit francs soixante-quatre centimes, lui disait son père, mais dont la valeur conventionnelle [5] était de cent quatre-vingts francs, attendu la rareté, la beauté desdites pièces qui reluisaient comme des soleils. ITEM [6], cinq génovines ou pièces de cent livres de Gênes, autre monnaie rare et valant quatre-vingt-sept francs au change, mais cent francs pour les amateurs d'or. Elles lui venaient du vieux monsieur La Bertellière. ITEM, trois quadruples d'or espagnols de Philippe V, frappés en 1729, donnés par madame Gentillet, qui, en les lui offrant, lui disait toujours la même phrase : « Ce cher serin-là [7], ce petit jaunet, vaut quatre-vingt-dix-huit livres ! Gardez-le bien, ma mignonne, ce sera la fleur de votre trésor. » ITEM, ce que son père estimait le plus (l'or de ces pièces était à vingt-trois carats et une fraction), cent ducats de Hollande, fabriqués en l'an 1756, et valant près de treize francs. ITEM, une grande

4160

4170

4180

---

1. Personnage mystérieux, peut-être anglais.
2. Le mot en ce sens est d'usage récent, d'où l'emploi de l'italique.
3. Emblème de François Ier.
4. « Petite lame très fine d'or ou d'argent tortillé », selon Littré, dont on se servait comme lisière pour les ouvrages de broderie.
5. Décidée par convention, suite à un accord entre particuliers.
6. De même, en outre (style d'inventaire).
7. Pièce d'or, ainsi désignée par métaphore en raison de sa couleur jaune.

curiosité !… des espèces de médailles précieuses aux
4190   avares, trois roupies au signe de la Balance, et cinq roupies
au signe de la Vierge, toutes d'or pur à vingt-quatre carats,
la magnifique monnaie du Grand Mogol [1], et dont chacune
valait trente-sept francs quarante centimes au poids ; mais
au moins cinquante francs pour les connaisseurs qui
aiment à manier l'or. ITEM, le napoléon de quarante francs
reçu l'avant-veille, et qu'elle avait négligemment mis dans
sa bourse rouge. Ce trésor contenait des pièces neuves et
vierges, de véritables morceaux d'art desquels le père
Grandet s'informait parfois, et qu'il voulait revoir, afin de
4200   détailler à sa fille les vertus intrinsèques, comme la beauté
du cordon [2], la clarté du plat, la richesse des lettres dont les
vives arêtes [3] n'étaient pas encore rayées. Mais elle ne
pensait ni à ces raretés, ni à la manie de son père, ni au
danger qu'il y avait pour elle de se démunir d'un trésor si
cher à son père ; non, elle songeait à son cousin, et parvint
enfin à comprendre, après quelques fautes de calcul,
qu'elle possédait environ cinq mille huit cents francs en
valeurs réelles, qui, conventionnellement, pouvaient se
vendre près de deux mille écus. À la vue de ses richesses,
4210   elle se mit à applaudir en battant des mains, comme un
enfant forcé de perdre son trop-plein de joie dans les naïfs
mouvements du corps. Ainsi le père et la fille avaient
compté chacun leur fortune : lui, pour aller vendre son or ;
Eugénie, pour jeter le sien dans un océan d'affection. Elle
remit les pièces dans la vieille bourse, la prit et remonta
sans hésitation. La misère secrète de son cousin lui faisait
oublier la nuit, les convenances ; puis, elle était forte de sa
conscience, de son dévouement, de son bonheur. Au
moment où elle se montra sur le seuil de la porte, en tenant
4220   d'une main la bougie, de l'autre sa bourse, Charles se
réveilla, vit sa cousine et resta béant de surprise. Eugénie
s'avança, posa le flambeau sur la table et dit d'une voix
émue : « Mon cousin, j'ai à vous demander pardon d'une

---

1. La roupie du Mogol était une monnaie d'or très rare et donc très
recherchée par les collectionneurs.
2. Bord façonné d'une pièce de monnaie.
3. La vive arête est le tranchant de la pièce, qui n'est pas du tout usée.

faute grave que j'ai commise envers vous ; mais Dieu me
le pardonnera, ce péché, si vous voulez l'effacer.

– Qu'est-ce donc ? dit Charles en se frottant les yeux.

– J'ai lu ces deux lettres. »

Charles rougit.

« Comment cela s'est-il fait ? reprit-elle, pourquoi suis-
je montée ? En vérité, maintenant je ne le sais plus. Mais, 4230
je suis tentée de ne pas trop me repentir d'avoir lu ces
lettres, puisqu'elles m'ont fait connaître votre cœur, votre
âme et…

– Et quoi ? demanda Charles.

– Et vos projets, la nécessité où vous êtes d'avoir une
somme…

– Ma chère cousine…

– Chut, chut, mon cousin, pas si haut, n'éveillons personne. Voici, dit-elle en ouvrant la bourse, les économies
d'une pauvre fille qui n'a besoin de rien. Charles, 4240
acceptez-les. Ce matin, j'ignorais ce qu'était l'argent, vous
me l'avez appris, ce n'est qu'un moyen, voilà tout. Un
cousin est presque un frère, vous pouvez bien emprunter la
bourse de votre sœur. »

Eugénie, autant femme que jeune fille, n'avait pas prévu
des refus, et son cousin restait muet.

« Eh ! bien, vous refuseriez ? » demanda Eugénie, dont
les palpitations retentirent au milieu du profond silence.

L'hésitation de son cousin l'humilia ; mais la nécessité
dans laquelle il se trouvait se représenta plus vivement à 4250
son esprit, et elle plia le genou.

« Je ne me relèverai pas que vous n'ayez pris cet or !
dit-elle. Mon cousin, de grâce, une réponse ?… que je
sache si vous m'honorez, si vous êtes généreux, si… »

En entendant le cri d'un noble désespoir, Charles laissa
tomber des larmes sur les mains de sa cousine, qu'il saisit
afin de l'empêcher de s'agenouiller [1]. En recevant ces
larmes chaudes, Eugénie sauta sur la bourse, la lui versa
sur la table.

« Eh ! bien, oui, n'est-ce pas ? dit-elle en pleurant de 4260
joie. Ne craignez rien, mon cousin, vous serez riche. Cet
or vous portera bonheur ; un jour vous me le rendrez ;

---

1. Inadvertance de Balzac : Eugénie est déjà à genoux.

d'ailleurs, nous nous associerons ; enfin je passerai par toutes les conditions que vous m'imposerez. Mais vous devriez ne pas donner tant de prix à ce don. »

Charles put enfin exprimer ses sentiments.

« Oui, Eugénie, j'aurais l'âme bien petite, si je n'acceptais pas. Cependant, rien pour rien, confiance pour confiance.

4270   – Que voulez-vous ? dit-elle effrayée.

– Écoutez, ma chère cousine, j'ai là… » Il s'interrompit pour montrer sur la commode une caisse carrée enveloppée d'un surtout [1] de cuir. « Là, voyez-vous, une chose qui m'est aussi précieuse que la vie. Cette boîte est un présent de ma mère. Depuis ce matin je pensais que, si elle pouvait sortir de sa tombe, elle vendrait elle-même l'or que sa tendresse lui a fait prodiguer dans ce nécessaire ; mais, accomplie par moi, cette action me paraîtrait un sacrilège. » Eugénie serra convulsivement la main de son
4280 cousin en entendant ces derniers mots. « Non, reprit-il, après une légère pause, pendant laquelle tous deux ils se jetèrent un regard humide, non, je ne veux ni le détruire, ni le risquer dans mes voyages. Chère Eugénie, vous en serez dépositaire. Jamais ami n'aura confié quelque chose de plus sacré à son ami. Soyez-en juge. Il alla prendre la boîte, la sortit du fourreau, l'ouvrit et montra tristement à sa cousine émerveillée un nécessaire où le travail donnait à l'or un prix bien supérieur à celui de son poids. – Ce que vous admirez n'est rien, dit-il en poussant un ressort qui fit
4290 partir un double fond. Voilà ce qui, pour moi, vaut la terre entière. » Il tira deux portraits, deux chefs-d'œuvre de madame de Mirbel [2], richement entourés de perles.

« Oh ! la belle personne, n'est-ce pas cette dame à qui vous écriv…

– Non, dit-il en souriant. Cette femme est ma mère, et voici mon père, qui sont votre tante et votre oncle. Eugénie, je devrais vous supplier à genoux de me garder ce trésor. Si je périssais en perdant votre petite fortune, cet or vous dédommagerait ; et, à vous seule, je puis laisser les

---

1. Housse.
2. Mme de Mirbel (1796-1849) était le peintre à la mode du faubourg Saint-Germain.

deux portraits, vous êtes digne de les conserver ; mais 4300
détruisez-les, afin qu'après vous ils n'aillent pas en
d'autres mains… » Eugénie se taisait. « Hé ! bien, oui,
n'est-ce pas ? » ajouta-t-il avec grâce.

En entendant les mots qu'elle venait de dire à son
cousin [1], elle lui jeta son premier regard de femme
aimante, un de ces regards où il y a presque autant de
coquetterie que de profondeur ; il lui prit la main et la
baisa.

« Ange de pureté ! entre nous, n'est-ce pas ?… l'argent
ne sera jamais rien. Le sentiment, qui en fait quelque 4310
chose, sera tout désormais.

– Vous ressemblez à votre mère. Avait-elle la voix aussi
douce que la vôtre ?

– Oh ! bien plus douce…

– Oui, pour vous, dit-elle en abaissant ses paupières.
Allons, Charles, couchez-vous, je le veux, vous êtes
fatigué. À demain. »

Elle dégagea doucement sa main d'entre celles de son
cousin, qui la reconduisit en l'éclairant. Quand ils furent
tous deux sur le seuil de la porte : 4320

« Ah ! pourquoi suis-je ruiné ? dit-il.

– Bah ! mon père est riche, je le crois, répondit-elle.

– Pauvre enfant, reprit Charles en avançant un pied dans
la chambre et s'appuyant le dos au mur, il n'aurait pas
laissé mourir le mien, il ne vous laisserait pas dans ce
dénuement, enfin, il vivrait autrement.

– Mais il a Froidfond ?

– Et que vaut Froidfond ?

– Je ne sais pas ; mais il a Noyers.

– Quelque mauvaise ferme ! 4330

– Il a des vignes et des prés…

– Des misères, dit Charles d'un air dédaigneux. Si votre
père avait seulement vingt-quatre mille livres de rente,
habiteriez-vous cette chambre froide et nue ? ajouta-t-il en
avançant le pied gauche. – Là seront donc mes trésors, dit-
il en montrant le vieux bahut pour voiler sa pensée.

---

1. Parce que son cousin reprend les paroles qu'elle a prononcées un peu
plus haut : « "Eh bien, oui, n'est-ce pas ?" dit-elle en pleurant de joie. »

– Allez dormir », dit-elle en l'empêchant d'entrer dans une chambre en désordre.

Charles se retira, et ils se dirent bonsoir par un mutuel
4340 sourire.

Tous deux ils s'endormirent dans le même rêve, et Charles commença dès lors à jeter quelques roses sur son deuil. Le lendemain matin, madame Grandet trouva sa fille se promenant, avant le déjeuner, en compagnie de Charles. Le jeune homme était encore triste comme devait l'être un malheureux descendu, pour ainsi dire, au fond de ses chagrins, et qui, en mesurant la profondeur de l'abîme où il était tombé, avait senti tout le poids de sa vie future.

« Mon père ne reviendra que pour le dîner », dit
4350 Eugénie en voyant l'inquiétude peinte sur le visage de sa mère.

Il était facile de voir dans les manières, sur la figure d'Eugénie et dans la singulière douceur que contracta sa voix, une conformité de pensée entre elle et son cousin. Leurs âmes s'étaient ardemment épousées avant peut-être même d'avoir bien éprouvé la force des sentiments par lesquels ils s'unissaient l'un à l'autre. Charles resta dans la salle, et sa mélancolie y fut respectée. Chacune des trois femmes eut à s'occuper. Grandet ayant oublié ses affaires,
4360 il vint un assez grand nombre de personnes. Le couvreur, le plombier, le maçon, les terrassiers, le charpentier, des closiers [1], des fermiers, les uns pour conclure des marchés relatifs à des réparations, les autres pour payer des fermages ou recevoir de l'argent. Madame Grandet et Eugénie furent donc obligées d'aller et de venir, de répondre aux interminables discours des ouvriers et des gens de la campagne. Nanon encaissait les redevances dans sa cuisine. Elle attendait toujours les ordres de son maître pour savoir ce qui devait être gardé pour la maison
4370 ou vendu au marché. L'habitude du bonhomme était, comme celle d'un grand nombre de gentilshommes campagnards, de boire son mauvais vin et de manger ses fruits gâtés. Vers cinq heures du soir, Grandet revint d'Angers, ayant eu quatorze mille francs de son or, et tenant dans son portefeuille des bons royaux qui lui portaient intérêt

---

1. Gérants d'une closerie.

jusqu'au jour où il aurait à payer ses rentes. Il avait laissé
Cornoiller à Angers, pour y soigner les chevaux à demi
fourbus, et les ramener lentement après les avoir bien fait
reposer.

« Je reviens d'Angers, ma femme, dit-il. J'ai faim. »   4380

Nanon lui cria de la cuisine : « Est-ce que vous n'avez
rien mangé depuis hier ?

– Rien », répondit le bonhomme.

Nanon apporta la soupe. Des Grassins vint prendre les
ordres de son client au moment où la famille était à table.
Le père Grandet n'avait seulement pas vu son neveu.

« Mangez tranquillement, Grandet, dit le banquier.
Nous causerons. Savez-vous ce que vaut l'or à Angers, où
l'on en est venu chercher pour Nantes ? Je vais en envoyer.

– N'en envoyez pas, répondit le bonhomme, il y en a   4390
déjà suffisamment. Nous sommes trop bons amis pour que
je ne vous évite pas une perte de temps.

– Mais l'or y vaut treize francs cinquante centimes.

– Dites donc valait.

– D'où diable en serait-il venu ?

– Je suis allé cette nuit à Angers », lui répondit Grandet
à voix basse.

Le banquier tressaillit de surprise. Puis une conversation s'établit entre eux d'oreille à oreille, pendant laquelle
des Grassins et Grandet regardèrent Charles à plusieurs   4400
reprises. Au moment où sans doute l'ancien tonnelier dit
au banquier de lui acheter cent mille livres de rente,
des Grassins laissa derechef échapper un geste d'étonnement.

« Monsieur Grandet, dit-il à Charles, je pars pour Paris ;
et, si vous aviez des commissions à me donner…

– Aucune, monsieur. Je vous remercie, répondit
Charles.

– Remerciez-le mieux que ça, mon neveu. Monsieur va
pour arranger les affaires de la maison Guillaume Grandet.   4410

– Y aurait-il donc quelque espoir ? demanda Charles.

– Mais, s'écria le tonnelier avec un orgueil bien joué,
n'êtes-vous pas mon neveu ? votre honneur est le nôtre.
Ne vous nommez-vous pas Grandet ? »

Charles se leva, saisit le père Grandet, l'embrassa, pâlit
et sortit. Eugénie contemplait son père avec admiration.

« Allons, adieu, mon bon des Grassins, tout à vous, et emboisez-moi [1] bien ces gens-là ! » Les deux diplomates se donnèrent une poignée de main, l'ancien tonnelier reconduisit le banquier jusqu'à la porte ; puis, après l'avoir fermée, il revint et dit à Nanon en se plongeant dans son fauteuil : « Donne-moi du cassis ! » Mais trop ému pour rester en place, il se leva, regarda le portrait de M. de La Bertellière et se mit à chanter, en faisant ce que Nanon appelait des pas de danse :

Dans les gardes françaises
J'avais un bon papa [2].

Nanon, madame Grandet, Eugénie s'examinèrent mutuellement en silence. La joie du vigneron les épouvantait toujours quand elle arrivait à son apogée. La soirée fut bientôt finie. D'abord le père Grandet voulut se coucher de bonne heure ; et, lorsqu'il se couchait, chez lui tout devait dormir, de même que, quand Auguste buvait, la Pologne était ivre [3]. Puis Nanon, Charles et Eugénie n'étaient pas moins las que le maître. Quant à madame Grandet, elle dormait, mangeait, buvait, marchait suivant les désirs de son mari. Néanmoins, pendant les deux heures accordées à la digestion, le tonnelier, plus facétieux qu'il ne l'avait jamais été, dit beaucoup de ses apophtegmes particuliers, dont un seul donnera la mesure de son esprit. Quand il eut avalé son cassis, il regarda le verre.

« On n'a pas plus tôt mis les lèvres à un verre qu'il est déjà vide ! Voilà notre histoire. On ne peut pas être et avoir été. Les écus ne peuvent pas rouler et rester dans votre bourse, autrement la vie serait trop belle. »

Il fut jovial et clément. Lorsque Nanon vint avec son rouet : « Tu dois être lasse, lui dit-il. Laisse ton chanvre.

– Ah ! ben !… quien, je m'ennuierais, répondit la servante.

---

1. « Engager quelqu'un par des promesses, par des cajoleries, à faire ce qu'on souhaite de lui », selon Littré.
2. Transposition d'une chanson du XVIIIᵉ siècle (« Dans les gardes françaises / J'avais un amoureux… ») qui se comprend par allusion au portrait de M. de La Bertellière – dont on se souvient qu'il est représenté en « lieutenant des gardes françaises ».
3. Vers du roi Frédéric II de Prusse à propos du roi de Pologne Frédéric-Auguste III (1696-1763).

– Pauvre Nanon ! Veux-tu du cassis ?   4450

– Ah ! pour du cassis, je ne dis pas non ; madame le fait bien mieux que les apothicaires. Celui qu'i vendent est de la drogue [1].

– Ils y mettent trop de sucre, ça ne sent plus rien », dit le bonhomme.

Le lendemain, la famille, réunie à huit heures pour le déjeuner, offrit le tableau de la première scène d'une intimité bien réelle. Le malheur avait promptement mis en rapport madame Grandet, Eugénie et Charles ; Nanon elle-même sympathisait avec eux sans le savoir. Tous   4460 quatre commencèrent à faire une même famille. Quant au vieux vigneron, son avarice satisfaite, et la certitude de voir bientôt partir le mirliflor sans avoir à lui payer autre chose que son voyage à Nantes, le rendirent presque indifférent à sa présence au logis. Il laissa les deux enfants, ainsi qu'il nomma Charles et Eugénie, libres de se comporter comme bon leur semblerait sous l'œil de madame Grandet, en laquelle il avait d'ailleurs une entière confiance en ce qui concernait la morale publique et religieuse. L'alignement de ses prés et des fossés jouxtant la   4470 route, ses plantations de peupliers en Loire, et les travaux d'hiver dans ses clos à Froidfond l'occupèrent exclusivement. Dès lors commença pour Eugénie le primevère [2] de l'amour. Depuis la scène de nuit pendant laquelle la cousine donna son trésor au cousin, son cœur avait suivi le trésor. Complices tous deux du même secret, ils se regardaient en s'exprimant une mutuelle intelligence, qui approfondissait leurs sentiments et les leur rendait mieux communs, plus intimes, en les mettant, pour ainsi dire, tous deux en dehors de la vie ordinaire. La parenté n'auto-   4480 risait-elle pas une certaine douceur dans l'accent, une tendresse dans les regards : aussi Eugénie se plut-elle à endormir les souffrances de son cousin dans les joies enfantines d'un naissant amour. N'y a-t-il pas de gracieuses similitudes entre les commencements de l'amour et ceux de la vie ? Ne berce-t-on pas l'enfant par de doux

---

1. Remède, produit pharmaceutique en général. Mais l'expression « c'est de la drogue » désigne aussi un produit de mauvaise qualité.

2. Printemps (mot vieilli en ce sens).

chants et de gentils regards ? Ne lui dit-on pas de merveilleuses histoires qui lui dorent l'avenir ? Pour lui l'espérance ne déploie-t-elle pas incessamment ses ailes
4490 radieuses ? Ne verse-t-il pas tour à tour des larmes de joie
et de douleur ? Ne se querelle-t-il pas pour des riens, pour
des cailloux avec lesquels il essaie de se bâtir un mobile
palais, pour des bouquets aussitôt oubliés que coupés ?
N'est-il pas avide de saisir le temps, d'avancer dans la vie ?
L'amour est notre seconde transformation. L'enfance et
l'amour furent même chose entre Eugénie et Charles : ce
fut la passion première avec tous ses enfantillages, d'autant
plus caressants pour leurs cœurs qu'ils étaient enveloppés
de mélancolie. En se débattant à sa naissance sous les
4500 crêpes du deuil, cet amour n'en était d'ailleurs que mieux
en harmonie avec la simplicité provinciale de cette maison
en ruines. En échangeant quelques mots avec sa cousine au
bord du puits, dans cette cour muette ; en restant dans ce
jardinet, assis sur un banc moussu jusqu'à l'heure où le
soleil se couchait, occupés à se dire de grands riens ou
recueillis dans le calme qui régnait entre le rempart et la
maison, comme on l'est sous les arcades d'une église,
Charles comprit la sainteté de l'amour ; car sa grande
dame, sa chère Annette, ne lui en avait fait connaître que
4510 les troubles orageux. Il quittait en ce moment la passion
parisienne, coquette, vaniteuse, éclatante, pour l'amour pur
et vrai [1]. Il aimait cette maison dont les mœurs ne lui sem-
blèrent plus si ridicules. Il descendait dès le matin, afin de
pouvoir causer avec Eugénie quelques moments avant que
Grandet ne vînt donner les provisions ; et, quand les pas du
bonhomme retentissaient dans les escaliers, il se sauvait au
jardin. La petite criminalité de ce rendez-vous matinal,
secret même pour la mère d'Eugénie, et que Nanon faisait
semblant de ne pas apercevoir, imprimait à l'amour le plus
4520 innocent du monde la vivacité des plaisirs défendus. Puis,
quand, après le déjeuner, le père Grandet était parti pour
aller voir ses propriétés et ses exploitations, Charles

---

1. Cette opposition entre la vanité des amours parisiennes et la simplicité
vraie de l'amour en province s'est déjà rencontrée lors de l'épisode où
Eugénie défie son père en offrant du sucre à son cousin : ce sont deux
héroïsmes féminins qui sont alors opposés, l'un tapageur, l'autre muet.

demeurait entre la mère et la fille, éprouvant des délices
inconnues à leur prêter les mains pour dévider du fil, à les
voir travaillant, à les entendre jaser. La simplicité de cette
vie presque monastique, qui lui révéla les beautés de ces
âmes auxquelles le monde était inconnu, le toucha vivement. Il avait cru ces mœurs impossibles en France, et
n'avait admis leur existence qu'en Allemagne, encore
n'était-ce que fabuleusement [1] et dans les romans   4530
d'Auguste Lafontaine [2]. Bientôt pour lui Eugénie fut l'idéal
de la Marguerite de Goethe, moins la faute [3]. Enfin de jour
en jour ses regards, ses paroles ravirent la pauvre fille, qui
s'abandonna délicieusement au courant de l'amour ; elle
saisissait sa félicité comme un nageur saisit la branche de
saule pour se tirer du fleuve et se reposer sur la rive. Les
chagrins d'une prochaine absence n'attristaient-ils pas déjà
les heures les plus joyeuses de ces fuyardes journées ?
Chaque jour un petit événement leur rappelait la prochaine
séparation. Ainsi, trois jours après le départ de des Gras-   4540
sins, Charles fut emmené par Grandet au tribunal de première instance avec la solennité que les gens de province
attachent à de tels actes, pour y signer une renonciation à la
succession de son père. Répudiation terrible ! espèce
d'apostasie domestique. Il alla chez maître Cruchot faire
faire deux procurations, l'une pour des Grassins, l'autre
pour l'ami chargé de vendre son mobilier. Puis il fallut
remplir les formalités nécessaires pour obtenir un passeport
à l'étranger. Enfin, quand arrivèrent les simples vêtements
de deuil que Charles avait demandés à Paris, il fit venir un   4550
tailleur de Saumur et lui vendit sa garde-robe inutile. Cet
acte plut singulièrement au père Grandet.

« Ah ! vous voilà comme un homme qui doit s'embarquer et qui veut faire fortune, lui dit-il en le voyant vêtu
d'une redingote de gros drap noir. Bien, très bien !

– Je vous prie de croire, monsieur, lui répondit Charles,
que je saurai bien avoir l'esprit de ma situation.

---

1. Au sens propre, c'est-à-dire dans les fables.
2. Auguste Lafontaine (1759-1831), célèbre romancier allemand qui pei-
gnit « les scènes naïves et touchantes de la vie de famille » (*Larousse du
XIXᵉ siècle*).
3. Dans le *Faust* de Goethe (1808), Marguerite est séduite et abandonnée
par le héros.

– Qu'est-ce que c'est que cela ? dit le bonhomme dont les yeux s'animèrent à la vue d'une poignée d'or que lui montra Charles.

4560

– Monsieur, j'ai réuni mes boutons, mes anneaux, toutes les superfluités que je possède et qui pouvaient avoir quelque valeur ; mais, ne connaissant personne à Saumur, je voulais vous prier ce matin de…

– De vous acheter cela ? dit Grandet en l'interrompant.

– Non, mon oncle, de m'indiquer un honnête homme qui…

– Donnez-moi cela, mon neveu ; j'irai vous estimer cela là-haut, et je reviendrai vous dire ce que cela vaut, à un centime près. Or de bijou, dit-il en examinant une longue chaîne, dix-huit à dix-neuf carats. »

4570

Le bonhomme tendit sa large main et emporta la masse d'or.

« Ma cousine, dit Charles, permettez-moi de vous offrir ces deux boutons, qui pourront vous servir à attacher des rubans à vos poignets. Cela fait un bracelet fort à la mode en ce moment.

– J'accepte sans hésiter, mon cousin, dit-elle en lui jetant un regard d'intelligence.

4580

– Ma tante, voici le dé de ma mère, je le gardais précieusement dans ma toilette de voyage, dit Charles en présentant un joli dé d'or à madame Grandet, qui depuis dix ans en désirait un.

– Il n'y a pas de remerciements possibles, mon neveu, dit la vieille mère, dont les yeux se mouillèrent de larmes. Soir et matin dans mes prières j'ajouterai la plus pressante de toutes pour vous, en disant celle des voyageurs. Si je mourais, Eugénie vous conserverait ce bijou.

– Cela vaut neuf cent quatre-vingt-neuf francs soixante-quinze centimes, mon neveu, dit Grandet en ouvrant la porte. Mais, pour vous éviter la peine de vendre cela, je vous en compterai l'argent… en livres. »

4590

Le mot en livres signifie sur le littoral de la Loire que les écus de six livres doivent être acceptés pour six francs sans déduction [1].

---

1. D'après une ordonnance de 1810, l'écu de six livres valait 5,80 francs.

« Je n'osais vous le proposer, répondit Charles ; mais il me répugnait de brocanter [1] mes bijoux dans la ville que vous habitez. Il faut laver son linge sale en famille, disait Napoléon. Je vous remercie donc de votre complaisance. » Grandet se gratta l'oreille, et il y eut un moment de silence. « Mon cher oncle, reprit Charles en le regardant d'un air inquiet, comme s'il eût craint de blesser sa susceptibilité, ma cousine et ma tante ont bien voulu accepter un faible souvenir de moi ; veuillez à votre tour agréer des boutons de manche qui me deviennent inutiles : ils vous rappelleront un pauvre garçon qui, loin de vous, pensera certes à ceux qui désormais seront toute sa famille.

– Mon garçon ! mon garçon, faut pas te dénuer comme ça… Qu'as-tu donc, ma femme ? dit-il en se tournant avec avidité vers elle, ah ! un dé d'or. Et toi, fifille, tiens, des agrafes de diamants. Allons, je prends tes boutons, mon garçon, reprit-il en serrant la main de Charles. Mais… tu me permettras de… te payer… ton, oui… ton passage aux Indes. Oui, je veux te payer ton passage. D'autant, vois-tu, garçon, qu'en estimant tes bijoux, je n'en ai compté que l'or brut, il y a peut-être quelque chose à gagner sur les façons. Ainsi, voilà qui est dit. Je te donnerai quinze cents francs… en livres, que Cruchot me prêtera ; car je n'ai pas un rouge liard [2] ici, à moins que Perrotet, qui est en retard de son fermage, ne me le paie. Tiens, tiens, je vais l'aller voir. »

Il prit son chapeau, mit ses gants et sortit.

« Vous vous en irez donc, dit Eugénie en lui jetant un regard de tristesse mêlée d'admiration.

– Il le faut », dit-il en baissant la tête.

Depuis quelques jours, le maintien, les manières, les paroles de Charles étaient devenus ceux d'un homme profondément affligé, mais qui, sentant peser sur lui d'immenses obligations, puise un nouveau courage dans son malheur. Il ne soupirait plus, il s'était fait homme. Aussi jamais Eugénie ne présuma-t-elle mieux du caractère de son cousin qu'en le voyant descendre dans ses

---

1. Faire commerce d'objets anciens.
2. Le liard est en cuivre (d'où sa couleur rouge) et ne vaut que le quart d'un sou.

habits de gros drap noir, qui allaient bien à sa figure pâlie et à sa sombre contenance. Ce jour-là le deuil fut pris par les deux femmes, qui assistèrent avec Charles à un *Requiem* célébré à la paroisse pour l'âme de feu Guillaume Grandet.

Au second déjeuner, Charles reçut des lettres de Paris, et les lut.

4640 « Hé ! bien, mon cousin, êtes-vous content de vos affaires ? dit Eugénie à voix basse.

– Ne fais donc jamais de ces questions-là, ma fille, répondit Grandet. Que diable, je ne te dis pas les miennes, pourquoi fourres-tu le nez dans celles de ton cousin ? Laisse-le donc, ce garçon.

– Oh ! je n'ai point de secrets, dit Charles.

– Ta, ta, ta, mon neveu, tu sauras qu'il faut tenir sa langue en bride dans le commerce. »

Quand les deux amants furent seuls dans le jardin, 4650 Charles dit à Eugénie en l'attirant sur le vieux banc où ils s'assirent sous le noyer : « J'avais bien présumé d'Alphonse, il s'est conduit à merveille. Il a fait mes affaires avec prudence et loyauté. Je ne dois rien à Paris, tous mes meubles sont bien vendus, et il m'annonce avoir, d'après les conseils d'un capitaine au long cours, employé trois mille francs qui lui restaient en une pacotille composée de curiosités européennes, desquelles on tire un excellent parti aux Indes. Il a dirigé mes colis sur Nantes, où se trouve un navire en charge pour Java. Dans cinq 4660 jours, Eugénie, il faudra nous dire adieu pour toujours peut-être, mais au moins pour longtemps. Ma pacotille et dix mille francs que m'envoient deux de mes amis sont un bien petit commencement. Je ne puis songer à mon retour avant plusieurs années. Ma chère cousine, ne mettez pas en balance ma vie et la vôtre, je puis périr, peut-être se présentera-t-il pour vous un riche établissement.

– Vous m'aimez ?… dit-elle.

– Oh ! oui, bien, répondit-il avec une profondeur d'accent qui révélait une égale profondeur dans le senti-4670 ment.

– J'attendrai, Charles. Dieu ! mon père est à sa fenêtre », dit-elle en repoussant son cousin, qui s'approchait pour l'embrasser.

Elle se sauva sous la voûte, Charles l'y suivit ; en le voyant, elle se retira au pied de l'escalier et ouvrit la porte battante ; puis, sans trop savoir où elle allait, Eugénie se trouva près du bouge de Nanon, à l'endroit le moins clair du couloir ; là Charles, qui l'avait accompagnée, lui prit la main, l'attira sur son cœur, la saisit par la taille, et l'appuya doucement sur lui. Eugénie ne résista plus, elle reçut et donna le plus pur, le plus suave, mais aussi le plus entier de tous les baisers.

« Chère Eugénie, un cousin est mieux qu'un frère, il peut t'épouser, lui dit Charles.

– Ainsi soit-il ! » cria Nanon en ouvrant la porte de son taudis.

Les deux amants, effrayés, se sauvèrent dans la salle, où Eugénie reprit son ouvrage, et où Charles se mit à lire les litanies de la Vierge dans le paroissien de madame Grandet.

« Quien ! dit Nanon, nous faisons tous nos prières. »

Dès que Charles eut annoncé son départ, Grandet se mit en mouvement pour faire croire qu'il lui portait beaucoup d'intérêt ; il se montra libéral de tout ce qui ne coûtait rien, s'occupa de lui trouver un emballeur, et dit que cet homme prétendait vendre ses caisses trop cher ; il voulut alors à toute force les faire lui-même, et y employa de vieilles planches ; il se leva dès le matin pour raboter, ajuster, planer [1], clouer ses voliges [2] et en confectionner de très belles caisses, dans lesquelles il emballa tous les effets de Charles ; il se chargea de les faire descendre par bateau sur la Loire, de les assurer, et de les expédier en temps utile à Nantes.

Depuis le baiser pris dans le couloir, les heures s'enfuyaient pour Eugénie avec une effrayante rapidité. Parfois elle voulait suivre son cousin. Celui qui a connu la plus attachante des passions, celle dont la durée est chaque jour abrégée par l'âge, par le temps, par une maladie mortelle, par quelques-unes des fatalités humaines, celui-là comprendra les tourments d'Eugénie. Elle pleurait souvent en se promenant dans ce jardin, maintenant trop étroit

4680

4690

4700

4710

---

1. Polir à l'aide d'une plane (voir note 3, p. 105).
2. Planches minces de sapin ou d'autre bois blanc.

pour elle, ainsi que la cour, la maison, la ville : elle s'élan-çait par avance sur la vaste étendue des mers. Enfin la veille du départ arriva. Le matin, en l'absence de Grandet et de Nanon, le précieux coffret où se trouvaient les deux portraits fut solennellement installé dans le seul tiroir du bahut qui fermait à clef, et où était la bourse maintenant vide. Le dépôt de ce trésor n'alla pas sans bon nombre de baisers et de larmes. Quand Eugénie mit la clef dans son
4720 sein, elle n'eut pas le courage de défendre à Charles d'y baiser la place.

« Elle ne sortira pas de là, mon ami.

– Eh ! bien, mon cœur y sera toujours aussi.

– Ah ! Charles, ce n'est pas bien, dit-elle d'un accent peu grondeur.

– Ne sommes-nous pas mariés ? répondit-il ; j'ai ta parole, prends la mienne.

– À toi, pour jamais ! » fut dit deux fois de part et d'autre.

4730 Aucune promesse faite sur cette terre ne fut plus pure : la candeur d'Eugénie avait momentanément sanctifié l'amour de Charles. Le lendemain matin le déjeuner fut triste. Malgré la robe d'or et une croix à la Jeannette [1] que lui donna Charles, Nanon elle-même, libre d'exprimer ses sentiments, eut la larme à l'œil.

« Ce pauvre mignon monsieur, qui s'en va sur mer. Que Dieu le conduise. »

À dix heures et demie, la famille se mit en route pour accompagner Charles à la diligence de Nantes. Nanon
4740 avait lâché le chien, fermé la porte, et voulut porter le sac de nuit de Charles. Tous les marchands de la vieille rue étaient sur le seuil de leurs boutiques pour voir passer ce cortège, auquel se joignit sur la place maître Cruchot.

« Ne va pas pleurer, Eugénie, lui dit sa mère.

– Mon neveu, dit Grandet sous la porte de l'auberge, en embrassant Charles sur les deux joues, partez pauvre, revenez riche, vous trouverez l'honneur de votre père sauf. Je vous en réponds, moi, Grandet ; car, alors, il ne tiendra qu'à vous de…

---

1. La croix à la Jeannette, attachée au cou par un ruban, fut d'abord un bijou de paysanne avant d'être portée par les dames.

– Ah ! mon oncle, vous adoucissez l'amertume de mon 4750
départ. N'est-ce pas le plus beau présent que vous puissiez
me faire ? »

Ne comprenant pas les paroles du vieux tonnelier, qu'il
avait interrompu, Charles répandit sur le visage tanné de
son oncle des larmes de reconnaissance, tandis
qu'Eugénie serrait de toutes ses forces la main de son
cousin et celle de son père. Le notaire seul souriait en
admirant la finesse de Grandet, car lui seul avait bien compris le bonhomme. Les quatre Saumurois, environnés de
plusieurs personnes, restèrent devant la voiture jusqu'à ce 4760
qu'elle partît ; puis, quand elle disparut sur le pont et ne
retentit plus que dans le lointain : « Bon voyage ! » dit le
vigneron. Heureusement maître Cruchot fut le seul qui
entendit cette exclamation. Eugénie et sa mère étaient
allées à un endroit du quai d'où elles pouvaient encore voir
la diligence, et agitaient leurs mouchoirs blancs, signe
auquel répondit Charles en déployant le sien.

« Ma mère, je voudrais avoir pour un moment la puissance de Dieu », dit Eugénie au moment où elle ne vit plus
le mouchoir de Charles. 4770

Pour ne point interrompre le cours des événements qui
se passèrent au sein de la famille Grandet, il est nécessaire
de jeter par anticipation un coup d'œil sur les opérations
que le bonhomme fit à Paris par l'entremise de des
Grassins. Un mois après le départ du banquier,
Grandet possédait une inscription de cent mille livres de
rente achetée à quatre-vingts francs net. Les renseignements donnés à sa mort par son inventaire n'ont jamais
fourni la moindre lumière sur les moyens que sa défiance
lui suggéra pour échanger le prix de l'inscription contre 4780
l'inscription elle-même. Maître Cruchot pensa que Nanon
fut, à son insu, l'instrument fidèle du transport des fonds.
Vers cette époque, la servante fit une absence de cinq
jours, sous prétexte d'aller ranger quelque chose à Froidfond, comme si le bonhomme était capable de laisser
traîner quelque chose. En ce qui concerne les affaires de la
maison Guillaume Grandet, toutes les prévisions du tonnelier se réalisèrent.

À la Banque de France se trouvent, comme chacun sait,
les renseignements les plus exacts sur les grandes fortunes 4790

de Paris et des départements. Les noms de des Grassins et de Félix Grandet de Saumur y étaient connus et y jouissaient de l'estime accordée aux célébrités financières qui s'appuient sur d'immenses propriétés territoriales libres d'hypothèques. L'arrivée du banquier de Saumur, chargé, disait-on, de liquider par honneur la maison Grandet de Paris, suffit donc pour éviter à l'ombre du négociant la honte des protêts [1]. La levée des scellés se fit en présence des créanciers, et le notaire de la famille se mit à procéder
4800 régulièrement à l'inventaire de la succession. Bientôt des Grassins réunit les créanciers, qui, d'une voix unanime, élurent pour liquidateurs le banquier de Saumur, conjointement avec François Keller [2], chef d'une riche maison, l'un des principaux intéressés, et leur confièrent tous les pouvoirs nécessaires pour sauver à la fois l'honneur de la famille et les créances. Le crédit du Grandet de Saumur, l'espérance qu'il répandit au cœur des créanciers par l'organe de des Grassins, facilitèrent les transactions ; il ne se rencontra pas un seul récalcitrant parmi les créan-
4810 ciers. Personne ne pensait à passer sa créance au compte de Profits et Pertes, et chacun se disait : « Grandet de Saumur paiera ! » Six mois s'écoulèrent. Les Parisiens avaient remboursé les effets en circulation et les conservaient au fond de leurs portefeuilles. Premier résultat que voulait obtenir le tonnelier. Neuf mois après la première assemblée, les deux liquidateurs distribuèrent quarante-sept pour cent à chaque créancier. Cette somme fut produite par la vente des valeurs, possessions, biens et choses généralement quelconques appartenant à feu Guillaume Grandet, et qui fut
4820 faite avec une fidélité scrupuleuse. La plus exacte probité présidait à cette liquidation. Les créanciers se plurent à reconnaître l'admirable et incontestable honneur des Grandet. Quand ces louanges eurent circulé convenablement, les créanciers demandèrent le reste de leur argent. Il leur fallut écrire une lettre collective à Grandet.

---

1. Protêt : « Acte par lequel, faute d'acceptation ou de payement d'une lettre de change, d'un billet à ordre ou de tout autre effet de commerce, on déclare que celui qui devrait payer sera responsable de tous frais et préjudices » (Littré).
2. Personnage de *La Comédie humaine*.

« Nous y voilà, dit l'ancien tonnelier en jetant la lettre au feu ; patience, mes petits amis. »

En réponse aux propositions contenues dans cette lettre, Grandet de Saumur demanda le dépôt chez un notaire de tous les titres de créance existants contre la succession de son frère, en les accompagnant d'une quittance des paiements déjà faits, sous prétexte d'apurer les comptes [1], et de correctement établir l'état de la succession. Ce dépôt souleva mille difficultés. Généralement, le créancier est une sorte de maniaque. Aujourd'hui prêt à conclure, demain il veut tout mettre à feu et à sang ; plus tard il se fait ultra-débonnaire. Aujourd'hui sa femme est de bonne humeur, son petit dernier a fait ses dents, tout va bien au logis, il ne veut pas perdre un sou ; demain il pleut, il ne peut pas sortir, il est mélancolique, il dit oui à toutes les propositions qui peuvent terminer une affaire ; le surlendemain il lui faut des garanties, à la fin du mois il prétend vous exécuter, le bourreau ! Le créancier ressemble à ce moineau franc [2] à la queue duquel on engage les petits enfants à tâcher de poser un grain de sel ; mais le créancier rétorque cette image contre sa créance, de laquelle il ne peut rien saisir. Grandet avait observé les variations atmosphériques des créanciers, et ceux de son frère obéirent à tous ses calculs. Les uns se fâchèrent et se refusèrent *net* au dépôt. « Bon ! ça va bien », disait Grandet en se frottant les mains à la lecture des lettres que lui écrivait à ce sujet des Grassins. Quelques autres ne consentirent audit dépôt que sous la condition de faire bien constater leurs droits, ne renoncer à aucun, et se réserver même celui de faire déclarer la faillite. Nouvelle correspondance, après laquelle Grandet de Saumur consentit à toutes les réserves demandées. Moyennant cette concession, les créanciers bénins firent entendre raison aux créanciers durs. Le dépôt eut lieu, non sans quelques plaintes. « Ce bonhomme, dit-on à des Grassins, se moque de vous et de nous. » Vingt-trois mois après la mort de Guillaume Grandet, beaucoup de commerçants, entraînés par le mouvement des affaires

---

1. Reconnaître un compte exact après vérification des pièces justificatives, et en donner *quitus* au comptable.
2. Moineau domestique ou pierrot.

de Paris, avaient oublié leurs recouvrements Grandet, ou n'y pensaient que pour se dire : « Je commence à croire que les quarante-sept pour cent sont tout ce que je tirerai de cela. » Le tonnelier avait calculé sur la puissance du temps, qui, disait-il, est un bon diable. À la fin de la troisième année, des Grassins écrivit à Grandet que, moyennant dix pour cent des deux millions quatre cent mille
4870 francs restant dus par la maison Grandet, il avait amené les créanciers à lui rendre leurs titres. Grandet répondit que le notaire et l'agent de change dont les épouvantables faillites avaient causé la mort de son frère vivaient, *eux !* pouvaient être devenus bons[1], et qu'il fallait les actionner[2] afin d'en tirer quelque chose et diminuer le chiffre du déficit. À la fin de la quatrième année, le déficit fut bien et dûment arrêté à la somme de douze cent mille francs. Il y eut des pourparlers qui durèrent six mois entre les liquidateurs et les créanciers, entre Grandet et les liqui-
4880 dateurs. Bref, vivement pressé de s'exécuter, Grandet de Saumur répondit aux deux liquidateurs, vers le neuvième mois de cette année, que son neveu, qui avait fait fortune aux Indes, lui avait manifesté l'intention de payer intégralement les dettes de son père ; il ne pouvait pas prendre sur lui de les solder frauduleusement[3] sans l'avoir consulté ; il attendait une réponse. Les créanciers, vers le milieu de la cinquième année, étaient encore tenus en échec avec le mot *intégralement*, de temps en temps lâché par le sublime tonnelier, qui riait dans sa barbe, et ne disait jamais, sans
4890 laisser échapper un fin sourire et un juron, le mot : « Ces PARISIENS ! » Mais les créanciers furent réservés à un sort inouï dans les fastes[4] du commerce. Ils se retrouveront dans la position où les avait maintenus Grandet au moment où les événements de cette histoire les obligeront à y reparaître. Quand les rentes atteignirent à 115[5], le père Grandet vendit, retira de Paris environ deux millions quatre cent mille francs en or, qui rejoignirent dans ses

---

1. Devenus solvables.
2. Citer en justice.
3. En trompant le désir supposé de Charles, non la loi.
4. Au sens latin du terme, annales, calendrier.
5. Sous la Restauration, la rente a oscillé entre 60 et 106. Balzac gonfle ici le cours.

barillets les six cent mille francs d'intérêts composés que lui avaient donnés ses inscriptions. Des Grassins demeurait à Paris. Voici pourquoi. D'abord il fut nommé député ; puis il s'amouracha, lui père de famille, mais ennuyé par l'ennuyeuse vie saumuroise, de Florine[1], une des plus jolies actrices du théâtre de Madame[2], et il y eut recrudescence du quartier-maître chez le banquier. Il est inutile de parler de sa conduite ; elle fut jugée à Saumur profondément immorale. Sa femme se trouva très heureuse d'être séparée de biens[3] et d'avoir assez de tête pour mener la maison de Saumur, dont les affaires se continuèrent sous son nom, afin de réparer les brèches faites à sa fortune par les folies de monsieur des Grassins. Les Cruchotins empiraient si bien la situation fausse de la quasi-veuve, qu'elle maria fort mal sa fille, et dut renoncer à l'alliance d'Eugénie Grandet pour son fils. Adolphe rejoignit des Grassins à Paris, et y devint, dit-on, un fort mauvais sujet. Les Cruchot triomphèrent.

« Votre mari n'a pas de bon sens, disait Grandet en prêtant une somme à madame des Grassins, moyennant sûretés. Je vous plains beaucoup, vous êtes une bonne petite femme.

– Ah ! monsieur, répondit la pauvre dame, qui pouvait croire que le jour où il partit de chez vous pour aller à Paris, il courait à sa ruine.

– Le ciel m'est témoin, madame, que j'ai tout fait jusqu'au dernier moment pour l'empêcher d'y aller. Monsieur le président voulait à toute force l'y remplacer ; et, s'il tenait tant à s'y rendre, nous savons maintenant pourquoi. »

Ainsi Grandet n'avait aucune obligation à des Grassins.

En toute situation[4], les femmes ont plus de causes de douleur que n'en a l'homme, et souffrent plus que lui. L'homme a sa force, et l'exercice de sa puissance : il agit, il va, il s'occupe, il pense, il embrasse l'avenir et y trouve

---

1. Personnage de *La Comédie humaine*.
2. Le Théâtre du Gymnase se nomma ainsi de 1824 à 1830.
3. Mariée sous le régime de la séparation des biens.
4. Début du cinquième chapitre dans l'édition originale : « Chagrins de famille ».

des consolations. Ainsi faisait Charles. Mais la femme demeure, elle reste face à face avec le chagrin dont rien ne la distrait, elle descend jusqu'au fond de l'abîme qu'il a ouvert, le mesure et souvent le comble de ses vœux et de ses larmes. Ainsi faisait Eugénie. Elle s'initiait à sa destinée. Sentir, aimer, souffrir, se dévouer, sera toujours le texte de la vie des femmes. Eugénie devait être toute la
4940 femme, moins ce qui la console. Son bonheur, amassé comme les clous semés sur la muraille, suivant la sublime expression de Bossuet [1], ne devait pas un jour lui remplir le creux de la main. Les chagrins ne se font jamais attendre, et pour elle ils arrivèrent bientôt. Le lendemain du départ de Charles, la maison Grandet reprit sa physionomie pour tout le monde, excepté pour Eugénie, qui la trouva tout à coup bien vide. À l'insu de son père, elle voulut que la chambre de Charles restât dans l'état où il l'avait laissée. Madame Grandet et Nanon furent volon-
4950 tiers complices de ce *statu quo*.

« Qui sait s'il ne reviendra pas plus tôt que nous ne le croyons ? dit-elle.

– Ah ! je le voudrais voir ici, répondit Nanon. Je m'accoutumais ben à lui ! C'était un ben doux, un ben parfait monsieur, quasiment joli, moutonné [2] comme une fille. » Eugénie regarda Nanon. « Sainte Vierge, mademoiselle, vous avez les yeux à la perdition de votre âme [3] ! Ne regardez donc pas le monde comme ça. »

Depuis ce jour, la beauté de mademoiselle Grandet prit
4960 un nouveau caractère. Les graves pensées d'amour par lesquelles son âme était lentement envahie, la dignité de la femme aimée donnèrent à ses traits cette espèce d'éclat que les peintres figurent par l'auréole. Avant la venue de son cousin, Eugénie pouvait être comparée à la Vierge avant la conception ; quand il fut parti elle ressemblait à la

---

1. « Le temps où j'ai eu quelque contentement, où j'ai acquis quelque bonheur, mais combien ce temps est-il clairsemé dans ma vie ? C'est comme les clous attachés à une longue muraille dans quelques distances ; vous diriez que cela occupe bien de la place, amassez-les, il n'y en a pas pour remplir la main » (« Méditation sur la briéveté de la vie », *Sermons*).
2. Familier : frisé, bouclé.
3. Des yeux à faire perdre l'âme.

Vierge mère : elle avait conçu l'amour. Ces deux Marie, si différentes et si bien représentées par quelques peintres espagnols, constituent l'une des plus brillantes figures qui abondent dans le christianisme. En revenant de la messe, où elle alla le lendemain du départ de Charles, et où elle avait fait vœu d'aller tous les jours, elle prit, chez le libraire de la ville, une mappemonde qu'elle cloua près de son miroir, afin de suivre son cousin dans sa route vers les Indes, afin de pouvoir se mettre un peu, soir et matin, dans le vaisseau qui l'y transportait, de le voir, de lui adresser mille questions, de lui dire : « Es-tu bien ? ne souffres-tu pas ? penses-tu bien à moi, en voyant cette étoile dont tu m'as appris à connaître les beautés et l'usage ? » Puis, le matin, elle restait pensive sous le noyer, assise sur le banc de bois rongé par les vers et garni de mousse grise où ils s'étaient dit tant de bonnes choses, de niaiseries, où ils avaient bâti les châteaux en Espagne de leur joli ménage. Elle pensait à l'avenir en regardant le ciel par le petit espace que les murs lui permettaient d'embrasser ; puis le vieux pan de muraille, et le toit sous lequel était la chambre de Charles. Enfin ce fut l'amour solitaire, l'amour vrai qui persiste, qui se glisse dans toutes les pensées, et devient la substance, ou, comme eussent dit nos pères, l'étoffe de la vie. Quand les soi-disant amis du père Grandet venaient faire la partie le soir, elle était gaie, elle dissimulait ; mais, pendant toute la matinée, elle causait de Charles avec sa mère et Nanon. Nanon avait compris qu'elle pouvait compatir aux souffrances de sa jeune maîtresse sans manquer à ses devoirs envers son vieux patron, elle qui disait à Eugénie : « Si j'avais eu un homme à moi, je l'aurais… suivi dans l'enfer. Je l'aurais… quoi… Enfin, j'aurais voulu m'exterminer [1] pour lui ; mais… rin. Je mourrai sans savoir ce que c'est que la vie. Croiriez-vous, mademoiselle, que ce vieux Cornoiller, qu'est un bon homme tout de même, tourne autour de ma jupe, rapport à mes rentes, tout comme ceux qui viennent ici flairer le magot de monsieur, en vous faisant la cour ? Je vois ça, parce que je suis encore fine, quoique je sois grosse

---

1. Familier : me dévouer totalement.

comme une tour ; hé ! bien, mam'zelle, ça me fait plaisir, quoique ça ne soye pas de l'amour. »

Deux mois se passèrent ainsi. Cette vie domestique, jadis si monotone, s'était animée par l'immense intérêt du secret qui liait plus intimement ces trois femmes. Pour elles, sous les planchers grisâtres de cette salle, Charles vivait, allait, 5010 venait encore. Soir et matin Eugénie ouvrait la toilette et contemplait le portrait de sa tante. Un dimanche matin elle fut surprise par sa mère au moment où elle était occupée à chercher les traits de Charles dans ceux du portrait. Madame Grandet fut alors initiée au terrible secret de l'échange fait par le voyageur contre le trésor d'Eugénie.

« Tu lui as tout donné, dit la mère épouvantée. Que diras-tu donc à ton père, au jour de l'an, quand il voudra voir ton or ? »

Les yeux d'Eugénie devinrent fixes, et ces deux femmes 5020 demeurèrent dans un effroi mortel pendant la moitié de la matinée. Elles furent assez troublées pour manquer la grand-messe, et n'allèrent qu'à la messe militaire [1]. Dans trois jours l'année 1819 finissait. Dans trois jours devait commencer une terrible action, une tragédie bourgeoise sans poison, ni poignard, ni sang répandu ; mais, relativement aux acteurs, plus cruelle que tous les drames accomplis dans l'illustre famille des Atrides.

« Qu'allons-nous devenir ? » dit madame Grandet à sa fille en laissant son tricot sur ses genoux.

5030 La pauvre mère subissait de tels troubles depuis deux mois que les manches de laine dont elle avait besoin pour son hiver n'étaient pas encore finies. Ce fait domestique, minime en apparence, eut de tristes résultats pour elle. Faute de manches, le froid la saisit d'une façon fâcheuse au milieu d'une sueur causée par une épouvantable colère de son mari.

« Je pensais, ma pauvre enfant, que, si tu m'avais confié ton secret, nous aurions eu le temps d'écrire à Paris à monsieur des Grassins. Il aurait pu nous envoyer des pièces 5040 d'or semblables aux tiennes ; et, quoique Grandet les connaisse bien, peut-être…

– Mais où donc aurions-nous pris tant d'argent ?

---

1. Messe basse et courte par opposition à la grand-messe, chantée.

– J'aurais engagé mes propres [1]. D'ailleurs monsieur des Grassins nous eût bien…

– Il n'est plus temps, répondit Eugénie d'une voix sourde et altérée en interrompant sa mère. Demain matin ne devons-nous pas aller lui souhaiter la bonne année dans sa chambre ?

– Mais, ma fille, pourquoi n'irais-je donc pas voir les Cruchot ?

– Non, non, ce serait me livrer à eux et nous mettre sous leur dépendance. D'ailleurs j'ai pris mon parti. J'ai bien fait, je ne me repens de rien. Dieu me protégera. Que sa sainte volonté se fasse. Ah ! si vous aviez lu sa lettre, vous n'auriez pensé qu'à lui, ma mère. »

Le lendemain matin, premier janvier 1820, la terreur flagrante à laquelle la mère et la fille étaient en proie leur suggéra la plus naturelle des excuses pour ne pas venir solennellement dans la chambre de Grandet. L'hiver de 1819 à 1820 fut un des plus rigoureux de l'époque. La neige encombrait les toits.

Madame Grandet dit à son mari, dès qu'elle l'entendit se remuant dans sa chambre : « Grandet, fais donc allumer par Nanon un peu de feu chez moi ; le froid est si vif que je gèle sous ma couverture. Je suis arrivée à un âge où j'ai besoin de ménagements. D'ailleurs, reprit-elle après une légère pause, Eugénie viendra s'habiller là. Cette pauvre fille pourrait gagner une maladie à faire sa toilette chez elle par un temps pareil. Puis nous irons te souhaiter le bon an près du feu, dans la salle.

– Ta, ta, ta, ta, quelle langue ! comme tu commences l'année, madame Grandet ? Tu n'as jamais tant parlé. Cependant tu n'as pas mangé de pain trempé dans du vin [2], je pense. Il y eut un moment de silence. Eh ! bien, reprit le bonhomme, que sans doute la proposition de sa femme arrangeait, je vais faire ce que vous voulez, madame Grandet. Tu es vraiment une bonne femme, et je ne veux

_____

1. Biens propres, ceux qui n'appartiennent qu'à madame Grandet.
2. Dans *Le Médecin malgré lui* de Molière, comme le signale P.-G. Castex, Sganarelle déclare : « il y a dans le vin et le pain, mêlés ensemble, une vertu sympathique, qui fait parler. Ne voyez-vous pas bien qu'on ne donne autre chose aux perroquets, et qu'ils apprennent à parler en mangeant cela ? » (II, IV).

pas qu'il t'arrive malheur à l'échéance de ton âge, quoique
en général les La Bertellière soient faits de vieux ciment.
5080 Hein ! pas vrai ? cria-t-il après une pause. Enfin, nous en
avons hérité, je leur pardonne. » Et il toussa.

« Vous êtes gai ce matin, monsieur, dit gravement la
pauvre femme.

– Toujours gai, moi…

> *Gai, gai, gai, le tonnelier,*
> *Raccommodez votre cuvier* [1] *!*

ajouta-t-il en entrant chez sa femme tout habillé. Oui, nom
d'un petit bonhomme, il fait solidement froid tout de
même. Nous déjeunerons bien, ma femme. Des Grassins
5090 m'a envoyé un pâté de foies gras truffés ! Je vais aller le
chercher à la diligence. Il doit y avoir joint un double
napoléon pour Eugénie, vint lui dire le tonnelier à l'oreille.
Je n'ai plus d'or, ma femme. J'avais bien encore quelques
vieilles pièces, je puis te dire cela à toi ; mais il a fallu les
lâcher pour les affaires. » Et, pour célébrer le premier jour
de l'an, il l'embrassa sur le front.

« Eugénie, cria la bonne mère, je ne sais sur quel côté
ton père a dormi ; mais il est bon homme, ce matin. Bah !
nous nous en tirerons.

5100 – Quoi qu'il a donc, notre maître ? dit Nanon en entrant
chez sa maîtresse pour y allumer du feu. D'abord, il m'a
dit : "Bon jour, bon an, grosse bête ! Va faire du feu chez ma
femme, elle a froid." Ai-je été sotte quand je l'ai vu me tendant la main pour me donner un écu de six francs qui n'est
quasi point rogné [2] du tout ! Tenez, madame, regardez-le
donc ? Oh ! le brave homme. C'est un digne homme, tout
de même. Il y en a qui, pus y deviennent vieux, pus y
durcissent ; mais lui, il se fait doux comme votre cassis, et
y rabonit [3]. C'est un ben parfait, un ben bon homme… »

5110 Le secret de cette joie était dans une entière réussite de
la spéculation de Grandet. Monsieur des Grassins, après
avoir déduit les sommes que lui devait le tonnelier pour

---

1. Libre transposition du refrain de la chanson de Fanchette dans un
opéra-comique d'Audinot, intitulé *Le Tonnelier* (1761) : « Travaillez, travaillez, bon tonnelier / Raccommodez votre cuvier. »
2. Rogner les bords d'une pièce permettait de garder pour soi une partie
du métal précieux, avant de remettre la pièce en circulation.
3. Devient meilleur (formé sur l'adjectif *bon*).

l'escompte des cent cinquante mille francs d'effets hollandais [1], et pour le surplus qu'il lui avait avancé afin de compléter l'argent nécessaire à l'achat des cent mille livres de rente, lui envoyait, par la diligence, trente mille francs en écus, restant sur le semestre de ses intérêts, et lui avait annoncé la hausse des fonds publics. Ils étaient alors à 89, les plus célèbres capitalistes en achetaient, fin janvier, à 92. Grandet gagnait, depuis deux mois, douze pour cent sur ses 5120 capitaux, il avait apuré ses comptes, et allait désormais toucher cinquante mille francs tous les six mois sans avoir à payer ni impositions, ni réparations. Il concevait enfin la rente, placement pour lequel les gens de province manifestent une répugnance invincible, et il se voyait, après cinq ans, maître d'un capital de six millions grossi sans beaucoup de soins, et qui, joint à la valeur territoriale de ses propriétés, composerait une fortune colossale. Les six francs donnés à Nanon étaient peut-être le solde d'un immense service que la servante avait à son insu rendu à son maître. 5130

« Oh ! oh ! où va donc le père Grandet, qu'il court dès le matin comme au feu ? » se dirent les marchands occupés à ouvrir leurs boutiques. Puis, quand ils le virent revenant du quai suivi d'un facteur des Messageries transportant sur une brouette des sacs pleins : « L'eau va toujours à la rivière, le bonhomme allait à ses écus, disait l'un. – Il lui en vient de Paris, de Froidfond, de Hollande ! disait un autre. – Il finira par acheter Saumur, s'écriait un troisième. – Il se moque du froid, il est toujours à son affaire, disait une femme à son mari. – Eh ! eh ! monsieur 5140 Grandet, si ça vous gênait, lui dit un marchand de drap, son plus proche voisin, je vous en débarrasserais.

– Ouin ! ce sont des sous, répondit le vigneron.

– D'argent, dit le facteur à voix basse.

– Si tu veux que je te soigne, mets une bride à ta *margoulette* [2], dit le bonhomme au facteur en ouvrant sa porte.

– Ah ! le vieux renard, je le croyais sourd, pensa le facteur ; il paraît que quand il fait froid il entend.

---

1. Obtenus par la vente de son vin aux Hollandais.
2. Du latin *gula*, « gueule », et de *margouiller*, « manger salement », la *margoulette*, c'est la bouche, la gueule. Grandet ordonne donc au facteur de se taire.

– Voilà vingt sous pour tes étrennes, et *motus* ! Détale !
5150 lui dit Grandet. Nanon te reportera ta brouette.

– Nanon, les linottes sont-elles à la messe ?

– Oui, monsieur.

– Allons, haut la patte ! à l'ouvrage », cria-t-il en la
chargeant de sacs. En un moment les écus furent transportés dans sa chambre où il s'enferma. « Quand le
déjeuner sera prêt, tu me cogneras au mur. Reporte la
brouette aux Messageries. »

La famille ne déjeuna qu'à dix heures.

« Ici ton père ne demandera pas à voir ton or, dit
5160 madame Grandet à sa fille en rentrant de la messe.
D'ailleurs tu feras la frileuse. Puis nous aurons le temps de
remplir ton trésor pour le jour de ta naissance… »

Grandet descendit l'escalier en pensant à métamor-
phoser promptement ses écus parisiens en bon or et à son
admirable spéculation des rentes sur l'État. Il était décidé
à placer ainsi ses revenus jusqu'à ce que la rente atteignît
le taux de cent francs. Méditation funeste à Eugénie. Aussitôt qu'il entra, les deux femmes lui souhaitèrent une
bonne année, sa fille en lui sautant au cou et le câlinant,
5170 madame Grandet gravement et avec dignité.

« Ah ! ah ! mon enfant, dit-il en baisant sa fille sur les
joues, je travaille pour toi, vois-tu ?… je veux ton bonheur.
Il faut de l'argent pour être heureux. Sans argent, bernique.
Tiens, voilà un napoléon tout neuf, je l'ai fait venir de
Paris. Nom d'un petit bonhomme, il n'y a pas un grain d'or
ici. Il n'y a que toi qui as de l'or. Montre-moi ton or, fifille.

– Bah ! il fait trop froid ; déjeunons, lui répondit
Eugénie.

– Hé ! bien, après, hein ? Ça nous aidera tous à digérer.
5180 Ce gros des Grassins, il nous a envoyé ça tout de même,
reprit-il. Ainsi mangez, mes enfants, ça ne nous coûte rien.
Il va bien des Grassins, je suis content de lui. Le
merluchon [1] rend service à Charles, et *gratis* encore. Il
arrange très bien les affaires de ce pauvre défunt Grandet.

---

1. Selon N. Mozet, le merluchon, qui désigne au sens propre une variété
de merlu ou de colin, serait à rapprocher de « greluchon », amant de
cœur favorisé aux dépens de l'entreteneur en titre. Des Grassins occupe
en fait la seconde de ces positions auprès de Florine.

Ououh ! ououh ! fit-il, la bouche pleine, après une pause, cela est bon ! Manges-en donc, ma femme ! ça nourrit au moins pour deux jours.

– Je n'ai pas faim. Je suis toute malingre [1], tu le sais bien.

– Ah ! ouin ! Tu peux te bourrer sans crainte de faire crever ton coffre ; tu es une La Bertellière, une femme solide. Tu es bien un petit brin jaunette, mais j'aime le jaune. »

L'attente d'une mort ignominieuse et publique est moins horrible peut-être pour un condamné que ne l'était pour madame Grandet et pour sa fille l'attente des événements qui devaient terminer ce déjeuner de famille. Plus gaiement parlait et mangeait le vieux vigneron, plus le cœur de ces deux femmes se serrait. La fille avait néanmoins un appui dans cette conjoncture : elle puisait de la force en son amour.

« Pour lui, pour lui, se disait-elle, je souffrirais mille morts. »

À cette pensée, elle jetait à sa mère des regards flamboyants de courage.

« Ôte tout cela, dit Grandet à Nanon quand, vers onze heures, le déjeuner fut achevé ; mais laisse-nous la table. Nous serons plus à l'aise pour voir ton petit trésor, dit-il en regardant Eugénie. Petit, ma foi, non. Tu possèdes, valeur intrinsèque, cinq mille neuf cent cinquante-neuf francs, et quarante de ce matin, cela fait six mille francs moins un. Eh ! bien, je te donnerai, moi, ce franc pour compléter la somme, parce que, vois-tu, fifille… Hé ! bien, pourquoi nous écoutes-tu ? Montre-moi tes talons, Nanon, et va faire ton ouvrage », dit le bonhomme. Nanon disparut. « Écoute, Eugénie, il faut que tu me donnes ton or. Tu ne le refuseras pas à ton pépère, ma petite fifille, hein ? » Les deux femmes étaient muettes. « Je n'ai plus d'or, moi. J'en avais, je n'en ai plus. Je te rendrai six mille francs en livres, et tu vas les placer comme je vais te le dire. Il ne faut plus penser au douzain. Quand je te marierai, ce qui sera bientôt, je te trouverai un futur qui pourra t'offrir le plus beau douzain dont on aura jamais parlé dans la pro-

---

1. D'une constitution faible ou de santé fragile.

vince. Écoute donc, fifille. Il se présente une belle
occasion : tu peux mettre tes six mille francs dans le gouvernement, et tu en auras tous les six mois près de deux
cents francs d'intérêts, sans impôts, ni réparations, ni
grêle, ni gelée, ni marée, ni rien de ce qui tracasse les
revenus. Tu répugnes peut-être à te séparer de ton or, hein,
5230   fifille ? Apporte-le-moi tout de même. Je te ramasserai des
pièces d'or, des hollandaises, des portugaises, des roupies
du Mogol, des génovines, et, avec celles que je te donnerai
à tes fêtes, en trois ans tu auras rétabli la moitié de ton joli
petit trésor en or. Que dis-tu, fifille ? Lève donc le nez.
Allons, va le chercher, le mignon. Tu devrais me baiser sur
les yeux pour te dire ainsi des secrets et des mystères de
vie et de mort pour les écus. Vraiment les écus vivent et
grouillent comme des hommes : ça va, ça vient, ça sue, ça
produit. »

5240   Eugénie se leva, mais, après avoir fait quelques pas vers
la porte, elle se retourna brusquement, regarda son père en
face et lui dit : « Je n'ai plus *mon* or.

— Tu n'as plus ton or ! s'écria Grandet en se dressant sur
ses jarrets comme un cheval qui entend tirer le canon à dix
pas de lui.

— Non, je ne l'ai plus.

— Tu te trompes, Eugénie.

— Non.

— Par la serpette de mon père ! »

5250   Quand le tonnelier jurait ainsi, les planchers tremblaient.

« Bon saint bon Dieu ! voilà madame qui pâlit, cria
Nanon.

— Grandet, ta colère me fera mourir, dit la pauvre
femme.

— Ta, ta, ta, ta, vous autres, vous ne mourez jamais dans
votre famille ! — Eugénie, qu'avez-vous fait de vos
pièces ? cria-t-il en fondant sur elle.

— Monsieur, dit la fille aux genoux de madame Grandet,
5260   ma mère souffre beaucoup. Voyez, ne la tuez pas. »

Grandet fut épouvanté de la pâleur répandue sur le teint
de sa femme, naguère si jaune.

« Nanon, venez m'aider à me coucher, dit la mère d'une
voix faible. Je meurs. »

Aussitôt Nanon donna le bras à sa maîtresse, autant en fit Eugénie, et ce ne fut pas sans des peines infinies qu'elles purent la monter chez elle, car elle tombait en défaillance de marche en marche. Grandet resta seul. Néanmoins, quelques moments après, il monta sept ou huit marches, et cria : « Eugénie, quand votre mère sera couchée, vous descendrez.

– Oui, mon père. »

Elle ne tarda pas à venir, après avoir rassuré sa mère.

« Ma fille, lui dit Grandet, vous allez me dire où est votre trésor.

– Mon père, si vous me faites des présents dont je ne sois pas entièrement maîtresse, reprenez-les », répondit froidement Eugénie en cherchant le napoléon sur la cheminée et le lui présentant.

Grandet saisit vivement le napoléon et le coula dans son gousset.

« Je crois bien que je ne te donnerai plus rien. Pas seulement ça ! dit-il en faisant claquer l'ongle de son pouce sous sa sa maîtresse dent. Vous méprisez donc votre père, vous n'avez donc pas confiance en lui, vous ne savez donc pas ce que c'est qu'un père. S'il n'est pas tout pour vous, il n'est rien. Où est votre or ?

– Mon père, je vous aime et vous respecte, malgré votre colère ; mais je vous ferai fort humblement observer que j'ai vingt-deux ans [1]. Vous m'avez assez souvent dit que je suis majeure, pour que je le sache. J'ai fait de mon argent ce qu'il m'a plu d'en faire, et soyez sûr qu'il est bien placé…

– Où ?

– C'est un secret inviolable, dit-elle. N'avez-vous pas vos secrets ?

– Ne suis-je pas le chef de ma famille, ne puis-je avoir mes affaires ?

– C'est aussi mon affaire.

– Cette affaire doit être mauvaise, si vous ne pouvez pas la dire à votre père, mademoiselle Grandet.

---

1. En réalité vingt-trois, comme l'indiquent les éditions antérieures et comme l'a appris le lecteur lors de la soirée d'ouverture où l'on fête l'anniversaire d'Eugénie.

– Elle est excellente, et je ne puis pas la dire à mon père.

– Au moins quand avez-vous donné votre or ? »
Eugénie fit un signe de tête négatif. « Vous l'aviez encore
le jour de votre fête, hein ? » Eugénie, devenue aussi rusée
par amour que son père l'était par avarice, réitéra le même
signe de tête. « Mais l'on n'a jamais vu pareil entêtement,
ni vol pareil, dit Grandet d'une voix qui alla *crescendo* et
qui fit graduellement retentir la maison. Comment ! ici,
5310 dans ma propre maison, chez moi, quelqu'un aura pris ton
or ! le seul or qu'il y avait ! et je ne saurai pas qui ? L'or
est une chose chère. Les plus honnêtes filles peuvent faire
des fautes, donner je ne sais quoi [1], cela se voit chez les
grands seigneurs et même chez les bourgeois, mais donner
de l'or, car vous l'avez donné à quelqu'un, hein ? »
Eugénie fut impassible. « A-t-on vu pareille fille ? Est-ce
moi qui suis votre père ? Si vous l'avez placé, vous en
avez un reçu…

– Étais-je libre, oui ou non, d'en faire ce que bon me
5320 semblait ? Était-ce à moi ?

– Mais tu es un enfant.

– Majeure. »

Abasourdi par la logique de sa fille, Grandet pâlit, tré-
pigna, jura ; puis trouvant enfin des paroles, il cria :
« Maudit serpent de fille ! ah ! mauvaise graine, tu sais
bien que je t'aime, et tu en abuses. Elle égorge son père !
Pardieu, tu auras jeté notre fortune aux pieds de ce va-nu-
pieds qui a des bottes de maroquin. Par la serpette de mon
père, je ne peux pas te déshériter, nom d'un tonneau ! mais
5330 je te maudis, toi, ton cousin, et tes enfants ! Tu ne verras
rien arriver de bon de tout cela, entends-tu ? Si c'était à
Charles, que… Mais, non, ce n'est pas possible. Quoi ! ce
méchant mirliflor m'aurait dévalisé… » Il regarda sa fille
qui restait muette et froide. « Elle ne bougera pas, elle ne
sourcillera pas, elle est plus Grandet que je ne suis Grandet.
Tu n'as pas donné ton or pour rien, au moins. Voyons,
dis ? » Eugénie regarda son père, en lui jetant un regard ironique qui l'offensa. « Eugénie, vous êtes chez moi, chez
votre père. Vous devez, pour y rester, vous soumettre à ses

---

1. C'est-à-dire sa virginité. Il serait moins grave qu'Eugénie ait perdu
son pucelage que son douzain de mariage, en somme.

ordres. Les prêtres vous ordonnent de m'obéir. » Eugénie 5340
baissa la tête. « Vous m'offensez dans ce que j'ai de plus
cher, reprit-il, je ne veux vous voir que soumise. Allez dans
votre chambre. Vous y demeurerez jusqu'à ce que je vous
permette d'en sortir. Nanon vous y portera du pain et de
l'eau. Vous m'avez entendu, marchez ! »

Eugénie fondit en larmes et se sauva près de sa mère.
Après avoir fait un certain nombre de fois le tour de son
jardin dans la neige, sans s'apercevoir du froid, Grandet se
douta que sa fille devait être chez sa femme ; et, charmé de
la prendre en contravention à ses ordres, il grimpa les 5350
escaliers avec l'agilité d'un chat, et apparut dans la
chambre de madame Grandet au moment où elle caressait
les cheveux d'Eugénie, dont le visage était plongé dans le
sein maternel.

« Console-toi, ma pauvre enfant, ton père s'apaisera.

– Elle n'a plus de père, dit le tonnelier. Est-ce bien vous
et moi, madame Grandet, qui avons fait une fille désobéis-
sante comme l'est celle-là ? Jolie éducation, et religieuse
surtout. Hé ! bien, vous n'êtes pas dans votre chambre.
Allons, en prison, en prison, mademoiselle. 5360

– Voulez-vous me priver de ma fille, monsieur ? dit
madame Grandet en montrant un visage rougi par la fièvre.

– Si vous la voulez garder, emportez-la, videz-moi
toutes deux la maison. Tonnerre, où est l'or, qu'est devenu
l'or ? »

Eugénie se leva, lança un regard d'orgueil sur son père,
et rentra dans sa chambre, à laquelle le bonhomme donna
un tour de clef.

« Nanon, cria-t-il, éteins le feu de la salle. » Et il vint
s'asseoir sur un fauteuil au coin de la cheminée de sa 5370
femme, en lui disant : « Elle l'a donné sans doute à ce
misérable séducteur de Charles, qui n'en voulait qu'à
notre argent. »

Madame Grandet trouva, dans le danger qui menaçait sa
fille et dans son sentiment pour elle, assez de force pour
demeurer en apparence froide, muette et sourde.

« Je ne savais rien de tout ceci, répondit-elle en se tournant du côté de la ruelle [1] du lit pour ne pas subir les

---

1. Espace entre le lit et le mur.

regards étincelants de son mari. Je souffre tant de votre
violence, que si j'en crois mes pressentiments, je ne sor-
tirai d'ici que les pieds en avant. Vous auriez dû m'épar-
gner en ce moment, monsieur, moi qui ne vous ai jamais
causé de chagrin, du moins, je le pense. Votre fille vous
aime, je la crois innocente autant que l'enfant qui naît ;
ainsi ne lui faites pas de peine, révoquez votre arrêt. Le
froid est bien vif, vous pouvez être cause de quelque grave
maladie.

– Je ne la verrai ni ne lui parlerai. Elle restera dans sa
chambre au pain et à l'eau jusqu'à ce qu'elle ait satisfait
son père. Que diable, un chef de famille doit savoir où va
l'or de sa maison. Elle possédait les seules roupies qui fussent en France peut-être, puis des génovines, des ducats de
Hollande.

– Monsieur, Eugénie est notre unique enfant et quand
même elle les aurait jetés à l'eau…

– À l'eau ? cria le bonhomme, à l'eau ! Vous êtes folle,
madame Grandet. Ce que j'ai dit est dit, vous le savez. Si
vous voulez avoir la paix au logis, confessez votre fille,
tirez-lui les vers du nez ? les femmes s'entendent mieux
entre elles à ça que nous autres. Quoi qu'elle ait pu faire,
je ne la mangerai point. A-t-elle peur de moi ? Quand elle
aurait doré son cousin de la tête aux pieds, il est en pleine
mer, hein ! nous ne pouvons pas courir après…

– Eh ! bien, monsieur ? » Excitée par la crise nerveuse
où elle se trouvait, ou par le malheur de sa fille qui déve-
loppait sa tendresse et son intelligence, la perspicacité de
madame Grandet lui fit apercevoir un mouvement terrible
dans la loupe de son mari, au moment où elle répondait ;
elle changea d'idée sans changer de ton. « Eh ! bien, monsieur, ai-je plus d'empire sur elle que vous n'en avez ? Elle
ne m'a rien dit, elle tient de vous.

– Tudieu ! comme vous avez la langue pendue ce
matin ! Ta, ta, ta, ta, vous me narguez, je crois. Vous vous
entendez peut-être avec elle. »

Il regarda sa femme fixement.

« En vérité, monsieur Grandet, si vous voulez me tuer,
vous n'avez qu'à continuer ainsi. Je vous le dis, monsieur,
et, dût-il m'en coûter la vie, je vous le répéterais encore :
vous avez tort envers votre fille, elle est plus raisonnable

que vous ne l'êtes. Cet argent lui appartenait, elle n'a pu qu'en faire un bel usage, et Dieu seul a le droit de connaître nos bonnes œuvres. Monsieur, je vous en supplie, rendez vos bonnes grâces à Eugénie ?… Vous amoindrirez ainsi l'effet du coup que m'a porté votre colère, et vous me sauverez peut-être la vie. Ma fille, monsieur, rendez-moi ma fille.

– Je décampe, dit-il. Ma maison n'est pas tenable, la mère et la fille raisonnent et parlent comme si… Brooouh ! Pouah ! Vous m'avez donné de cruelles étrennes. Eugénie, cria-t-il. Oui, oui, pleurez ! Ce que vous faites vous causera des remords, entendez-vous. À quoi donc vous sert de manger le bon Dieu six fois tous les trois mois, si vous donnez l'or de votre père en cachette à un fainéant qui vous dévorera votre cœur quand vous n'aurez plus que ça à lui prêter ? Vous verrez ce que vaut votre Charles avec ses bottes de maroquin et son air de n'y pas toucher. Il n'a ni cœur ni âme, puisqu'il ose emporter le trésor d'une pauvre fille sans l'agrément des parents. »

Quand la porte de la rue fut fermée, Eugénie sortit de sa chambre [1] et vint près de sa mère.

« Vous avez bien du courage pour votre fille, lui dit-elle.

– Vois-tu, mon enfant, où nous mènent les choses illicites ?… tu m'as fait faire un mensonge.

– Oh ! je demanderai à Dieu de m'en punir seule.

– C'est-y vrai, dit Nanon effarée en arrivant, que voilà mademoiselle au pain et à l'eau pour le reste des jours ?

– Qu'est-ce que cela fait, Nanon ? dit tranquillement Eugénie.

– Ah ! pus souvent que je mangerai de la frippe quand la fille de la maison mange du pain sec. Non, non.

– Pas un mot de tout ça, Nanon, dit Eugénie.

– J'aurai la goule morte [2], mais vous verrez. »

Grandet dîna seul pour la première fois depuis vingt-quatre ans.

« Vous voilà donc veuf, monsieur, lui dit Nanon. C'est bien désagréable d'être veuf avec deux femmes dans sa maison.

---

1. Son père l'y a pourtant enfermée à clef.
2. « Je me tairai ». La goule, comme la margoulette, est la bouche.

– Je ne te parle pas à toi. Tiens ta margoulette ou je te chasse. Qu'est-ce que tu as dans ta casserole que j'entends
5460 bouilloter sur le fourneau ?

– C'est des graisses que je fonds…

– Il viendra du monde ce soir, allume le feu. »

Les Cruchot, madame des Grassins et son fils arrivèrent à huit heures, et s'étonnèrent de ne voir ni madame Grandet ni sa fille.

« Ma femme est un peu indisposée. Eugénie est auprès d'elle », répondit le vieux vigneron, dont la figure ne trahit aucune émotion.

Au bout d'une heure employée en conversations insi-
5470 gnifiantes, madame des Grassins, qui était montée faire sa visite à madame Grandet, descendit, et chacun lui demanda : « Comment va madame Grandet ?

– Mais, pas bien du tout, du tout, dit-elle. L'état de sa santé me paraît vraiment inquiétant. À son âge, il faut prendre les plus grandes précautions, papa Grandet.

– Nous verrons cela », répondit le vigneron d'un air distrait.

Chacun lui souhaita le bonsoir. Quand les Cruchot furent dans la rue, madame des Grassins leur dit : « Il y a
5480 quelque chose de nouveau chez les Grandet. La mère est très mal sans seulement qu'elle s'en doute. La fille a les yeux rouges comme quelqu'un qui a pleuré longtemps. Voudraient-ils la marier contre son gré ? »

Lorsque le vigneron fut couché, Nanon vint en chaussons à pas muets chez Eugénie, et lui découvrit un pâté fait à la casserole.

« Tenez, mademoiselle, dit la bonne fille, Cornoiller m'a donné un lièvre. Vous mangez si peu, que ce pâté vous durera bien huit jours ; et, par la gelée, il ne risquera point
5490 de se gâter. Au moins, vous ne demeurerez pas au pain sec. C'est que ça n'est point sain du tout.

– Pauvre Nanon, dit Eugénie en lui serrant la main.

– Je l'ai fait ben bon, ben délicat, et *il* ne s'en est point aperçu. J'ai pris le lard, le laurier, tout sur mes six francs ; j'en suis ben la maîtresse. » Puis la servante se sauva, croyant entendre Grandet.

Pendant quelques mois, le vigneron vint voir constamment sa femme à des heures différentes dans la journée,

sans prononcer le nom de sa fille, sans la voir, ni faire à
elle la moindre allusion. Madame Grandet ne quitta point 5500
sa chambre, et, de jour en jour, son état empira. Rien ne fit
plier le vieux tonnelier. Il restait inébranlable, âpre et froid
comme une pile de granit. Il continua d'aller et venir selon
ses habitudes ; mais il ne bégaya plus, causa moins, et se
montra dans les affaires plus dur qu'il ne l'avait jamais été.
Souvent il lui échappait quelque erreur dans ses chiffres.
« Il s'est passé quelque chose chez les Grandet, disaient
les Cruchotins et les Grassinistes. – Qu'est-il donc arrivé
dans la maison Grandet [1] ? » fut une question convenue
que l'on s'adressait généralement dans toutes les soirées à 5510
Saumur. Eugénie allait aux offices sous la conduite de
Nanon. Au sortir de l'église, si madame des Grassins lui
adressait quelques paroles, elle y répondait d'une manière
évasive et sans satisfaire sa curiosité. Néanmoins il fut
impossible au bout de deux mois de cacher, soit aux trois
Cruchot, soit à madame des Grassins, le secret de la réclusion d'Eugénie. Il y eut un moment où les prétextes man-
quèrent pour justifier sa perpétuelle absence. Puis, sans
qu'il fût possible de savoir par qui le secret avait été trahi,
toute la ville apprit que depuis le premier jour de l'an 5520
mademoiselle Grandet était, par l'ordre de son père,
enfermée dans sa chambre, au pain et à l'eau, sans feu ;
que Nanon lui faisait des friandises, les lui apportait pendant la nuit ; et l'on savait même que la jeune personne ne
pouvait voir et soigner sa mère que pendant le temps où
son père était absent du logis. La conduite de Grandet fut
alors jugée très sévèrement. La ville entière le mit pour
ainsi dire hors la loi, se souvint de ses trahisons, de ses
duretés, et l'excommunia. Quand il passait, chacun se le
montrait en chuchotant. Lorsque sa fille descendait la rue 5530
tortueuse pour aller à la messe ou à vêpres, accompagnée
de Nanon, tous les habitants se mettaient aux fenêtres pour
examiner avec curiosité la contenance de la riche héritière
et son visage, où se peignaient une mélancolie et une douceur angéliques. Sa réclusion, la disgrâce de son père,

---

1. La question initiale (« Mademoiselle Grandet épousera-t-elle monsieur le président ou monsieur Adolphe des Grassins ? », p. 69) a donc
changé.

n'étaient rien pour elle. Ne voyait-elle pas la mappemonde, le petit banc, le jardin, le pan de mur, et ne reprenait-elle pas sur ses lèvres le miel qu'y avaient laissé les
baisers de l'amour ? Elle ignora pendant quelque temps
5540 les conversations dont elle était l'objet en ville, tout aussi
bien que les ignorait son père. Religieuse et pure devant
Dieu, sa conscience et l'amour l'aidaient à patiemment
supporter la colère et la vengeance paternelles. Mais une
douleur profonde faisait taire toutes les autres douleurs.
Chaque jour, sa mère, douce et tendre créature, qui
s'embellissait de l'éclat que jetait son âme en approchant
de la tombe, sa mère dépérissait de jour en jour. Souvent
Eugénie se reprochait d'avoir été la cause innocente de la
cruelle, de la lente maladie qui la dévorait. Ces remords,
5550 quoique calmés par sa mère, l'attachaient encore plus
étroitement à son amour. Tous les matins, aussitôt que son
père était sorti, elle venait au chevet du lit de sa mère, et
là, Nanon lui apportait son déjeuner. Mais la pauvre
Eugénie, triste et souffrante des souffrances de sa mère, en
montrait le visage à Nanon par un geste muet, pleurait et
n'osait parler de son cousin. Madame Grandet, la première, était forcée de lui dire : « Où est-*il* ? Pourquoi
n'écrit-*il* pas ? »

La mère et la fille ignoraient complètement les dis-
5560 tances.

« Pensons à lui, ma mère, répondait Eugénie, et n'en
parlons pas. Vous souffrez ; vous avant tout. »

Tout c'était *lui*.

« Mes enfants, disait madame Grandet, je ne regrette
point la vie. Dieu m'a protégée en me faisant envisager
avec joie le terme de mes misères. »

Les paroles de cette femme étaient constamment saintes
et chrétiennes. Quand, au moment de déjeuner près d'elle,
son mari venait se promener dans sa chambre, elle lui dit,
5570 pendant les premiers mois de l'année, les mêmes discours,
répétés avec une douceur angélique, mais avec la fermeté
d'une femme à qui une mort prochaine donnait le courage
qui lui avait manqué pendant sa vie.

« Monsieur, je vous remercie de l'intérêt que vous
prenez à ma santé, lui répondait-elle quand il lui avait fait
la plus banale des demandes ; mais si vous voulez rendre

mes derniers moments moins amers et alléger mes douleurs, rendez vos bonnes grâces à notre fille ; montrez-
vous chrétien, époux et père. »

En entendant ces mots, Grandet s'asseyait près du lit et 5580
agissait comme un homme, qui, voyant venir une averse,
se met tranquillement à l'abri sous une porte cochère : il
écoutait silencieusement sa femme, et ne répondait rien.
Quand les plus touchantes, les plus tendres, les plus religieuses supplications lui avaient été adressées, il disait :
« Tu es un peu pâlotte aujourd'hui, ma pauvre femme. »
L'oubli le plus complet de sa fille semblait être gravé sur
son front de grès, sur ses lèvres serrées. Il n'était même
pas ému par les larmes que ses vagues réponses, dont les
termes étaient à peine variés, faisaient couler le long du 5590
blanc visage de sa femme.

« Que Dieu vous pardonne, monsieur, disait-elle,
comme je vous pardonne moi-même. Vous aurez un jour
besoin d'indulgence. »

Depuis la maladie de sa femme, il n'avait plus osé se
servir de son terrible : ta, ta, ta, ta, ta ! Mais aussi son despotisme n'était-il pas désarmé par cet ange de douceur,
dont la laideur disparaissait de jour en jour, chassée par
l'expression des qualités morales qui venaient fleurir sur
sa face. Elle était toute âme. Le génie de la prière semblait 5600
purifier, amoindrir les traits les plus grossiers de sa figure,
et la faisait resplendir. Qui n'a pas observé le phénomène
de cette transfiguration sur de saints visages où les habitudes de l'âme finissent par triompher des traits les plus
rudement contournés [1], en leur imprimant l'animation particulière due à la noblesse et à la pureté des pensées
élevées ! Le spectacle de cette transformation accomplie
par les souffrances qui consumaient les lambeaux de l'être
humain dans cette femme agissait, quoique faiblement, sur
le vieux tonnelier, dont le caractère resta de bronze. Si sa 5610
parole ne fut plus dédaigneuse, un imperturbable silence,
qui sauvait sa supériorité de père de famille, domina sa
conduite. Sa fidèle Nanon paraissait-elle au marché, soudain quelques lazzi [2], quelques plaintes sur son maître lui

---

1. Mal formés, irréguliers (de naissance).
2. Moqueries.

sifflaient aux oreilles ; mais, quoique l'opinion publique condamnât hautement le père Grandet, la servante le défendait par orgueil pour la maison.

« Eh ! bien, disait-elle aux détracteurs du bonhomme, est-ce que nous ne devenons pas tous plus durs en 5620 vieillissant ? Pourquoi ne voulez-vous pas qu'il se racornisse un peu, cet homme ? Taisez donc vos menteries. Mademoiselle vit comme une reine. Elle est seule, eh ! bien, c'est son goût. D'ailleurs, mes maîtres ont des raisons majeures. »

Enfin, un soir, vers la fin du printemps, madame Grandet, dévorée par le chagrin, encore plus que par la maladie, n'ayant pas réussi, malgré ses prières, à réconcilier Eugénie et son père, confia ses peines secrètes aux Cruchot.

5630   « Mettre une fille de vingt-trois ans au pain et à l'eau ?… s'écria le président de Bonfons, et sans motif ; mais cela constitue *des sévices tortionnaires ; elle peut protester contre, et tant dans que sur…*

– Allons, mon neveu, dit le notaire, laissez votre baragouin de palais. Soyez tranquille, madame, je ferai finir cette réclusion dès demain. »

En entendant parler d'elle, Eugénie sortit de sa chambre.

« Messieurs, dit-elle en s'avançant par un mouvement 5640 plein de fierté, je vous prie de ne pas vous occuper de cette affaire. Mon père est maître chez lui. Tant que j'habiterai sa maison, je dois lui obéir. Sa conduite ne saurait être soumise à l'approbation ni à la désapprobation du monde, il n'en est comptable qu'à Dieu. Je réclame de votre amitié le plus profond silence à cet égard. Blâmer mon père serait attaquer notre propre considération. Je vous sais gré, messieurs, de l'intérêt que vous me témoignez ; mais vous m'obligeriez davantage si vous vouliez faire cesser les bruits offensants qui courent par la ville, et desquels j'ai 5650 été instruite par hasard.

– Elle a raison, dit madame Grandet.

– Mademoiselle, la meilleure manière d'empêcher le monde de jaser est de vous faire rendre la liberté, lui répondit respectueusement le vieux notaire, frappé de la beauté que la retraite, la mélancolie et l'amour avaient imprimée à Eugénie.

– Eh ! bien, ma fille, laisse à monsieur Cruchot le soin d'arranger cette affaire, puisqu'il répond du succès. Il connaît ton père et sait comment il faut le prendre. Si tu veux me voir heureuse pendant le peu de temps qui me reste à vivre, il faut, à tout prix, que ton père et toi vous soyez réconciliés. » 5660

Le lendemain, suivant une habitude prise par Grandet depuis la réclusion d'Eugénie, il vint faire un certain nombre de tours dans son petit jardin. Il avait pris pour cette promenade le moment où Eugénie se peignait. Quand le bonhomme arrivait au gros noyer, il se cachait derrière le tronc de l'arbre, restait pendant quelques instants à contempler les longs cheveux de sa fille, et flottait sans doute entre les pensées que lui suggérait la ténacité de 5670 son caractère et le désir d'embrasser son enfant. Souvent il demeurait assis sur le petit banc de bois pourri où Charles et Eugénie s'étaient juré un éternel amour, pendant qu'elle regardait aussi son père à la dérobée ou dans son miroir. S'il se levait et recommençait sa promenade, elle s'asseyait complaisamment à la fenêtre et se mettait à examiner le pan de mur où pendaient les plus jolies fleurs, d'où sortaient, d'entre les crevasses, des cheveux de Vénus, des liserons et une plante grasse, jaune ou blanche, un *sedum* [1] très abondant dans les vignes à Saumur et à 5680 Tours. Maître Cruchot vint de bonne heure et trouva le vieux vigneron assis par un beau jour de juin sur le petit banc, le dos appuyé au mur mitoyen, occupé à voir sa fille.

« Qu'y a-t-il pour votre service, maître Cruchot ? dit-il en apercevant le notaire.

– Je viens vous parler d'affaires.

– Ah ! ah ! avez-vous un peu d'or à me donner contre des écus ?

– Non, non, il ne s'agit pas d'argent, mais de votre fille Eugénie. Tout le monde parle d'elle et de vous. 5690

---

1. Le *sedum* des vignes, ou orpin, est une fleur jaune qui pousse dans le terrain caillouteux des vignobles. On lui prêtait des propriétés aphrodisiaques – ce qui mérite d'être relevé au côté des bien nommés « cheveux de Vénus ».

– De quoi se mêle-t-on ? Charbonnier est maître chez lui.

– D'accord, le charbonnier est maître de se tuer aussi, ou, ce qui est pis, de jeter son argent par les fenêtres.

– Comment cela ?

– Eh ! mais votre femme est très malade, mon ami. Vous devriez même consulter monsieur Bergerin, elle est en danger de mort. Si elle venait à mourir sans avoir été soignée comme il faut, vous ne seriez pas tranquille, je le crois.

– Ta ! ta ! ta ! ta ! vous savez ce qu'a ma femme ! Ces médecins, une fois qu'ils ont mis le pied chez vous, ils viennent des cinq à six fois par jour.

– Enfin, Grandet, vous ferez comme vous l'entendrez. Nous sommes de vieux amis ; il n'y a pas, dans tout Saumur, un homme qui prenne plus que moi d'intérêt à ce qui vous concerne ; j'ai donc dû vous dire cela. Maintenant, arrive qui plante [1], vous êtes majeur, vous savez vous conduire, allez. Ceci n'est d'ailleurs pas l'affaire qui m'amène. Il s'agit de quelque chose de plus grave pour vous, peut-être. Après tout, vous n'avez pas envie de tuer votre femme, elle vous est trop utile. Songez donc à la situation où vous seriez, vis-à-vis votre fille, si madame Grandet mourait. Vous devriez des comptes à Eugénie, puisque vous êtes commun en biens avec votre femme. Votre fille sera en droit de réclamer le partage de votre fortune, de faire vendre Froidfond. Enfin, elle succède à sa mère, de qui vous ne pouvez pas hériter. »

Ces paroles furent un coup de foudre pour le bonhomme, qui n'était pas aussi fort en législation qu'il pouvait l'être en commerce. Il n'avait jamais pensé à une licitation [2].

« Ainsi je vous engage à la traiter avec douceur, dit Cruchot en terminant.

– Mais savez-vous ce qu'elle a fait, Cruchot !

– Quoi ? dit le notaire, curieux de recevoir une confidence du père Grandet et de connaître la cause de la querelle.

---

1. Advienne que pourra.
2. Vente aux enchères d'un bien indivis.

– Elle a donné son or.

– Eh ! bien, était-il à elle ? demanda le notaire. 5730

– Ils me disent tous cela ! dit le bonhomme en laissant tomber ses bras par un mouvement tragique.

– Allez-vous, pour une misère, reprit Cruchot, mettre des entraves aux concessions que vous lui demanderez de vous faire à la mort de sa mère ?

– Ah ! vous appelez six mille francs d'or une misère ?

– Eh ! mon vieil ami, savez-vous ce que coûteront l'inventaire et le partage de la succession de votre femme si Eugénie l'exige ?

– Quoi ? 5740

– Deux, ou trois, quatre cent mille francs peut-être ! Ne faudra-t-il pas liciter, et vendre pour connaître la véritable valeur ? au lieu qu'en vous entendant…

– Par la serpette de mon père ! s'écria le vigneron qui s'assit en pâlissant, nous verrons ça, Cruchot. »

Après un moment de silence ou d'agonie, le bonhomme regarda le notaire en lui disant : « La vie est bien dure ! Il s'y trouve bien des douleurs. Cruchot, reprit-il solennelle-ment, vous ne voulez pas me tromper, jurez-moi sur l'hon-neur que ce que vous me chantez là est fondé en Droit. 5750 Montrez-moi le Code, je veux voir le Code !

– Mon pauvre ami, répondit le notaire, ne sais-je pas mon métier ?

– Cela est donc bien vrai. Je serai dépouillé, trahi, tué, dévoré par ma fille.

– Elle hérite de sa mère.

– À quoi servent donc les enfants ! Ah ! ma femme, je l'aime. Elle est solide heureusement. C'est une La Bertel-lière.

– Elle n'a pas un mois à vivre. » 5760

Le tonnelier se frappa le front, marcha, revint, et, jetant un regard effrayant à Cruchot : « Comment faire ? lui dit-il.

– Eugénie pourra renoncer purement et simplement à la succession de sa mère. Vous ne voulez pas la déshériter, n'est-ce pas ? Mais, pour obtenir un partage de ce genre, ne la rudoyez pas. Ce que je vous dis là, mon vieux, est contre mon intérêt. Qu'ai-je à faire, moi ?… des liquida-tions, des inventaires, des ventes, des partages…

5770 — Nous verrons, nous verrons. Ne parlons plus de cela, Cruchot. Vous me tribouillez [1] les entrailles. Avez-vous reçu de l'or ?

— Non ; mais j'ai quelques vieux louis, une dizaine, je vous les donnerai. Mon bon ami, faites la paix avec Eugénie. Voyez-vous, tout Saumur vous jette la pierre.

— Les drôles !

— Allons, les rentes sont à 99. Soyez donc content une fois dans la vie.

— À 99, Cruchot ?

5780 — Oui.

— Eh ! eh ! 99 ! » dit le bonhomme en reconduisant le vieux notaire jusqu'à la porte de la rue. Puis, trop agité par ce qu'il venait d'entendre pour rester au logis, il monta chez sa femme et lui dit : « Allons, la mère, tu peux passer la journée avec ta fille, je vas [2] à Froidfond. Soyez gentilles toutes deux. C'est le jour de notre mariage, ma bonne femme : tiens, voilà dix écus pour ton reposoir de la Fête-Dieu [3]. Il y a assez longtemps que tu veux en faire un, régale-toi ! Amusez-vous, soyez joyeuses, portez-vous 5790 bien. Vive la joie ! » Il jeta dix écus de six francs sur le lit de sa femme et lui prit la tête pour la baiser au front. « Bonne femme, tu vas mieux, n'est-ce pas ?

— Comment pouvez-vous penser à recevoir dans votre maison le Dieu qui pardonne en tenant votre fille exilée de votre cœur ? dit-elle avec émotion.

— Ta, ta, ta, ta, ta, dit le père d'une voix caressante, nous verrons cela.

— Bonté du ciel ! Eugénie, cria la mère en rougissant de joie, viens embrasser ton père ! il te pardonne ! »

5800 Mais le bonhomme avait disparu. Il se sauvait à toutes jambes vers ses closeries en tâchant de mettre en ordre ses idées renversées. Grandet commençait alors sa soixante-seizième année. Depuis deux ans principalement, son avarice s'était accrue comme s'accroissent toutes les passions

---

1. Agitez (terme populaire et vieilli).
2. Je vas : usage populaire.
3. La Fête-Dieu, célébrée le premier dimanche après la Pentecôte, était le jour de procession du saint sacrement. Le reposoir est un petit autel sur lequel, pendant la procession, le prêtre posera un moment l'ostensoir portant l'hostie consacrée.

persistantes de l'homme. Suivant une observation faite sur les avares, sur les ambitieux, sur tous les gens dont la vie a été consacrée à une idée dominante, son sentiment avait affectionné plus particulièrement un symbole de sa passion. La vue de l'or, la possession de l'or était devenue sa monomanie. Son esprit de despotisme avait grandi en proportion de son avarice, et abandonner la direction de la moindre partie de ses biens à la mort de sa femme lui paraissait une chose *contre nature*. Déclarer sa fortune à sa fille, inventorier l'universalité de ses biens meubles et immeubles pour les liciter ?... « Ce serait à se couper la gorge », dit-il tout haut au milieu d'un clos en examinant les ceps. Enfin il prit son parti, revint à Saumur à l'heure du dîner, résolu de plier devant Eugénie, de la cajoler, de l'amadouer afin de pouvoir mourir royalement en tenant jusqu'au dernier soupir les rênes de ses millions. Au moment où le bonhomme, qui par hasard avait pris son passe-partout, montait l'escalier à pas de loup pour venir chez sa femme, Eugénie avait apporté sur le lit de sa mère le beau nécessaire. Toutes deux, en l'absence de Grandet, se donnaient le plaisir de voir le portrait de Charles, en examinant celui de sa mère.

« C'est tout à fait son front et sa bouche ! » disait Eugénie au moment où le vigneron ouvrit la porte. Au regard que jeta son mari sur l'or, madame Grandet cria : « Mon Dieu, ayez pitié de nous ! »

Le bonhomme sauta sur le nécessaire comme un tigre fond sur un enfant endormi. « Qu'est-ce que c'est que cela ? dit-il en emportant le trésor et allant se placer à la fenêtre. Du bon or ! de l'or ! s'écria-t-il. Beaucoup d'or ! ça pèse deux livres. Ah ! ah ! Charles t'a donné cela contre tes belles pièces. Hein ! pourquoi ne me l'avoir pas dit ? C'est une bonne affaire, fifille ! Tu es ma fille, je te reconnais. » Eugénie tremblait de tous ses membres. « N'est-ce pas, ceci est à Charles ? reprit le bonhomme.

– Oui, mon père, ce n'est pas à moi. Ce meuble est un dépôt sacré.

– Ta ! ta ! ta ! il a pris ta fortune, faut te rétablir ton petit trésor.

– Mon père ?... »

Le bonhomme voulut prendre son couteau pour faire sauter une plaque d'or, et fut obligé de poser le nécessaire sur une chaise. Eugénie s'élança pour le ressaisir ; mais le tonnelier, qui avait tout à la fois l'œil à sa fille et au coffret, la repoussa si violemment en étendant le bras qu'elle alla tomber sur le lit de sa mère.

« Monsieur, monsieur », cria la mère en se dressant sur son lit.

Grandet avait tiré son couteau et s'apprêtait à soulever l'or.

« Mon père, cria Eugénie en se jetant à genoux et marchant ainsi pour arriver plus près du bonhomme et lever les mains vers lui, mon père, au nom de tous les Saints et de la Vierge, au nom du Christ, qui est mort sur la croix ; au nom de votre salut éternel, mon père, au nom de ma vie, ne touchez pas à ceci ! Cette toilette n'est ni à vous ni à moi ; elle est à un malheureux parent qui me l'a confiée, et je dois la lui rendre intacte.

– Pourquoi la regardais-tu, si c'est un dépôt ? Voir, c'est pis que toucher.

– Mon père, ne la détruisez pas, ou vous me déshonorez. Mon père, entendez-vous ?

– Monsieur, grâce ! dit la mère.

– Mon père », cria Eugénie d'une voix si éclatante que Nanon effrayée monta. Eugénie sauta sur un couteau qui était à sa portée et s'en arma.

« Eh bien ? lui dit froidement Grandet en souriant à froid.

– Monsieur, monsieur, vous m'assassinez ! dit la mère.

– Mon père, si votre couteau entame seulement une parcelle de cet or, je me perce de celui-ci. Vous avez déjà rendu ma mère mortellement malade, vous tuerez encore votre fille. Allez maintenant, blessure pour blessure. »

Grandet tint son couteau sur le nécessaire, et regarda sa fille en hésitant.

« En serais-tu donc capable, Eugénie ? dit-il.

– Oui, monsieur, dit la mère.

– Elle le ferait comme elle le dit, cria Nanon. Soyez donc raisonnable, monsieur, une fois dans votre vie. » Le tonnelier regarda l'or et sa fille alternativement pendant un

instant. Madame Grandet s'évanouit. « Là, voyez-vous,
mon cher monsieur ? Madame se meurt, cria Nanon.

– Tiens, ma fille, ne nous brouillons pas pour un coffre.
Prends donc ! s'écria vivement le tonnelier en jetant la toilette sur le lit. – Toi, Nanon, va chercher monsieur Bergerin. – Allons, la mère, dit-il en baisant la main de sa   5890
femme, ce n'est rien, va : nous avons fait la paix. Pas vrai,
fifille ? Plus de pain sec, tu mangeras tout ce que tu voudras. Ah ! elle ouvre les yeux. Eh ! bien, la mère, mémère,
timère, allons donc ! Tiens, vois, j'embrasse Eugénie. Elle
aime son cousin, elle l'épousera si elle veut, elle lui gar-
dera le petit coffre. Mais vis longtemps, ma pauvre
femme. Allons, remue donc ! Écoute, tu auras le plus beau
reposoir qui se soit jamais fait à Saumur.

– Mon Dieu, pouvez-vous traiter ainsi votre femme et
votre enfant ! dit d'une voix faible madame Grandet.   5900

– Je ne le ferai plus, plus, cria le tonnelier. Tu vas voir,
ma pauvre femme. » Il alla à son cabinet, et revint avec
une poignée de louis qu'il éparpilla sur le lit. « Tiens,
Eugénie, tiens, ma femme, voilà pour vous, dit-il en
maniant les louis. Allons, égaie-toi, ma femme ; porte-toi
bien, tu ne manqueras de rien, ni Eugénie non plus. Voilà
cent louis d'or pour elle. Tu ne les donneras pas, Eugénie,
ceux-là, hein ? »

Madame Grandet et sa fille se regardèrent étonnées.

« Reprenez-les, mon père ; nous n'avons besoin que de   5910
votre tendresse.

– Eh ! bien, c'est ça, dit-il en empochant les louis,
vivons comme de bons amis. Descendons tous dans la
salle pour dîner, pour jouer au loto tous les soirs à deux
sous. Faites vos farces ! Hein, ma femme ?

– Hélas ! je le voudrais bien, puisque cela peut vous être
agréable, dit la mourante ; mais je ne saurais me lever.

– Pauvre mère, dit le tonnelier, tu ne sais pas combien je
t'aime. Et toi, ma fille ! » Il la serra, l'embrassa. « Oh !
comme c'est bon d'embrasser sa fille après une brouille !   5920
ma fifille ! Tiens, vois-tu, mémère, nous ne faisons qu'un
maintenant. Va donc serrer cela, dit-il à Eugénie en lui
montrant le coffret. Va, ne crains rien. Je ne t'en parlerai
plus, jamais. »

Monsieur Bergerin, le plus célèbre médecin de Saumur, arriva bientôt. La consultation finie, il déclara positivement à Grandet que sa femme était bien mal, mais qu'un grand calme d'esprit, un régime doux [1] et des soins minutieux pourraient reculer l'époque de sa mort vers la fin de l'automne.

« Ça coûtera-t-il cher ? dit le bonhomme, faut-il des drogues ?

– Peu de drogues, mais beaucoup de soins, répondit le médecin, qui ne put retenir un sourire.

– Enfin, monsieur Bergerin, répondit Grandet, vous êtes un homme d'honneur, pas vrai ? Je me fie à vous, venez voir ma femme toutes et quantes fois vous le jugerez convenable. Conservez-moi ma bonne femme ; je l'aime beaucoup, voyez-vous, sans que ça paraisse, parce que, chez moi, tout se passe en dedans et me trifouille l'âme. J'ai du chagrin. Le chagrin est entré chez moi avec la mort de mon frère, pour lequel je dépense, à Paris, des sommes... les yeux de la tête, enfin ! et ça ne finit point. Adieu, monsieur, si l'on peut sauver ma femme, sauvez-la, quand même il faudrait dépenser pour ça cent ou deux cents francs. »

Malgré les souhaits fervents que Grandet faisait pour la santé de sa femme, dont la succession ouverte était une première mort pour lui ; malgré la complaisance qu'il manifestait en toute occasion pour les moindres volontés de la mère et de la fille étonnées ; malgré les soins les plus tendres prodigués par Eugénie, madame Grandet marcha rapidement vers la mort. Chaque jour elle s'affaiblissait et dépérissait comme dépérissent la plupart des femmes atteintes, à cet âge, par la maladie. Elle était frêle autant que les feuilles des arbres en automne. Les rayons du ciel la faisaient resplendir comme ces feuilles que le soleil traverse et dore. Ce fut une mort digne de sa vie, une mort toute chrétienne ; n'est-ce pas dire sublime ? Au mois d'octobre 1822 [2] éclatèrent particulièrement ses vertus, sa

---

1. C'est-à-dire à base de laitages et de sucreries.
2. On attendrait plutôt la date de 1820, comme l'indiquent les éditions antérieures à celle de Furne. Le médecin a déclaré qu'elle ne pourrait au mieux dépasser l'automne.

patience d'ange et son amour pour sa fille ; elle s'éteignit sans avoir laissé échapper la moindre plainte. Agneau sans tache, elle allait au ciel, et ne regrettait ici-bas que la douce compagne de sa froide vie, à laquelle ses derniers regards semblaient prédire mille maux. Elle tremblait de laisser cette brebis, blanche comme elle, seule au milieu d'un monde égoïste qui voulait lui arracher sa toison, ses trésors.

« Mon enfant, lui dit-elle avant d'expirer, il n'y a de bonheur que dans le ciel, tu le sauras un jour. »　5970

Le lendemain de cette mort, Eugénie trouva de nouveaux motifs de s'attacher à cette maison où elle était née, où elle avait tant souffert, où sa mère venait de mourir. Elle ne pouvait contempler la croisée et la chaise à patins dans la salle sans verser des pleurs. Elle crut avoir méconnu l'âme de son vieux père en se voyant l'objet de ses soins les plus tendres : il venait lui donner le bras pour descendre au déjeuner ; il la regardait d'un œil presque bon pendant des heures entières ; enfin il la couvait comme si elle eût été d'or. Le vieux tonnelier se ressemblait si peu à　5980 lui-même, il tremblait tellement devant sa fille, que Nanon et les Cruchotins, témoins de sa faiblesse, l'attribuèrent à son grand âge, et craignirent ainsi quelque affaiblissement dans ses facultés ; mais le jour où la famille prit le deuil, après le dîner auquel fut convié maître Cruchot, qui seul connaissait le secret de son client, la conduite du bonhomme s'expliqua.

« Ma chère enfant, dit-il à Eugénie lorsque la table fut ôtée et les portes soigneusement closes, te voilà héritière de ta mère, et nous avons de petites affaires à régler entre　5990 nous deux. Pas vrai, Cruchot ?

– Oui.

– Est-il donc si nécessaire de s'en occuper aujourd'hui, mon père ?

– Oui, oui, fifille. Je ne pourrais pas durer dans l'incertitude où je suis. Je ne crois pas que tu veuilles me faire de la peine.

– Oh ! mon père.

– Hé ! bien, il faut arranger tout cela ce soir.

– Que voulez-vous donc que je fasse ?　6000

– Mais, fifille, ça ne me regarde pas. Dites-lui donc, Cruchot.

– Mademoiselle, monsieur votre père ne voudrait ni partager, ni vendre ses biens, ni payer des droits énormes pour l'argent comptant qu'il peut posséder. Donc, pour cela, il faudrait se dispenser de faire l'inventaire de toute la fortune qui aujourd'hui se trouve indivise entre vous et monsieur votre père…

– Cruchot, êtes-vous bien sûr de cela, pour en parler 6010 ainsi devant un enfant ?

– Laissez-moi dire, Grandet.

– Oui, oui, mon ami. Ni vous ni ma fille ne voulez me dépouiller. N'est-ce pas, fifille ?

– Mais, monsieur Cruchot, que faut-il que je fasse ? demanda Eugénie impatientée.

– Eh ! bien, dit le notaire, il faudrait signer cet acte par lequel vous renonceriez à la succession de madame votre mère, et laisseriez à votre père l'usufruit [1] de tous les biens indivis entre vous, et dont il vous assure la nue propriété…

6020 – Je ne comprends rien à tout ce que vous me dites, répondit Eugénie, donnez-moi l'acte, et montrez-moi la place où je dois signer. »

Le père Grandet regardait alternativement l'acte et sa fille, sa fille et l'acte, en éprouvant de si violentes émotions qu'il s'essuya quelques gouttes de sueur venues sur son front.

« Fifille, dit-il, au lieu de signer cet acte qui coûtera gros à faire enregistrer [2], si tu voulais renoncer purement et simplement à la succession de ta pauvre chère mère 6030 défunte, et t'en rapporter à moi pour l'avenir, j'aimerais mieux ça. Je te ferais alors tous les mois une bonne grosse rente de cent francs. Vois, tu pourrais payer autant de messes que tu voudrais à ceux pour lesquels tu en fais dire… Hein ! cent francs par mois, en livres ?

– Je ferai tout ce qu'il vous plaira, mon père.

– Mademoiselle, dit le notaire, il est de mon devoir de vous faire observer que vous vous dépouillez…

---

1. Droit de jouissance sur une chose appartenant à autrui et qui s'éteint nécessairement à la mort de l'usufruitier.
2. Transcrire sur un registre officiel, moyennant un paiement.

– Eh ! mon Dieu, dit-elle, qu'est-ce que cela me fait ?

– Tais-toi, Cruchot. C'est dit, c'est dit, s'écria Grandet en prenant la main de sa fille et y frappant avec la sienne. Eugénie, tu ne te dédiras point, tu es une honnête fille, hein ? 6040

– Oh, mon père !… »

Il l'embrassa avec effusion, la serra dans ses bras à l'étouffer.

« Va, mon enfant, tu donnes la vie à ton père ; mais tu lui rends ce qu'il t'a donné : nous sommes quittes. Voilà comment doivent se faire les affaires. La vie est une affaire. Je te bénis ! Tu es une vertueuse fille, qui aime bien son papa. Fais ce que tu voudras maintenant. À 6050 demain donc, Cruchot, dit-il en regardant le notaire épouvanté. Vous verrez à bien préparer l'acte de renonciation au greffe du Tribunal. »

Le lendemain, vers midi, fut signée la déclaration par laquelle Eugénie accomplissait elle-même sa spoliation. Cependant, malgré sa parole, à la fin de la première année, le vieux tonnelier n'avait pas encore donné un sou des cent francs par mois si solennellement promis à sa fille. Aussi, quand Eugénie lui en parla plaisamment, ne put-il s'empê- cher de rougir ; il monta vivement à son cabinet, revint, et 6060 lui présenta environ le tiers des bijoux qu'il avait pris à son neveu.

« Tiens, petite, dit-il d'un accent plein d'ironie, veux-tu ça pour tes douze cents francs ?

– Ô mon père ! vrai, me les donnez-vous ?

– Je t'en rendrai autant l'année prochaine, dit-il en les lui jetant dans son tablier. Ainsi en peu de temps tu auras toutes ses breloques, ajouta-t-il en se frottant les mains, heureux de pouvoir spéculer sur le sentiment de sa fille. »

Néanmoins le vieillard, quoique robuste encore, sentit 6070 la nécessité d'initier sa fille aux secrets du ménage. Pen- dant deux années consécutives il lui fit ordonner en sa pré- sence le menu de la maison, et recevoir les redevances. Il lui apprit lentement et successivement les noms, la conte- nance de ses clos, de ses fermes. Vers la troisième année, il l'avait si bien accoutumée à toutes ses façons d'avarice, il les avait si visiblement tournées chez elle en habitudes, qu'il lui laissa sans crainte les clefs de la dépense, et l'institua la maîtresse au logis.

6080   Cinq ans se passèrent sans qu'aucun événement marquât dans l'existence monotone d'Eugénie et de son père. Ce fut les mêmes actes constamment accomplis avec la régularité chronométrique des mouvements de la vieille pendule. La profonde mélancolie de mademoiselle Grandet n'était un secret pour personne ; mais, si chacun put en pressentir la cause, jamais un mot prononcé par elle ne justifia les soupçons que toutes les sociétés de Saumur formaient sur l'état du cœur de la riche héritière. Sa seule compagnie se composait des trois Cruchot et de quelques-

6090 uns de leurs amis qu'ils avaient insensiblement introduits au logis. Ils lui avaient appris à jouer au whist, et venaient tous les soirs faire la partie. Dans l'année 1827, son père, sentant le poids des infirmités, fut forcé de l'initier aux secrets de sa fortune territoriale, et lui disait, en cas de difficultés, de s'en rapporter à Cruchot le notaire, dont la probité lui était connue. Puis, vers la fin de cette année, le bonhomme fut enfin, à l'âge de quatre-vingt-deux ans [1], pris par une paralysie qui fit de rapides progrès. Grandet fut condamné par monsieur Bergerin. En pensant qu'elle

6100 allait bientôt se trouver seule dans le monde, Eugénie se tint, pour ainsi dire, plus près de son père, et serra plus fortement ce dernier anneau d'affection. Dans sa pensée, comme dans celle de toutes les femmes aimantes, l'amour était le monde entier, et Charles n'était pas là. Elle fut sublime de soins et d'attentions pour son vieux père, dont les facultés commençaient à baisser, mais dont l'avarice se soutenait instinctivement. Aussi la mort de cet homme ne contrasta-t-elle point avec sa vie. Dès le matin il se faisait rouler entre la cheminée de sa chambre et la porte de son

6110 cabinet, sans doute plein d'or. Il restait là sans mouvement, mais il regardait tour à tour avec anxiété ceux qui venaient le voir et la porte doublée de fer. Il se faisait rendre compte des moindres bruits qu'il entendait ; et, au grand étonnement du notaire, il entendait le bâillement de son chien dans la cour. Il se réveillait de sa stupeur appa-

---

1. En fait soixante-dix huit ans. Grandet avait quarante ans en 1789 et cinquante-sept ans en 1806.

rente au jour et à l'heure où il fallait recevoir des fermages, faire des comptes avec les closiers, ou donner des quittances. Il agitait alors son fauteuil à roulettes jusqu'à ce qu'il se trouvât en face de la porte de son cabinet. Il le faisait ouvrir par sa fille, et veillait à ce qu'elle plaçât en secret elle-même les sacs d'argent les uns sur les autres, à ce qu'elle fermât la porte. Puis il revenait à sa place silencieusement aussitôt qu'elle lui avait rendu la précieuse clef, toujours placée dans la poche de son gilet, et qu'il tâtait de temps en temps. D'ailleurs son vieil ami le notaire, sentant que la riche héritière épouserait nécessairement son neveu, le président, si Charles Grandet ne revenait pas, redoubla de soins et d'attentions : il venait tous les jours se mettre aux ordres de Grandet, allait à son commandement à Froidfond, aux terres, aux prés, aux vignes, vendait les récoltes, et transmutait [1] tout en or et en argent qui venait se réunir secrètement aux sacs empilés dans le cabinet. Enfin arrivèrent les jours d'agonie, pendant lesquels la forte charpente du bonhomme fut aux prises avec la destruction. Il voulut rester assis au coin de son feu, devant la porte de son cabinet. Il attirait à lui et roulait toutes les couvertures que l'on mettait sur lui, et disait à Nanon : « Serre, serre ça, pour qu'on ne me vole pas. » Quand il pouvait ouvrir les yeux, où toute sa vie s'était réfugiée, il les tournait aussitôt vers la porte du cabinet où gisaient ses trésors en disant à sa fille : « Y sont-ils ? y sont-ils ? » d'un son de voix qui dénotait une sorte de peur panique.

« Oui, mon père.

– Veille à l'or, mets de l'or devant moi. »

Eugénie lui étendait des louis sur une table, et il demeurait des heures entières les yeux attachés sur les louis, comme un enfant qui, au moment où il commence à voir, contemple stupidement le même objet ; et, comme à un enfant, il lui échappait un sourire pénible.

« Ça me réchauffe ! » disait-il quelquefois en laissant paraître sur sa figure une expression de béatitude.

---

1. Terme d'alchimie : transmuer, changer. Voir précédemment l'avare représenté « comme un alchimiste à son fourneau » (p. 107).

Lorsque le curé de la paroisse vint l'administrer, ses yeux, morts en apparence depuis quelques heures, se ranimèrent à la vue de la croix, des chandeliers, du bénitier d'argent qu'il regarda fixement, et sa loupe remua pour la dernière fois. Lorsque le prêtre lui approcha des lèvres le crucifix en vermeil pour lui faire baiser le Christ, il fit un épouvantable geste pour le saisir et ce dernier effort lui
6160 coûta la vie, il appela Eugénie, qu'il ne voyait pas quoiqu'elle fût agenouillée devant lui et qu'elle baignât de ses larmes une main déjà froide.

« Mon père, bénissez-moi ?… demanda-t-elle.

– Aie bien soin de tout. Tu me rendras compte de ça là-bas », dit-il en prouvant par cette dernière parole que le christianisme doit être la religion des avares [1].

Eugénie Grandet se trouva donc seule au monde dans cette maison, n'ayant que Nanon à qui elle pût jeter un regard avec la certitude d'être entendue et comprise,
6170 Nanon, le seul être qui l'aimât pour elle et avec qui elle pût causer de ses chagrins. La Grande Nanon était une providence pour Eugénie. Aussi ne fut-elle plus une servante, mais une humble amie. Après la mort de son père, Eugénie apprit par maître Cruchot qu'elle possédait trois cent mille livres de rentes en biens-fonds [2] dans l'arrondissement de Saumur, six millions placés en trois pour cent [3] à soixante francs, et il valait alors soixante-dix-sept francs ; plus deux millions en or et cent mille francs en écus, sans compter les arrérages [4] à recevoir. L'estimation totale de
6180 ses biens allait à dix-sept millions.

« Où donc est mon cousin ? » se dit-elle.

Le jour où maître Cruchot remit à sa cliente l'état de la succession, devenue claire et liquide, Eugénie resta seule avec Nanon, assises l'une et l'autre de chaque côté de la cheminée de cette salle si vide, où tout était souvenir, depuis la chaise à patins sur laquelle s'asseyait sa mère jusqu'au verre dans lequel avait bu son cousin.

« Nanon, nous sommes seules…

---

1. Voir note 2 p. 142.
2. Biens immeubles tels que fonds de terre, bâtiments.
3. La rente était passée de 5 % à 3 % en 1825.
4. Arrérages : toute redevance périodique dont l'échéance est passée.

– Oui, mademoiselle ; et, si je savais où il est, ce mignon, j'irais de mon pied le chercher.

– Il y a la mer entre nous », dit-elle.

Pendant que la pauvre héritière pleurait ainsi en compagnie de sa vieille servante, dans cette froide et obscure maison, qui pour elle composait tout l'univers, il n'était question de Nantes à Orléans que des dix-sept millions de mademoiselle Grandet. Un de ses premiers actes fut de donner douze cents francs de rente viagère à Nanon, qui, possédant déjà six cents autres francs, devint un riche parti. En moins d'un mois, elle passa de l'état de fille à celui de femme, sous la protection d'Antoine Cornoiller, qui fut nommé garde général des terres et propriétés de mademoiselle Grandet. Madame Cornoiller eut sur ses contemporaines un immense avantage. Quoiqu'elle eût cinquante-neuf ans [1], elle ne paraissait pas en avoir plus de quarante. Ses gros traits avaient résisté aux attaques du temps. Grâce au régime de sa vie monastique, elle narguait la vieillesse par un teint coloré, par une santé de fer. Peut-être n'avait-elle jamais été aussi bien qu'elle le fut au jour de son mariage. Elle eut les bénéfices de sa laideur, et apparut grosse, grasse, forte, ayant sur sa figure indestructible un air de bonheur qui fit envier par quelques personnes le sort de Cornoiller. « Elle est bon teint, disait le drapier. – Elle est capable de faire des enfants, dit le marchand de sel ; elle s'est conservée comme dans de la saumure [2], sous votre respect [3]. – Elle est riche, et le gars Cornoiller fait un bon coup », disait un autre voisin. En sortant du vieux logis, Nanon, qui était aimée de tout le voisinage, ne reçut que des compliments en descendant la rue tortueuse pour se rendre à la paroisse. Pour présent de noce, Eugénie lui donna trois douzaines de couverts. Cornoiller, surpris d'une telle magnificence, parlait de sa maîtresse les larmes aux yeux : il se serait fait hacher pour elle. Devenue la femme de confiance d'Eugénie, madame

---

1. En fait soixante-six, puisqu'elle avait au début du roman, en 1819, cinquante-sept ans. Or huit ans se sont écoulés.
2. Comique : c'est un marchand de sel qui parle et nous sommes à Saumur.
3. Tour qui n'est plus usité. On dit aujourd'hui : « sauf votre respect ».

Cornoiller eut désormais un bonheur égal pour elle à celui de posséder un mari. Elle avait enfin une dépense à ouvrir, à fermer, des provisions à donner le matin, comme faisait son défunt maître. Puis elle eut à régir deux domestiques, une cuisinière et une femme de chambre chargée de raccommoder le linge de la maison, de faire les robes de mademoiselle. Cornoiller cumula les fonctions de garde et de régisseur. Il est inutile de dire que la cuisinière et la femme de chambre choisies par Nanon étaient de véritables *perles*. Mademoiselle Grandet eut ainsi quatre serviteurs dont le dévouement était sans bornes. Les fermiers ne s'aperçurent donc pas de la mort du bonhomme, tant il avait sévèrement établi les usages et coutumes de son administration, qui fut soigneusement continuée par monsieur et madame Cornoiller.

À trente ans [1], Eugénie ne connaissait encore aucune des félicités de la vie. Sa pâle et triste enfance s'était écoulée auprès d'une mère dont le cœur méconnu, froissé, avait toujours souffert. En quittant avec joie l'existence, cette mère plaignit sa fille d'avoir à vivre, et lui laissa dans l'âme de légers remords et d'éternels regrets. Le premier, le seul amour d'Eugénie était, pour elle, un principe de mélancolie. Après avoir entrevu son amant pendant quelques jours, elle lui avait donné son cœur entre deux baisers furtivement acceptés et reçus ; puis il était parti, mettant tout un monde entre elle et lui. Cet amour, maudit par son père, lui avait presque coûté sa mère, et ne lui causait que des douleurs mêlées de frêles espérances. Ainsi jusqu'alors elle s'était élancée vers le bonheur en perdant ses forces, sans les échanger. Dans la vie morale, aussi bien que dans la vie physique, il existe une aspiration et une respiration : l'âme a besoin d'absorber les sentiments d'une autre âme, de se les assimiler pour les lui restituer plus riches. Sans ce beau phénomène humain, point de vie au cœur ; l'air lui manque alors, il souffre, et dépérit. Eugénie commençait à souffrir. Pour elle, la fortune n'était ni un pouvoir ni une consolation ; elle ne pouvait exister que par l'amour, par la religion, par sa foi dans l'avenir.

---

1. En réalité trente et un ans. Dans l'édition originale, c'est ici que débutait le sixième et dernier chapitre intitulé « Ainsi va le monde ».

L'amour lui expliquait l'éternité. Son cœur et l'Évangile lui signalaient deux mondes à attendre. Elle se plongeait nuit et jour au sein de deux pensées infinies, qui pour elle peut-être n'en faisaient qu'une seule. Elle se retirait en elle-même, aimant et se croyant aimée. Depuis sept ans [1], sa passion avait tout envahi. Ses trésors n'étaient pas les millions dont les revenus s'entassaient, mais le coffret de Charles, mais les deux portraits suspendus à son lit, mais les bijoux rachetés à son père, étalés orgueilleusement sur une couche de ouate dans un tiroir du bahut ; mais le dé de sa tante, duquel s'était servie sa mère, et que tous les jours elle prenait religieusement pour travailler à une broderie, ouvrage de Pénélope [2], entrepris seulement pour mettre à son doigt cet or plein de souvenirs. Il ne paraissait pas vraisemblable que mademoiselle Grandet voulût se marier durant son deuil. Sa piété vraie était connue. Aussi la famille Cruchot, dont la politique était sagement dirigée par le vieil abbé, se contenta-t-elle de cerner l'héritière en l'entourant des soins les plus affectueux. Chez elle, tous les soirs, la salle se remplissait d'une société composée des plus chauds et des plus dévoués Cruchotins du pays, qui s'efforçaient de chanter les louanges de la maîtresse du logis sur tous les tons. Elle avait le médecin ordinaire de sa chambre, son grand aumônier, son chambellan, sa première dame d'atours, son premier ministre, son chancelier surtout, un chancelier qui voulait lui tout dire. L'héritière eût-elle désiré un porte-queue [3], on lui en aurait trouvé un. C'était une reine, et la plus habilement adulée de toutes les reines. La flatterie n'émane jamais des grandes âmes, elle est l'apanage des petits esprits, qui réussissent à se rapetisser encore pour mieux entrer dans la sphère vitale de la

6270

6280

6290

---

1. En fait huit ans (nous sommes en 1827).
2. Femme d'Ulysse dans *L'Odyssée* et parangon de la fidélité conjugale, Pénélope tient tête durant dix ans aux prétendants qui veulent l'épouser, en leur promettant de se remarier avec l'un d'entre eux sitôt qu'elle aura achevé une tapisserie – qu'elle défait, dans le secret, chaque nuit pour la recommencer le lendemain. Voir le Dossier, p. 287-289.
3. Un valet qui porte la traîne de la robe d'une dame. Vision ironique d'une Eugénie Grandet régnant sur une cour de soupirants, mais à laquelle manque le seul prétendant qui aurait sa parole. On se souvient en outre que le père Grandet régnait sur sa demeure avec Nanon pour « fidèle ministre » (p. 117).

personne autour de laquelle ils gravitent. La flatterie sous-entend un intérêt. Aussi les personnes qui venaient meubler tous les soirs la salle de mademoiselle Grandet, nommée par elles mademoiselle de Froidfond, réussissaient-elles merveilleusement à l'accabler de louanges. Ce concert d'éloges, nouveaux pour Eugénie, la fit d'abord rougir, mais insensiblement, et quelque grossiers que fussent les compliments, son oreille s'accoutuma si bien à entendre vanter sa beauté, que si quelque nouveau venu l'eût trouvée laide, ce reproche lui aurait été beaucoup plus sensible alors que huit ans auparavant. Puis elle finit par aimer des douceurs qu'elle mettait secrètement aux pieds de son idole. Elle s'habitua donc par degrés à se laisser traiter en souveraine et à voir sa cour pleine tous les soirs. Monsieur le président de Bonfons était le héros de ce petit cercle, où son esprit, sa personne, son instruction, son amabilité sans cesse étaient vantés. L'un faisait observer que, depuis sept ans [1], il avait beaucoup augmenté sa fortune ; que Bonfons valait au moins dix mille francs de rente et se trouvait enclavé, comme tous les biens des Cruchot, dans les vastes domaines de l'héritière. « Savez-vous, mademoiselle, disait un habitué, que les Cruchot ont à eux quarante mille livres de rentes. – Et leurs économies, reprenait une vieille Cruchotine, mademoiselle de Gribeaucourt. Un monsieur de Paris est venu dernièrement offrir à monsieur Cruchot deux cent mille francs de son étude. Il doit la vendre, s'il peut être nommé juge de paix. – Il veut succéder à monsieur de Bonfons dans la présidence du tribunal, et prend ses précautions, répondit madame d'Orsonval ; car monsieur le président deviendra conseiller, puis président à la Cour [2], il a trop de moyens pour ne pas arriver. – Oui, c'est un homme bien distingué, disait un autre. Ne trouvez-vous pas, mademoiselle ? » Monsieur le président avait tâché de se mettre en harmonie avec le rôle qu'il voulait jouer. Malgré ses quarante ans, malgré sa figure brune et rébarbative, flétrie comme le sont presque toutes les physionomies judiciaires, il se mettait en jeune homme, badinait avec un

---

1. Même remarque que *supra*.
2. Il sera plus loin (p. 247) nommé conseiller à la Cour royale d'Angers.

jonc [1], ne prenait point de tabac chez mademoiselle de Froidfond, y arrivait toujours en cravate blanche, et en chemise dont le jabot à gros plis lui donnait un air de famille avec les individus du genre dindon. Il parlait familièrement à la belle héritière, et lui disait : « Notre chère Eugénie ! » Enfin, hormis le nombre des personnages, en remplaçant le loto par le whist, et en supprimant les figures de monsieur et de madame Grandet, la scène par laquelle commence cette histoire était à peu près la même que par le passé. La meute [2] poursuivait toujours Eugénie et ses millions ; mais la meute plus nombreuse aboyait mieux, et cernait sa proie avec ensemble. Si Charles fût arrivé du fond des Indes, il eût donc retrouvé les mêmes personnages et les mêmes intérêts. Madame des Grassins, pour laquelle Eugénie était parfaite de grâce et de bonté, persistait à tourmenter les Cruchot. Mais alors, comme autrefois, la figure d'Eugénie eût dominé le tableau ; comme autrefois, Charles eût encore été là le souverain. Néanmoins il y avait un progrès. Le bouquet présenté jadis à Eugénie aux jours de sa fête par le président était devenu périodique. Tous les soirs il apportait à la riche héritière un gros et magnifique bouquet que madame Cornoiller mettait ostensiblement dans un bocal, et jetait secrètement dans un coin de la cour, aussitôt les visiteurs partis. Au commencement du printemps, madame des Grassins essaya de troubler le bonheur des Cruchotins en parlant à Eugénie du marquis de Froidfond, dont la maison ruinée pouvait se relever si l'héritière voulait lui rendre sa terre par un contrat de mariage. Madame des Grassins faisait sonner haut la pairie, le titre de marquise, et, prenant le sourire de dédain d'Eugénie pour une approbation, elle allait disant que le mariage de monsieur le président Cruchot n'était pas aussi avancé qu'on le croyait. « Quoique monsieur de Froidfond ait cinquante ans, disait-elle, il ne paraît pas plus âgé que ne l'est monsieur Cruchot ; il est veuf, il a des enfants, c'est vrai ; mais il est marquis, il sera pair de France, et par le temps qui court trouvez donc des

6340

6350

6360

---

1. Canne souple, badine.
2. Métaphore de la chasse récurrente depuis le début du roman, qui fait d'Eugénie une proie.

mariages de cet acabit. Je sais de science certaine que le
père Grandet, en réunissant tous ses biens à la terre de
6370 Froidfond, avait l'intention de s'enter [1] sur les Froidfond.
Il me l'a souvent dit. Il était malin, le bonhomme. »

« Comment, Nanon, dit un soir Eugénie en se couchant,
il ne m'écrira pas une fois en sept ans ?... »

Pendant que ces choses se passaient à Saumur, Charles
faisait fortune aux Indes. Sa pacotille s'était d'abord très
bien vendue. Il avait réalisé promptement une somme de
six mille dollars. Le baptême de la Ligne [2] lui fit perdre
beaucoup de préjugés ; il s'aperçut que le meilleur moyen
d'arriver à la fortune était, dans les régions intertropicales,
6380 aussi bien qu'en Europe, d'acheter et de vendre des
hommes. Il vint donc sur les côtes d'Afrique et fit la traite
des nègres [3], en joignant à son commerce d'hommes celui
des marchandises les plus avantageuses à échanger sur les
divers marchés où l'amenaient ses intérêts. Il porta dans
les affaires une activité qui ne lui laissait aucun moment de
libre. Il était dominé par l'idée de reparaître à Paris dans
tout l'éclat d'une haute fortune, et de ressaisir une position
plus brillante encore que celle d'où il était tombé. À force
de rouler à travers les hommes et les pays, d'en observer
6390 les coutumes contraires, ses idées se modifièrent et il
devint sceptique. Il n'eut plus de notions fixes sur le juste
et l'injuste, en voyant taxer de crime dans un pays ce qui
était vertu dans un autre. Au contact perpétuel des intérêts,
son cœur se refroidit, se contracta, se dessécha. Le sang
des Grandet ne faillit point à sa destinée. Charles devint
dur, âpre à la curée. Il vendit des Chinois, des nègres, des
nids d'hirondelles [4], des enfants, des artistes [5] ; il fit
l'usure en grand. L'habitude de frauder les droits de
douane le rendit moins scrupuleux sur les droits de
6400 l'homme. Il allait à Saint-Thomas [6] acheter à vil prix les

---

1. Se greffer.
2. La ligne équatoriale.
3. La traite des Noirs fut officiellement abolie en France en 1827, année
où Charles Grandet revient en France, et l'esclavage en 1848.
4. Nids de la salangane fait d'algues et mets très apprécié en Extrême-
Orient.
5. Probablement des chanteurs, des castrats.
6. Saint-Thomas, dans les Antilles, était alors une possession danoise.

marchandises volées par les pirates, et les portait sur les places où elles manquaient. Si la noble et pure figure d'Eugénie l'accompagna dans son premier voyage comme cette image de Vierge que mettent sur leur vaisseau les marins espagnols, et s'il attribua ses premiers succès à la magique influence des vœux et des prières de cette douce fille ; plus tard, les Négresses, les Mulâtresses, les Blanches, les Javanaises, les Almées [1], ses orgies de toutes les couleurs, et les aventures qu'il eut en divers pays effacèrent complètement le souvenir de sa cousine, de 6410 Saumur, de la maison, du banc, du baiser pris dans le couloir. Il se souvenait seulement du petit jardin encadré de vieux murs, parce que là, sa destinée hasardeuse avait commencé ; mais il reniait sa famille : son oncle était un vieux chien qui lui avait filouté ses bijoux ; Eugénie n'occupait ni son cœur ni ses pensées, elle occupait une place dans ses affaires comme créancière d'une somme de six mille francs. Cette conduite et ces idées expliquent le 6420 silence de Charles Grandet. Dans les Indes, à Saint-Thomas, à la côte d'Afrique, à Lisbonne et aux États-Unis, le spéculateur avait pris, pour ne pas compromettre son nom, le pseudonyme de Sepherd [2]. Carl Sepherd pouvait sans danger se montrer partout infatigable, audacieux, avide, en homme qui, résolu de faire fortune *quibuscumque viis* [3], se dépêche d'en finir avec l'infamie pour rester honnête homme pendant le restant de ses jours. Avec ce système, sa fortune fut rapide et brillante. En 1827 donc, il revenait à Bordeaux, sur le *Marie-Caroline*, joli 6430 brick [4] appartenant à une maison de commerce royaliste. Il possédait dix-neuf cent mille francs en trois tonneaux de poudre d'or bien cerclés, desquels il comptait tirer sept ou huit pour cent en les monnayant [5] à Paris. Sur ce brick, se trouvait également un gentilhomme ordinaire de la chambre de S.M. le roi Charles X, monsieur d'Aubrion, bon vieillard qui avait fait la folie d'épouser une femme à

---

1. Danseuses égyptiennes.
2. Le nom initialement retenu par Balzac était Chippart, qui faisait sens (de *chiper*).
3. Par tous les moyens.
4. Voilier léger à deux mâts.
5. Monnayer : au sens premier de convertir un métal en monnaie.

la mode, et dont la fortune était aux Iles [1]. Pour réparer les
prodigalités de madame d'Aubrion, il était allé réaliser ses
6440   propriétés. Monsieur et madame d'Aubrion, de la maison
d'Aubrion de Buch, dont le dernier Captal [2] mourut
avant 1789, réduits à une vingtaine de mille livres de
rente, avaient une fille assez laide que la mère voulait
marier sans dot, sa fortune lui suffisant à peine pour vivre
à Paris. C'était une entreprise dont le succès eût semblé
problématique à tous les gens du monde malgré l'habileté
qu'ils prêtent aux femmes à la mode. Aussi madame
d'Aubrion elle-même désespérait-elle presque, en voyant
sa fille, d'en embarrasser qui que ce fût, fût-ce même un
6450   homme ivre de noblesse. Mademoiselle d'Aubrion était
une demoiselle longue comme l'insecte, son homonyme [3],
maigre, fluette, à bouche dédaigneuse, sur laquelle descendait un nez trop long, gros du bout, flavescent [4] à l'état
normal, mais complètement rouge après les repas, espèce
de phénomène végétal plus désagréable au milieu d'un
visage pâle et ennuyé que dans tout autre. Enfin, elle était
telle que pouvait la désirer une mère de trente-huit ans qui,
belle encore, avait encore des prétentions. Mais, pour
contrebalancer de tels désavantages, la marquise
6460   d'Aubrion avait donné à sa fille un air très distingué,
l'avait soumise à une hygiène qui maintenait provisoirement le nez à un ton de chair raisonnable, lui avait appris
l'art de se mettre avec goût, l'avait dotée de jolies
manières, lui avait enseigné ces regards mélancoliques qui
intéressent un homme et lui font croire qu'il va rencontrer
l'ange si vainement cherché ; elle lui avait montré la
manœuvre du pied, pour l'avancer à propos et en faire
admirer la petitesse, au moment où le nez avait l'impertinence de rougir ; enfin, elle avait tiré de sa fille un parti

---

1. C'est-à-dire les Antilles.
2. « Ancien titre de dignité qui signifiait chef, capitaine dans le midi de
la France » (Littré).
3. Allusion mystérieuse, car on ne voit pas de quel insecte
Mlle d'Aubrion peut être l'homonyme. On peut cependant comprendre
qu'elle ressemble à la *demoiselle*, c'est-à-dire à la libellule. Le portrait
est de toute façon un portrait-charge, fortement comique. On pense au
portrait de la fille Vervelle dans *Pierre Grassou*.
4. Qui tire sur le jaune.

très satisfaisant. Au moyen de manches larges, de corsages 6470
menteurs, de robes bouffantes et soigneusement garnies,
d'un corset à haute pression [1], elle avait obtenu des produits féminins, si curieux que, pour l'instruction des
mères, elle aurait dû les déposer dans un musée. Charles se
lia beaucoup avec madame d'Aubrion, qui voulait précisément se lier avec lui. Plusieurs personnes prétendent
même que, pendant la traversée, la belle madame
d'Aubrion ne négligea aucun moyen de capturer un gendre
si riche. En débarquant à Bordeaux, au mois de juin
1827 [2], monsieur, madame, mademoiselle d'Aubrion et 6480
Charles logèrent ensemble dans le même hôtel et partirent
ensemble pour Paris. L'hôtel d'Aubrion était criblé
d'hypothèques, Charles devait le libérer. La mère avait
déjà parlé du bonheur qu'elle aurait de céder son rez-de-
chaussée à son gendre et à sa fille. Ne partageant pas les
préjugés de monsieur d'Aubrion sur la noblesse, elle avait
promis à Charles Grandet d'obtenir du bon Charles X une
ordonnance royale qui l'autoriserait, lui Grandet, à porter
le nom d'Aubrion, à en prendre les armes, et à succéder,
moyennant la constitution d'un majorat [3] de trente-six 6490
mille livres de rente, à Aubrion, dans le titre de Captal de
Buch et marquis d'Aubrion. En réunissant leurs fortunes,
vivant en bonne intelligence, et moyennant des sinécures,
on pourrait réunir cent et quelques mille livres de rente à
l'hôtel d'Aubrion. « Et quand on a cent mille livres de
rente, un nom, une famille, que l'on va à la cour, car je
vous ferai nommer gentilhomme de la chambre, on
devient tout ce qu'on veut être, disait-elle à Charles. Ainsi
vous serez, à votre choix, maître des requêtes au Conseil
d'État, préfet, secrétaire d'ambassade, ambassadeur. 6500
Charles X aime beaucoup d'Aubrion, ils se connaissent
depuis l'enfance. »

   Enivré d'ambition par cette femme, Charles avait
caressé, pendant la traversée, toutes ces espérances qui lui

---

1. Corset particulièrement contraignant mis à la mode sous la Restauration.
2. La date pose problème car Grandet est mort à la fin de l'année 1827.
Elle n'apparaît que dans l'édition Furne.
3. Bien inaliénable et indivisible attaché à la possession d'un titre de
noblesse et transmis avec le titre de fils aîné.

furent présentées par une main habile, et sous forme de
confidences versées de cœur à cœur. Croyant les affaires
de son père arrangées par son oncle, il se voyait ancré tout
à coup dans le faubourg Saint-Germain [1], où tout le monde
voulait alors entrer, et où, à l'ombre du nez bleu de made-
6510 moiselle Mathilde, il reparaissait, en comte d'Aubrion,
comme les Dreux reparurent un jour en Brézé [2]. Ébloui par
la prospérité de la Restauration qu'il avait laissée
chancelante [3], saisi par l'éclat des idées aristocratiques,
son enivrement commencé sur le vaisseau se maintint à
Paris, où il résolut de tout faire pour arriver à la haute position que son égoïste belle-mère lui faisait entrevoir. Sa
cousine n'était donc plus pour lui qu'un point dans
l'espace de cette brillante perspective. Il revit Annette. En
femme du monde, Annette conseilla vivement à son ancien
6520 ami de contracter cette alliance, et lui promit son appui
dans toutes ses entreprises ambitieuses. Annette était
enchantée de faire épouser une demoiselle laide et
ennuyeuse à Charles, que le séjour des Indes avait rendu
très séduisant : son teint avait bruni, ses manières étaient
devenues décidées, hardies, comme le sont celles des
hommes habitués à trancher, à dominer, à réussir. Charles
respira plus à l'aise dans Paris, en voyant qu'il pouvait y
jouer un rôle. Des Grassins, apprenant son retour, son
mariage prochain, sa fortune, le vint voir pour lui parler
6530 des trois cent mille francs moyennant lesquels il pouvait
acquitter les dettes de son père. Il trouva Charles en conférence avec le joaillier auquel il avait commandé des bijoux
pour la corbeille de mademoiselle d'Aubrion, et qui lui en
montrait les dessins. Malgré les magnifiques diamants que
Charles avait rapportés des Indes, les façons, l'argenterie,
la joaillerie solide et futile du jeune ménage allait encore
à plus de deux cent mille francs. Charles reçut
des Grassins, qu'il ne reconnut pas, avec l'impertinence
d'un jeune homme à la mode qui, dans les Indes, avait tué

---

1. C'est-à-dire dans le milieu de l'aristocratie parisienne.
2. Le comte Pierre de Dreux acquit en 1686 la terre et le marquisat de
Brézé.
3. Charles a quitté la France à la fin de 1819 sous le ministère Decazes.
À son retour, une réelle prospérité économique s'est installée sous le
ministère Villèle (1821-1828).

quatre hommes en différents duels. Monsieur des Grassins 6540
était déjà venu trois fois, Charles l'écouta froidement, puis
il lui répondit, sans l'avoir bien compris : « Les affaires de
mon père ne sont pas les miennes. Je vous suis obligé,
monsieur, des soins que vous avez bien voulu prendre, et
dont je ne saurais profiter. Je n'ai pas ramassé presque
deux millions à la sueur de mon front pour aller les flan-
quer à la tête des créanciers de mon père.

— Et si monsieur votre père était, d'ici à quelques jours,
déclaré en faillite ?

— Monsieur, d'ici à quelques jours, je me nommerai le 6550
comte d'Aubrion. Vous entendez bien que ce me sera parfaitement indifférent. D'ailleurs, vous savez mieux que
moi que quand un homme a cent mille livres de rente, son
père n'a jamais fait faillite », ajouta-t-il en poussant poli-
ment le sieur des Grassins vers la porte.

Au commencement du mois d'août de cette année,
Eugénie était assise sur le petit banc de bois où son cousin
lui avait juré un éternel amour, et où elle venait déjeuner
quand il faisait beau. La pauvre fille se complaisait en ce
moment, par la plus fraîche, la plus joyeuse matinée, à 6560
repasser dans sa mémoire les grands, les petits événements
de son amour, et les catastrophes dont il avait été suivi. Le
soleil éclairait le joli pan de mur tout fendillé, presque en
ruines, auquel il était défendu de toucher, de par la fan-
tasque héritière, quoique Cornoiller répétât souvent à sa
femme qu'on serait écrasé dessous quelque jour. En ce
moment, le facteur de poste frappa, remit une lettre à
madame Cornoiller, qui vint au jardin en criant :
« Mademoiselle, une lettre ! » Elle la donna à sa maîtresse
en lui disant : « C'est-y celle que vous attendez ? » 6570

Ces mots retentirent aussi fortement au cœur d'Eugénie
qu'ils retentirent réellement entre les murailles de la cour
et du jardin.

« Paris ! C'est de lui. Il est revenu. »

Eugénie pâlit, et garda la lettre pendant un moment. Elle
palpitait trop vivement pour pouvoir la décacheter et la
lire. La Grande Nanon resta debout, les deux mains sur les
hanches, et la joie semblait s'échapper comme une fumée
par les crevasses de son brun visage.

« Lisez donc, mademoiselle… 6580

– Ah ! Nanon, pourquoi revient-il par Paris, quand il
s'en est allé par Saumur ?

– Lisez, vous le saurez. »

Eugénie décacheta la lettre en tremblant. Il en tomba un
mandat sur la maison *Madame des Grassins et Corret* de
Saumur. Nanon le ramassa.

« Ma chère cousine… »

« Je ne suis plus Eugénie », pensa-t-elle. Et son cœur se
serra.

6590 « Vous… »

« Il me disait *tu* ! »

Elle se croisa les bras, n'osa plus lire la lettre, et de
grosses larmes lui vinrent aux yeux.

« Est-il mort ? demanda Nanon.

– Il n'écrirait pas », dit Eugénie.

Elle lut toute la lettre que voici.

« Ma chère cousine, vous apprendrez, je le crois, avec
plaisir, le succès de mes entreprises. Vous m'avez porté
bonheur, je suis devenu riche, et j'ai suivi les conseils de

6600 mon oncle, dont la mort et celle de ma tante viennent de
m'être apprises par monsieur des Grassins. La mort de nos
parents est dans la nature, et nous devons leur succéder.
J'espère que vous êtes aujourd'hui consolée. Rien ne
résiste au temps, je l'éprouve. Oui, ma chère cousine, malheureusement pour moi, le moment des illusions est passé.
Que voulez-vous ! En voyageant à travers de nombreux
pays, j'ai réfléchi sur la vie. D'enfant que j'étais au départ,
je suis devenu homme au retour. Aujourd'hui, je pense à
bien des choses auxquelles je ne songeais pas autrefois.

6610 Vous êtes libre, ma cousine, et je suis libre encore ; rien
n'empêche, en apparence, la réalisation de nos petits
projets ; mais j'ai trop de loyauté dans le caractère pour
vous cacher la situation de mes affaires. Je n'ai point
oublié que je ne m'appartiens pas ; je me suis toujours
souvenu dans mes longues traversées du petit banc de
bois… »

Eugénie se leva comme si elle eût été sur des charbons
ardents, et alla s'asseoir sur une des marches de la cour.

« … du petit banc de bois où nous nous sommes juré de
6620 nous aimer toujours, du couloir, de la salle grise, de ma
chambre en mansarde, et de la nuit où vous m'avez rendu,

par votre délicate obligeance, mon avenir plus facile. Oui, ces souvenirs ont soutenu mon courage, et je me suis dit que vous pensiez toujours à moi comme je pensais souvent à vous, à l'heure convenue entre nous. Avez-vous bien regardé les nuages à neuf heures ? Oui, n'est-ce pas ? Aussi, ne veux-je pas trahir une amitié sacrée pour moi ; non, je ne dois point vous tromper. Il s'agit, en ce moment, pour moi, d'une alliance qui satisfait à toutes les idées que je me suis formées sur le mariage. L'amour, dans le mariage, est une chimère. Aujourd'hui mon expérience me dit qu'il faut obéir à toutes les lois sociales et réunir toutes les convenances voulues par le monde en se mariant. Or, déjà se trouve entre nous une différence d'âge [1] qui, peut-être, influerait plus sur votre avenir, ma chère cousine, que sur le mien. Je ne vous parlerai ni de vos mœurs, ni de votre éducation, ni de vos habitudes, qui ne sont nullement en rapport avec la vie de Paris, et ne cadreraient sans doute point avec mes projets ultérieurs. Il entre dans mes plans de tenir un grand état de maison, de recevoir beaucoup de monde, et je crois me souvenir que vous aimez une vie douce et tranquille. Non, je serai plus franc, et veux vous faire arbitre de ma situation ; il vous appartient de la connaître, et vous aurez le droit de la juger. Aujourd'hui je possède quatre-vingt mille livres de rente. Cette fortune me permet de m'unir à la famille d'Aubrion, dont l'héritière, jeune personne de dix-neuf ans, m'apporte en mariage son nom, un titre, la place de gentilhomme honoraire de la chambre de Sa Majesté, et une position des plus brillantes. Je vous avouerai, ma chère cousine, que je n'aime pas le moins du monde mademoiselle d'Aubrion, mais, par son alliance, j'assure à mes enfants une situation sociale dont un jour les avantages seront incalculables : de jour en jour, les idées monarchiques reprennent faveur. Donc, quelques années plus tard, mon fils, devenu marquis d'Aubrion, ayant un majorat de quarante mille livres de rente, pourra prendre dans l'État telle place qu'il lui conviendra de choisir. Nous nous devons à nos enfants. Vous voyez, ma cousine, avec quelle bonne foi je vous expose l'état de mon cœur, de mes espérances et de ma

6630

6640

6650

6660

---

1. Elle n'a pourtant qu'un an de plus que lui !

fortune. Il est possible que de votre côté vous ayez oublié
nos enfantillages après sept années d'absence ; mais moi,
je n'ai oublié ni votre indulgence, ni mes paroles ; je me
souviens de toutes, même des plus légèrement données, et
auxquelles un jeune homme moins consciencieux que je
ne le suis, ayant un cœur moins jeune et moins probe, ne
songerait même pas. En vous disant que je ne pense qu'à
faire un mariage de convenance, et que je me souviens
encore de nos amours d'enfant, n'est-ce pas me mettre
6670 entièrement à votre discrétion, vous rendre maîtresse de
mon sort, et vous dire que, s'il faut renoncer à mes ambi-
tions sociales, je me contenterai volontiers de ce simple et
pur bonheur duquel vous m'avez offert de si touchantes
images… »

– Tan, ta, ta. – Tan, ta, ti. – Tinn, ta, ta. – Toûn ! – Toûn,
ta, ti. – Tinn, ta, ta…, etc., avait chanté Charles Grandet
sur l'air de *Non più andrai* [1], en signant :

> « Votre dévoué cousin,
> « CHARLES. »

6680   « Tonnerre de Dieu ! c'est y mettre des procédés », se
dit-il. Et il avait cherché le mandat, et il avait ajouté
ceci :

« *P.S.* – Je joins à ma lettre un mandat sur la maison des
Grassins de huit mille francs à votre ordre, et payable en
or, comprenant intérêts et capital de la somme que vous
avez eu la bonté de me prêter. J'attends de Bordeaux une
caisse où se trouvent quelques objets que vous me permet-
trez de vous offrir en témoignage de mon éternelle reconnaissance. Vous pouvez renvoyer par la diligence ma toi-
6690 lette à l'hôtel d'Aubrion, rue Hillerin-Bertin [2]. »

« Par la diligence ! dit Eugénie. Une chose pour
laquelle j'aurais donné mille fois ma vie ! »

Épouvantable et complet désastre. Le vaisseau sombrait
sans laisser ni un cordage, ni une planche sur le vaste
océan des espérances. En se voyant abandonnées, certaines femmes vont arracher leur amant aux bras d'une

---

1. *Non più andrai, farfalone amoroso* : air du comte Almaviva dans *Les Noces de Figaro* de Mozart (« Tu n'iras plus, papillon amoureux »).
2. Elle allait de la rue de Varenne à la rue de Grenelle.

rivale, la tuent et s'enfuient au bout du monde, sur l'écha-
faud ou dans la tombe. Cela, sans doute, est beau ; le
mobile de ce crime est une sublime passion qui impose à
la Justice humaine. D'autres femmes baissent la tête et
souffrent en silence : elles vont mourantes et résignées,
pleurant et pardonnant, priant et se souvenant jusqu'au
dernier soupir. Ceci est de l'amour, l'amour vrai, l'amour
des anges, l'amour fier qui vit de sa douleur et qui en
meurt. Ce fut le sentiment d'Eugénie après avoir lu cette
horrible lettre. Elle jeta ses regards au ciel, en pensant aux
dernières paroles de sa mère, qui, semblable à quelques
mourants, avait projeté sur l'avenir un coup d'œil pénétrant, lucide ; puis, Eugénie, se souvenant de cette mort et
de cette vie prophétique, mesura d'un regard toute sa destinée. Elle n'avait plus qu'à déployer ses ailes, tendre au
ciel, et vivre en prières jusqu'au jour de sa délivrance.

« Ma mère avait raison, dit-elle en pleurant. Souffrir et
mourir. »

Elle vint à pas lents de son jardin dans la salle. Contre
son habitude, elle ne passa point par le couloir ; mais elle
retrouva le souvenir de son cousin dans ce vieux salon
gris, sur la cheminée duquel était toujours une certaine
soucoupe dont elle se servait tous les matins à son
déjeuner, ainsi que du sucrier de vieux Sèvres. Cette
matinée devait être solennelle et pleine d'événements pour
elle. Nanon lui annonça le curé de la paroisse. Ce curé,
parent des Cruchot, était dans les intérêts du président de
Bonfons. Depuis quelques jours, le vieil abbé l'avait déterminé à parler à mademoiselle Grandet, dans un sens purement religieux, de l'obligation où elle était de contracter
mariage. En voyant son pasteur, Eugénie crut qu'il venait
chercher les mille francs qu'elle donnait mensuellement
aux pauvres, et dit à Nanon de les aller chercher ; mais le
curé se prit à sourire.

« Aujourd'hui, mademoiselle, je viens vous parler
d'une pauvre fille à laquelle toute la ville de Saumur
s'intéresse, et qui, faute de charité pour elle-même, ne vit
pas chrétiennement.

– Mon Dieu ! monsieur le curé, vous me trouvez dans
un moment où il m'est impossible de songer à mon prochain, je suis tout occupée de moi. Je suis bien malheu-

reuse, je n'ai d'autre refuge que l'Église ; elle a un sein assez large pour contenir toutes nos douleurs, et des senti-
6740   ments assez féconds pour que nous puissions y puiser sans crainte de les tarir.

– Eh ! bien, mademoiselle, en nous occupant de cette fille, nous nous occuperons de vous. Écoutez. Si vous voulez faire votre salut, vous n'avez que deux voies à suivre, ou quitter le monde ou en suivre les lois. Obéir à votre destinée terrestre ou à votre destinée céleste.

– Ah ! votre voix me parle au moment où je voulais entendre une voix. Oui, Dieu vous adresse ici, monsieur. Je vais dire adieu au monde et vivre pour Dieu seul dans
6750   le silence et la retraite.

– Il est nécessaire, ma fille, de longtemps réfléchir à ce violent parti. Le mariage est une vie, le voile est une mort.

– Eh ! bien, la mort, la mort promptement, monsieur le curé, dit-elle avec une effrayante vivacité.

– La mort ! mais vous avez de grandes obligations à remplir envers la Société, mademoiselle. N'êtes-vous donc pas la mère des pauvres auxquels vous donnez des vêtements, du bois en hiver et du travail en été ? Votre grande fortune est un prêt qu'il faut rendre, et vous l'avez
6760   saintement acceptée ainsi. Vous ensevelir dans un couvent, ce serait de l'égoïsme ; quant à rester vieille fille, vous ne le devez pas. D'abord, pourriez-vous gérer seule votre immense fortune ? vous la perdriez peut-être. Vous auriez bientôt mille procès, et vous seriez engarriée [1] en d'inextricables difficultés. Croyez votre pasteur : un époux vous est utile, vous devez conserver ce que Dieu vous a donné. Je vous parle comme à une ouaille chérie. Vous aimez trop sincèrement Dieu pour ne pas faire votre salut au milieu du monde, dont vous êtes un des plus beaux
6770   ornements, et auquel vous donnez de saints exemples. »

En ce moment, madame des Grassins se fit annoncer. Elle venait amenée par la vengeance et par un grand désespoir [2].

---

1. Ou angariée. Engagée dans de mauvaises affaires, dans des procès.
2. Il faudrait plutôt lire *espoir*, selon la leçon des éditions antérieures à celle de Furne, car Mme des Grassins pense qu'Eugénie pourrait bien épouser son fils par dépit.

« Mademoiselle, dit-elle. Ah ! voici monsieur le curé. Je me tais, je venais vous parler d'affaires, et je vois que vous êtes en grande conférence.

– Madame, dit le curé, je vous laisse le champ libre.

– Oh ! monsieur le curé, dit Eugénie, revenez dans quelques instants, votre appui m'est en ce moment bien nécessaire.

– Oui, ma pauvre enfant, dit madame des Grassins.

– Que voulez-vous dire ? demandèrent mademoiselle Grandet et le curé.

– Ne sais-je pas le retour de votre cousin, son mariage avec mademoiselle d'Aubrion ?... Une femme n'a jamais son esprit dans sa poche. »

Eugénie rougit et resta muette ; mais elle prit le parti d'affecter à l'avenir l'impassible contenance qu'avait su prendre son père.

« Eh ! bien, madame, répondit-elle avec ironie, j'ai sans doute l'esprit dans ma poche, je ne comprends pas. Parlez, parlez devant monsieur le curé, vous savez qu'il est mon directeur.

– Eh ! bien, mademoiselle, voici ce que des Grassins m'écrit. Lisez. »

Eugénie lut la lettre suivante :

« Ma chère femme, Charles Grandet arrive des Indes, il est à Paris depuis un mois... »

« Un mois ! » se dit Eugénie en laissant tomber sa main. Après une pause, elle reprit la lettre.

« ... Il m'a fallu faire antichambre deux fois avant de pouvoir parler à ce futur vicomte d'Aubrion. Quoique tout Paris parle de son mariage, et que tous les bans soient publiés... »

« Il m'écrivait donc au moment où... », se dit Eugénie. Elle n'acheva pas, elle ne s'écria pas comme une Parisienne : « Le polisson ! » Mais pour ne pas être exprimé, le mépris n'en fut pas moins complet.

« ... Ce mariage est loin de se faire ; le marquis d'Aubrion ne donnera pas sa fille au fils d'un banquerou-tier. Je suis venu lui faire part des soins que son oncle et moi nous avons donnés aux affaires de son père, et des habiles manœuvres par lesquelles nous avons su faire tenir les créanciers tranquilles jusqu'aujourd'hui. Ce petit impertinent n'a-t-il pas eu le front de me répondre, à moi qui, pendant cinq ans, me suis dévoué nuit et jour à ses intérêts et à son honneur, que *les affaires de son père n'étaient pas les siennes*. Un agréé [1] serait en droit de lui demander trente à quarante mille francs d'honoraires, à un

6820   pour cent sur la somme des créances. Mais, patience, il est bien légitimement dû douze cent mille francs aux créanciers, et je vais faire déclarer son père en faillite. Je me suis embarqué dans cette affaire sur la parole de ce vieux caïman de Grandet, et j'ai fait des promesses au nom de la famille. Si monsieur le vicomte d'Aubrion se soucie peu de son honneur, le mien m'intéresse fort. Aussi vais-je expliquer ma position aux créanciers. Néanmoins, j'ai trop de respect pour mademoiselle Eugénie, à l'alliance de laquelle, en des temps plus heureux, nous avions pensé,

6830   pour agir sans que tu lui aies parlé de cette affaire… »

Là, Eugénie rendit froidement la lettre sans l'achever.

« Je vous remercie, dit-elle à madame des Grassins, *nous verrons cela…* [2].

– En ce moment, vous avez toute la voix de défunt votre père, dit madame des Grassins.

– Madame, vous avez huit mille cent francs d'or à nous compter, lui dit Nanon.

– Cela est vrai ; faites-moi l'avantage de venir avec moi, madame Cornoiller.

6840   – Monsieur le curé, dit Eugénie avec un noble sang-froid que lui donna la pensée qu'elle allait exprimer, serait-ce pécher que de demeurer en état de virginité dans le mariage ?

– Ceci est un cas de conscience dont la solution m'est inconnue. Si vous voulez savoir ce qu'en pense en sa Somme *De Matrimonio* [3] le célèbre Sanchez, je pourrai vous le dire demain. »

Le curé partit, mademoiselle Grandet monta dans le cabinet de son père et y passa la journée seule, sans vou-

---

1. Personne habilitée à plaider dans un tribunal de commerce.
2. L'une des quatre expressions auxquelles se limitait le discours de son père.
3. *Disputationes de sancto matrimonii sacramento* du jésuite Sanchez (1550-1610), ouvrage célèbre pour la précision des détails fournis sur la vie conjugale et les pratiques sexuelles.

loir descendre à l'heure du dîner, malgré les instances de 6850
Nanon. Elle parut le soir, à l'heure où les habitués de son
cercle arrivèrent. Jamais le salon des Grandet n'avait été
aussi plein qu'il le fut pendant cette soirée. La nouvelle du
retour et de la sotte trahison de Charles avait été répandue
dans toute la ville. Mais quelque attentive que fût la curiosité des visiteurs, elle ne fut point satisfaite. Eugénie, qui
s'y était attendue, ne laissa percer sur son visage calme
aucune des cruelles émotions qui l'agitaient. Elle sut
prendre une figure riante pour répondre à ceux qui voulu-
rent lui témoigner de l'intérêt par des regards ou des 6860
paroles mélancoliques. Elle sut enfin couvrir son malheur
sous les voiles de la politesse. Vers neuf heures, les parties
finissaient, et les joueurs quittaient leurs tables, se
payaient et discutaient les derniers coups de whist en
venant se joindre au cercle des causeurs. Au moment où
l'assemblée se leva en masse pour quitter le salon, il y eut
un coup de théâtre qui retentit dans Saumur, de là dans
l'arrondissement et dans les quatre préfectures environ-
nantes.

« Restez, monsieur le président », dit Eugénie à mon- 6870
sieur de Bonfons en lui voyant prendre sa canne.

À cette parole, il n'y eut personne dans cette nombreuse
assemblée qui ne se sentît ému. Le président pâlit et fut
obligé de s'asseoir.

« Au président les millions, dit mademoiselle de Gribeaucourt.

– C'est clair, le président de Bonfons épouse mademoiselle Grandet, s'écria madame d'Orsonval.

– Voilà le meilleur coup de la partie, dit l'abbé.

– C'est un beau *schleem* [1] », dit le notaire. 6880

Chacun dit son mot, chacun fit son calembour, tous
voyaient l'héritière montée sur ses millions, comme sur un
piédestal. Le drame commencé depuis neuf ans [2] se
dénouait. Dire, en face de tout Saumur, au président de
rester, n'était-ce pas annoncer qu'elle voulait faire de lui
son mari ? Dans les petites villes, les convenances sont si

----

1. Ou chelem : réunion dans la même main de toutes les levées dans cer-
tains jeux de cartes (whist, boston, bridge).
2. En fait huit ans.

sévèrement observées, qu'une infraction de ce genre y constitue la plus solennelle des promesses.

« Monsieur le président, lui dit Eugénie d'une voix émue quand ils furent seuls, je sais ce qui vous plaît en moi. Jurez de me laisser libre pendant toute ma vie, de ne me rappeler aucun des droits que le mariage vous donne sur moi, et ma main est à vous. Oh ! reprit-elle en le voyant se mettre à ses genoux, je n'ai pas tout dit. Je ne dois pas vous tromper, monsieur. J'ai dans le cœur un sentiment inextinguible. L'amitié sera le seul sentiment que je puisse accorder à mon mari : je ne veux ni l'offenser, ni contrevenir aux lois de mon cœur. Mais vous ne posséderez ma main et ma fortune qu'au prix d'un immense service.

– Vous me voyez prêt à tout, dit le président.

– Voici quinze cent mille francs, monsieur le président, dit-elle en tirant de son sein une reconnaissance de cent actions de la Banque de France, partez pour Paris, non pas demain, non pas cette nuit, mais à l'instant même. Rendez-vous chez monsieur des Grassins, sachez-y le nom de tous les créanciers de mon oncle, rassemblez-les, payez tout ce que sa succession peut devoir, capital et intérêts à cinq pour cent depuis le jour de la dette jusqu'à celui du remboursement, enfin veillez à faire faire une quittance générale et notariée, bien en forme. Vous êtes magistrat, je ne me fie qu'à vous en cette affaire. Vous êtes un homme loyal, un galant homme ; je m'embarquerai sur la foi de votre parole pour traverser les dangers de la vie à l'abri de votre nom. Nous aurons l'un pour l'autre une mutuelle indulgence. Nous nous connaissons depuis si longtemps, nous sommes presque parents, vous ne voudriez pas me rendre malheureuse. »

Le président tomba aux pieds de la riche héritière en palpitant de joie et d'angoisse.

« Je serai votre esclave, lui dit-il.

– Quand vous aurez la quittance, monsieur, reprit-elle en lui jetant un regard froid, vous la porterez avec tous les titres à mon cousin Grandet et vous lui remettrez cette lettre. À votre retour, je tiendrai ma parole. »

Le président comprit, lui, qu'il devait mademoiselle Grandet à un dépit amoureux, aussi s'empressa-t-il d'exécuter ses ordres avec la plus grande promptitude, afin qu'il n'arrivât aucune réconciliation entre les deux amants.

Quand monsieur de Bonfons fut parti, Eugénie tomba sur son fauteuil et fondit en larmes. Tout était consommé. Le président prit la poste, et se trouvait à Paris le lendemain soir. Dans la matinée du jour qui suivit son arrivée, il alla chez des Grassins. Le magistrat convoqua les créanciers en l'étude du notaire où étaient déposés les titres, et chez lequel pas un ne faillit à l'appel. Quoique ce fussent des créanciers, il faut leur rendre justice : ils furent exacts. Là, le président de Bonfons, au nom de mademoiselle Grandet, leur paya le capital et les intérêts dus. Le paiement des intérêts fut pour le commerce parisien un des événements les plus étonnants de l'époque. Quand la quittance fut enregistrée et des Grassins payé de ses soins par le don d'une somme de cinquante mille francs que lui avait allouée Eugénie, le président se rendit à l'hôtel d'Aubrion, et y trouva Charles au moment où il rentrait dans son appartement, accablé par son beau-père. Le vieux marquis venait de lui déclarer que sa fille ne lui appartiendrait qu'autant que tous les créanciers de Guillaume Grandet seraient soldés.

Le président lui remit d'abord la lettre suivante :

« MON COUSIN, monsieur le président de Bonfons s'est chargé de vous remettre la quittance de toutes les sommes dues par mon oncle et celle par laquelle je reconnais les avoir reçues de vous. On m'a parlé de faillite !... J'ai pensé que le fils d'un failli ne pouvait peut-être pas épouser mademoiselle d'Aubrion. Oui, mon cousin, vous avez bien jugé de mon esprit et de mes manières : je n'ai sans doute rien du monde, je n'en connais ni les calculs ni les mœurs, et ne saurais vous y donner les plaisirs que vous voulez y trouver. Soyez heureux, selon les conventions sociales auxquelles vous sacrifiez nos premières amours. Pour rendre votre bonheur complet, je ne puis donc plus vous offrir que l'honneur de votre père. Adieu, vous aurez toujours une fidèle amie dans votre cousine,

« EUGÉNIE. »

Le président sourit de l'exclamation que ne put réprimer cet ambitieux au moment où il reçut l'acte authentique.

« Nous nous annoncerons réciproquement nos mariages, lui dit-il.

6970 – Ah ! vous épousez Eugénie. Eh ! bien, j'en suis content, c'est une bonne fille. Mais, reprit-il frappé tout à coup par une réflexion lumineuse, elle est donc riche ?

– Elle avait, répondit le président d'un air goguenard, près de dix-neuf millions, il y a quatre jours ; mais elle n'en a plus que dix-sept aujourd'hui. »

Charles regarda le président d'un air hébété.

« Dix-sept… mil…

– Dix-sept millions, oui, monsieur. Nous réunissons, mademoiselle Grandet et moi, sept cent cinquante mille 6980 livres de rente, en nous mariant.

– Mon cher cousin, dit Charles, en retrouvant un peu d'assurance, nous pourrons nous pousser l'un l'autre.

– D'accord, dit le président. Voici, de plus, une petite caisse que je dois aussi ne remettre qu'à vous, ajouta-t-il en déposant sur une table le coffret dans lequel était la toilette.

– Hé ! bien, mon cher ami, dit madame la marquise d'Aubrion en entrant sans faire attention à Cruchot, ne prenez nul souci de ce que vient de vous dire ce pauvre 6990 monsieur d'Aubrion, à qui la duchesse de Chaulieu [1] vient de tourner la tête. Je vous le répète, rien n'empêchera votre mariage…

– Rien, madame, répondit Charles. Les trois millions autrefois dus par mon père ont été soldés hier.

– En argent ? dit-elle.

– Intégralement, intérêts et capital, et je vais faire réhabiliter sa mémoire.

– Quelle bêtise ! » s'écria la belle-mère. « Quel est ce monsieur ? dit-elle à l'oreille de son gendre, en apercevant 7000 le Cruchot.

– Mon homme d'affaires », lui répondit-il à voix basse.

La marquise salua dédaigneusement monsieur de Bonfons et sortit.

---

1. Personnage de *La Comédie humaine*.

« Nous nous poussons déjà, dit le président en prenant son chapeau. Adieu, mon cousin.

– Il se moque de moi, ce catacouas [1] de Saumur. J'ai envie de lui donner six pouces de fer dans le ventre. »

Le président était parti. Trois jours après, monsieur de Bonfons, de retour à Saumur, publia son mariage avec Eugénie. Six mois après, il était nommé conseiller à la Cour royale d'Angers. Avant de quitter Saumur, Eugénie fit fondre l'or des joyaux si longtemps précieux à son cœur, et les consacra, ainsi que les huit mille francs de son cousin, à un ostensoir d'or et en fit présent à la paroisse où elle avait tant prié Dieu pour *lui* ! Elle partagea d'ailleurs son temps entre Angers et Saumur. Son mari, qui montra du dévouement dans une circonstance politique, devint président de chambre, et enfin premier président au bout de quelques années. Il attendit impatiemment la réélection générale [2] afin d'avoir un siège à la Chambre. Il convoitait déjà la Pairie, et alors…

« Alors le roi sera donc son cousin », disait Nanon, la Grande Nanon, madame Cornoiller, bourgeoise de Saumur, à qui sa maîtresse annonçait les grandeurs auxquelles elle était appelée. Néanmoins monsieur le président de Bonfons (il avait enfin aboli le nom patronymique de Cruchot) ne parvint à réaliser aucune de ses idées ambitieuses. Il mourut huit jours après avoir été nommé député de Saumur. Dieu, qui voit tout et ne frappe jamais à faux, le punissait sans doute de ses calculs et de l'habileté juridique avec laquelle il avait minuté, *accurante Cruchot* [3], son contrat de mariage où les deux futurs époux se donnaient l'un à l'autre, *au cas où ils n'auraient pas d'enfants, l'universalité de leurs biens, meubles et immeubles sans en rien excepter ni réserver, en toute propriété, se dispensant même de la formalité de l'inventaire, sans que l'omission dudit inventaire puisse être opposée à leurs héritiers ou ayants cause, entendant que ladite donation soit*, etc. Cette clause peut expliquer le profond respect que le président eut constamment pour la volonté,

---

1. Cacatoès.
2. Elle eut lieu en juin-juillet 1830.
3. Latin. Avec les soins de Cruchot.

pour la solitude de madame de Bonfons. Les femmes citaient monsieur le premier président comme un des hommes les plus délicats, le plaignaient et allaient jusqu'à souvent accuser la douleur, la passion d'Eugénie, mais comme elles savent accuser une femme, avec les plus cruels ménagements.

« Il faut que madame la présidente de Bonfons soit bien souffrante pour laisser son mari seul. Pauvre petite femme ! Guérira-t-elle bientôt ? Qu'a-t-elle donc, une gas-
7050 trite, un cancer ? Pourquoi ne voit-elle pas des médecins ? Elle devient jaune depuis quelque temps ; elle devrait aller consulter les célébrités de Paris. Comment peut-elle ne pas désirer un enfant ? Elle aime beaucoup son mari, dit-on, comment ne pas lui donner d'héritier, dans sa position ? Savez-vous que cela est affreux ; et si c'était par l'effet d'un caprice, il serait bien condamnable. Pauvre président ! »

Douée de ce tact fin que le solitaire exerce par ses per-pétuelles méditations et par la vue exquise avec laquelle il
7060 saisit les choses qui tombent dans sa sphère, Eugénie, habituée par le malheur et par sa dernière éducation à tout deviner, savait que le président désirait sa mort pour se trouver en possession de cette immense fortune, encore augmentée par les successions de son oncle le notaire, et de son oncle l'abbé, que Dieu eut la fantaisie d'appeler à lui. La pauvre recluse avait pitié du président. La Provi-dence la vengea des calculs et de l'infâme indifférence d'un époux qui respectait, comme la plus forte des garan-ties, la passion sans espoir dont se nourrissait Eugénie.
7070 Donner la vie à un enfant, n'était-ce pas tuer les espé-rances de l'égoïsme, les joies de l'ambition caressées par le premier président ? Dieu jeta donc des masses d'or à sa prisonnière pour qui l'or était indifférent et qui aspirait au ciel, qui vivait, pieuse et bonne, en de saintes pensées, qui secourait incessamment les malheureux en secret. Madame de Bonfons fut veuve à trente-trois ans, riche de huit cent mille livres de rente, encore belle, mais comme une femme est belle à près de quarante ans. Son visage est blanc, reposé, calme [1]. Sa voix est douce et recueillie, ses

---

1. Le passage au présent produit ici un incontestable effet de réel.

manières sont simples. Elle a toutes les noblesses de la 7080
douleur, la sainteté d'une personne qui n'a pas souillé son
âme au contact du monde, mais aussi la roideur de la
vieille fille et les habitudes mesquines que donne l'existence étroite de la province. Malgré ses huit cent mille
livres de rente, elle vit comme avait vécu la pauvre
Eugénie Grandet, n'allume le feu de sa chambre qu'aux
jours où jadis son père lui permettait d'allumer le foyer de
la salle, et l'éteint conformément au programme en
vigueur dans ses jeunes années. Elle est toujours vêtue
comme l'était sa mère. La maison de Saumur, maison sans 7090
soleil, sans chaleur, sans cesse ombragée, mélancolique,
est l'image de sa vie. Elle accumule soigneusement ses
revenus, et peut-être semblerait-elle parcimonieuse si elle
ne démentait la médisance par un noble emploi de sa fortune. De pieuses et charitables fondations, un hospice pour
la vieillesse et des écoles chrétiennes pour les enfants, une
bibliothèque publique richement dotée, témoignent
chaque année contre l'avarice que lui reprochent certaines
personnes. Les églises de Saumur lui doivent quelques
embellissements. Madame de Bonfons que, par raillerie, 7100
on appelle *mademoiselle*, inspire généralement un religieux respect. Ce noble cœur, qui ne battait que pour les
sentiments les plus tendres, devait donc être soumis aux
calculs de l'intérêt humain. L'argent devait communiquer
ses teintes froides à cette vie céleste, et donner de la
défiance pour les sentiments à une femme qui était tout
sentiment.

« Il n'y a que toi qui m'aimes », disait-elle à Nanon.

La main de cette femme panse les plaies secrètes de
toutes les familles. Eugénie marche au ciel accompagnée 7110
d'un cortège de bienfaits. La grandeur de son âme amoin-
drit les petitesses de son éducation et les coutumes de sa
vie première. Telle est l'histoire de cette femme qui n'est
pas du monde au milieu du monde, qui, faite pour être
magnifiquement épouse et mère, n'a ni mari, ni enfants, ni
famille. Depuis quelques jours, il est question d'un nouveau mariage pour elle. Les gens de Saumur s'occupent
d'elle et de monsieur le marquis de Froidfond, dont la
famille commence à cerner la riche veuve comme jadis
avaient fait les Cruchot. Nanon et Cornoiller sont, dit-on, 7120

dans les intérêts du marquis, mais rien n'est plus faux. Ni la Grande Nanon, ni Cornoiller n'ont assez d'esprit pour comprendre les corruptions du monde [1].

Paris, septembre 1833.

---

1. Balzac avait initialement prévu un autre dénouement, qui aurait vu le second mariage d'Eugénie (avec le marquis de Froidfond) et son installation à Paris, où elle revoyait Charles.

D O S S I E R

PRÉAMBULE ET ÉPILOGUE SUPPRIMÉS

Ces deux textes ont été composés par Balzac pour l'édition originale de 1833 et figurent dans le manuscrit du roman. Ils ont été repris dans l'édition Charpentier de 1839, puis supprimés lors de la publication d'*Eugénie Grandet* dans l'édition Furne en 1843.

PRÉFACE DE 1833
(SUPPRIMÉE EN 1843)

Il se rencontre au fond des provinces quelques têtes dignes d'une étude sérieuse, des caractères pleins d'originalité, des existences tranquilles à la superficie, et que ravagent secrètement de tumultueuses passions ; mais les aspérités les plus tranchées des caractères, mais les exaltations les plus passionnées finissent par s'y abolir dans la constante monotonie des mœurs. Aucun poète n'a tenté de décrire les phénomènes de cette vie qui s'en va, s'adoucissant toujours. Pourquoi non ? S'il y a de la poésie dans l'atmosphère de Paris, où tourbillonne un *simoun* qui enlève les fortunes et brise les cœurs, n'y en a-t-il donc pas aussi dans la lente action du *sirocco* de l'atmosphère provinciale qui détend les plus fiers courages, relâche les fibres, et désarme les passions de leur *acutesse* ? Si tout arrive à Paris, tout passe en province : là, ni relief ni saillie ; mais là, des drames dans le silence ; là, des mystères habilement dissimulés ; là, des dénouements dans un seul mot ; là, d'énormes valeurs prêtées par le calcul et l'analyse aux actions les plus indifférentes. On y vit en public.

Si les peintres littéraires ont abandonné les admirables scènes de la vie de province, ce n'est ni par dédain ni faute d'observation ; peut-être y a-t-il impuissance. En effet, pour initier à un intérêt presque muet, qui gît moins dans l'action que dans la pensée ; pour rendre des figures, au premier aspect peu colorées, mais dont les détails et les demi-teintes sollicitent les plus savantes touches du pinceau ; pour restituer à ces tableaux leurs ombres grises et leur clair-obscur ; pour sonder une nature creuse en apparence, mais que l'examen trouve pleine et riche sous une écorce unie, ne faut-il pas une multitude de préparations, des soins inouïs, et, pour de tels portraits, les finesses de la miniature antique ?

La superbe littérature de Paris, économe de ses heures, qu'au détriment de l'art, elle emploie en haines et en plaisirs, veut son drame tout fait ; quant à le chercher, elle n'en a le loisir à une époque où le temps manque aux événements ; quant à le créer, si quelque auteur en émettait la prétention, cet acte viril exciterait des émeutes dans une république où, depuis longtemps, il est défendu, de par la critique des eunuques, d'inventer une forme, un genre, une action quelconques.

Ces observations étaient nécessaires, et pour faire connaître la modeste intention de l'auteur, qui ne veut être ici que le plus humble des copistes, et pour établir incontestablement son droit à prodiguer les longueurs exigées par le cercle de minuties dans lequel il est obligé de se mouvoir. Enfin, au moment où l'on donne aux œuvres les plus éphémères le glorieux nom de *conte*, qui ne doit appartenir qu'aux créations les plus vivaces de l'art, il lui sera sans doute pardonné de descendre aux mesquines proportions de l'histoire, l'histoire vulgaire, le récit pur et simple de ce qui se voit tous les jours en province. Plus tard, il apportera son grain de sable au tas élevé par les manœuvres de l'époque ; aujourd'hui le pauvre artiste n'a saisi qu'un de ces fils blancs promenés dans les airs par la brise, et dont s'amusent les enfants, les jeunes filles, les poètes ; dont les savants ne se soucient guère, mais que, dit-on, laisse tomber, de sa quenouille, une céleste fileuse. Prenez garde ! Il y a des *moralités* dans cette tradition champêtre ! Aussi l'auteur en fait-il son épigraphe. Il vous montrera comment, durant la belle saison de la vie, certaines illusions de blanches espérances, des fils argentés descendent des cieux et y retournent sans avoir touché terre.

Septembre 1833.

POSTFACE DE 1833
(SUPPRIMÉE EN 1843)

Ce dénouement trompe nécessairement la curiosité. Peut-être en est-il ainsi de tous les dénouements vrais. Les tragédies, les drames, pour parler le langage de ce temps, sont rares dans la nature. Souvenez-vous du préambule. Cette histoire est une traduction imparfaite de quelques pages oubliées par les copistes dans le grand livre du monde. Ici, nulle invention. L'œuvre est une humble miniature pour laquelle il fallait plus de patience que d'art. Chaque département a son Grandet. Seulement le Grandet de Mayenne ou de Lille est moins riche que ne l'était l'ancien maire de Saumur. L'auteur a pu forcer un trait, mal esquisser ses anges terrestres, mettre un peu trop ou pas assez de couleur sur son vélin. Peut-être a-t-il trop chargé d'or le contour de la tête de sa Maria ; peut-être n'a-t-il pas distribué la lumière selon les règles de l'art ; enfin, peut-être a-t-il trop rembruni les teintes déjà noires de son vieillard, image toute matérielle. Mais ne refusez pas votre indulgence au moine patient, vivant au fond de sa cellule ; humble adorateur de la *Rosa Mundi*, de Marie, belle image de tout le sexe, la femme du moine, la seconde Eva des chrétiens. S'il continue d'accorder, malgré les critiques, tant de perfections à la femme, il pense encore, lui jeune, que la femme est l'être le plus parfait entre les créatures. Sortie la dernière des mains qui façonnaient les mondes, elle doit exprimer plus purement que toute autre la pensée divine. Aussi n'est-elle pas, ainsi que l'homme, prise dans le granit primordial, devenu molle argile sous les doigts de Dieu ; non, tirée des flancs de l'homme, matière souple et ductile, elle est une création transitoire entre l'homme et l'ange. Aussi la voyez-vous forte autant que l'homme est fort, et délicatement intelligente par le sentiment, comme est l'ange. Ne fallait-il pas unir en elle ces deux natures pour la charger de toujours porter l'espèce en son cœur ? Un enfant, pour elle, n'est-il pas toute l'humanité !

Parmi les femmes, Eugénie Grandet sera peut-être un type, celui des dévouements jetés à travers les orages du monde et qui s'y engloutissent comme une noble statue enlevée à la Grèce et qui, pendant le transport, tombe à la mer où elle demeurera toujours ignorée.

                                        Octobre 1833.

Extraits de la correspondance

Zulma Carraud à Balzac,
le 8 février 1834

Zulma Carraud, grande amie de Balzac, commente longuement dans sa lettre de février 1834 les qualités et les défauts d'*Eugénie Grandet*.

Eugénie G. m'a beaucoup plu. Si ce n'est pas la femme séduisante, c'est la femme vraie, dévouée, comme beaucoup le sont, sans éclat. L'illumination de son esprit, à la première sensation de l'amour, est vraie aussi, très vraie. J'aurais mieux aimé qu'elle ne se mariât qu'à un homme estimable, puisque son mariage n'était qu'un legs. Le cercle des Grandet est vrai aussi, dans leur obsession de l'héritière et dans leurs cancans. La Grande Nanon, admirable ! j'ai connu des servantes honnêtes qui volaient pour leurs maîtres avares. Mad. Grandet existe dans chaque ville de province. Cette femme qui a tout donné à un mari qu'elle aime médiocrement, même son être moral, qui serait morte cent fois si elle n'eût eu une fille, on la trouve partout. Il faut vivre en province, et observer un peu pour être frappé du grand nombre de victimes de ce genre qui existent. Reste Grandet ; c'est lui qui n'est pas vrai. D'abord, il est trop riche. En France, aucune épargne, aucune avarice ne peuvent amener, en vingt ans, en cinquante, à une pareille fortune ; il n'y a que la fortune de crédit qui va à tant de millions ; la fortune positive ne le peut, à moins qu'elle ne soit héréditaire et dans un pays où l'hérédité égale n'existe pas. Vous n'avez pas eu de type réel pour cela. Puis, il est impossible à un homme d'accaparer autant d'or monnayé en France, où il y en a si peu, et surtout de l'accaparer en secret ; ce serait une révolution financière qui mettrait le trouble partout et dans le commerce et dans l'administration. Comme avare Grandet n'est pas vrai, il n'est que petit et pauvre. Un avare millionnaire qui a une intelligence assez vaste pour suffire à d'aussi immenses spéculations et en même temps au détail de sa maison (et en cela, il est dans la réalité), cet avare-là ne dit pas à sa femme : Mange, cela ne coûte rien. Il n'entame pas le pâté, il le laisse gâter ; il ne l'apporte sur la table que moisi. Je vous mettrai en relations avec des avares millionnaires, à un ou deux millions seulement ; vous les verrez me dire quand je voudrai servir quelque pièce sortable : « Oh ! de grâce, n'entamez pas cela, gardez-le ! » et souffrir quand le couteau s'y enfoncera ; puis, la chose servie, en manger avec timidité. L'avare, c'est l'oncle Robin de M. Périolas, ramassant tous les brins de paille qu'il trouve, pour faire du fumier ; buvant l'Hermitage de son crû, à 400 f. la barrique pour ne pas acheter du vin ordinaire à 100 f. Prêt à mourir, il se fait descendre dans sa vaste cuisine parce que son escalier est étroit, lui colossal en hauteur, et que, pour descendre sa bière, il faudrait deux hommes de corvée ; puis il désigne de vieilles planches pour son cercueil, parce que la vanité de sa femme et de ses enfants leur ferait employer des neuves, le fait confectionner devant lui et se faisant apporter la boîte aux vieux clous, les donne lui-même, puis meurt en disant à sa femme ce qu'il faudra faire en vendanges, car leur fortune, c'est le clos de l'Hermitage. Un autre avare (et je l'ai vu) prend les figues que sa femme a osé acheter à bon marché, les jette sur le fumier afin que dans sa maison l'on ne s'accoutume point à ces friandises. Le reste d'*Eugénie*, le cousin, tout cela est bon, mais, dans cette peinture vraie et nécessairement terne d'une vie terne, il ne faut pas que le 1er plan soit aussi saillant. En province, rien n'est saillant. Jusqu'à vous, mon cher aristocrate, vous terniriez au brouillard d'une semblable existence. Les vertus, en province, sont profondes, mais sans éclat, on n'en a pas même la conscience [1].

BALZAC À ZULMA CARRAUD,
LE 12 OU LE 13 FÉVRIER 1834

Je ne puis rien dire de vos critiques, si ce n'est que les faits sont contre vous. À Tours, il y a un épicier en boutique qui a 8 millions, M. Eynard, simple colporteur, en a vingt et a eu 13 millions en or chez lui ; il les a placés en 1814, sur le grand-livre, à 56 ; et en a eu vingt ; néanmoins, dans la prochaine édition, je baisserai de 6 millions la fortune de Grandet, et à Frapesle je vous répondrai succinctement sur vos critiques, dont je vous remercie. Peut-être verrez-vous que autre est le point de vue de l'auteur, autre celui du lecteur. Mais rien ne peut vous dire quelle est ma gratitude pour les soins maternels que me dénoncent vos observations. Mon Dieu, *cara*, ne vous en faites pas faute ; il y a toujours du vrai dans les sensations d'une âme noble et grande comme est la vôtre, surtout quand une solitude pleine de pensées la grandit encore [2].

1. *Correspondance*, éd. R. Pierrot, Garnier, 1960-1969, t. II, p. 462-463.
2. *Ibid.*, t. II, p. 466.

INTRODUCTION AUX *ÉTUDES DE MŒURS DU XIXᵉ SIÈCLE* PAR FÉLIX DAVIN

Cette Introduction, signée Félix Davin, porte-parole, voire prête-nom de Balzac, précédait le tome I des *Études de mœurs du XIXᵉ siècle*, qui rassemblait trois séries de *Scènes* (*de la vie privée, de la vie parisienne, de la vie de province*) dont la publication s'échelonna de décembre 1833 à février 1837 en quatre tomes. C'est, avant l'Avant-propos de *La Comédie humaine* de 1842, un texte capital pour la compréhension de l'œuvre balzacienne : rôle du détail, du « petit fait », dans une société où tout s'uniformise, pour le romancier qui veut faire l'histoire du présent.

M. de Balzac est parti de cette observation, qu'il a souvent répétée à ses amis pour réaliser lentement, pièce à pièce, ses *Études de mœurs* qui ne sont rien moins qu'une exacte représentation de la société dans tous ses effets. Son unité devait être le monde, l'homme n'était que le détail ; car il s'est proposé de le peindre dans toutes les situations de sa vie, de le décrire sous tous ses angles, de le saisir dans toutes ses phases, conséquent et inconséquent, ni complètement bon, ni complètement vicieux, en lutte avec les lois dans ses intérêts, en lutte avec les mœurs dans ses sentiments, logique ou grand par hasard ; de montrer la Société incessamment dissoute, incessamment recomposée, menaçante parce qu'elle est menacée ; enfin d'arriver au dessin de son ensemble en en reconstruisant un à un les éléments. Œuvre souple et toute d'analyse, longue et patiente, qui devait être longtemps incomplète. Les habitudes de notre époque ne permettent plus à un auteur de suivre la ligne droite, d'aller de proche en proche, de rester dix ans inconnu, sans récompense ni salaire, et d'arriver un jour au milieu du cirque olympique, devant le siècle, en tenant à la main son poème accompli, son histoire finie, et de recueillir, en un seul jour, le prix de vingt années de travaux ignorés, sans l'acheter deux fois en éprouvant, comme aujourd'hui, les railleries dont est accompagnée la vie politique ou littéraire la plus laborieuse comme si elle était un crime. [...] L'homme était le détail parce qu'il était le moyen. Au XIXᵉ siècle où rien ne différencie les positions, où le pair de France et le négociant, où l'artiste et le bourgeois, où l'étudiant et le militaire ont un aspect en apparence uniforme, où rien n'est plus tranché, où les causes de comique et de tragique sont entièrement perdues, où les individualités disparaissent, où les types s'effacent, l'homme n'était en effet qu'une machine mobilisée par le jeu des sentiments au jeune âge, par l'intérêt et la passion dans l'âge mûr. Il ne fallait pas un médiocre coup d'œil pour aller chercher dans l'étude de l'avoué, dans le cabinet du notaire, au fond de la province, sous la tenture des boudoirs parisiens, ce drame que tout le monde demande, et qui, comme un serpent aux approches de l'hiver, va se cacher dans les sinuosités les plus obscures. Mais, comme nous l'avons dit ailleurs : « Ce drame avec ses passions et ses types, il est allé le chercher dans la famille, autour du foyer ; et, fouillant sous ces enveloppes en apparence si uniformes et si calmes, il en a exhumé tout à coup des spécialités, des caractères tellement multiples et naturels en même temps, que chacun s'est demandé comment des choses si familières et si vraies étaient restées si longtemps inconnues. C'est que jamais romancier n'était entré avant lui aussi intimement dans cet examen de détails et de petits faits qui, interprétés et choisis avec sagacité, groupés avec cet art et cette patience admirables des vieux faiseurs de mosaïques, composent un ensemble plein d'unité, d'originalité et de fraîcheur. » Autrefois, tout était en saillie ; aujourd'hui, tout est en creux. L'art a changé. Dans le pays où l'hypocrisie de mœurs est arrivée à son plus haut degré, Walter Scott avait bien deviné cette modification sociale, quand il s'appliquait à peindre les figures si vigoureusement modelées de l'ancien temps. M. de Balzac a trouvé la tâche plus difficile, mais non moins poétique, en peignant le nouveau. Le grand avantage du romancier historique est de trouver des personnages, des costumes et des intérieurs qui séduisent par l'originalité que leur imprimaient les mœurs d'autrefois où le paysan, le bourgeois, l'artisan, le soldat, le magistrat, l'homme d'Église, le noble et le prince avaient des existences de relief et pleines de relief. Mais combien de peines attendaient l'historien d'aujourd'hui, s'il voulait faire ressortir les imperceptibles différences de nos habitations et de nos intérieurs, auxquels la mode, l'égalité des fortunes, le ton de l'époque tendent à donner la même physionomie ; pour aller saisir en quoi les figures et les actions de ces hommes que la société jette tous dans le même moule sont plus ou moins originales. [...] Comment a-t-il pu être habitant de Saumur et de Douai, chouan à Fougères et vieille fille à Issoudun ? Certes nul auteur n'a mieux su se faire bourgeois avec les bourgeois, ouvrier avec les ouvriers ; nul n'a mieux lu dans la pensée de Rastignac, ce type du jeune homme sans argent ; n'a mieux su sonder le cœur de la duchesse aimante et hautaine comme

Dossier

dans *Ne touchez pas à la hache* [1], et celui de la bourgeoise qui a trouvé le bonheur dans le mariage, *Madame Jules*, l'héroïne de *Ferragus, chef des dévorans*. Il a non seulement pénétré les mystères de la vie humble et douce que l'on mène en province, mais il a jeté dans cette peinture monotone assez d'intérêt pour faire accepter les figures qu'il y place. Enfin, il a le secret de toutes les industries, il est homme de science avec le savant, avare avec *Grandet*, escompteur avec *Gobseck*, il semble qu'il ait toujours vécu avec les vieux émigrés rentrés, avec le militaire sans complet. [...]

À la tête des *Scènes de la vie de province* se place *Eugénie Grandet*. « Il s'en faut de bien peu, a dit un critique ingénieux, mais quelquefois sévère jusqu'à l'injustice [2], que cette charmante histoire ne soit un chef-d'œuvre, oui, un chef-d'œuvre qui se classerait à côté de tout ce qu'il y a de mieux et de plus délicat dans les romans en un volume. Il ne faudrait pour cela que des suppressions en lieu opportun, quelques allègements de description, diminuer un peu vers la fin l'or du père Grandet et les millions qu'il déplace et remue dans la liquidation des affaires de son frère : quand ce désastre de famille l'appauvrirait un peu, la vraisemblance générale ne ferait qu'y gagner. » Nous passons volontiers condamnation sur ces imperfections de détail qu'un œil un peu bienveillant n'eût point remarquées, surtout quand il s'agit d'un écrivain dont la plume ne s'est jamais trouvée paresseuse aux corrections utiles ; nous aimons mieux constater un fait que le public en masse a reconnu, le public qui d'ordinaire n'a de préventions ni hostiles ni favorables, et sait toujours à merveille où il place ses affections. *Eugénie Grandet* a imprimé le cachet à la révolution que M. de Balzac a portée dans le roman. Là s'est accomplie la conquête de la vérité absolue dans l'art ; là est le drame appliqué aux choses les plus simples de la vie privée. C'est une succession de petites causes qui produit des effets puissants, c'est la fusion terrible du trivial et du sublime, du pathétique et du grotesque ; enfin c'est la vie telle qu'elle est, et le roman tel qu'il doit être. *Les Célibataires* [3], nous l'avons dit, sont une des œuvres les plus caractéristiques de l'auteur.

---

1. Titre initial de *La Duchesse de Langeais*, deuxième volet de l'*Histoire des Treize*, également composée de *Ferragus* et de *La Fille aux yeux d'or*.
2. C'est de Sainte-Beuve qu'il s'agit. Voir les extraits des deux articles que le critique consacre à Balzac, reproduits ci-après.
3. *Les Célibataires* deviendront *Le Curé de Tours* : l'analyse de l'œuvre vaudrait aussi bien pour *Eugénie Grandet*.

Là ne se rencontre aucun des éléments indispensables aux romanciers ordinaires ; ni amour ni mariage ; peu ou point d'événements ; et cependant le drame y est animé, mouvant, fortement noué. Cette lutte sourde, tortueuse des petits intérêts de deux prêtres, intéresse tout autant que les conflits les plus pathétiques de passions ou d'empires. C'est là le grand secret de M. de Balzac : rien n'est petit sous sa plume, il élève, il dramatise les trivialités les plus humbles d'un sujet [...].

LES JUGEMENTS DE SAINTE-BEUVE

Le célèbre critique consacra deux articles à Balzac, l'un en 1834 pour rendre compte de *La Recherche de l'absolu*, qui lui donna l'occasion de traiter de l'œuvre balzacienne depuis 1829, l'autre un mois après sa mort, en septembre 1850, où il juge l'ensemble paru de *La Comédie humaine*. Le jugement de Sainte-Beuve, pour être globalement favorable au romancier, n'en accrédite pas moins un certain nombre d'idées qui connaîtront une grande fortune critique et seront à l'origine de la légende Balzac : c'est comme un grand producteur, un auteur de « littérature industrielle » qu'est présenté le romancier, fécond certes mais pas styliste ; son style est en effet truffé d'imperfections que le critique ne manque pas de relever précisément.

LA REVUE DES DEUX MONDES,
15 NOVEMBRE 1834

M. DE BALZAC
(*La Recherche de l'absolu*)

Il est temps d'en venir, dans cette galerie qui sans cela resterait trop incomplète, au plus fécond, au plus en vogue des romanciers contemporains, au romancier du moment par excellence, à celui qui réunit en si grand nombre les qualités ou les défauts de vitesse, d'abondance, d'intérêt, de hasard et de prestige, que ce titre de conteur et de romancier suppose. M. de Balzac n'est ainsi devenu célèbre que depuis quatre années. Son *Dernier Chouan*, en 1829, l'avait fait remarquer pour la première fois, mais sans le tirer encore de la foule ; sa *Physiologie du mariage* lui avait acquis la réputation d'un homme d'esprit, observateur sans scrupules, un peu graveleusement expert sur une matière plus scabreuse que celle dont avait traité Brillat-Savarin. Mais c'est à partir de *La Peau de chagrin* seulement que M. de Balzac est entré à pleine verve dans le public, et qu'il l'a, sinon conquis tout entier, du moins remué, sillonné en tout sens, étonné, émerveillé, choqué ou chatouillé en mille manières. Et il faut reconnaître que dans ce rapide succès, à part les coups de trompette du commencement aux environs de la mise en vente de *La Peau de chagrin*, la presse parisienne n'a été que médiocrement l'auxiliaire de M. de Balzac ; qu'il s'est bien créé seul sa vogue et faveur auprès de beaucoup, à force d'activité, d'invention, et chaque nouvel ouvrage servant, pour ainsi dire, d'annonce et de renfort au précédent. M. de Balzac a surtout dès l'abord mis dans ses intérêts une moitié du public très essentielle à gagner, et il se l'est rendue complice en flattant avec art des fibres secrètement connues. « La femme est à M. de Balzac, a dit quelque part M. Janin, elle est à lui dans ses atours, dans son négligé, dans le plus menu de son intérieur ; il l'habille, la déshabille. » [...] Une des raisons qui expliquent encore la vogue rapide de M. de Balzac par toute la France, c'est son habileté dans le choix successif des lieux où il établit la scène de ses récits. On montre au voyageur, dans une des rues de Saumur, la maison d'Eugénie Grandet ; à Douai probablement, on désigne déjà la maison Claës. De quel doux orgueil a dû sourire, tout indolent Tourangeau qu'il est, le possesseur de la Grenadière [1] ? Cette flatterie adressée à chaque ville où l'auteur pose ses personnages, lui en vaut la conquête ; l'espérance qu'ont les villes encore obscures d'être bientôt décrites dans quelque roman nouveau prédispose pour lui tous les cœurs littéraires de l'endroit : « Il n'est pas fier au moins, celui-là ! il n'est pas exclusivement Parisien et de sa Chaussée d'Antin ! il ne dédaigne pas nos rues et nos métairies ! » De la sorte, en trois années au plus, le vaste drapeau inscrit au nom de M. de Balzac s'est trouvé arboré de clocher en clocher, du midi au nord, en deçà et au-delà de cette Loire maternelle, de cette Touraine qui est son centre d'excursion et son lieu de retour favori. Dans Paris au contraire, le succès a été moindre, bien que fort vif encore ; mais on a contesté plusieurs mérites à l'auteur. Comme poète, comme artiste, comme écrivain, on a souvent rabaissé sa qualité de sentiment, sa manière de faire ; il a eu peine à se pousser, à se classer plus haut que la vogue, et malgré son talent redoublé, malgré ses merveilleuses délicatesses d'observation, à monter dans l'estime de plusieurs jusqu'à un certain rang sérieux. De longs antécédents littéraires, malheu-

---

1. Nom de la propriété où se déroule la nouvelle intitulée *La Grenadière*.

reux et obscurs [1], ont été relevés comme une objection péremptoire à la réalité de ses perfectionnements récents. Bien des femmes aussi ont été plus difficiles de goût qu'en province, et ne lui ont point passé ses familiarités d'intérieur ou ses invraisemblances, par intérêt pour les principales situations. À ces reproches, plus ou moins fondés, à ces dégoûts ou à ces dédains, trop souvent justifiables, M. de Balzac n'a répondu que par une confiance croissante en son imagination et une exubérance d'œuvres dont quelques-unes ont trouvé grâce aux yeux de tous, et ont mérité de triompher. L'auteur de *Louis Lambert* et d'*Eugénie Grandet* n'est plus un talent qu'il soit possible de rejeter et de méconnaître. Nous tâcherons de l'analyser avec quelque détail, et, même dans nos plus grandes sévérités de jugement, de marquer l'attention qu'on doit à un écrivain actif, infatigable, toujours en effort et en rêve de progrès, qui nous a charmé mainte fois, et dont nous saluons volontiers en bien des points la supériorité naturelle. M. Honoré de Balzac, à le prendre au complet, dans sa vie inégale et diverse, dans ses habitudes et ses accidents d'humeur, dans ses conversations non moins que dans ses écrits, nous présente une des physionomies littéraires les plus animées, les plus irrégulières de ce temps, et telle qu'avec ses nombreuses originalités et ses contrastes, elle ne pourrait être vivement exprimée que par quelque curieux collecteur d'anecdotes et d'historiettes, par quelque Tallemant des Réaux, amateur de tout dire. [...] M. de Balzac a un sentiment de la vie privée très profond, très fin, et qui va souvent jusqu'à la minutie du détail et à la superstition ; il sait vous émouvoir et vous faire palpiter dès l'abord, rien qu'à vous décrire une allée, une salle à manger, un ameublement. Il a une multitude de remarques rapides sur les vieilles filles, les vieilles femmes, les filles disgraciées et contrefaites, les jeunes femmes étiolées et malades, les amantes sacrifiées et dévouées, les célibataires, les avares : on se demande où il a pu, avec son train d'imagination pétulante, discerner, amasser tout cela. Il est vrai que M. de Balzac ne procède pas à coup sûr, et que dans ses productions nombreuses, dont quelques-unes nous semblent presque admirables, touchantes du moins et délicieuses, ou piquantes et d'un fin comique d'observation, il y a un pêle-mêle effrayant. Ôtez de ses contes *La Femme de trente ans*, *La Femme abandonnée*, *Le Réquisitionnaire*, *La Grenadière*, *Les Célibataires* ; ôtez de ses romans l'*Histoire de Louis Lambert*,

---

1. Allusion aux débuts de Balzac sous divers pseudonymes : lord R'Hoone, Horace de Saint-Aubin, M. de Viellerglé.

et *Eugénie Grandet*, son chef-d'œuvre, quelle foule de volumes, quelle nuée de contes, de romans de toutes sortes, drolatiques, philosophiques, économiques, magnétiques et théosophiques, il reste encore ! Je n'ose me flatter d'avoir tout lu. Il y a quelque chose à goûter dans chacun sans doute ; mais combien de pertes et de prolixités ! Dans l'invention d'un sujet, comme dans le détail du style, M. de Balzac a la plume courante, inégale, scabreuse ; il va, il part doucement au pas, il galope à merveille, et voilà tout d'un coup qu'il s'abat, sauf à se relever pour retomber encore. La plupart de ses commencements sont à ravir ; mais ses fins d'histoire dégénèrent ou deviennent excessives. Il y a un moment où malgré lui il s'emporte. [...] Le hasard et l'accident sont pour beaucoup jusque dans les meilleures productions de Balzac. Il a sa manière, mais vacillante, inquiète, cherchant souvent à se retrouver elle-même. On sent l'homme qui a écrit trente volumes avant de trouver une manière ; quand on a été si long à la trouver, on n'est pas bien certain de la garder toujours. Aujourd'hui il enluminera un conte rabelaisien, et demain il nous déduira son *Médecin de campagne*. Pour en revenir à ma comparaison de M. de Balzac avec un alchimiste, je dirai que, même après la transmutation trouvée, cet alchimiste, qui n'a pas eu pleine connaissance de son procédé heureux, rétrograde parfois et revient à ses anciens tâtonnements, qu'il retombe dans les scories et les dépenses infructueuses ; qu'il fait en beaucoup d'opérations de l'or très mêlé ou faux. [...] Il est un peu comme ces généraux qui n'emportent la moindre position qu'en prodiguant le sang des troupes (c'est l'encre seulement qu'il prodigue) et qu'en perdant énormément de monde. Mais, bien que l'économie des moyens doive compter, l'essentiel après tout, c'est d'arriver à un résultat, et M. de Balzac en mainte occasion est et demeure victorieux. Il l'a été principalement dans *Eugénie Grandet*, et il s'en faut de bien peu que cette charmante histoire ne soit un chef-d'œuvre, – oui, un chef-d'œuvre qui se classerait à côté de tout ce qu'il y a de mieux et de plus délicat parmi les romans en un volume. Il ne faudrait pour cela que des suppressions en lieu opportun, quelques allégements de descriptions, diminuer un peu vers la fin l'or du père Grandet et les millions qu'il déplace et remue dans la liquidation des affaires de son frère : quand ce désastre de famille l'appauvrirait un peu, la vraisemblance générale ne ferait qu'y gagner. La conclusion et la solution fréquente des embarras romanesques où M. de Balzac place ses personnages, c'est cette mine d'or dont il a la faculté de les enrichir : ainsi dans *L'Absolu*, ainsi dans *Eugénie Grandet*, ainsi dans le conte du *Bal de Sceaux* où l'or de M. Longueville est le ressort magique, le *Deus ex machina*. À voir les monceaux d'or dont M. de Balzac dispose en ses romans, on serait tenté de dire de lui comme les Vénitiens de Marco Polo à son retour de Chine : *Messer Miglione*. Il faudrait encore dans *Eugénie Grandet* amoindrir l'inutile atrocité d'égoïsme du jeune Charles à son arrivée d'Amérique ; il est à la fois trop ignoble de la sorte envers sa cousine, et trop naïf aussi de n'avoir pas deviné la grande fortune de son oncle ; le résultat mieux ménagé pourrait être d'ailleurs absolument le même, et l'admirable Eugénie, au milieu des des Grassins et des Cruchotins, près de sa fidèle Nanon, ne perdrait rien ni en pâleur mortifiée, ni en sensibilité profonde et rétrécie, ni en perpétuel sacrifice. Apaisez en ce tableau quelques couleurs criardes ; arrivez, en éteignant, en retranchant çà et là, à une harmonie plus égale de ton, et vous aurez la plus touchante peinture domestique. Je veux même entrer ici dans quelques détails de style et de diction, parce que M. de Balzac, tout abondant et inégal qu'il est, ne néglige pas ces soins, et bien au contraire s'en préoccupe beaucoup. M. de Balzac n'a pas le dessin de la phrase pur, simple, net et définitif ; il revient sur ses contours, il surcharge ; il a un vocabulaire incohérent, exubérant, où les mots bouillonnent et sortent comme au hasard, une phraséologie physiologique, des termes de science, et toutes les chances de bigarrures. Je lis, dès la première page d'*Eugénie Grandet*, cette phrase : « S'il y a de la poésie dans l'atmosphère de Paris, où tourbillonne un *simoun* qui enlève les fortunes et brise les cœurs, n'y en a-t-il donc pas aussi dans la lente action du *sirocco* de l'atmosphère provinciale qui détend les plus fiers courages, relâche les fibres, et désarme les passions de leur *acutesse* ? » [...] Souvent la phraséologie flexible où il se joue, entraîne M. de Balzac, et il nous file de ces longues phrases sans virgules à perdre haleine, comme on peut en reprocher parfois à la plume savamment amusée de Charles Nodier [...] [1].

LE MONITEUR,
2 SEPTEMBRE 1850

M. DE BALZAC

Une véritable Étude sur le romancier célèbre qui vient d'être enlevé, et dont la perte soudaine a excité l'intérêt universel,

---

1. Article recueilli dans *Critiques et portraits littéraires*, III, Eugène Renduel, 1836, p. 56-89.

serait tout un ouvrage à écrire, et le moment, je le crois, n'en
est pas venu. Ces sortes d'autopsies morales ne se font pas sur
une tombe récente, surtout quand celui qui y est entré était
plein de force, de fécondité, d'avenir, et semblait encore si
plein d'œuvres et de jours. Tout ce que l'on peut et ce que l'on
doit envers une grande renommée contemporaine au moment
où la mort la saisit, c'est d'indiquer en quelques traits bien
marqués les mérites, les habiletés diverses, les séductions délicates et puissantes par où elle a charmé son époque et y a
conquis l'influence. Je tâcherai de le faire à l'égard de M. de
Balzac, avec un sentiment dégagé de tout ressouvenir personnel, et dans une mesure où la critique seulement se réserve
quelques droits. M. de Balzac fut bien un peintre de mœurs de
ce temps-ci, et il en est peut-être le plus original, le plus
approprié et le plus pénétrant. De bonne heure, il a considéré
ce XIXe siècle comme son sujet, comme sa chose ; il s'y est jeté
avec ardeur et n'en est point sorti. La société est comme une
femme, elle veut son peintre, son peintre à elle toute seule : il
l'a été ; il n'a rien eu de la tradition en la peignant ; il a renou-
velé les procédés et les artifices du pinceau à l'usage de cette
ambitieuse et coquette société qui tenait à ne dater que d'elle-
même et à ne ressembler à nulle autre ; elle l'en a d'autant
plus chéri. [...] Ainsi ces trois époques de physionomie si
diverse qui constituent le siècle arrivé à son milieu, M. de
Balzac les a connues et les a *vécues* toutes les trois, et son
œuvre en est jusqu'à un certain point le miroir. Qui mieux que
lui, par exemple, a peint les vieux et les belles de l'Empire ?
Qui surtout a plus délicieusement touché les duchesses et les
vicomtesses de la fin de la Restauration, ces femmes de trente
ans, et qui, déjà venues, attendaient leur peintre avec une
anxiété vague, tellement que, quand lui et elles se sont rencon-
trés, ç'a été comme un mouvement électrique de reconnaissance ? Qui, enfin, a mieux pris sur le fait et rendu dans sa plénitude le genre bourgeois, triomphant sous la dynastie de
Juillet, le genre désormais immortel et déjà éclipsé, hélas ! des
Birotteau d'alors et des Crevel ?
Voilà donc un champ immense, et il faut dire que M. de
Balzac se l'est proposé de bonne heure dans toute son
étendue, qu'il l'a parcouru et fouillé en tous sens, et qu'il le
trouvait encore trop étroit au gré de sa vaillance et de son
ardeur. Non content d'observer et de deviner, il inventait et
rêvait bien souvent. [...]
Il y croyait, et ce sentiment d'une ambition, du moins élevée,
lui a fait tirer de son organisation forte et féconde tout ce
qu'elle contenait de ressources et de productions en tout

genre. M. de Balzac avait le corps d'un athlète et le feu d'un artiste épris de la gloire ; il ne lui fallut pas moins pour suffire à sa tâche immense. Ce n'est que de nos jours qu'on a vu de ces organisations énergiques et herculéennes se mettre, en quelque sorte, *en demeure* de tirer d'elles-mêmes tout ce qu'elles pourraient produire, et tenir durant vingt ans la rude gageure. Quand on lit Racine, Voltaire, Montesquieu, on n'a pas trop l'idée de se demander s'ils étaient ou non robustes de corps et puissants d'organisation physique. Buffon était un athlète, mais son style ne le dit pas. Les écrivains de ces âges plus ou moins classiques n'écrivaient qu'avec leur pensée, avec la partie supérieure et tout intellectuelle, avec l'essence de leur être. Aujourd'hui, par suite de l'immense travail que l'écrivain s'impose et que la société lui impose à courte échéance, par suite de la nécessité où il est de frapper vite et fort, il n'a pas plus le temps d'être si platonique ni si délicat. La personne de l'écrivain, son organisation tout entière s'engage et s'accuse elle-même jusque dans ses œuvres ; il ne les écrit pas seulement avec sa pure pensée, mais avec son sang et ses muscles. La physiologie et l'hygiène d'un écrivain sont devenues un des chapitres indispensables dans l'analyse qu'on fait de son talent.

M. de Balzac se piquait d'être physiologiste, et il l'était certainement, bien qu'avec moins de rigueur et d'exactitude qu'il ne se l'imaginait ; mais la nature physique, la sienne et celle des autres, joue un grand rôle et se fait sentir continuellement dans ses descriptions morales. Ce n'est pas un blâme que je lui adresse, c'est un trait qui affecte et caractérise toute la littérature pittoresque de ce temps-ci […]. C'est dire aussi que je suis un peu comme M. de Balzac. Mais je l'arrête pourtant, je m'arrête moi-même sur deux points. J'aime de son style, dans les parties délicates, cette *efflorescence* (je ne sais pas trouver un autre mot) par laquelle il donne à tout le sentiment de la vie et fait frissonner la page elle-même. Mais je ne puis accepter, sous le couvert de la physiologie, l'abus continuel de cette qualité, ce style si souvent chatouilleux et dissolvant, énervé, rosé, et veiné de toutes les teintes, ce style d'une corruption délicieuse, tout asiatique comme disaient nos maîtres, plus brisé par places et plus amolli que le corps d'un mime antique. Pétrone, du milieu des scènes qu'il décrit, ne regrette-t-il pas quelque part ce qu'il appelle *oratio pudica*, le style *pudique* et qui ne s'abandonne pas à la *fluidité* de tous les mouvements ?

Un autre point sur lequel j'arrête en M. de Balzac le physiologiste et l'anatomiste, c'est qu'en ce genre il a pour le moins autant imaginé qu'observé. Anatomiste délicat au moral, il a certainement trouvé des veines neuves ; il a découvert et comme injecté des portions de vaisseaux lymphatiques encore inaperçus jusqu'alors ; mais il en invente aussi. Il y a un moment où, dans son analyse, le plexus véritable et réel finit et où le plexus illusoire commence, et il ne les distingue pas : la plupart de ses lecteurs, et surtout de ses lectrices, les ont confondus comme lui. Ce n'est pas le lieu ici d'insister sur ces points de séparation. Mais, on le sait, M. de Balzac a un faible déclaré pour les Swedenborg, les Van Helmont, les Mesmer, les Saint-Germain et les Cagliostro en tout genre : c'est dire qu'il est sujet à illusion. En un mot, pour suivre mon image toute physique et anatomique, je dirai : Quand il tient la *carotide* de son sujet, il l'injecte à fond avec fermeté et vigueur ; mais quand il est à faux, il injecte tout de même et pousse toujours, créant, sans trop s'en apercevoir, des réseaux imaginaires.

M. de Balzac avait la prétention de la science, mais ce qu'il avait surtout en effet, c'était une sorte d'*intuition* physiologique. M. Chasles l'a très bien dit : « On a répété à outrance que M. de Balzac était un observateur, un analyste ; c'était mieux ou pis, c'était un *voyant*. » Ce qu'il n'avait pas vu du premier coup, il le manquait d'ordinaire ; la réflexion ne le lui rendait pas. Mais que de choses aussi il savait voir et dévorer d'un seul coup d'œil ! Il venait, il causait avec vous ; lui, si enivré de son œuvre, et, en apparence, si plein de lui-même, il savait interroger à son profit, il savait écouter ; mais, même quand il n'avait pas écouté, quand il semblait n'avoir vu que lui et son idée, il sortait ayant emporté de là, ayant absorbé tout ce qu'il voulait savoir, et il vous étonnait plus tard à le décrire. [...]

La puissance propre à M. de Balzac a besoin d'être définie : c'était celle d'une nature riche, copieuse, opulente, pleine d'idées, de types et d'inventions, qui récidive sans cesse et n'est jamais lasse ; c'était cette puissance-là qu'il possédait et non l'autre puissance, qui est sans doute la plus vraie, celle qui domine et régit une œuvre, et qui fait que l'artiste y reste supérieur comme à sa création. On peut dire de lui qu'il était en proie à son œuvre, et que son talent l'emportait souvent comme un char lancé à quatre chevaux. [...]

Il y a trois choses à considérer dans un roman : les caractères, l'action, le style. Les caractères, M. de Balzac excelle à les poser ; il les fait vivre, il les creuse d'une façon indélébile. Il y a du grossissement, il y a de la minutie, qu'importe ? ils ont en eux de quoi subsister. On fait avec lui de fines, de gracieuses, de coquettes et aussi de très joyeuses connaissances, on en fait à d'autres jours de très vilaines ; mais, une fois faites, ni les unes ni les autres, on est bien sûr de ne les oublier jamais. Il ne se contente pas de bien tracer ses personnages, il les nomme d'une façon heureuse, singulière, et qui les fixe pour toujours dans la mémoire. Il attachait la plus grande importance à cette façon de baptiser son monde ; il attribuait, d'après Sterne, aux noms propres une certaine *puissance occulte* en harmonie ou en ironie avec les caractères. Les *Marneffe*, les *Bixiou*, les *Birotteau*, les *Crevel*, etc., sont ainsi nommés chez lui en vertu de je ne sais quelle onomatopée confuse qui fait que l'homme et le nom se ressemblent. Après les caractères vient l'action : elle faiblit souvent chez M. de Balzac, elle dévie, elle s'exagère. Il y réussit moins que dans la formation des personnages. Quant au style, il l'a fin, subtil, courant, pittoresque, sans analogie aucune avec la tradition. Je me suis demandé quelquefois l'effet que produirait un livre de M. de Balzac sur un honnête esprit, nourri jusqu'alors de la bonne prose française ordinaire dans toute sa frugalité, sur un esprit comme il n'y en a plus, formé à la lecture de Nicole, de Bourdaloue, à ce style simple, sérieux et scrupuleux, qui *va loin*, comme disait La Bruyère : un tel esprit en aurait le vertige pendant un mois. La Bruyère a dit encore qu'il n'y a pour toute pensée qu'une *seule* expression qui soit la bonne, et qu'il faut la trouver. M. de Balzac, en écrivant, semble ignorer ce mot de La Bruyère. Il a des suites d'expressions vives, inquiètes, capricieuses, jamais définitives, des expressions *essayées* et qui cherchent. Ses imprimeurs le savent bien ; en faisant imprimer ses livres, il remaniait, il refaisait sur chaque épreuve à n'en plus finir. Chez lui le moule même était dans un bouillonnement continuel, et le métal ne s'y fixait pas. Il avait trouvé la forme voulue, qu'il la cherchait encore. [...]

Peut-être, sur la tombe d'un des plus féconds d'entre eux [les romanciers] [1], du plus inventif assurément qu'elle ait produit, c'est l'heure de redire que cette littérature a fourni son école et fait son temps ; elle a donné ses talents les plus vigoureux, presque gigantesques ; tant bonne que mauvaise, on peut penser aujourd'hui que le plus fort de sa sève est épuisé. Qu'elle fasse trêve du moins, qu'elle se repose ; qu'elle laisse aussi à la société le temps de se reposer après l'excès, de se recomposer dans un ordre quelconque, et de présenter à

---

1. Sainte-Beuve a, dans le passage précédent que nous avons supprimé, comparé Balzac successivement à Mérimée, George Sand, Eugène Sue et Alexandre Dumas.

d'autres peintres, d'une inspiration plus fraîche, des tableaux renouvelés. Une terrible émulation et comme un concours furieux s'était engagé dans ces dernières années entre les hommes les plus vigoureux de cette littérature active, dévorante, inflammatoire. Le mode de publication en feuilletons, qui obligeait, à chaque nouveau chapitre, de frapper un grand coup sur le lecteur, avait poussé les effets et les tons du roman à un diapason extrême, désespérant, et plus longtemps insoutenable. Remettons-nous un peu. En admirant le parti qu'ont su tirer souvent d'eux-mêmes des hommes dont le talent a manqué des conditions nécessaires à un développement meilleur, souhaitons à l'avenir de notre société des tableaux non moins vastes, mais plus apaisés, plus consolants, et à ceux qui les peindront une vie plus calmante et des inspirations non pas plus fines, mais plus adoucies, plus sainement naturelles et plus sereines [1].

1. Article repris dans *Les Causeries du lundi*, t. II, Garnier, 1851, p. 443-463.

GRANDET, L'HISTOIRE ET L'ARGENT

> « N'était-ce pas le seul dieu moderne auquel on ait foi, l'Argent dans toute sa puissance, exprimé par une seule physionomie ? »

GRANDET, FILS DE LA RÉVOLUTION

L'évolution de Félix Grandet est étroitement liée à l'histoire et à l'avénement d'une société nouvelle, issue de la Révolution. C'est en effet de 1789, année où le vigneron a quarante ans, que datent ses débuts véritables, ce qui fait de lui un véritable fils de la Révolution, non sur le plan idéologique [1], mais sur le plan économique : Grandet est bien un bourgeois du XIXᵉ siècle, c'est-à-dire à la fois un homme d'Ancien Régime (il a d'abord, avant 1789, été maître tonnelier et s'est enrichi sûrement grâce à cette activité), et un homme moderne qui comprend la Rente et se lance dans la spéculation. Le passage de la première à la seconde forme d'enrichissement, de la lente et laborieuse accumulation de la fortune aux gains rapides et faciles, se produit dans le cours du roman, sous l'impulsion d'un événement spécifiquement fictif, et non historique celui-là, l'arrivée de Charles et l'annonce du suicide de Guillaume Grandet, son frère cadet. Balzac excelle à mêler ainsi donnée historique et donnée romanesque, et la coïncidence que le romancier établit ici entre un événement fictif – la visite de Charles à Saumur avant son embarquement pour les Indes (novembre 1819) suite à la banqueroute de son père – et la fin d'une instabilité poli-

---

1. « Les habitants de Saumur étant peu révolutionnaires, le père Grandet passa pour un homme hardi, un républicain, un patriote, pour un esprit qui donnait dans les nouvelles idées, tandis que le tonnelier donnait tout bonnement dans les vignes » (p. 61).

tique et de graves difficultés économiques, en fournit la preuve. Certes le ministère Villèle n'est formé que deux ans plus tard, en décembre 1821, qui inaugure une période de prospérité pour six ans [1], mais il n'en demeure pas moins que l'évolution des personnages romanesques paraît en accord avec l'évolution de la société. De même que, comme l'a souligné Max Andréoli, la venue de Charles fait passer le père Grandet et sa fille de l'Immobilité au Mouvement [2], de même la Restauration entre alors dans une phase nouvelle qui verra, outre la loi d'indemnité des émigrés (en avril 1825), tout un débat autour de la rente (qui en 1824 s'élève à près de 105 francs), témoignant ainsi tout à la fois de sa stabilité et de son dynamisme.

Celui qui est chargé d'incarner l'histoire en marche, c'est donc aussi, peut-être paradoxalement, le frivole Charles Grandet, qui se convertira rapidement au cynisme, une fois passée la Ligne, et qui redouble, dans son rapport à l'argent, le vieux tonnelier : le premier qui, une fois sa fortune faite dans d'infâmes trafics, se lave par un mariage qui lui ouvre les portes du faubourg Saint-Germain et la carrière politique, le second qui ne fait sans doute que « de la spéculation de père de famille », selon les termes de Jean-Hervé Donnard [3], mais goûte de souveraines jouissances dans l'exercice d'un pouvoir invisible.

Comme l'a très bien montré Pierre-Georges Castex, Grandet est donc un homme de son siècle, et non pas l'avare tel que Molière a pu le dépeindre – et Balzac a d'ailleurs corrigé en cela son manuscrit en supprimant les occurrences, nombreuses, de ce mot, pour leur préférer des périphrases telles *bonhomme*, *maître de logis*, *tonnelier* ou *vigneron* – puisque Harpagon, type comique, n'est pas sujet

---

1. Villèle forme son ministère ultraroyaliste le 14 décembre 1821 et se maintient au pouvoir plus de six ans, jusqu'en janvier 1828. La période précédente, marquée par le conflit des libéraux et des ultras et par l'assassinat du duc de Berry, a vu au contraire de fréquents changements de ministères (ministères Richelieu de septembre 1816 à décembre 1818, Dessolles-Decazes jusqu'en décembre 1819, Decazes jusqu'en février 1820, et enfin Richelieu pour la seconde fois).
2. Max Andréoli dans son article : « À propos d'une lecture d'*Eugénie Grandet* », *L'Année balzacienne 1995*, p. 9-38, en particulier p. 12-18.
3. J.-H. Donnard, *La Vie économique et les classes sociales dans l'œuvre de Balzac*, Armand Colin, 1961, p. 301.

à évolution et se contente d'amasser et de craindre pour sa cassette. C'est « un type de bourgeois conquérant comme il en a existé dans la génération qui a pris son essor sous la Révolution [1] ». À travers ce personnage, que le roman saisit en 1789 pour le faire mourir en 1828, ce sont donc quatre régimes successifs qui sont représentés – la Révolution, le Consulat, l'Empire et la Restauration –, et c'est l'histoire d'une fortune durant cette période que le romancier nous raconte. Le dessein didactique de Balzac est indéniable, et Grandet, dans les diverses opérations financières qu'il entreprend, est le moyen, l'outil dont Balzac se sert pour porter témoignage sur une transformation de la société dans son rapport à l'argent. La première étape est l'achat d'un bien national, une abbaye, acte sacrilège s'il en fut aux yeux des royalistes et des catholiques [2], mais qui, chez Grandet, ne relève que d'un calcul simple : il peut ainsi étendre son vignoble et se doter de quelques métairies. Par ailleurs, son intérêt se lit dans sa volonté de réconciliation, puisqu'il se montre capable tout à la fois de protéger les nobles et de fournir « aux armées républicaines un ou deux milliers de pièces de vin blanc » (p. 62) : sur les fronts politique et commercial, il témoigne d'une remarquable habileté, envisageant à la fois le court et le long terme – le soutien de la noblesse n'étant sans doute pas inutile lorsque la tourmente sera apaisée. Autour des années 1800, Grandet progresse encore :

> Sous le Consulat, le bonhomme Grandet devint maire, administra sagement, vendangea mieux encore ; sous l'Empire, il fut monsieur Grandet. Napoléon n'aimait pas les républicains : il remplaça monsieur Grandet, qui passait pour avoir porté le bonnet rouge, par un grand propriétaire, un homme à particule, un futur baron de l'Empire. Monsieur Grandet quitta les honneurs municipaux sans aucun regret. Il avait fait faire dans l'intérêt de la ville d'excellents chemins qui menaient à ses propriétés (p. 62).

---

1. P.-G. Castex, « L'ascension de monsieur Grandet », *Europe*, 1964, p. 247-263, ici p. 248.
2. On voit dans *Les Chouans* les représailles que subit d'Orgemont qui s'est enrichi en achetant l'abbaye de Juvigny. On verra dans *L'Ensorcelée* de Barbey d'Aurevilly comment est considéré le mari de Jeanne Le Hardouey qui, lui aussi, a acheté des biens du clergé.

On connaît chez Balzac l'importance des titres et des noms, et *Eugénie Grandet* en offre un passionnant exemple avec le président Cruchot, qui finit de Bonfons. L'accès du tonnelier, le « bonhomme Grandet », au statut de « monsieur » par le biais de la dignité municipale, est somme toute aussi important que le changement de patronyme du juriste : il obtient ainsi une reconnaissance de ses concitoyens, tout en ne songeant en fait qu'à son profit personnel – Grandet donne donc toujours « dans les vignes ». Ce n'est rien moins qu'un « titre de noblesse » qu'il gagne sous l'Empire, en devenant « *le plus imposé* de l'arrondissement » après avoir hérité de trois avares, ses beaux-parents et la grand-mère de sa femme : « Il exploitait cent arpents de vignes […]. Il possédait treize métairies, une vieille abbaye, où, par économie, il avait muré les croisées, les ogives, les vitraux […] ; et cent vingt-sept arpents de prairies où croissaient et grossissaient trois mille peupliers plantés en 1793 » (p. 63). Vigneron, propriétaire terrien, éleveur de peupliers dont nous apprendrons plus loin qu'ils sont nourris « aux frais du gouvernement » car ils sont plantés sur les bords de Loire, domaine public, et toujours tonnelier, ce qui lui permet de vendre des tonneaux les années où la récolte n'est pas bonne, Grandet pratique enfin l'usure et l'escompte, les deux ressources qui s'offrent alors au capitaliste pour faire valoir ses fonds. Notable est le fait que c'est en 1793, année qui évoque dans tous les esprits la Terreur, que Grandet a planté ses peupliers : l'histoire du personnage, du bourgeois qu'est Grandet l'emporte ici sur l'histoire des faits.

UNE HISTOIRE DES MŒURS

Dans la grande réflexion qu'il mène sur les relations du roman et de l'histoire et sur le modèle qu'en cette matière lui transmet Walter Scott, Balzac ne cesse de condamner l'histoire des faits, ces « sèches et rebutantes nomenclatures de faits appelées *histoires*[1] » et se pose en « historien

---

1. Avant-propos de *La Comédie humaine*, éd. citée, t. I, p. 10. Cf. l'Introduction des *Chouans* de 1829 (Le Livre de Poche classique, éd. Claudie Bernard, 1997, p. 469).

des mœurs », soulignant de la sorte l'ampleur de sa perspective. En conséquence, le détail de la peupleraie se révèle riche de signification en ce qu'il montre les mœurs prenant le pas sur les faits, ce que confirment les spéculations de Grandet sous la Restauration, qui délaisse alors le foncier au profit de la rente – hormis dans l'achat du domaine de Froidfond qui marque l'aboutissement du processus de remplacement de la noblesse par la bourgeoisie : Grandet possède désormais un château et sa fille finira peut-être marquise – c'est le cas dans le dénouement initialement prévu par Balzac.

Cette mutation n'empêche pas le vigneron de rester vigneron, puisque c'est la vente de ses vins aux Hollandais et aux Belges qui lui apporte une partie du capital qu'il va investir dans l'achat de rentes et qui le décide, au moment où toute la ville le condamne pour ce marché, à sauver l'honneur de son neveu et à regagner « l'admiration de la ville » – au vrai, à « s'amuser » des Parisiens, « les tordre, les rouler, les pétrir, les faire aller, venir, suer, espérer, pâlir » (p. 146). Si Grandet devient donc plus audacieux et ne se contente pas de thésauriser, puisque « les écus vivent et grouillent comme des hommes : ça va, ça vient, ça sue, ça produit » (p. 200), il manifeste en fait constamment le même désir, cet « appétit inassouvissable de posséder toujours plus », selon la formule de Philippe Berthier[1], adaptant ce désir aux circonstances, l'accomplissant en somme en fonction du moment, en fonction des règles en vigueur en 1791 ou en 1819 par exemple. Grandet négocie ainsi ses premiers achats de rente à 5 % fin 1819, peu après la reprise du titre, et vend massivement en 1824 au moment de la conversion, faisant un bénéfice global de 45 %, ce qui indique la sûreté de ses vues[2] : Félix Grandet ne fait pas mentir son prénom, qui le dit chanceux, ni son nom, anagramme où se lit l'*argent*.

Le spéculateur réalise donc la synthèse de l'immobilité (il finit d'ailleurs monomane, jouissant de la simple

1. *Philippe Berthier commente Eugénie Grandet*, Gallimard, « Foliothèque », 1992, p. 34.
2. Voir à ce sujet les analyses de P. Barbéris dans *Le Monde de Balzac*, Artaud, 1973, p. 243-247.

Dossier

contemplation de ses pièces d'or) [1] et du mouvement, de la crainte (il veille à la fin sur son or comme Harpagon sur sa cassette) et de l'audace. Surtout, parce que la possession de l'argent est pour lui source d'un plaisir infini et irremplaçable qui n'implique ni la dépense ni l'ostentation, l'évolution de Grandet ne s'accompagne d'une modification ni dans son apparence (il reste habillé jusqu'à sa mort comme il l'était en 1791) ni dans son comportement en affaires (le bégaiement, inventé en 1789, demeure sa stratégie tout au long du roman) ; quant à Eugénie, qui, veuve, sera encore plus riche que l'était son père, elle « est toujours vêtue comme l'était sa mère » (p. 249) et vit suivant le même ordinaire, empruntant même à son père sa phrase sacramentelle. Comme l'écrit P.-G. Castex, on peut affirmer que « Grandet est l'homme qui prend le vent de l'Histoire [2] », ce qui fait donc d'*Eugénie Grandet* un roman de mœurs et, partant, un roman historique [3], la question de l'argent étant intimement liée à celle de l'histoire. Mais il est aussi l'homme qui représente l'immobilité au sein du courant historique, offrant comme une résistance aux changements des temps – à la différence d'un Charles.

L'OR, L'ABSOLU

Cependant la « monomanie » finale de Grandet, qui, ayant vendu ses rentes, retire de Paris près de quatre millions trois cent mille francs en or, « qui rejoignirent dans ses barillets les quinze cent mille francs d'intérêts [...] que lui

---

1. « Eugénie lui étendait des louis sur une table, et il demeurait des heures entières les yeux attachés sur les louis, comme un enfant qui, au moment où il commence à voir, contemple stupidement le même objet » (p. 223). La comparaison énonce assez clairement la régression de l'avare.
2. P.-G. Castex, « L'ascension de monsieur Grandet », art. cité, p. 259.
3. Voir l'étude que René Guise a consacrée à quelques projets balzaciens inédits qui souligne l'énorme influence exercée par Scott sur le roman de mœurs : « les études de mœurs balzaciennes sont d'abord des romans historiques à la Walter Scott », écrit-il (« Balzac et le roman historique. Notes sur quelques projets », *RHLF*, numéro consacré au roman historique, mars-juin 1975, p. 353-372, ici p. 353), et notre article : « Balzac et les modèles scottiens. L'exemple des *Chouans* » (*Le Roman historique et ses avatars*, D. Couégnas et D. Peyrache-Leborgne éd., Nantes, Pleins Feux, 2000).

avaient donné ses inscriptions », semble le ramener, certes enrichi, à sa situation première, d'autant que toute son existence s'organise, d'un bout à l'autre de l'œuvre, autour de cette cellule, ce mystérieux cabinet où il fait ses calculs et établit ses quittances, remplit ses barillets, autour de la matière-or, tellement adorée en somme qu'elle s'épure, se dématérialise en quelque sorte. S'il semble donc d'abord s'écarter de ces avares à l'ancienne que sont les vieillards de la branche La Bertellière, il les rejoint *in fine*, eux qui « entassaient leur argent pour pouvoir le contempler secrètement » (p. 62). L'étude des « Thèmes religieux dans *Eugénie Grandet* [1] » a bien montré comment Grandet, « Grand-prêtre » d'un « dieu caché » », s'enfermant dans sa « chapelle » chaque nuit, est un mystique de l'or, perçu par sa femme comme une sorte de Dieu, omniscient et omnipotent [2], et par ses concitoyens comme doué d'une véritable infaillibilité : « L'hiver sera rude, disait-on, le père Grandet a mis ses gants fourrés : il faut vendanger. – Le père Grandet prend beaucoup de merrain, il y aura du vin cette année » (p. 66). Cette puissance prêtée au vigneron l'apparente à une créature mythique, qui inspire « un sentiment d'admiration mélangé de respect et de terreur » (p. 64) et qui fait songer au basilic (p. 68). Objet de discours multiples, inspirateur de légendes, il échappe d'emblée à la stature historique et typique, pourtant rigoureusement mise en place par le narrateur au fil d'une datation très précise dans la biographie du père Grandet. Ce caractère légendaire se manifeste exemplairement dans l'évocation de son cabinet, sorte de caverne où l'avare médite :

> Personne, pas même madame Grandet, n'avait la permission d'y venir, le bonhomme voulait y rester seul comme un alchimiste à son fourneau. Là, *sans doute*, quelque cachette avait été très habilement pratiquée, là s'emmagasinaient les titres de propriété, là pendaient les balances à peser les louis, là se faisaient nuitamment et en secret les quittances, les reçus, les calculs ; de manière que les gens d'affaires, voyant toujours

---

1. Article sous la direction de Léon-François Hoffmann, *L'Année balzacienne 1976*, p. 201-229.
2. « Ton père voit tout », dit Mme Grandet à sa fille. Et, lorsqu'il survint au milieu du déjeuner de son neveu, il « entra, jeta son regard clair sur la table, sur Charles, il vit tout » (p. 130).

Dossier

Grandet prêt à tout, *pouvaient imaginer* qu'il avait à ses ordres une fée ou un démon. Là, *sans doute*, quand Nanon ronflait à ébranler les planchers, quand le chien-loup veillait et bâillait dans la cour, quand madame et mademoiselle Grandet étaient bien endormies, venait le vieux tonnelier choyer, caresser, couver, cuver, cercler son or. Les murs étaient épais, les contrevents discrets. Lui seul avait la clef de ce laboratoire, où, *dit-on*, il consultait des plans sur lesquels ses arbres à fruits étaient désignés et où il chiffrait ses produits à un provin, à une bourrée près (p. 107, nous soulignons).

Lieu de travail et lieu de jouissance, la cachette du père Grandet est aussi un espace fantasmatique en ce que s'exercent sur lui les rêveries des Saumurois, qui gagnent finalement le lecteur : puisque ce dernier n'est jamais invité à visiter cette antre et à inventorier ses trésors, il ne peut qu'« imaginer » lui aussi ce qu'elle recèle. Si Eugénie peut plus tard, quand son père est paralysé, y accéder, c'est pour y placer « en secret [1] elle-même les sacs d'argent les uns sur les autres » et en refermer aussitôt après la porte (p. 223), Grandet en conservant toujours la clef dans la poche de son gilet.

Le récit balzacien se construit sur cette lacune, ce silence, si bien que, en dépit d'une présence obsédante de l'argent et des chiffres dans le texte, cet évident facteur de réalisme, l'or s'efface pour ne devenir qu'une source de rêverie : « Il se voyait en perspective huit millions dans trois ans, il voguait sur cette longue nappe d'or » (p. 141). Au point peut-être de disparaître, ou plus précisément de devenir, comme le note Philippe Berthier, « une essence [2] » : l'or ne serait-il pas la figuration de ce principe énergétique sur lequel s'élabore la poétique romanesque de Balzac, en ce qu'il réalise la fusion entre matière et esprit [3] ? « Absolu » comme celui dont se mettra en quête

---

1. Un peu plus loin, dans cette transmutation en or et en argent qu'opère Grandet, c'est encore « secrètement » que les sacs s'empilent dans le cabinet (p. 223).
2. *Philippe Berthier commente Eugénie Grandet*, *op. cit.*, p. 48.
3. Voir l'article de A. Michel, « La poétique balzacienne de l'énergie » (*Romantisme* n° 46, p. 49-59), qui met en lumière, chez Balzac, la recherche d'une poétique unitaire qui réaliserait la fusion de la matière et de l'esprit, dans la forme romanesque.

Balthazar Claës quelques mois plus tard, l'or est donc tout
à la fois tangible – des sacs de gros sous qu'on empile, des
barils qu'on emplit, des quittances qu'on rédige, *ad
libitum* – et intangible, fantasme, objet imaginaire qu'on
pourrait grossir à l'infini et qui serait la puissance à l'état
pur, le merveilleux outil de manipulation qui permettrait de
dominer autrui – ce qu'à l'échelle de Saumur, réalise parfaitement Grandet. Dès lors l'avarice n'est qu'une des
formes que peut prendre le désir, un concentré de ce que le
romancier nomme le « pouvoir humain » :

> Tout pouvoir humain est un composé de patience et de temps.
> Les gens puissants veulent et veillent. La vie de l'avare est un
> constant exercice de la puissance humaine mise au service de
> la personnalité. Il ne s'appuie que sur deux sentiments :
> l'amour-propre et l'intérêt ; mais l'intérêt étant en quelque
> sorte l'amour-propre solide et bien entendu, l'attestation
> continue d'une supériorité réelle, l'amour-propre et l'intérêt
> sont deux parties d'un même tout, l'égoïsme. De là vient peut-
> être la prodigieuse curiosité qu'excitent les avares habilement
> mis en scène. Chacun tient par un fil à ces personnages qui
> s'attaquent à tous les sentiments humains, en les résumant
> tous. Où est l'homme sans désir, et quel désir social se
> résoudra sans argent ? (p. 145).

L'avare devient donc l'Homme par excellence,
puisqu'en lui s'exacerbent et se résument toutes les aspirations humaines, puisqu'en lui se concentre l'égoïsme : la
passion de l'or n'est qu'une des formes possibles de la
passion, qui est « toute l'humanité » selon les termes de
l'Avant-propos de *La Comédie humaine* : « Sans elle, la
religion, l'histoire, le roman, l'art seraient inutiles [1]. »
Grandet, qui économise et s'économise, est l'indispensable revers du Raphaël de *La Peau de chagrin*, qui dépense et s'use, dans la grande réflexion menée par le
romancier sur le désir : deux figures emblématiques, dont
l'existence romanesque telle une allégorie, aident à saisir
la philosophie de Balzac, sa vision du monde. Derrière
l'histoire du XIXᵉ siècle qu'un Grandet représente, par-delà
l'histoire des mœurs, c'est donc un drame éternel, celui de
l'homme désirant, qu'énonce la figure de l'avare.

----

1. Avant-propos de *La Comédie humaine*, Gallimard, « Bibliothèque de
la Pléiade », 1976, t. I, p. 15-16.

Le *franc* est l'unité de monnaie légale depuis la Révolution. Il est mis en circulation par décret le 15 août 1795. La valeur or du franc est fondée en 1803 (0,290 g d'or pur). Le *sou* vaut un vingtième du franc. La « pièce de vingt sous » désigne la pièce d'un franc ; la « pièce de cent sous » un écu de cinq francs. Le *louis* est une pièce d'or, d'une valeur de vingt francs, frappée à l'effigie de Louis XVIII, puis de Charles X. Le *double louis* est une pièce d'or d'une valeur de quarante francs. Le *napoléon* est une pièce d'or à l'effigie de Napoléon émise en 1803, d'une valeur de vingt francs. Il existe également un *double napoléon* d'une valeur de quarante francs. La *livre* subsiste uniquement sous la forme de l'écu de six livres, qui vaut 5,80 francs.

Pour se faire une idée des sommes mentionnées par Balzac et de leur équivalent en euros, il faut multiplier le franc d'alors par 3. Ainsi Mme Grandet reçoit l'équivalent de 3 € par mois, Eugénie reçoit l'équivalent de 60 € pour son anniversaire, les gages de Nanon correspondent à 180 € par an, le trésor d'Eugénie peut être évalué à 18 000 €. Lorsque Eugénie sera veuve, en 1830, sa fortune lui assurera une rente équivalant à 2 400 000 € par an.

Le romanesque de l'attente

> « Tu es un jardin clos, ma sœur, ma fiancée,
> Une fontaine close, une source scellée »
> (Cantique des cantiques).

Un ou deux romans

Lorsqu'il distingue le roman réaliste, dont le XIXe siècle voit le triomphe, et le roman romanesque, Northrop Frye note justement que ce qui les distingue est avant tout la manière dont s'y enchaînent les événements, le premier établissant une causalité là où le second se contentait de les juxtaposer : c'est le « récit "en donc" » contre le « récit en "et puis" ». Il ajoute que « le réaliste, avec sa conscience de la continuité logique et horizontale, nous conduit vers le terme de l'histoire ; l'auteur romanesque, passant à travers une série d'épisodes sans lien entre eux, semble vouloir nous conduire vers le sommet de l'histoire[1] ». Le romanesque implique donc du « sensationnel », ou, comme le disait déjà Thibaudet, il cherche à « rompre avec une logique, un automatisme, une habitude[2] », refusant la représentation du déroulement ordinaire de la vie, comme il refuse le cliché, puisqu'il est « fait d'inattendu, de création et de commencement absolu[3] ». Le roman réaliste au contraire, parce qu'il veut restituer la platitude de la vie, parce qu'il tend à faire la chronique de ses insignifiances, se veut l'ennemi du *romance* et s'écrit contre le romanesque[4], donnant volontiers dans la parodie des modèles proposés par le roman romanesque et cherchant dans la satire et dans l'histoire d'autres formes de légitimation. *Eugénie Grandet* dans un tel débat est bien une œuvre capitale, tant s'y posent de manière cruciale et la question du romanesque – avec sa remise en cause – et la peinture des mœurs à une période précise de l'histoire. De plus, si le roman de 1833 est rythmé, dans l'évocation des calculs de Grandet, par des dates et des allusions précises à tel ou tel moment de la Restauration, la temporalité en revanche, en ce qui regarde la vie de l'héroïne et de sa mère, s'étire, morne et routinière, sans autres événements marquants que la visite du cousin Charles, la découverte du don que lui a fait Eugénie, les morts, successives, de madame Grandet, puis de son mari. Deux systèmes temporels[5] s'affrontent ainsi, l'un, objectif, extérieur en quelque sorte, l'autre, tout intime et privé. On pourrait en déduire qu'il y a dans

---

1. N. Frye, *L'Écriture profane. Essai sur la structure du romanesque*, Circé, « Bibliothèque critique », 1998 (1re éd. 1976), p. 55-57.
2. Dans ses *Réflexions sur le roman*, Gallimard, 1938, p. 213.
3. *Ibid.*, p. 215.
4. Thibaudet note encore dans une formule célèbre : « Le vrai roman débute par un *Non !* devant les romans », soulignant ainsi la dimension parodique de tout roman moderne (*ibid.*, p. 247). Pour une synthèse sur le roman au XIXe siècle dans ses rapports avec le romanesque antérieur, voir notre ouvrage : *Le Roman au XIXe siècle*, SEDES, « Campus », 1998, chap. I et II.
5. Voir l'article de J. Winkler-Boulenger, « La durée romanesque dans *Eugénie Grandet* » (*L'Année balzacienne 1973*, p. 75-87).

Eugénie Grandet deux romans, l'un de veine satirique et d'orientation historique, centré sur le père Grandet, l'autre, sentimental, porté par le personnage éponyme. Se combineraient ainsi la chronique provinciale d'un bourgeois qui s'enrichit de 1789 à la fin de la Restauration par les différents moyens qui lui sont successivement offerts, et un roman d'amour héroïque – et finalement tragique dans son issue – autour d'une jeune fille vertueuse. C'est en fait beaucoup plus compliqué. La scène centrale, qui voit la coïncidence du transport de l'or par Grandet et le don d'Eugénie à Charles, l'illustre nettement.

La vie des Grandet semble d'abord entièrement ritualisée : on allume le feu au 1er novembre et on l'éteint au 1er mars ; la mère et la fille ne font alors, en fonction de la chaleur et de l'éclairage, que changer de place dans la grande salle de la maison. L'anniversaire d'Eugénie, qui justifie lors de la soirée d'ouverture quelques entorses à la routine quotidienne (« puisque c'est la fête d'Eugénie »), est lui-même devenu un rite parfaitement organisé, qui s'insère parmi les autres rites, plus fréquents et de moindre importance : si les Cruchotins et les Grassinistes s'affrontent chaque soir, la fête de l'héritière est la bataille suprême qu'ils se livrent annuellement, rivalisant alors de générosité et d'originalité dans leurs présents – c'est Adolphe des Grassins qui l'emporte pour les vingt-trois ans d'Eugénie avec sa boîte à ouvrage en vermeil, cette « véritable marchandise de pacotille » (p. 85), qui éblouit Eugénie beaucoup plus que le bouquet de fleurs rares du président Cruchot. Le soir de cette fête qui devrait d'ailleurs rompre avec le rituel des soirées, on joue au loto comme d'habitude. La perturbation introduite par l'anniversaire d'Eugénie n'est donc, comme la journée du samedi pour les habitants de Combray dans *La Recherche* de Proust, qu'une sorte de routine qui se produirait plus rarement que les autres événements routiniers, une habitude certes plus rare mais tout aussi ritualisée.

Cependant, c'est à l'occasion de la fête de l'héroïne que se produit l'événement inattendu et extraordinaire, l'arrivée d'un étranger, immédiatement reconnaissable comme tel, qui paraît doté de toutes les qualités du héros traditionnel :

> Eugénie, à qui le type d'une perfection semblable, soit dans la mise, soit dans la personne, était entièrement inconnu, crut voir en son cousin une créature descendue de quelque région séraphique. Elle respirait avec délices les parfums exhalés par cette chevelure si brillante, si gracieusement bouclée. Elle aurait voulu pouvoir toucher la peau blanche de ces jolis gants fins. Elle enviait les petites mains de Charles, son teint, la fraîcheur et la délicatesse de ses traits. [...] Les manières de Charles, ses gestes, la façon dont il prenait son lorgnon, son impertinence affectée, son mépris pour le coffret qui venait de faire tant de plaisir à la riche héritière et qu'il trouvait évidemment ou sans valeur ou ridicule ; enfin, tout ce qui choquait les Cruchot et les des Grassins lui plaisait si fort, qu'avant de s'endormir elle dut rêver longtemps à ce phénix des cousins. (p. 93-94).

Le cousin de Paris, être si parfait qu'il semble appartenir au peuple des anges, si lumineux qu'il jette un « vif éclat [...] au milieu des ombres grises de la salle » (p. 92), est bien un « phénix » dans l'existence d'Eugénie, et cette scène de première vue un éblouissement pour la jeune fille [1] : elle agit, mue « par une de ces pensées qui naissent au cœur des jeunes filles quand un sentiment s'y loge pour *la première fois* », elle est aussitôt persuadée qu'elle est « *seule* capable de comprendre les goûts et les idées de son cousin » (p. 95, nous soulignons) alors même que, naïve provinciale, elle ignore tout des codes de la société qu'il fréquente. Romanesque en tout cas, cette apparition l'est manifestement, car elle brise la monotonie et survient sans aucune préparation : événement majeur dans la vie de l'héroïne qui ne sera plus jamais comme avant, elle fait naître une attente, éveille des désirs qui ne connaîtront jamais satisfaction, détermine « une maladie [qui] influença

---

1. Voir l'ouvrage de J. Rousset, *Leurs yeux se rencontrèrent. La scène de première vue dans le roman*, José Corti, 1984.

toute son existence » (p. 143). C'est alors une autre temporalité qui se met en place, celle, chaotique et accélérée, de l'amour, de ses doutes, de ses illusions, même si le romancier refuse pour une part l'héritage du roman sentimental et héroïque.

Le *topos* romanesque de la rencontre donne en effet d'emblée à voir tout ce qui sépare Eugénie et Charles : coup de foudre non réciproque, qui place la jeune fille dans l'ombre et l'amant idéal dans la lumière, inversant ainsi les positions du *romance* traditionnel, toujours fondé sur une idéalisation de la femme. Ici, la femme, c'est Charles, comme l'indiqueront d'ailleurs tout au long du roman une série de métaphores explicites, Charles désiré par Eugénie pour la fraîcheur de son teint et la petitesse de ses mains, le raffinement de sa toilette. Le régime de l'euphémisation, caractéristique constante du romanesque, ne profite en fait qu'à ce cousin, auquel sont prêtées toutes les perfections, lorsque le portrait de l'héroïne est placé sous le signe de l'ambiguïté [1] ; c'est lui l'objet de l'attention générale, qui, tel un acteur sous les feux de la rampe, adopte les poses qu'il juge les plus avantageuses, se laisse examiner et suscite finalement les rêveries de Nanon autant que d'Eugénie [2].

Charles, quant à lui, ne voit d'abord dans Eugénie qu'une jeune parente charitable et jouit des attentions dont il est l'objet de la part de l'héroïne et de sa mère [3], ne pouvant « se soustraire à l'influence des sentiments qui se dirigeaient vers lui en l'inondant pour ainsi dire » (p. 128). Ce n'est qu'ensuite que la jeune fille conquiert à ses yeux une autonomie et une identité dont elle a jusqu'alors été dépourvue : « Il s'aperçut, en contemplant Eugénie, de l'exquise harmonie des traits de ce pur visage, de son in-

---

1. Voir la Présentation, p. 36-38.
2. « J'aurais cette robe d'or ?... disait Nanon qui s'endormit habillée de son devant d'autel, rêvant de fleurs, de tabis, de damas, pour la première fois de sa vie, comme Eugénie rêva d'amour » (p. 110).
3. Voir ces deux expressions en écho : « Aussi Charles, en se voyant l'objet des attentions de sa cousine et de sa tante [...] » (p. 127-128) et « Charles Grandet se vit donc l'objet des soins les plus affectueux et les plus tendres » (p. 147).

nocente attitude, de la clarté magique de ses yeux, où scintillaient de jeunes pensées d'amour, et où le désir ignorait la volupté » (p. 128). La « reconnaissance » pour sa cousine le conduit à découvrir « toute la splendeur de sa beauté spéciale » (p. 148) et éveille en lui l'amour : « leurs yeux exprimèrent un même sentiment, comme leurs âmes se fondirent dans une même pensée : l'avenir était à eux » (*ibid.*). La rhétorique est certes convenue (mariage des âmes, langage des yeux), comme si cette naissance de l'amour partagé ne pouvait se dire que dans les termes stéréotypés, lorsque le romancier, étudiant les progrès du sentiment dans le cœur de la seule Eugénie, trouvait les beaux mots de « fécondance [1] » et de « primevère [2] ». C'est que les vues de Charles sont d'emblée teintées par quelque intérêt (la lettre, interrompue, à Annette le laisse du moins supposer, p. 167), le narrateur ne se faisant pas faute de renseigner alors le lecteur sur la « corruption » du Parisien (p. 168-169), et que ses sentiments n'éclosent qu'après le don de l'héritière.

Le fossé entre les deux amants, qui paraît se combler dans ces quelques jours passés dans le jardinet de Saumur au mois de novembre 1819, ne tient donc pas tant dans leur appartenance respective à des univers différents et inconciliables (Paris / la province) qu'à une mésentente plus profonde, à deux éthiques fondamentalement différentes : le romanesque balzacien ne manque pas d'explorer ce qui constitue cette différence à travers la peinture de l'évolution de l'amour. C'est d'abord tels Paul et Virginie que ceux que Grandet nomme « les deux enfants » (p. 179) découvrent la puissance d'Éros, dans un jardin qui tient tout à la fois du *locus amoenus* et de l'*hortus conclusus*, de la tradition profane et de la tradition chrétienne, figurant en tout cas un espace insulaire et protégé du

---

1. « Dans la pure et monotone vie des jeunes filles, il vient une heure délicieuse où le soleil leur épanche ses rayons dans l'âme, où la fleur leur exprime des pensées, où les palpitations du cœur communiquent au cerveau leur chaude fécondance et fondent les idées en un vague désir ; jour d'innocente mélancolie et de suaves joyeusetés ! » (p. 110).

2. « Dès lors commença pour Eugénie le primevère de l'amour » (p. 179). Voir à ce propos le commentaire de Philippe Berthier dans son ouvrage précité (p. 67 *sq.*).

monde extérieur, un lieu tout voué à l'amour et à la rêverie [1] :

> L'amour est notre seconde transformation. L'enfance et l'amour furent même chose entre Eugénie et Charles : ce fut la passion première avec tous ses enfantillages, d'autant plus caressants pour leurs cœurs qu'ils étaient enveloppés de mélancolie. En se débattant à sa naissance sous les crêpes du deuil, cet amour n'en était d'ailleurs que mieux en harmonie avec la simplicité provinciale de cette maison en ruines. En échangeant quelques mots avec sa cousine au bord du puits, dans cette cour muette ; en restant dans ce jardinet, assis sur un banc moussu jusqu'à l'heure où le soleil se couchait, occupés à se dire de grands riens ou recueillis dans le calme qui régnait entre le rempart et la maison, comme on l'est sous les arcades d'une église, Charles comprit la sainteté de l'amour (p. 180).

Mais la protection des murs est chose vaine face à la fuite du temps :

> Enfin de jour en jour ses regards, ses paroles ravirent la pauvre fille, qui s'abandonna délicieusement au courant de l'amour ; elle saisissait sa félicité comme un nageur saisit la branche de saule pour se tirer du fleuve et se reposer sur la rive. Les chagrins d'une prochaine absence n'attristaient-ils pas déjà les heures les plus joyeuses de ces fuyardes journées ? Chaque jour un petit événement leur rappelait la prochaine séparation (p. 181).

Comment mieux dire qu'Eugénie est vouée, une fois Charles parti, à la noyade ? D'autant que les petits événements auxquels il est fait allusion ne sont autres que des questions d'argent (visites au président Cruchot, renoncement à la succession de son père, signature de procurations) et que le jardin est désormais le théâtre de conversations d'intérêts (p. 184), à moins qu'Eugénie n'y erre seule (p. 185). Baisers et engagement, déclaration inaugurent le règne de l'attente sans fin, de l'attente inutile.

---

1. Ainsi que l'atteste sa première description, qui introduit le portrait de l'héroïne (p. 110).

Dès le départ de Charles et le retour de la routine pour tous, hormis Eugénie [1], c'est en Pénélope que se place la jeune fille, attendant le retour de celui qui est parti sur les mers, non pour faire la guerre, mais pour conquérir une fortune et revenir l'épouser [2], passant ses journées à rêver (à l'église, en suivant le voyage de son cousin sur sa mappemonde, dans le jardinet) et élaborant ses propres rituels : le matin, « pensive sous le noyer, assise sur le banc de bois rongé par les vers et garni de mousse grise » (p. 193), ou causant de Charles avec Nanon et sa mère, ouvrant la toilette de Charles « soir et matin » (p. 194), le soir dissimulant ses pensées en présence des joueurs. C'est que Cruchotins et Grassinistes sont bien les prétendants qui harcèlent l'innocente Eugénie, arrivant chaque soir, à heure fixe, pour faire la partie de loto de madame Grandet – comme dans *L'Odyssée*, ils viennent en l'absence du maître manger ses biens et courtiser sa femme. La métaphore cynégétique [3], relevée par Ph. Berthier [4], qui fait d'Eugénie un gibier, une femme perpétuellement traquée du début à la fin de l'œuvre – puisque à la mort du président C. de Bonfons, la meute se remet en chasse, quand Charles, devenu « âpre à la curée » (p. 230) l'oublie au profit d'une proie qu'il croit plus grasse (au figuré !) et plus facile –, l'assimile bien à l'épouse d'Ulysse-Charles, qui ne manque d'ailleurs pas de rencontrer quelques Circé [« les Négresses, les Mulâtresses, les Blanches, les Javanaises, les Almées » (p. 231)] dans son périple. Mais si

---

1. « Le lendemain du départ de Charles, la maison Grandet reprit sa physionomie pour tout le monde, excepté pour Eugénie qui la trouva tout à coup bien vide » (p. 192). D'ailleurs si Nanon souhaite son retour, c'est parce qu'elle « s'accoutumai[t] ben à lui », signe que Charles était sur le point d'entrer dans les rituels de la maisonnée.
2. C'est le sens du quiproquo dont Grandet est l'auteur au moment du départ de son neveu (p. 186-187).
3. Ainsi, dans le passage suivant, « La meute poursuivait toujours Eugénie et ses millions ; mais la meute plus nombreuse aboyait mieux et cernait sa proie avec ensemble » (p. 229), qui fait écho à la représentation d'une Eugénie « qui, semblable à ces oiseaux victimes du haut prix auquel on les met et qu'ils ignorent, se trouvait traquée, serrée par des preuves d'amitié dont elle était la dupe » (p. 87).
4. *Philippe Berthier commente Eugénie Grandet, op. cit.*, p. 165.

L'Odyssée figure peut-être la première épopée embourgeoisée, puisqu'on y voit l'émergence d'un individu représentatif de l'humanité moyenne, qu'il n'accomplit pas de hauts faits et cherche avant tout à retrouver son *oikia*, ses biens, sa femme, c'est en fait un autre détournement de la donnée épique que pratique Balzac dans *Eugénie Grandet*, représentant un Ulysse infidèle et sans nostalgie [« Il se souvenait seulement du petit jardin encadré de vieux murs, parce que là sa destinée hasardeuse avait commencé ; mais il reniait sa famille : son oncle était un vieux chien qui lui avait filouté ses bijoux ; Eugénie n'occupait ni son cœur ni ses pensées, elle occupait une place dans ses affaires comme créancière d'une somme de six mille francs » (p. 231)], et une Pénélope restée vierge, jusque dans son mariage final avec le président de Bonfons.

Ce n'est donc que par son éternelle attente qu'Eugénie est Pénélope, brodant comme elle dans le seul but de se servir du dé donné par Charles à sa mère (p. 227) – après avoir raccommodé des torchons durant sa première jeunesse. Ravaudeuse, puis brodeuse, experte en ces ouvrages de dames qui ne font que meubler les journées, aider le temps à s'écouler. Si l'action principale du roman se déploie sur quatorze ans, Eugénie ne connaît le bonheur, ne vit et ne palpite que durant une soirée et neuf jours : elle passe sa vie à attendre le prince charmant, puis, ayant rencontré le « phénix des cousins », passe le reste de son existence à attendre son retour, avant d'entrer dans l'ère des regrets. Le « J'attendrai, Charles » prononcé peu avant le départ du cousin résume son existence et substitue à l'irruption du romanesque l'étirement infini du temps. Eugénie alors s'évade en pensée sur les « gouffres amers », se projetant dans l'avenir comme elle s'élance dans l'espace :

> Elle pensait à l'avenir en regardant le ciel par le petit espace que les murs lui permettaient d'embrasser ; puis le vieux pan de muraille, et le toit sous lequel était la chambre de Charles (p. 193).

Puis, doublement recluse puisque enfermée par son père à l'intérieur d'une maison qui est elle-même un cloître :

Sa réclusion, la disgrâce de son père n'étaient rien pour elle. Ne voyait-elle pas la mappemonde, le petit banc, le jardin, le pan de mur, et ne reprenait-elle pas sur ses lèvres le miel qu'y avaient laissé les baisers de l'amour ? (p. 207-208).

Parce qu'à la femme sont réservés le dévouement et l'attente (« la femme demeure », comme le dit parfaitement Balzac), elle ne peut que faire naître indirectement le mouvement, l'aventure propres à l'univers de la fable : c'est pour la mériter que le chevalier s'éloigne, pour la conquérir qu'il part en croisade (« il agit, il va, il s'occupe, il pense », écrit encore le romancier), et seul il a le pouvoir de modifier la situation initiale, soit en s'illustrant, soit en arrachant sa belle aux mains de ceux qui la retiennent prisonnière. Cette topique du roman – qui est aussi celle du conte de fées[1] – est délibérément maintenue et retournée : le croisé ne revient pas, il ne s'est prêté qu'à de honteux trafics, Eugénie restera à jamais prisonnière de sa demeure comme de son père, choisissant de devenir lui, faute d'avoir pu lui échapper, tout en se conservant *quand même* fidèlement à son amour défunt. Le mystérieux tombeau du croisé, présent allusivement dans la première description du jardin[2], disait déjà et la fin de l'épopée et l'inutilité de l'attente : c'est sur des ruines que se construit la destinée d'Eugénie, et le romanesque, paradoxal, dont cette héroïne est chargée, se concentre finalement dans la « mélancolie » :

Le premier, le seul amour d'Eugénie était, pour elle, un principe de mélancolie. Après avoir entrevu son amant pendant quelques jours, elle lui avait donné son cœur entre deux baisers furtivement acceptés et reçus ; puis il était parti, mettant tout un monde entre elle et lui (p. 226).

Dossier

---

1. Voir à ce propos l'article de J. Gurkin, « Romance Elements in *Eugénie Grandet* » (*L'Esprit créateur*, 1967, p. 17-24), et celui de J. Gale, « "Sleeping beauty" as Ironic model for *Eugénie Grandet* » (*Nineteenth-Century French Studies*, 1981, p. 28-36).
2. « Enfin les huit marches qui régnaient au fond de la cour et menaient à la porte du jardin, étaient disjointes et ensevelies sous de hautes plantes comme le tombeau d'un chevalier enterré par sa veuve au temps des croisades » (p. 111).

C'est là toute la vie d'Eugénie, victime d'une providence ironique, à laquelle Dieu « jeta des masses d'or » lorsqu'elle y était indifférente, et qui « faite pour être magnifiquement épouse et mère » reste veuve et sans enfants. La statue, que Pygmalion a éveillée et délaissée, est, comme le dit la Postface, vouée à disparaître dans les flots « où elle demeurera toujours ignorée ».

BIBLIOGRAPHIE

ŒUVRES DE BALZAC

La Comédie humaine, sous la direction de Pierre-Georges Castex, Gallimard, « Bibliothèque de la Pléiade », 1976-1981, 12 vol.

Correspondance, édition de Roger Pierrot, Garnier, 1960-1969, 5 vol.

Correspondance, édition présentée, établie et annotée par Roger Pierrot et Hervé Yon, Gallimard, « Bibliothèque de la Pléiade », 2006 (t. I : 1809-1835), 2011 (t. II : 1836-1841).

Lettres à Mme Hanska, édition de Roger Pierrot, Robert Laffont, « Bouquins », 1990, 2 vol.

Œuvres diverses, sous la direction de Pierre-Georges Castex, Gallimard, « Bibliothèque de la Pléiade », 1990 (t. I), 1996 (t. II).

ÉDITIONS D'*EUGÉNIE GRANDET*

Édition critique de Pierre-Georges Castex, Garnier, 1965.

Édition de Samuel de Sacy, Gallimard, « Folio », 1972.

Introduction et notes de Nicole Mozet, in *La Comédie humaine*, Gallimard, « Bibliothèque de la Pléiade », 1976, t. III.

Édition de Pierre-Louis Rey, dossier de Gérard Gengembre, Pocket, 1989.

Édition critique de Martine Reid, Le Livre de Poche, 1996.

Roman, notes explicatives, questionnaires, bilans, documents et parcours thématique établis par Chantal Grenot, Hachette, « Classiques Hachette », 2008.

Édition de Jacques Noiray, Gallimard, « Folio classique », 2016.

OUVRAGES CRITIQUES SUR BALZAC

BARBÉRIS, Pierre, *Balzac et le mal du siècle*, Gallimard, 1968.

–, *Balzac, une mythologie réaliste*, Larousse, « Thèmes et textes », 1971.

BARDÈCHE, Maurice, *Balzac romancier*, Plon, 1940.

BONARD, Olivier, *La Peinture dans la création balzacienne. Invention et création picturales*, Genève, Droz, 1969 (en particulier p. 138-154).

BORDERIE, Régine, *Balzac, peintre de corps. La Comédie humaine ou le sens des détails*, SEDES, « Collection du Bicentenaire », 2002.

CHRÉTIEN, Jean-Louis, « Lire dans les cœurs avec Balzac », in *Conscience et roman*, t. I : *La Conscience au grand jour*, Éditions de Minuit, 2009, p. 93-116.

COULEAU-MAIXENT, Christelle, *Balzac. Le roman de l'autorité. Un discours auctorial entre sérieux et ironie*, Honoré Champion, « Romantisme et modernités », 2007.

CULLMANN, Emmanuelle, DIAZ, José-Luis et LYON-CAEN, Boris (dirs), *Balzac et la crise des identités*, Saint-Cyr-sur-Loire, Christian Pirot, « Collection Balzac », 2005.

DAVID, Jérôme, *Balzac, une éthique de la description*, Honoré Champion, « Romantisme et modernités », 2010.

DIAZ, José-Luis, *Devenir Balzac. L'invention de l'écrivain par lui-même*, Saint-Cyr-sur-Loire, Christian Pirot, « Collection Balzac », 2007.

DIAZ, José-Luis et TOURNIER, Isabelle (dirs), *Penser avec Balzac*, Saint-Cyr-sur-Loire, Christian Pirot, « Collection Balzac », 2003.

DISSAUX, Nicolas (dir.), *Balzac, romancier du droit*, LexisNexis, 2012.

DONNARD, Jean-Hervé, *La Vie économique et les classes sociales dans La Comédie humaine*, Armand Colin, 1961.

DUCHET, Claude et NEEFS, Jacques (dirs), *Balzac, l'invention du roman*, Actes du colloque de Cerisy-la-Salle, Belfond, 1982.

DUFOUR, Philippe, *Le Réalisme. De Balzac à Proust*, PUF, « Premier cycle », 1998.

–, *La Pensée romanesque du langage*, Seuil, « Poétique », 2004.

EBGUY, Jacques-David, *Le Héros balzacien. Balzac et la question de l'héroïsme*, Saint-Cyr-sur-Loire, Christian Pirot, « Collection Balzac », 2010.

FRAPPIER-MAZUR, Lucienne, *Le Régime métaphorique dans La Comédie humaine*, Klincksieck, 1976.

FRAPPIER-MAZUR, Lucienne et ROULIN, Jean-Marie, *L'Éro-tique balzacienne*, SEDES, « Collection du Bicente-naire », 2001.

GLEIZE, Joëlle, *Honoré de Balzac. Bilan critique*, Nathan, « 128 », 1994.

GRANGE, Juliette, *Balzac. L'argent, la prose, les anges*, La Différence, 1990.

GUICHARDET, Jeannine, *Balzac-mosaïque*, Clermont-Ferrand, Presses universitaires Blaise-Pascal, « Cahiers romantiques », 2007.

GUYON, Bernard, *La Pensée politique et sociale de Balzac*, Armand Colin, 1967 [1947].

HERSCHBERG-PIERROT, Anne (dir.), *Balzac et le style*, SEDES, 1998.

LYON-CAEN, Boris, *Balzac et la comédie des signes. Essai sur une expérience de pensée*, Saint-Denis, Presses uni-versitaires de Vincennes, 2006.

MAHIEU, Robert et SCHUEREWEGEN, Franc (dirs), *Balzac ou la Tentation de l'impossible*, SEDES, 1998.

MAS, Marion, *Le Père Balzac. Représentations de la pater-nité dans La Comédie humaine*, Classiques Garnier, 2015.

MASSOL, Chantal, *Une poétique de l'énigme. Le récit hermé-neutique balzacien*, Genève, Droz, 2006.

MÉNARD, Maurice, *Balzac et le comique dans La Comédie humaine*, PUF, 1983.

MICHEL, Ariette, *Le Mariage et l'amour dans l'œuvre roma-nesque d'Honoré de Balzac*, Lille/Paris, ANRT/Honoré Champion, 1976, 4 vol.

MOZET, Nicole, *La Ville de province dans l'œuvre de Balzac*, SEDES, 1982.

–, *Balzac au pluriel*, PUF, « Écrivains », 1990.

PÉRAUD, Alexandre, *Le Crédit dans la poétique balzacienne*, Classiques Garnier, « Études romantiques et dix-neuvié-mistes », 2012.

PIERROT, Roger, *Balzac*, Fayard, 1994.

SOLOMON, Nathalie, *Balzac, ou Comment ne pas raconter une histoire*, Arras, Artois presses université, 2007.

VACHON, Stéphane (dir.), *Balzac, une poétique du roman*, Saint-Denis/Montréal, Presses universitaires de Vincennes/XYZ Éditions, 1995.

VANNIER, Bernard, *L'Inscription du corps. Pour une sémio-tique du portrait balzacien*, Klincksieck, 1972.

1850, tombeau d'Honoré de Balzac, documents rassemblés, présentés et annotés par Stéphane Vachon, Saint-Denis/ Montréal, Presses universitaires de Vincennes/XYZ Éditions, 2007.

Balzac, l'éternel retour, dossier coordonné par Maxime Rovère, *Le Magazine littéraire*, n° 509, mai 2011.

ÉTUDES SUR *EUGÉNIE GRANDET*

ABOLGASSEMI, Maxime, « La description expérimentale chez Balzac et Musil », *Poétique*, n° 145, 2006, p. 59-81.

AMOSSY, Ruth et ROSEN, Elisheva, « La configuration du dandy dans *Eugénie Grandet* », *L'Année balzacienne 1975*, p. 247-261.

–, « Les clichés dans *Eugénie Grandet*, ou les négatifs du réalisme balzacien », *Littérature*, n° 25, 1977, p. 114-128.

ANDRÉOLI, Max, « À propos d'une lecture d'*Eugénie Grandet*. Science et intuition », *L'Année balzacienne 1995*, p. 9-38.

BAFARO, Georges, *Étude sur Honoré de Balzac, Eugénie Grandet*, Ellipses, « Résonances », 2007.

BERRONG, Richard M., « Art, transformation, liberation : Balzac's *Eugénie Grandet* », *Romance Quarterly*, vol. 60, n° 3, p. 175-183.

BOURGEOIS, Louise, *Moi, Eugénie Grandet*, précédé d'un essai de Jean Frémon, Gallimard, 2010 [publié à l'occasion de l'exposition du même nom, conçue par Louise Bourgeois pour la Maison de Balzac, 3 novembre 2010-6 février 2011].

BERTHIER, Philippe, *Eugénie Grandet*, Gallimard, « Foliothèque », 1992.

BLOCH-DANO, Évelyne, *Eugénie Grandet d'Honoré de Balzac*, Nathan, « Balises », 1995.

CASTEX, Pierre-Georges, « Aux sources d'*Eugénie Grandet*. Légende et réalité », *Revue d'histoire littéraire de la France*, 1964, p. 73-93.

–, « L'ascension de M. Grandet », *Europe*, 1964, repris dans *Horizons romantiques*, José Corti, 1983, p. 111-125.

DAVID, Jérôme, « Le sens pratique du détail », in Andrea del Lungo et Boris Lyon-Caen (éd.), *Le Roman du signe. Fiction et herméneutique au XIXe siècle*, Saint-Denis,

Presses universitaires de Vincennes, « Essais et savoirs », 2007, p. 77-90.

DEBRAY-GENETTE, Raymonde, « Le jardin-miroir d'Eugénie », in Jean-Claude Mathieu (dir.), *Territoires de l'imaginaire. Pour Jean-Pierre Richard*, Seuil, 1986, p. 95-103.

DUFOUR, Philippe, « Les avatars du langage dans *Eugénie Grandet* », *L'Année balzacienne 1995*, p. 39-61.

GALE, John, « "Sleeping Beauty" as ironic model for *Eugénie Grandet* », *Nineteenth-Century French Studies*, vol. 10, nos 1-2, 1981, p. 28-36.

–, « Le jardin de M. Grandet », *L'Année balzacienne 1981*, p. 193-203.

GURKIN, Janet, « Romance elements in *Eugénie Grandet* », *L'Esprit créateur*, vol. 7, no 1, 1967, p. 17-24.

HOFFMANN, Léon-François (*et al.*), « Thèmes religieux dans *Eugénie Grandet* », *L'Année balzacienne 1976*, p. 201-229.

LE HUENEN, Roland et PERRON, Paul, *Balzac, sémiotique du personnage romanesque. L'exemple d'Eugénie Grandet*, Presses de l'université de Montréal/Didier érudition, 1980.

LOTRINGER, Sylvère, « Mesure de la démesure », *Poétique*, no 12, 1972, p. 486-494.

LUCEY, Michael, « Legal melancholy : Balzac's *Eugénie Grandet* and the Napoleonic Code », *Représentations*, no 76, automne 2001, p. 1-26.

MAHIEU, Raymond, « Voyage au centre de la maison Grandet », in Myriam Watthée-Delmotte (éd.), *Art de lire, art de vivre. Hommage au professeur Georges Jacques*, L'Harmattan, 2008, p. 217-225.

MARINCIC, Katarina, « *Eugénie Grandet* d'Honoré de Balzac : l'histoire secrète d'une écriture romanesque », *Acta Neophilologica*, vol. 33, nos 1-2, 2000, p. 49-60.

MAZAHERI, John H., « Autour de Mme Grandet et du sublime balzacien », *Les Lettres romanes*, vol. 67, nos 3-4, 2013, p. 541-548.

MOZET, Nicole, « De sel et d'or : *Eugénie Grandet*, une histoire sans Histoire », in Catherine Nesci (dir.), *Corps/décors : femmes, orgie, parodie*, Amsterdam, Rodopi, 1999, p. 203-220.

PRINCE, Gerald, « Thématiser », *Poétique*, no 64, 1985, p. 425-434.

Schor, Naomi, « *Eugénie Grandet* : mirrors and melancholia », in *Breaking the Chain. Women, Theory, and French Realist Fiction*, New York, Columbia University Press, 1985, p. 90-107.

Seylaz, Jean-Luc, « Une scène de Balzac : le transport de l'or dans *Eugénie Grandet* », *L'Année balzacienne 1980*, p. 61-67.

Smith-Di Biasio, Anne-Marie, « "Le texte de la vie des femmes" : female melancholia in *Eugénie Grandet* », *Nottingham French Studies*, vol. 35, n° 2, automne 1996, p. 52-59.

Talon, Guy, « *Eugénie Grandet*, un drame balzacien », *Revue de l'Association des professeurs de lettres*, n° 147, 2013, p. 27-33.

Urquhart, Steven, « Le savoir moralisateur d'Eugénie Grandet », *South Carolina Modern Language Review*, vol. 3, n° 1, printemps 2004.

Winkler-Boulanger, Jacqueline, « La durée romanesque dans *Eugénie Grandet* », *L'Année balzacienne 1973*, p. 75-87.

Eugénie Grandet au cinéma et à la télévision

Cinéma

Eugénie Grandet, réal. Émile Chautard et Victorin Jasset, France, 1910 ; avec Germaine Dermoz (Eugénie Grandet), Suzanne Revonne, Jacques Guilhène, Charles Krauss.

Eugénie Grandet (*La Figlia dell'avaro*), réal. Roberto Roberti, Italie, 1913 ; avec Francesca Bertini, Gustavo Serena.

Eugénie Grandet, réal. Mario Soldati, Italie, 1946 ; avec Alida Valli (Eugénie Grandet), Gualtiero Tumiati (Félix Grandet), Giorgio de Lullo (Charles Grandet), Giuditta Rissone (la mère d'Eugénie), Maria Bodi (Mme des Grassins).

Eugénie Grandet (*Eugenia Grandet*), réal. Emilio Gomez Muriel, Mexique, 1953 ; avec Marga López (Eugénie Grandet), Julio Villarreal (Félix Grandet), Ramón Gay (Charles Grandet), Andrea Palma (Mme Grandet), Hortensia Santoveña (Nanon).

TÉLÉVISION

Eugénie Grandet, réal. Maurice Cazeneuve, France, 1956 ;
avec Dominique Blanchar (Eugénie Grandet), Paul Guers
(Charles Grandet), Line Noro (Mme Grandet), Jean Mar-
chat (M. Grandet), Henri Crémieux (le notaire Cruchot).

Eugénie Grandet, réal. Alain Boudet, France, 1968 ; avec
Bérangère Dautun (Eugénie Grandet), René Dary (Félix
Grandet).

Eugénie Grandet, réal. Jean-Daniel Verhaeghe, scénario
Pierre Moustiers, France, 1994 ; avec Alexandra London
(Eugénie Grandet), Jean Carmet (Félix Grandet), Jean-
Claude Adelin (Charles Grandet), Dominique Labourier
(Mme Grandet), Claude Jade (Mme des Grassins).